Título original: *Il cacciatore di libri proibiti*

© 2017, Newton Compton editori s.r.l.
© 2023, de la traducción por Juan Carlos Postigo Ríos
© 2023, de esta edición por Antonio Vallardi Editore S.u.r.l., Milán

Todos los derechos reservados

Primera edición en esta colección: junio de 2024
Segunda edición en esta colección: mayo de 2026

Newton Compton Editores es un sello de Antonio Vallardi Editore S.u.r.l.
Pl. Urquinaona, 11, 3.º l.ª izq. Barcelona, 08010 (España)
www.newtoncomptoneditores.com

Gruppo Editoriale Mauri Spagnol S.p.A.
www.maurispagnol.it

ISBN: 978-84-10080-44-7
Código IBIC: FA
DL: B 4.869-2024

Composición y diseño de interiores:
David Pablo

Impreso en mayo de 2026 en Puntoweb s.r.l., Ariccia (Roma), en Italia.

Fabio Delizzos

# El cazador
# de libros prohibidos

Traducción de Juan Carlos Postigo Ríos

Newton Compton Editores

Barcelona, 2024

*A la memoria del profesor Mario Sanna*

# ROMA
## SÁBADO, 5 DE AGOSTO DE 1559

# Capítulo 1

Algo horrible se avecinaba. Se sentía el frío en esa tórrida noche. En los oscuros recovecos de la iglesia, el humo del incienso se deslizaba entre los pilares como una niebla brumosa sobre un pantano, acariciaba las estatuas de los santos con lascivia, empolvaba a la Virgen con malicia y casi podía oírse, en el profundo silencio, deslizarse sobre el crucifijo como una serpiente del infierno.

Un candelabro colocado en el centro del altar arrancó de la oscuridad los rostros de siete monjes ancianos; rostros severos, marcados por el tiempo, surgieron como si de un mar desconocido se tratara y a veces eran tragados por él.

Y entonces llegó.

Descalzo, con calzones hasta la pantorrilla y una túnica larga de lino negro muy claro, Angelo se detuvo al principio de la nave central y abrió los brazos de par en par, como si quisiera aspirar por la garganta el mundo entero.

Lo acompañaban dos hombres, también vestidos de lino negro lustroso. Pero caminaban humildemente, con las manos juntas en el regazo y la cabeza inclinada.

Los largos cabellos de los tres danzaban graciosamente frente a sus labios, alborotados por las palabras antiguas y solemnes, y el humo del incienso se arremolinaba en torno a sus figuras cuando comenzaron a caminar entre las velas encendidas.

En mitad de la nave los dos compañeros se arrodillaron y dijeron: «Aquí estamos».

Entonces uno de los monjes se acercó a ellos y les cortó el pelo, primero con tijeras, luego con una navaja, y finalmente observó cuidadosamente la parte superior de sus cabezas, iluminándolas con una vela. Al final del examen anunció: «Son los mensajeros», y le dio permiso a Angelo para que continuara hacia el altar.

Angelo, como siempre le había llamado el venerado padre que le había criado, con un rostro que nunca había manifestado una expresión de alegría, una boca que nunca se había curvado en una sonrisa y unos grandes ojos ribeteados de rojo, caminaba erguido, orgulloso, con un único movimiento armonioso y una ligereza que parecía ocultar un misterio, como si por algún extraordinario decreto divino su robusto cuerpo no estuviera sujeto a las leyes normales de la naturaleza.

Los religiosos que lo habían convocado y lo esperaban con ansiedad extrema eran siete, uno por cada arcángel. Tenían rostros sombríos, ahora aún más oscuros por su avidez de luz. Sus ojos transmitían mensajes de angustia.

El mayor de los siete tenía un rostro huesudo, encerrado entre nubes de barba blanca. Le temblaban las manos mientras las extendía hacia Angelo diciendo: «La hermandad le da la bienvenida».

Él inclinó la cabeza y dijo solamente: «Aquí estoy».

El monje de mayor edad dio un suspiro de dolor y se dirigió a los demás:

–Hermanos –dijo–, estoy a punto de revelaros la razón por la que os he reunido ante nuestro Señor. –Señaló la cruz–. Desgraciadamente ha sucedido. Han resurgido del olvido secretos prohibidos para casi todos los hombres. El *Códice de los Milagros* ya no está en manos de la Iglesia y nuestros hermanos custodios no han podido recuperarlo.

Los monjes se miraron escandalizados, con los ojos muy abiertos y llevándose las manos a la boca.

–¿Cómo es posible?

–¿Cuándo ha ocurrido?

–¿Dónde?

El primer custodio extrajo un pañuelo de debajo de la túnica y se secó las comisuras de los ojos.

Se quedó en silencio.

Durante un largo silencio, se volvió varias veces hacia la imagen de la Virgen para pedirle ayuda.

Los otros seis miembros de la asamblea empezaron a hablar entre dientes y luego a inquietarse cada vez más.

Finalmente, tras unos minutos de ansiedad, uno de ellos encontró el valor para hablar y le instó a contarlo todo sin andarse con rodeos:

–¿En qué lugar del mundo ha aparecido?

Al custodio más anciano le costaba articular las palabras, pues tan grande era el esfuerzo por contener las lágrimas.

–Roma –dijo–. Aquí.

–¿Estás seguro? –preguntó otro, aumentando la agitación común.

–Bueno, yo... –El anciano miró la cruz y el rostro se le congeló en una expresión de dolor–. Estamos llamados a nuestro deber, por el juramento que nos une. Tenemos que encontrar el *Códice de los Milagros* a toda costa. –Volvió los ojos hacia Angelo–. Esa es la razón por la que está aquí.

Todos enmudecieron.

Angelo los observaba, inmóvil, sin prisa, la luz de sus ojos mirando insistentemente era la única señal aparente de vida en su cuerpo. No era paciencia la suya, sino ausencia total de intenciones, de deseos, de destinos. No estaba esperando: simplemente estaba allí.

El fruto de una vida consagrada al misterio, a las dificultades y al sacrificio sin fin. Angelo había crecido separado del mundo como un marinero en un mar perpetuamente proceloso, en el que nunca hay luz del día ni ningún faro encendido.

Cada latido de su corazón, hasta ese momento, había estado dedicado al cometido supremo que un día tendría que llevar a cabo.

Era su misión.

El viejo custodio levantó una lámina de oro en la que estaba estampado el símbolo de Cristo, el crismón. La mostró y la colocó en el altar.

–Aquí –dijo, dejándoles tiempo a los otros seis para agacharse a mirar más de cerca– están las instrucciones sobre qué hacer en caso de extremo peligro. –Hizo una pausa y añadió–: Un peligro como este. –Se dirigió al mensajero–: ¿Quieres acercarte, por favor?

Angelo dio la vuelta al altar, seguido por las caras de asombro de los otros monjes, y se detuvo frente a él.

Ninguno de ellos había visto antes a un mensajero de la muerte, uno de esos endemoniados creados para hacer el mal con el objetivo de hacer el bien.

–Esto es para ti.

El primer custodio le entregó la placa de oro.

Angelo la cogió y se alejó. Volvió a la nave central. No se podía creer que hubiese ocurrido de verdad. Con el tiempo, muchas preguntas se habían disuelto, evaporadas en su alma árida como un desierto. Pero ahora las oscuras palabras que su venerable padre le había susurrado un momento antes de dar su último aliento se hicieron nítidas:

«Si lees en oro, sabrás quién eres realmente. Reza, hijo mío, reza por no llegar a saberlo nunca».

Se sentó en un rincón luminoso.

Dobló la placa. La enderezó y la dobló hasta que se rompió en el centro. Separó las dos mitades, descubriendo la fina lámina de plomo que contenía. Tiró el oro, como se hace con una cáscara sobrante. El oro cayó haciendo eco en el suelo de piedra.

Angelo, el mensajero, leyó incrédulo el texto impreso en la hoja de plomo, murmurando palabras vírgenes en el silencio.

Comenzaba así:

«Ángel de la Muerte, tu deber es servirme».

El texto continuaba con instrucciones para el mensajero despertado. Estaba escrito en una lengua que ningún pueblo de la tierra había utilizado desde hacía mucho tiempo, pero que a él le habían enseñado a escribir y a leer. El porqué era solo una de las muchas preguntas que había aprendido a no hacerse y a olvidar.

No dejó que le distrajeran los ruidos que procedían del altar: uno de los monjes ancianos estaba dando rienda suelta a la desesperación, otro lo estaba consolando, otro se había dejado llevar por la ira.

Leyó con atención hasta las últimas instrucciones:

«Suprime a los que saben, castiga a los que han visto, reprime a los que han oído, mutila a los que han tocado, extermina a los que han presenciado. Que tu paso sea una advertencia».

Con una mano de acero, Angelo arrugó el plomo y lo tiró al suelo junto al oro.

Luego, sin dilación, salió de la iglesia.

–Aquí estoy –dijo.

Y se preparó para matar.

# VIERNES, 18 DE AGOSTO

# Capítulo 2

*Piazza dei Miracoli, barrio de Campo Marzio*

El cuarto.

Cuatro pobres hombres reducidos a condiciones lamentables, con heridas y desfiguraciones que solo un demonio podría haber causado.

Desde el primer cadáver, messer Giusto Leccacorvo, el orgulloso alguacil del gobernador de Roma, no había dejado de temer, y de creer, que seguramente habría más muertos asesinados de esa forma tan espantosa y obscena. Por eso, también aquella tarde había querido pasar por las inmediaciones de la Porta del Popolo y de la plaza homónima y había llegado hasta la escalinata de la ya infame iglesia de Santa María dei Miracoli, sobre la que un siervo de Satanás, o quizá el mismo diablo, había depositado ya tres víctimas en los días anteriores.

Y no habían sido unos asesinatos comunes y corrientes.

Tampoco aquel lo era.

Todo lo contrario.

Messer Leccacorvo se quitó el sombrero de la cabeza, se lo puso sobre el corazón y permaneció un rato observando el horror atusándose el largo bigote.

A su alrededor, otros esbirros, media docena de jóvenes gendarmes con apariencia de escoria de penal. Todos tenían la cara vuelta hacia la escalinata de la iglesia y observaban al muerto con la boca abierta y en silencio.

El alguacil se acercó indicándoles a sus hombres que esperaran.

«No hacía falta ninguna señal», pensó.

La ronda de guardia nocturna dirigida por el jefe de la guardia en persona era el anillo más preciado de los dedos de la Justicia de Roma y aquella noche tenía una nueva piedra macabra, otro brillante de sangre.

La crueldad del monstruo resultó ser infinitamente mayor de lo que cualquier ser humano corriente, si bien no temeroso de Dios, pudiera siquiera imaginar.

El cadáver, un varón de edad madura, había quedado en decúbito supino frente al portal de la iglesia, tumbado perpendicularmente a los escalones de mármol. Solo le habían dejado puestos los calzones y un cinturón de cuero que le apretaba el pecho desnudo, dejándole surcos en la piel amoratada.

Quien lo había matado y llevado allí también le había dejado una hoja de papel clavada en el esternón, como se hacía a veces en los portales de las iglesias.

Una locura.

Atrocidades dignas de un monstruo.

La antorcha crepitante iluminó el rostro del cadáver. Era desconocido para Leccacorvo y, en cualquier caso, no era fácilmente reconocible, ya que el hombre tenía los párpados cortados y los dos ojos arrancados.

El alguacil se inclinó hacia delante en una súbita arcada, apenas tuvo tiempo de apartarse un poco cuando el estómago se le contrajo y un chorro de materia ácida le salió por la boca.

Los esbirros detrás de él se rieron ahogadamente dándose codazos.

Era la cuarta vez que le pasaba.

Giusto Leccacorvo se puso recto y los fulminó a todos con la mirada diciéndoles sin alzar la voz:

–¡Guardad silencio! –Se limpió la boca con la manga de la camisa y escupió al suelo–. Dos de vosotros.

–A sus órdenes, señor.

–Id a buscar el carro, volved aquí, cargad a este desgraciado y llevadlo a la casa de Via della Croce.

Dos de ellos obedecieron y desaparecieron en la noche haciendo sonar las hojas rectas y finas de las espadas que les colgaban en la cadera.

Leccacorvo respiró profundamente, se tocó el estómago y luego se armó de valor y arrancó el papel enrollado del pecho del muerto.

Estaba escrito.

A mano.

Un objeto impenetrable para quien, como él, apenas sabía leer y solo ciertos tipos de escritura.

Con esto no habría pasado nada malo. Sin embargo, el primer esbirro de Roma había mentido una vez, afirmando que no sabía escribir, pero que podía leer con bastante habilidad; y las mentiras, ya se sabe, deben repetirse si uno no quiere que lo pillen y ser humillado.

Esto era algo que un alguacil nombrado por el papa en persona no podía permitirse.

Al menos no Giusto Leccacorvo.

Por eso, desde hacía algún tiempo, se esforzaba en aplicarse con agotadores ejercicios de lectura para compensarlo. Sin embargo, para alguien como él, de edad avanzada, distraído por las constantes tareas de un trabajo difícil que le robaba el cuerpo y el alma, no era en absoluto fácil hacer funcionar su cerebro. Y, por lo tanto, los resultados tardaban en llegar y sus pocos logros seguían siendo insatisfactorios.

Vergonzosamente insatisfactorios.

–¿Qué hay escrito? –le preguntó uno de los hombres, dando voz probablemente a la curiosidad de los demás.

«¿O a la malvada burla? ¿Ellos lo habían entendido?».

–Dice que no son cosas que os conciernan –le respondió Leccacorvo.

–Pero nosotros somos los guardianes del orden público –contestó otro.

–Si tanto os interesa, venid a leerlo vosotros. Y hacedlo en voz alta, si sois capaces.

–Nosotros no sabemos leer, jefe.

–Entonces peor para vosotros.

# Capítulo 3

*Apartamento papal, Vaticano*

El cardenal camarlengo se acercó a la cabecera, se inclinó sobre el hombre que tanto había odiado y, por primera vez, lo llamó por su nombre de bautismo: «Johannes Petrus Carafa».

No hubo reacción.

Guido Ascanio Sforza di Santa Fiora esperó unos instantes y volvió a intentarlo. Su voz vibraba en el aire quieto de aquella noche bochornosa, acosada por el zumbido de los mosquitos. Pero el hombre de la cama, viejo, con las mejillas hundidas, una larga barba gris y manos de piel fina unidas en su regazo, no abrió los ojos ni movió los labios.

La visión de aquel cuerpo rígido e impasible generaba excitación a su alrededor. Las numerosas sombras de los prelados, proyectadas por la miríada de velas encendidas, se estremecían.

El cardenal Alfonso Carafa, conocido como Nápoles por su título, su rostro angelical y su barba castaña de tres centímetros de larga, se acercó lentamente al cuerpo de su tío abuelo, llevando en las manos un cojín de terciopelo negro. En él se hundía la base de un pequeño cofre de madera tachonado con oro. «Que Dios se apiade de ti, tío», susurró con la cabeza gacha, en un gesto de solemnidad contrita.

Pero fue uno de los pocos, quizás el único de los presentes, que se sintió desconsolado. El cardenal de Nápoles aún no había cumplido los veinte años y, a diferencia de sus tíos y de su recientemente fallecido tío abuelo, siempre había sido noble y de buen corazón. De niño, rezaba por todos, incluso por los pájaros que se habían caído del nido en primavera y le daban pena. Y ahora era exactamente así como se sentía, como una de esas pobres

20

criaturitas que se van volando antes de haber desarrollado las alas: solo, abandonado, perdido. Siempre había evitado el mal, pero ahora el mal...

Se había abalanzado sobre él y lo había envuelto en un abrazo asfixiante.

Ahora él, su padre, los hermanos de su padre y toda la familia Carafa estaban al borde de la desgracia, de la condenación y de la infamia.

El cardenal camarlengo llamó ceremoniosamente por tercera vez: «¿Johannes Petrus Carafa?». Al no recibir respuesta, tomó el martillo de plata del cofre que había traído Alfonso Carafa y golpeó con él tres veces la frente del difunto, como quien llama a una puerta sabiendo que no hay nadie en casa.

Uno. Dos. Tres.

El número de las personas divinas y, por una coincidencia ciertamente diabólica, también de las palabras contenidas en su nombre.

Johannes. Petrus. Carafa.

La larga noche había caído sobre aquel cuerpo maldito.

Mientras suspiraba de dolor y sacudía la cabeza, el camarlengo Santa Fiora se alegraba en secreto de la muerte del hombre que se había atrevido a hacer que lo arrestaran y encarcelaran en el castillo de Sant'Angelo, acusado de conspirar a favor de los españoles.

Tres semanas en prisión, de la misma manera que un criminal común.

Se volvió hacia el pequeño grupo de cardenales, rojos y gruesos como una red llena de cabrachos. Intentó encontrar la mirada de Carlo Carafa, el sobrino del cardenal. Ese libertino había sido exiliado por el papa siete meses antes, en un gesto falso y tardío que no había reparado ningún daño. Y ahora había vuelto al Vaticano para participar en los funerales de su tío y en el cónclave que seguiría a continuación, con la esperanza de salvarse a sí mismo y a su familia de la catástrofe. Se había instalado en el apartamento de los Borgia, ilusionado porque estaba de nuevo cabalgando en el poder.

Santa Fiora no lo vio, se contentó con imaginarlo consternado, intentando tragar el bolo ácido de la desgracia, y se juró que no le permitiría seguir haciendo daño en la Iglesia y en el mundo.

Cuando se sacudió esos pensamientos, todas las miradas estaban puestas en él. Levantó la mano y mostró el mazo. Sin lograr ocultar la sombra de una mueca, anunció con voz solemne:

–*Vere Papa mortuus est.*

El papa estaba muerto.

De verdad.

Cuando los cardenales rompían el silencio empezaba el período de sede vacante, comenzaba el primer minuto de los nueve días de luto conocidos como novendiales, al que seguirían los funerales del pontífice y, Dios mediante, la apertura del cónclave en el que él sería elector.

Lo sería para complacer al pueblo romano, que ya se amotinaba y cometía todo tipo de delitos. Se anunciaba un malestar aún mayor para los días venideros.

Ese papa y su familia no eran queridos por el pueblo, todo el mundo lo sabía. Y entonces llegó agosto. No todos los años la curia pontificia se quedaba en Roma durante el verano, cuando la ciudad se volvía sofocante y el poco aire que se podía extraer del árido cielo era un presagio de peste y malaria.

Sí, habría levantamientos tan grandes que dejarían su huella en la historia.

El cardenal Sforza di Santa Fiora se apretó la punta de su larga barba con el puño y miró la ventana estrellada. Ya había filtrado la noticia. Sería tolerante con los alborotadores, especialmente con los que habían hecho un grave daño a la memoria del papa Carafa. No movería un dedo para restablecer el orden en la ciudad.

La confusión llegó entonces en el momento más oportuno, cuando en las oscuras noches de Roma se producían al mismo tiempo asesinatos sin precedentes y apariciones de ángeles.

Nadie debía enterarse de estos hechos antes de que los investigaran.

Había que encontrar a los autores lo antes posible o...

La causa.

Sea como fuere, era necesario evitar más rumores de que las criaturas aladas se estaban manifestando justo al morir el papa. Podría tratarse de una señal del cielo, un mensaje divino.

Lo único que hacía falta era la burla de la inesperada santificación de ese canalla.

¿Por qué no había noticias de ángeles que hubieran expresado palabras de condena contra el pontificado de Carafa y los crímenes de sus sobrinos?

Pero, entonces, ¿eran ángeles de verdad, como afirmaba el fraile Arquez? ¿O simplemente alguien estaba planeando un engaño a gran escala para burlarse de la Iglesia? Tal vez los luteranos. Sí, claro, ¿por qué no? Se habrían beneficiado en gran medida, sobre todo en un momento delicado como ese.

«El poder está ahora en mis manos», pensó el camarlengo, sintiendo que la frente se le helaba con un sudor frío. Tenía que encontrar respuestas.

Y antes de que empezara el cónclave.

No es que tuviera esperanzas de convertirse en papa, pero entrar en la Capilla Sixtina y presentarse ante los demás cardenales sin haber resuelto esos crímenes y sin haber explicado las apariciones era inconcebible.

La cara y el honor eran indispensables en un cónclave, no podía permitirse el lujo de perderlos ahora.

Una mano pesada se apoyó en su hombro cubierto de púrpura interrumpiendo el flujo de pensamientos.

—Guido, ¿te sientes bien?

De repente, Santa Fiora se vio asaltado por la cháchara cardenalicia que se agitaba a su alrededor, por los efluvios del incienso y de las flores, de las aguas perfumadas, del sudor y de los ungüentos malolientes.

—Gracias, estoy bien —respondió. Era el cardenal Alfonso Carafa—. Solo estoy muy apenado —le dijo—. Le doy de nuevo mi más sentido pésame.

Alfonso asintió y se alejó con la cabeza inclinada, secándose las lágrimas de las mejillas.

Santa Fiora se quitó el tricornio púrpura de la cabeza sudorosa y lo utilizó como abanico para ventilarse la cara. Y en ese mismo momento una magnífica idea le pasó por la mente. Un último despecho para el papa.

Atravesado por un escalofrío, levantó una mano y estalló: «¡Silencio, por favor!».

Uno a uno, como las cigarras por la noche, fueron callando los cardenales.

–Dados los graves disturbios que se están produciendo –atacó Santa Fiora– y en previsión de disturbios aún peores, tengo motivos para temer por la seguridad del cuerpo del santo padre. Creo, por tanto, que es necesario ponerlo a salvo hasta que las aguas de la ciudad se calmen. Todos sabemos que el fallecido era tan querido por nosotros como odiado por ahí.

Murmullos.

La mayoría asentía.

–Tus temores son también los nuestros –dijo el joven Alfonso Carafa–. ¿Qué sugieres que hagamos?

Reprimiendo cualquier expresión de complacencia, el camarlengo respondió que, por precaución, el cuerpo de su querido tío abuelo sería colocado en la Capilla Sixtina, rodeado por guardias, y con solo los pies expuestos al beso. La puerta permanecería cerrada.

Alfonso no dijo nada.

Los demás cardenales, por su parte, empezaron a cuchichear entre ellos, preguntándose si era realmente oportuno poner al papa bajo esos frescos indecentes que siempre había odiado y querido destruir. Sin embargo, al final de las consultas no reunieron un número suficiente de seguidores y se decidió hacer como había dicho el camarlengo.

Santa Fiora se ausentó y su mirada se dirigió a los grandes ventanales del palacio sagrado, que recortaban porciones de un cielo claro y sereno, salpicado de estrellas desconocidas.

–Señor –rezó–, haz que no maten a nadie y que no aparezcan ángeles, no esta noche.

# Capítulo 4

*Vicolo del Malpasso, barrio de Regola*

La noche estaba moteada por el resplandor anaranjado de las hogueras y se oía un bullicio difuso, un oscuro estruendo de tambores, de gritos. Eran ecos de las batallas que estaban teniendo lugar en algún punto de la ciudad.

El niño cerró los ojos y apretó las riendas de cuero entre sus pequeños dedos.

«Soy el escudero de un gran caballero», pensaba.

Soñaba con llevar de la mano un corcel montado por un príncipe con una armadura que brillaba a la luz del sol. Y era muy importante mantener los ojos cerrados. De lo contrario, habría visto que en lugar del corcel había un asno y, en lugar del príncipe en la silla, dos grandes barriles vacíos. Y también se habría dado cuenta de que el ruido y las llamas no procedían de un campo de batalla, sino de las calles de Roma.

Los gritos desordenados de su padre, que seguía al animal incitándolo a base de maldiciones, aunque el tramo fuera cuesta abajo, le recordaban a cada momento dónde estaba y qué hacía realmente: estaba en el Vicolo del Malpasso y descendía hacia el río. Pero a estas alturas el niño estaba tan acostumbrado al trabajo y conocía tan bien la ruta que podía imaginarse estar en otro lugar e ir vestido como un escudero.

En realidad, como siempre hacían en verano, él y su padre iban al Tíber a última hora de la tarde para evitar el calor del día y mantener el agua fresca, preparada para el día siguiente, cuando al amanecer irían a venderla por todas partes, para alimentar a la familia y pagar el alquiler de la casa.

«Soy el escudero del rey y me convertiré en caballero».

Las espadas se arremolinaban en su imaginación y las imágenes de vistosos torneos se llenaban de jóvenes damiselas, hermosas como ángeles, pero sin alas, que acababan de brotar de la mente de Dios.

—Esperemos que siga haciendo este calor espantoso —dijo su padre sollozando mientras avanzaba con el vino chapoteándole en las tripas—. Bendito sea este maldito calor.

—¿Cómo puede ser bendito si es maldito?

—Cuando crezcas lo entenderás, hijo mío.

El niño no entendía todas las frases extrañas que soltaba el padre de vez en cuando. Pero sí sabía por qué debían esperar que hiciera mucho calor: la gente bebía más agua y podían guardar algo de dinero que les vendría bien en invierno.

Los peores años, solía decir el aguador adulto, eran aquellos en los que la temporada de verano era fresca, y peor aún si era lluviosa.

—¿Sabes, Ugo? Ese es mi problema, mi condena.

—¿El vino, padre?

—¿Cómo te atreves, pequeño bastardo? —resopló, fingiendo una pizca de enfado—. Mi condena —continuó, haciendo una mueca de dolor por el hipo— es tener una constitución física que soporta mal el calor del verano. Me pesan el corazón y las piernas, dormir poco y mal me nubla la cabeza, ¡y precisamente en los meses en que tengo que trabajar más! Mi padre también lo sufrió, ¿sabes? Y el padre de mi padre. Todos eran aguadores como yo. Y como tú.

—Lo sé, padre. —«Yo soy escudero...», pensó—. A mí me gusta el calor, padre.

—Sí, claro. Y también te gusta imaginar cosas. Pero cuando seas viejo como yo, comprenderás a qué me refiero.

—No eres viejo.

—Tengo cuarenta años. ¡Maldita sea, claro que lo soy!

—Si tú eres viejo, ¿qué es el papa?

—Muy viejo.

—Tanto que se está muriendo.

—Eso no es problema nuestro.

Ugo no respondió. Cuando su padre estaba bajo los efectos del alcohol, es decir, siempre, era mejor seguirle la corriente.

El hombre se rio amargamente. «Este papa, a pesar de su nombre, nunca nos ha dejado vender agua en el Vaticano. Cuando aún no habías nacido, yo solía suministrar agua para beber a la curia, en verano, cuando Su Santidad salía de Roma con su comitiva».

–¿Por qué? ¿Cuál es el nombre del papa?

–Lo sabes muy bien, burro.

–Carafa –canturreó Ugo, entretenido con la facilidad con la que se impacientaba el padre.

–¡Para!

–Todo el mundo habla mal del papa que se está muriendo.

–Tú, en cambio, más vale que mantengas la boca cerrada. No son cosas que nos preocupen. Solo somos dos honestos aguadores.

«Yo soy un esc...».

El sueño caballeresco del pequeño aguador fue bruscamente interrumpido por los rugidos y gritos que llegaban del río.

A esa hora, el pequeño muelle del Malpasso era frecuentado por los aguadores que cargaban barriles de agua potable en los animales de carga, pero normalmente trabajaban en silencio.

Debía de haber pasado algo.

–Padre, ¿echamos un vistazo?

–No son cosas que nos preocupen –lo calló el hombre, pero no tardó en cambiar de idea y espoleó al burro–. ¡Arre!

Cuando llegaron al embarcadero del Malpasso, se encontraron el habitual revoltijo de chicos y hombres que, como ellos, solían ir al río tras la puesta de sol.

Pero en ese momento nadie estaba ocupado. Todos estaban alterados, agitados, y miraban el curso del río con las manos en la cabeza. De las bocas abiertas salían gritos de asombro, alguien estaba llorando.

«Dios mío –pensó el muchacho–, ¿qué ha pasado?».

Más de una vez había oído historias de personas que buscaban la muerte arrojándose a las aguas del Tíber y de cadáveres que eran recuperados, por lo que imaginó que había algo muy importante que ver. Pero no era lo suficientemente alto como para alcanzar con la mirada más allá del muro de gente que lo superaba en altura.

Su padre se había unido a los demás. Y se había quedado mirando el río, allí de pie, pronunciando palabras de asombro. A veces, una risa inoportuna y enloquecida le subía del estómago junto con los vapores. «Un milagro –decía–, un milagro». Estaba como aturdido por un torpor inquietante, tan absorto que no reaccionaba a los tirones con los que él trataba de reanimarlo.

A Ugo le costó un poco de tiempo conseguir abrirse paso y casi había llegado al frente cuando el esfuerzo de repente se hizo inútil. Los demás cayeron de rodillas y empezaron a entonar un padrenuestro.

Y en ese momento también él pudo ver lo que pasaba.

Había un ángel de pie en medio del río, blanco, con el cuerpo iluminado, las alas plegadas le brotaban por encima de los hombros y por los costados. Permanecía inmóvil sobre la superficie del agua, sin hundirse, con los brazos extendidos, el rostro severo y radiante, vuelto hacia los aguadores que se habían detenido para admirarlo y que lo saludaban con el grito de «aleluya».

–¡Santo cielo! –decían–. Señor Jesús.

Entonces el ángel desplegó las alas, haciendo enmudecer a los espectadores, y profirió:

–¡Vosotros, escuchad!

Todos contuvieron la respiración y a algunos les habría gustado detener incluso los latidos de su propio corazón, para no oír nada más que la voz del ángel.

En aquel silencio de ultratumba, la criatura celestial dijo:

–El maligno se cierne sobre Roma. Se acerca el día del juicio final.

Luego desapareció de la vista, dejando a todos atónitos y en éxtasis. En una sinfonía de lágrimas.

# Capítulo 5

La ciudad dormía.

Se habían apagado incluso los últimos ecos de exultación por la muerte del papa al otro lado del Tíber.

«El pueblo es sabio», pensó Santa Fiora. El pueblo, al conocer la noticia, se había acostado sabiendo que tenía tiempo de sobra para organizarse y levantarse de gala al día siguiente y los días siguientes.

Pero ahora la paz absoluta reinaba sobre todo.

El aire era tan fresco que parecía fermentar en las fosas nasales y la garganta, y convertirse en una bebida embriagadora.

Desde hacía algunas semanas, en el Vaticano reinaba el silencio incluso durante el día, porque las imponentes y eternas obras para la construcción de la nueva Basílica de San Pedro habían tenido que someterse a otra inevitable suspensión con el empeoramiento de la enfermedad del papa.

Sin embargo, la calma de una desolada noche de verano tenía algo especial, algo mágico, para el camarlengo. Por eso le había pedido al alguacil que le acompañara a dar un paseo al aire libre, durante el cual, decía, podrían discutir con más serenidad de espíritu los delicados asuntos que se veían obligados a tratar con tanta urgencia.

—Entonces, ¿ha vuelto a ocurrir?

Leccacorvo se atusó el bigote y carraspeó antes de hablar. La emoción de encontrarse con un prelado tan poderoso le había secado la garganta y le había humedecido las palmas de las manos.

—Reverendísimo, desgraciadamente he encontrado a otro. Y con este tenemos cuatro —dijo.

–¿Lo ha visto mucha gente?

–No podría decirlo. Estaba oscuro. En ese momento solo estábamos los esbirros, que nos ocupábamos de las rondas habituales.

–¿Lo conocía alguien?

–Ninguno de nosotros lo reconoció. Este también quedó en muy mal estado. Y no es fácil conciliar su exigencia de secreto con encontrar a alguien que pueda identificar esos cadáveres. Tendría que convocar a un montón de gente.

–Por piedad. No se debe saber –reiteró Santa Fiora–. Si podemos darles a esos pobres un nombre y un apellido, devolveremos los cuerpos a las familias sin explicaciones y les ordenaremos que guarden el secreto.

Clavó la mirada en el palillo que sobresalía de la boca del alguacil, pero sus ojos estaban muy lejos.

–A este respecto, reverendísimo, aún no hemos descubierto los nombres de las dos víctimas anteriores de este «demonio del infierno». –Leccacorvo extendió los brazos en un gesto desconsolado–. ¿Qué puedo hacer?

–Debemos poner remedio a esta monstruosidad. –El camarlengo ocultó su expresión de horror entre las manos–. Debería haber escuchado a fray Arquez –dijo al cabo de un rato, volviéndose hacia las estrellas.

Leccacorvo no sabía a quién y a qué se refería y evitó preguntar, para no dar la impresión de aprovecharse de tanto honor.

Y casi se le ocurrió que aquellos brutales asesinatos y los extraños prodigios eran una oportunidad para él. En cuanto se terminasen, terminaría también su momento de gloria.

–Si no puedo entender lo que ocurre y le entrego este monstruo al verdugo, me volveré loco.

–Todos debemos mantener la calma.

–Claro, reverendísimo.

–Al menos, habéis podido identificar a la primera víctima de este torturador.

–En ese caso fue fácil: pasaba por allí una mujer que lo reconoció. Investigué más a fondo. Parece que, en realidad, era un tal Daniele da Lucca. Un boticario judío, un mago y astrólogo... algo así. En definitiva, era alguien a quien prestar atención. La mujer que lo reconoció afirmó que este mago le había vendido un polvo milagroso y que era capaz de hacer cosas maravillosas, que olía a santo y un sinfín de cosas más.

Un escalofrío de miedo recorrió a Santa Fiora de pies a cabeza.

—Infórmame del último ángel.

—¿Cree que lo es? Un verdadero milagro, quiero decir. ¿No será más bien una broma de Satanás?

—¿Qué ha sucedido?

—Esta vez lo ha visto mucha gente: aguadores y pescadores que se encontraban allí a esa hora.

—¿Qué dicen exactamente?

—Todos han visto a un ángel alado que estaba sobre la superficie del Tíber. Al parecer habló y dijo algo acerca del juicio inminente.

El camarlengo entornó los ojos y por un momento, ante aquel exceso de rareza y de muerte, se tambaleó sujetándose la frente.

—¿Estás seguro?

—De ahí es de donde vengo. Mis hombres están vigilando la calle para mantener alejados a los curiosos. Afortunadamente, estas monstruosidades ocurren de noche.

Por primera vez en su vida, el cardenal pensó en los ángeles, en todos los ángeles, con desconcierto y una enorme sensación de horror.

¿Qué estaba pasando?

¿Es que Dios se había vuelto loco?

Tenía que encontrar a alguien que pudiera llevar a cabo una investigación y encontrar el libro del que le había hablado el fraile Arquez. Según el dominico, era un códice maldito que había que destruir. Un libro peligroso que contenía secretos revelados a los hombres por los ángeles. Santa Fiora negó con la cabeza.

¿Tenía que creer realmente a Arquez?

Pensaba que a lo mejor un día se arrepentiría, pero ahora se estaba arrepintiendo de no haberlo hecho antes.

—¿Habéis encontrado a alguien que pueda daros apoyo en la investigación?

Leccacorvo se aclaró la garganta, se agarró el bigote con las yemas de los dedos mientras con la otra mano golpeaba su sombrero contra la pierna. Normalmente nunca dudaba delante de nadie y no sabía lo que era el desconcierto; él, que más de una vez había tenido el valor de enfrentarse con sus propias manos a los peores criminales de la tierra (con la excusa de una peregrinación, ¡todos se citaban en Roma!). Pero un camarlengo era un camarlengo. Es más, lo era en sede vacante, cuando mandaba sobre todos y sobre todo.

–Reverendísimo –vaciló–, me pidió que identificara a un hombre fuerte, capaz y sagaz, conocedor de libros antiguos e impresos, culto, pero también capaz de pelear. Y no debe ser un hombre religioso. –Suspiró, sacudiendo la cabeza–. Por favor, perdóneme, pero a pesar de mis esfuerzos, no pude encontrar a nadie con tales calificaciones.

–Entiendo.

–A nadie, excepto yo.

–Te gusta leer...

–Claro.

–Pero no entiendes de libros.

–Bueno...

Giusto Leccacorvo nunca había estado en tantos problemas en su vida. No podía decirle al camarlengo que no sabía leer.

Como tampoco podía confesarle que no tenía nombres que sugerirle.

–Realmente, reverendísimo, ¿cree que este asesino derrama tanta sangre por culpa de un libro maldito?

–Como te gusta leer, tal vez te puedes ocupar tú solo.

–Por supuesto, reverendísimo –Leccacorvo apretó el puño con rabia, maldiciendo el día en que había dicho aquella mentira por primera vez–. Sin embargo, su idea de que me acompañe un experto en la investigación me parece bien.

El camarlengo sonrió con un gruñido y dijo:

–Puedes decirlo en voz alta.

–En la práctica, sin embargo, no hay nadie mejor que yo para llevar a cabo esta investigación –dijo Leccacorvo, con la cabeza bien alta–. Me considera inadecuado para las circunstancias. Tiene razón: no soy un erudito, solo soy un alguacil. Pero, entonces,

¿dónde está este conocedor de libros con las cualidades de un humanista sensible y docto combinadas con las de un cazarrecompensas? ¿Existe ese individuo?

—Sí —dijo Santa Fiora dirigiéndole una sonrisa tranquila—. Existe una persona que es la adecuada para ti.

# SÁBADO, 19 DE AGOSTO

# Capítulo 6

*Castillo de Sant'Angelo, Vaticano*

–¿Cuánto tiempo llevas aquí encerrado?

Sin volverse, el otro prisionero respondió:

–Cuarenta días.

–¿Con qué condena?

–La peor.

El hombre que, con voz ronca y aguda, había formulado las preguntas dio una patada a la pared. «Me colgarán mucho antes. ¡Es un milagro que no me hayan cortado ya las manos y me hayan colgado de una horca!» gritó, y lanzó otra mirada llena de odio a la puertecita a la que acababa de dejar de insultar y dar puñetazos y patadas. Gritó con todas sus fuerzas: «¡Yo no he robado nada! ¿Ni siquiera puedes meter las narices en esta maldita ciudad?». Luego, lentamente, con suspiros furiosos, se calmó.

–Perdóname por presentarme así. No es propio de mí, créeme. –Extendió una mano abierta–. Me llamo Baldesar Accoramboni.

El otro prisionero se resistía a apartar la mirada de las estrellas que podía contar a través de la pequeña rejilla del techo. Pero se volvió y le devolvió el apretón de manos.

–Raphael Dardo –dijo, volviendo enseguida a mirar el cielo, esperando los primeros destellos del alba entre las barras oscuras.

–¿Por qué crimen te arrestaron, messer Raphael?

–Libros.

–¿Y desde cuándo se han vuelto peligrosos los libros?

–Lo son de siempre.

–¡Maldición, entonces hice bien en alejarme de ellos!

–Solo quien no lee libros puede pensar que está bien tenerlos lejos.

El otro se rascó la cabeza y emitió un gruñido dubitativo. Reflexionó largo rato y luego dijo:

–Me das que pensar. Serás un buen compañero de celda.

–Me alegro mucho.

–Pero, bueno, ¿por qué te han condenado a muerte?

–Me encontraron en posesión de una biblia que contenía errores tipográficos.

Baldesar se echó hacia atrás y soltó una carcajada. Una risa sincera que contrastaba con todo: con su situación, con el lugar, con la noche.

–¿Me tomas el pelo?

–No.

–¿Una biblia? ¿Acaso eres cura?

–No.

–Maldita sea. ¡Malditos curas! Por cierto, ¿has oído hablar de las apariciones de ángeles?

–No.

–¿No te lo ha contado nadie?

–Eres la primera persona con la que hablo desde hace cuarenta días.

–Bueno, a mí no me ha pasado, pero mucha gente jura que ha visto ángeles aquí en Roma. Parece que ocurre con frecuencia. ¿Qué querrá decirnos Dios? Esperemos que puedan ayudarme.

«¿Apariciones de ángeles en Roma? Nada nuevo», pensó Raphael.

–Y a ti, en cambio, Baldesar, ¿qué te ha traído a la cárcel?

–El amor –respondió el recién llegado, que parecía negar la afirmación con un movimiento desesperado de la cabeza. Una masa compacta de pelo oscuro y grasiento se desplomó sobre su frente mientras sus hombros subían y bajaban entre amargas carcajadas–. El amor por el dinero.

Raphael dejó las estrellas y se volvió hacia él y dijo:

–Verás que te liberarán pronto.

–Espero que tenga razón, messer. Se está desatando un infierno ahí fuera, esta ciudad se subleva; asesinos, violadores... Todo el mundo se está saliendo con la suya, excepto yo.

–¿Has robado a un rico?

–¿Qué pregunta es esa?

–Robar a los ricos no es un pecado.

–Pero es un delito castigado más severamente.

–En el Estado de la Iglesia, esto es todo un disparate.

–Lo es. Sin embargo, esta vez yo no he podido conseguir nada. Pero, sí, quería robarle a un hombre muy rico, un banquero genovés llamado Pinelli.

–¿Francesco Pinelli?

–Lo has adivinado perfectamente.

–Lo conozco.

–Ah, lo siento.

–No tienes nada que temer de mí. Me reuní con él por negocios en un par de ocasiones.

A Baldesar un destello le cruzó los ojos.

–Solo le tengo miedo a él.

–¿A él?

El dedo de Baldesar señaló la bóveda de piedra negra de la celda.

–A Dios.

Raphael apoyó un codo en el suelo y estiró las piernas sobre el mugriento colchón de paja, cubiertas con unos andrajosos calzones de algodón y unas botas de cabritilla mugrientas, pero aún en buen estado.

–¿Tienes fe?

–Soy un ladrón de bancos, messer Raphael, no puedo tener fe.

–Todos pueden.

–Solo podría creer que voy a ir al infierno. ¿Qué fe sería? Prefiero fingir que no ha pasado nada.

–Ya –convino Raphael–, tal vez es lo que hago yo también.

–Eso no era necesario. Mañana, en la Piazza del Popolo, los florentinos probarán suerte en el juego del *calcio*[1]. Contaba con ver el espectáculo. –Baldesar estaba a punto de agitarse de nuevo, pero consiguió hacer unos pocos gruñidos que fueron suficientes–. ¿A ti te gusta?

–¿El juego del *calcio*? No sé... Es muy popular en Florencia, pero no conozco las reglas.

***

[1] El *calcio florentino* es una forma primitiva del fútbol originaria del siglo XVI en Italia (N. del T.).

–¿Las reglas? Eso es la sal del asunto. –El ladrón empezó a describirlas y a gesticular como si fuera un dios olímpico que se hubiese propuesto disponer a los jugadores sobre el terreno de juego–: Pues bien, hay dos equipos contrarios de veinte, o de treinta, o de cuarenta jugadores, según el tamaño del campo. La formación más utilizada es la de veintisiete jugadores por equipo: quince se llaman corredores y juegan hacia delante, cinco son aturdidores y se sitúan en el centro, tres son dadores hacia delante y juegan en tres cuartos del campo, cuatro son dadores hacia detrás y defienden la portería. Hay seis árbitros y controlan el juego desde una tribuna. Está permitido golpear el balón con los pies y también cogerlo con las manos, con las que, sin embargo, no está permitido lanzarlo. El objetivo de los equipos es introducir el balón en la portería contraria, que está custodiada por el único jugador que puede utilizar las manos. Sencillo, ¿no? Bueno, deberías venir conmigo alguna vez. Te lo explicaría todo y te divertirías mucho, créeme.

Raphael no podía mostrar entusiasmo. Pensar en la alegría, la felicidad, la libertad, el movimiento físico solo aumentaba la sensación de opresión generada por la estrecha celda.

El recién llegado intuyó que era mejor volver al tema original:

–Pero dime, más bien, ¿qué tenía de malo esa biblia?

–Los mandamientos.

–¡Ojalá me acordara de alguno! –exclamó Baldesar, y luego chasqueó los dedos–. Ah, sí: ¡no robes!

Se rio.

Raphael, sin embargo, no podría haber olvidado los mandamientos, aunque hubiera intentado quitárselos de la cabeza con la hoja de un cuchillo.

Eran la razón por la que estaba en prisión, aunque no por haber transgredido ninguno de ellos. Su delito consistía en haber comprado unos libros impresos que, en cambio, debería haber denunciado a las autoridades eclesiásticas, para que fueran quemados en la plaza pública. Ediciones tan malditas como raras. Uno de ellos en particular. Los inquisidores que habían asaltado su casa la habían llamado la Biblia del Diablo. Llevaban años buscando ese ejemplar, uno de los pocos ejemplares que quedaban en circulación, tal vez el último. Había sido impreso en Venecia por un editor desconocido y no tenía título en la cubierta (unos hechos que en sí mismos implicaban prohibición) y, sobre todo, contenía un gravísimo error de imprenta: faltaba la palabra «no» en los mandamientos.

El cajista de la imprenta siempre había estado convencido de que había insertado esa secuencia de dos letras cuando compuso la página con los caracteres para la impresión y el corrector de pruebas había afirmado que, cuando leyó el texto, las muescas del «no» estaban todas en su sitio; pero, por alguna extraña razón, faltaba la palabra. Así, casi todos los mandamientos se habían vuelto del revés: «tendrás dioses ajenos delante de mí», «tomarás el nombre de Dios en vano», «matarás», «cometerás actos impuros», «robarás», «levantarás falso testimonio», «codiciarás a la mujer de otro», «codiciarás la propiedad de otro».

–¿Y por qué te interesaba tanto esa maldita biblia? ¿Cómo llegó a tus manos? –preguntó Baldesar, que empezaba a preguntarse si aquel extraño individuo no habría perdido toda la razón por completo.

–Solo quería salvarla de la hoguera. No sabía que contenía esos errores.

–Me temo que has perdido la cabeza.

Raphael sonrió cuando el disco lunar casi completo apareció entre los barrotes cerca del techo.

–Háblame de ti.

–¿De mí? ¿Qué quieres que te diga?

–¿Siempre has sido ladrón de bancos?

–Antes era un hombre de mar. Y nunca he leído un libro entero, solo los mapas necesarios para la navegación, pero sé escribir y hacer cuentas. Sin embargo, no soy tan burro como tú –dijo, y luego apoyó la espalda en la pared y bostezó–. Me encantaría tomarme un trago fuerte y despertarme mañana por la mañana en una soleada playa de las Canarias, abrazado por un par de jóvenes salvajes.

–¿Has estado allí?

–Claro, hace muchos años.

–¿Por qué no te quedaste?

–Me ganaba la vida dirigiendo los barcos por mar, messere. Marcharse era inevitable.

–Entonces eras capitán.

–Puedes hablar claro. Transportaba mercancías y esclavos para la corona española. –Escupió al suelo produciendo un siseo y sacudió la cabeza–. Sé lo que estás pensando: ¿por qué me convertí en ladrón? Se trata de una larga historia...

–Aquí tenemos tiempo.

–Fui arrestado acusado de ser un espía a sueldo del virrey... de Nápoles. Me escabullí, quién sabe cómo. –Baldesar negó con la cabeza como si quisiera sacarse los malos recuerdos–. Háblame de ti, messer Dardo. ¿Dónde naciste?

–No lo sé, pero crecí en Roma. Me adoptó una familia de artistas.

Baldesar dejó escapar un silbido de admiración.

–¡Artistas! ¿Y tú también te convertiste en artista?

–Me habría gustado, pero no tenía talento.

–Robar también es un arte. Ahí no se pueden hacer trampas: si no eres capaz, vas al patíbulo. Y tampoco se pueden hacer trampas en el mar. El mar es... terrible, aterrador. Pero a veces muestra toda su belleza. Y los colores... ay, los colores del océano... –Baldesar Accoramboni estaba perdido en una ensoñación–. ¿Has viajado?

–Viví en Ámsterdam un tiempo.

–¿A qué te dedicabas?

–Comerciaba con obras de arte.

–¿Y qué otras ciudades has visitado?

–Varias.

–¿Hay alguna que te haya gustado en particular?

–No nos faltará tiempo para viajar con los recuerdos, Baldesar.

–Depende.

–¿De qué?

–Si el papa estira la pata, el pueblo asalta las cárceles de Roma y las abre.

–¿El papa se está muriendo?

–Pero ¿cómo? ¿Tampoco te has enterado?

–No. –Suspiró Raphael.

–¿A qué hora se come aquí?

Raphael contestó que allí no se comía, que apenas los alimentaban, poco más. Luego se ausentó, concentrándose de nuevo en la lentitud de la luna, mientras Baldesar seguía hablando de lo mucho que echaba de menos la vida en alta mar, los puertos que había tocado, las lenguas desconocidas que habían llegado a sus oídos, los cofres que había desencajado.

¿Por qué le importaba tanto hablar de sí mismo?

«El deseo de existir incluso en los recuerdos de los demás –pensó Raphael–. El cielo de la fama, a falta de un verdadero paraíso. Y de mí, ¿quién se acordará?».

¿Quién llevaría flores frescas y cálidas lágrimas a su tumba? ¿Quién contaría su historia?

De cuando, siendo muy joven, había sido anunciado al duque de Florencia como un fino conocedor de obras de arte y había comenzado a servirle como agente procurándole artistas y obras, ganándose su confianza día tras día, hasta el punto de ser educado, entrenado y luego empleado en misiones de extrema delicadeza para el Estado. Ya no era un agente de arte, sino un agente secreto. El de mayor confianza del príncipe.

Sí, a lo mejor alguien se acordaría de esto un día u otro.

Pero ¿quién contaría toda la historia desde el principio, empezando por cuando, hace treinta años, un crío sin nombre ni apellido, todavía embadurnado de humores, fue abandonado en el umbral de una casa de misericordia?

Nunca había tenido que lamentar su miserable y misterioso nacimiento.

Siempre había llamado «padre» y «madre» a los que no le habían engendrado y «hermanos» a los que en realidad no lo eran.

Pero ahora nadie en la familia podía conservar y transmitir el recuerdo de todo esto. Aquellos que no estaban muertos le habían perdido el rastro hacía mucho tiempo.

Las desgracias habían comenzado a causa de las obras de arte de Leonardo, el hermano al que Raphael estaba más unido. Había pintado cuadros heréticos y no se había doblegado a abjurar, o al menos a aceptar cambiar el título de sus obras, consideradas blasfemas. Por ello había sido arrestado por el Santo Oficio, proyectando así una oscura sombra sobre toda la familia.

Más tarde se descubrió que Leonardo incluso formaba parte de una secta herética, por lo que fue condenado a morir en la hoguera.

Si, de lo que había sucedido después, Raphael quería que el mundo se olvidara, le habría encantado que el eco de aquellos acontecimientos inenarrables se disipara en la inmensidad de la nada. Aún sentía sus manos mojadas con la sangre de su hermano. La Inquisición no lo había matado, lo hizo él. Sí, él. Sin querer, sin darse cuenta. Esa era la cruda realidad.

Un pensamiento, un sentimiento de culpa, insoportable, incluso después de cuatro años.

Solo tenía que cerrar los ojos y volver a ver lo que había hecho sin querer para aceptar de buen grado el pensamiento de la horca.

«No tienes ninguna culpa, Raphael. Y lo sabes. Ninguna».

Pero sí, después de todo, no había recuerdo que mereciera sobrevivirle. El cuerpo de Raphael Dardo podría fácilmente hundirse en la tierra desnuda y ser olvidado por todos, para siempre. Sin flores ni lágrimas.

Ariel Colorni, su mejor amigo, el único capaz de poner por escrito su biografía, podía tranquilamente ahorrarse la molestia.

Dirigió una mirada desdeñosa a la pequeña ventana con barrotes. En ese momento, amanecía en el mundo de los libres. Y, como la noche, también los pensamientos melancólicos de Raphael eran barridos: un guardia giraba la llave en el ojo de la cerradura. La puerta se estaba abriendo.

¿Había llegado el momento de encontrarse con el verdugo?

# Capítulo 7

–¡En pie! –El guardia le estampó la bota en la pierna–. ¿Me oyes? ¡Levántate! ¡Rápido!

Raphael ganó la posición vertical lentamente, conteniendo el deseo de intentar sacar la espada de la vaina y atravesarlo.

–¿Qué pasa? –preguntó.

–El alguacil quiere verte –respondió el esbirro, retorciéndose el bigote.

–¿Y a mí no? –protestó Baldesar, que se vio obligado a observar la escena a través de las piernas de otro guardia–. ¿Qué pasa conmigo? ¿Me vais a dejar aquí solo?

Raphael coló un «buena suerte» en la pequeña puerta antes de que se cerrara.

–Buena suerte a ti también –respondió el ladrón desde el interior–. Cuando quieras, y siempre que quieras, ¡me encontrarás en el infierno!

Su voz los acompañó durante un rato, luego se perdió incluso el último eco entre las piedras del castillo.

–¿Dónde me lleváis? –preguntó Raphael.

–Cállate y camina –fue la respuesta de uno de los esbirros.

Los ojos debilitados por la oscuridad perpetua de la celda tardaron unos minutos en hacer frente a la potencia del amanecer de verano, al sol bajo y cegador. Cuando Raphael pudo mantenerlos abiertos sin sentir dolor, se volvió para mirar el castillo, con el arcángel Miguel en cuerpo de mármol y alas de bronce, que se elevaba sobre la torre, envainando su espada.

–Camina –le advirtió también el esbirro que iba a su derecha.

Deslumbrado por el sol sobre el puente Elio, Raphael continuó, mirando hacia abajo. Las cadenas le atenazaban las muñecas, la calzada fluía velozmente bajo sus pies inseguros, el Tíber brillaba a ambos lados, surcado por una multitud de embarcaciones de vela todas iguales, que recordaban en su forma a los barcos vikingos, con sus proas y popas enroscadas hacia arriba, y también de pequeñas y medianas embarcaciones cargadas de materias primas o bienes de consumo: madera, hierro, materiales de construcción, pieles, telas, papel, especias, cera cruda. Se dirigían a los puertos de Ripetta o Ripa Grande, donde las mercancías, para entrar en la ciudad y ser revendidas a los minoristas y artesanos romanos, estaban sujetas al pago de la gabela: el seis por ciento del valor, dinero que vigilaban los contratistas y funcionarios de aduanas.

Cuando Raphael llegó al otro lado del río, a la sombra de las casas y edificios del barrio de Ponte, dejaron de dolerle los ojos. Y notó de inmediato un bullicio inusual, una sensación generalizada de miedo que distorsionaba los rostros de los transeúntes.

Los puestos estaban todavía cerrados y parecía que iban a permanecer cerrados durante mucho tiempo. Así como las tiendas de sastres, tundidores, zapateros, merceros. No había la actividad normal que siempre precedía a la apertura.

En cambio, había por todas partes una agitación inusual de gente saliendo de una casa y entrando en otra, como si trajeran noticias muy importantes.

Se dirigían hacia Campo de' Fiori.

Un poco más adelante, la noticia agitaba a un corrillo de hombres en la esquina de la calle. «El papa ha muerto», decían. Otro afirmó que así era desde hacía días y que la noticia se había mantenido en secreto por temor a un gran levantamiento popular.

«Y esto –pensó Raphael– no es ciertamente un temor infundado». Los romanos odiaban a los Carafa tanto como él.

Los romanos ansiaban vengarse.

Se sentían humillados por la intransigencia y el rigor de la Inquisición. Agotados por hambrunas y demasiados impuestos pagados para alimentar guerras suicidas e indignas del Estado de la Iglesia. E indignados por un papa que había hecho cardenal a un soldado, un asesino e infame como don Carlo, su sobrino.

El nombre «Carafa» estaba ahora tan cargado de significados negativos que los vendedores de vasos y garrafas habían empeza-

do desde hacía algunos años a ofrecer sus mercancías al grito de
«¡Vasos y alcuzas!», para no arruinar su negocio.

Como si alguien quisiera confirmar sus pensamientos, un grito
atronó entre las casas: «¡Malditos sean Carafa y toda su familia!».
Los dos esbirros que tenía detrás empezaron a inquietarse.

–Más rápido –ordenaron.

Raphael obedeció e hizo todo lo que pudo para que sus desacos-
tumbradas piernas funcionaran lo mejor posible, a pesar de que
siempre había hecho ejercicios físicos durante su encarcelamiento.

Todo aquel ajetreo le parecía sospechoso. La tensión era palpable. Parecía como si estuvieran preparando horcas, afilando los
cuchillos, encendiendo las antorchas.

La situación inquietaba cada vez más a los dos esbirros que iban
detrás de Raphael. Miraban constantemente hacia las ventanas,
de las que podía caer cualquier cosa en cualquier momento.

Raphael no hizo ningún comentario y siguió saboreando el aire,
dejando que su mirada vagara del cielo despejado a las sombras
que se arrastraban por la tierra cálida, escuchando el susurro del
sol sobre su piel. Tras cuarenta días de cautiverio, el mundo se
manifestaba en todo su esplendor.

Le habían sacado de la celda sin explicación alguna. Aún tenía
las manos encadenadas. Y soñaba con un baño caliente y la mano
experta de un barbero, con sus mejillas afeitadas y masajeadas
con el paño tibio empapado en decocción de malva y con el pelo
color fuego libre de piojos.

Y como estaba encadenado a causa de Carafa –de su *Índice de
libros prohibidos* y su querida Santa Inquisición–, los rumores que
anunciaban su muerte y los gritos de desprecio lanzados desde las
ventanas llegaban a sus oídos como una dulce melodía.

–¿Cuánto falta? –preguntó.

–Estate callado y camina.

Sí, caminar también le brindaba una sensación maravillosa, nunca
había sido tan agradable.

Cada paso lo acercaba más al Paraíso.

Era como volver a nacer.

Y al cabo de un rato el pensamiento «Huye, no vuelvas a ese
agujero» empezó a hacerse insistente.

Lanzó una rápida mirada a izquierda y derecha. Los esbirros que le flanqueaban eran corpulentos, iban armados con espadas, dagas y trabucos. Quizás había habido un momento en el que podría haberse aventurado e incluso tener ventaja, pero ahora...

–¿Tanto tiempo?

–Cállate.

–¿Adónde nos dirigimos?

–Si no te callas, te meteré el trabuco por el culo, a ver qué se siente cuando dispare.

Aquella fue la carcajada más breve de sus vidas.

–¡Muerte a los siervos de los Carafa!

–¡Ahí están!

–¡Cojámosles!

No se detuvieron a escuchar para entender de dónde provenían las amenazas.

–¡Más rápido, más rápido!

Pero en el instante en que se quitaron los arcabuces del hombro para cargarlos, un objeto lanzado desde una ventana alcanzó en la cabeza a uno de los dos.

El hombre cayó como fulminado y se desplomó en el suelo con un ruido sordo e inequívoco. El otro ni siquiera se agachó para ver si estaba muerto o gravemente herido y huyó corriendo.

Raphael dudó unos instantes y luego se abalanzó como una bestia hambrienta sobre el cuerpo del esbirro. No estaba muerto. Pero una piedra le había abierto una brecha lo suficientemente amplia en el cráneo como para poder verle la materia brillante que hay debajo.

Con las muñecas emparejadas, las cadenas repiqueteando y gestos torpes, buscó las llaves. Las encontró colgando del cinturón. Pero las manos le temblaban de emoción y por la prisa. Ni siquiera podía encajar la llave en el pequeño agujero entre los dos brazaletes de hierro.

Sentía que estaba a punto de volverse loco.

¿Dónde habían ido a parar su implacable sangre fría y todas las demás habilidades que le habían llevado a convertirse en el agente secreto más remunerado del duque Cosme de Médici? Estaban pálidas y putrefactas como todo lo demás en los estrechos confines de una celda sin luz.

Desesperado, se echó a reír; una risa absurda e inútil mezclada con llanto.

–¡Eh, tú!

Raphael levantó la cabeza, con la vista nublada por las lágrimas. Solo percibió la silueta de un hombre y la del hacha que sostenía en el puño.

# Capítulo 8

El hombre apoyó el mango del artilugio contra la pared y se cuidó las manos.

–Permíteme que te ayude.

–Te lo agradezco.

Raphael le dejó hacer, esperanzado, sin pedirle explicaciones.

–¿Ya han abierto las cárceles?

–¿Quién?

–El pueblo de Roma.

–Creo que no.

–Y tú, entonces, ¿de dónde vienes?

–Es difícil de explicar.

–A mí me pareces un fugitivo de prisión.

–Las apariencias engañan. ¿Puedo preguntarte qué está pasando?

–Ha muerto el papa. –El hombre giró la llave en la cerradura del candado–. ¿Te alegras?

–No sé.

–Entonces, ¿por qué te reías?

–Pensaba en un buen amigo mío.

–¿Y eso te hace gracia?

El hombre continuaba girando la llave en la cerradura del candado, pero sin ningún resultado.

–Se llama Ariel –explicó Raphael que, después de tantos días de soledad y aburrimiento, pensaba en su amigo con inédito placer–. Es el mayor talento que se puede encontrar en esta tierra.

–¿Y qué? –El hombre se estaba poniendo nervioso: la llave no funcionaba–. ¿De qué te ríes?

–Ariel podría liberarse las manos en un abrir y cerrar de ojos y sin llave. Me reía porque me imaginaba que me estaba mirando.

–Bueno, entonces vete con ese Ariel. –Tiró la llave y volvió a coger el hacha. También recogió el trabuco que se le había caído al esbirro de las manos y, de paso, también le sacó la pólvora y las balas del cinturón–. Muy buenas, señor.

–No, espera.

–¡Arréglatelas!

–Puedes cortar la cadena –suplicó Raphael, estirando los antebrazos.

–Que te ayude otro –dijo el hombre.

Se dio la vuelta y desapareció a la carrera, con el hacha bailándole en el hombro.

Raphael continuó por el mismo camino, tocando las paredes como un prófugo. Ya se oían gritos por todas partes. La revuelta estaba tomando forma poco a poco pero inexorablemente.

¿Qué podía hacer?

Miró a su alrededor. Solo vio tiendas y puertas atrancadas, perros esqueléticos, las sombras parpadeantes de las golondrinas. Vaciló, luego empezó a moverse lentamente, a pequeños pasos, indeciso, como un fantasma aturdido por la luz del día.

Trató de ordenar los pensamientos.

¿Por qué, en un momento de confusión general, el alguacil había solicitado que le llevaran a un prisionero esposado por la calle, a plena luz del día, en lugar de ir personalmente a la celda para interrogarle?

¿Había algo que quería que viera?

Raphael barrió el aire seco con la mirada. El punto de encuentro no debía de estar muy lejos de allí, ya que los esbirros habían ido andando desde el castillo de Sant'Angelo. Y era posible que el alguacil se hubiera refugiado en algún lugar cercano. Tal vez él también había escapado. Después de todo, ¿por qué arriesgarse? Pronto habría un nuevo papa y, por lo tanto, también un nuevo alguacil.

Raphael no tenía más remedio que huir.

No.

No quería huir así, como un vulgar bandido, con cadenas en las muñecas, y además justo cuando el papa Carafa ya no representaba ningún problema.

Podía imaginarse un final diferente. El triunfo, la libertad, una nueva gloria, sin mancha en los días venideros.

Era mejor esperar para averiguar la razón por la que lo habían sacado de allí.

Se detuvo a escuchar.

El suelo vibraba bajo sus pies: venía mucha gente, y también caballos.

Entonces sus ojos desorbitados vieron una horda de esbirros armados hasta los dientes que se acercaban a él, ocupando todo el ancho de la calle. Y cuando lo vieron, se detuvieron.

Dos de ellos montaban robustos corceles.

En el centro de la formación, el que debía de ser el alguacil sonreía desde debajo de un sombrero de ala ancha y flexible, con las piernas abiertas y los puños hundidos en las caderas:

–Messer Raphael Dardo, supongo.

–Yo soy.

–Llega un poco tarde –dijo–. Creía que ya no vendría.

–Bueno, como ve, soy un hombre de palabra.

–¿Y por qué está solo?

–Uno de los vuestros está allí. –Raphael señaló el final de la calle con la barbilla–. El otro ha huido.

El alguacil levantó una mano y dos de sus hombres se separaron del grupo para ir a comprobarlo, luego asintió lentamente con la cabeza e invitó a Raphael a acercarse.

–Venga –le dijo, moviendo los dedos como si le estuviera haciendo cosquillas al aire–, hay algo que tiene que ver.

# Capítulo 9

*Via della Corda, barrio de Regola*

Lo que, quién sabe por qué razón, tenía que ver no estaba muy lejos, en la conocida calle de la ciudad donde se erigía el poste para el tormento de la garrucha, destinado a los que no cumplían las normas que regulaban el mercado de cereales. En ese momento, la calle estaba atrincherada y vigilada por hombres armados, que multiplicaban su número cerca de una puerta, una hermosa entrada coronada por un arco apuntado de piedras blancas. Los hombres armados que vigilaban la entrada de la casa no eran esbirros del gobernador ni de ningún otro tribunal romano, sino soldados de los Estados Pontificios. Casi como si la guerra hubiera llegado al corazón de la Ciudad Eterna, como lo había hecho treinta y dos años antes a manos del emperador Carlos V. Afortunadamente, no era el caso, pero lo que hubiera en aquella casa, pensó Raphael, debía de ser bastante importante.

—Las manos —dijo el alguacil distrayéndole bruscamente de sus pensamientos.

—¿Cómo?

Le enseñó una llave.

—Tengo órdenes de liberarte, messer Dardo.

Las cadenas tintinearon, los brazos se volvieron más ligeros, el aire fresco acarició las muñecas sudorosas y con picor.

—Te agradezco que no hayas huido.

—Solo tenía curiosidad por saber qué querías enseñarme.

—Créeme, no es un espectáculo agradable.

—¿Puedo saber por qué...?

—Recibirás instrucciones en su debido momento.

Raphael no contestó y lanzó otra mirada dubitativa a la puerta. No sentía curiosidad por lo que había más allá. Primero le habría gustado saber si realmente podía considerarse libre, a todos los efectos; y hasta cuándo y por qué le habían liberado de aquella forma tan inusual. Entonces pensó que, tal vez, la respuesta a esa última pregunta se encontraba justo al otro lado de aquel arco gótico blanco.

–Antes de entrar quiero que hables con algunas personas –dijo el alguacil–. Han visto un ángel.

–¿Un ángel?

–¿Estás sordo? –Luego, tras buscar a alguien en la muchedumbre, gritó–: ¡Antonio!

–¡Comandante!

–¿Han llegado los aguadores?

–Sí, señor.

–Tráelos aquí.

Al cabo de un rato, el esbirro se acercó empujando dos figuras flacas y asustadas, una alta y la otra idéntica pero en miniatura. Evidentemente, padre e hijo. Caminaban uno al lado del otro, cabizbajos, con el aire de quien espera una sentencia de muerte en cualquier momento.

–Aquí están –dijo el esbirro–. Levantad la cabeza, el alguacil quiere hablar con vosotros.

–Ya lo hemos dicho todo –protestó en voz baja el aguador más pequeño–. Mi padre no se siente bien.

Raphael observó atentamente al hombre. Había algo más en él que un vago malestar. Tenía el rostro tenso, los ojos en éxtasis y movía la cabeza espasmódicamente mientras parecía pronunciar con rapidez una secuencia de palabras insonoras. Tenía sin duda la mente en otra parte en ese momento.

El alguacil lo agarró por el brazo y lo colocó frente a Raphael.

–¿Le cuentas a este caballero lo que tú y tu hijo visteis anoche de camino al Tíber a por agua?

–Bajamos por el Vicolo del Malpasso, como todas las noches –tartamudeó el aguador, señalando en esa dirección–. Y vimos el milagro. Sí, sí, el milagro. ¿Verdad, hijo?

–Íbamos a llenar las barricas con el burro –confirmó el hijo, avergonzado y asustado por el inusual comportamiento de su progenitor–. Y entonces vimos lo que todo el mundo vio.

–¿Cómo te llamas? –preguntó el alguacil.

–Ludovico –respondió el aguador.

–¿Y tú? –Raphael puso suavemente una mano en el hombro del chico y se lo llevó aparte–. ¿Cómo te llamas?

–Ugo –respondió el muchacho, mirándose los pies envueltos en unos zapatos gastados que debieron de pertenecer a su abuelo de niño.

–¿Te doy miedo con esta barba larga y el pelo enmarañado? Apesto como un cerdo, ¿verdad?

Ugo asintió.

–¿Me quieres decir qué le pasa a tu padre?

–No lo sé.

–¿Desde cuándo está así?

Ugo hizo ademán de volverse para mirar a su padre, pero rápidamente devolvió la mirada a sus propios pies.

–¿Así? –preguntó.

Como si no quisiera admitir que a su padre le pasaba algo, pensó Raphael, o como si, por el contrario, quisiera ver confirmados sus temores. Se esforzó por ser lo más amable posible con él, aunque no era fácil para alguien que guardaba en su interior una tormenta, una fuerza oscura acumulada durante tantos días de encierro.

–Puedes confiar en mí –le dijo–, soy tu amigo. –Recogió una mano demacrada del costado del muchacho y la encerró en la suya–. Me llamo Raphael.

El joven aguador levantó por fin la cabeza.

–Encantado de conocerle, señor.

Y consiguió devolverle la sonrisa.

–Muy bien –le dijo Raphael–. ¿Ves a aquellos?

–¿Los esbirros?

–Sí. ¿Les tienes miedo?

–Un poco.

–No diré nada si tú no quieres.

–Está bien.

–Entonces, dime, ¿qué le pasa a tu padre?

–Desde que vimos al ángel, ya no razona. –Ugo señaló con el dedo en dirección al Tíber y asintió–. No hay duda de que era un ángel, estaba de pie sobre el agua.

–Cuéntame con detalle lo que viste.

El muchacho expuso los hechos, sin omitir un solo detalle de la visión celestial.

–Era un ángel –reiteró el pequeño Ugo–. Mi padre estaba borracho, pero yo no.

La mirada atenta de Raphael emergió de su barba y de la suciedad que le cubría la piel del rostro.

–¿Qué aspecto tenía el ángel?

–¡Dardo! –lo llamó el alguacil.

–¡Voy! –respondió, sin quitar por ello los ojos del crío–. Te escucho, Ugo.

–¡Dardo!

–Era brillante –comenzó diciendo el muchacho–. Cuando apareció, todo el mundo lloraba y gritaba.

–¿No pasó nada más?

–Habló. Dijo algo que no recuerdo.

–No importa.

Ugo bajó la cabeza.

–¿De verdad estás seguro de lo que viste y oíste?

–Seguro.

–¿Estás bien?

–Sí. Soy escudero.

Raphael se frotó la cabeza.

–Verás que algún día te convertirás en caballero. Y no te preocupes por tu padre, pronto mejorará. Está un poco agitado. No todos los días se ve un ángel.

–¿Era de verdad?

Había demasiada esperanza en los ojos temblorosos del muchacho para poder responder otra cosa que no fuera «sí».

–¡Dardo! ¡Vamos! ¡Intenta darte prisa, no tenemos tanto tiempo!

Las prisas del alguacil estaban más que justificadas. Los ánimos de los romanos se caldeaban a medida que pasaban los minutos. Los gritos de revuelta resonaban por todas partes y el ligero viento arrastraba ominosos rugidos de tambores y cacerolas. Raphael volvió a estrechar la delgada mano de Ugo. Luego fue a reunirse con el alguacil, que esperaba en la puerta y casi se le había ag⟨ la paciencia.

# Capítulo 10

Raphael entró en primer lugar.

Era una casa deshabitada. Aquí y allá se veían raros restos de mobiliario: una silla, una cómoda, unos vasos sucios.

Una de las habitaciones de la planta baja se había preparado para servir de depósito de cadáveres. En el interior, las contraventanas estaban cerradas, las cortinas descorridas y sobre la mesa, iluminada por un candelabro, yacía una sábana blanca bajo la que se vislumbraba un cuerpo humano.

El hedor era insoportable y apenas se podían llenar los pulmones con aire fétido.

Raphael pellizcó la sábana y la levantó del cadáver comenzando desde la cabeza.

Apareció un hombre maduro y sin ojos. Luego la sábana descubrió una pequeña mancha en su pómulo izquierdo, una marca de nacimiento en forma de sanguijuela que había sido más rosada mientras la sangre circulaba por aquella masa de carne. Raphael la observó atentamente.

¿Había visto antes aquella mancha?

¿Conocía aquel rostro?

Era difícil decirlo. Privado como estaba de mirada, hinchado y deformado, estaba casi irreconocible.

El hombre solo llevaba puestos los calzones, estaba descalzo, una correa de cuero le apretaba el costado hasta hundírsele en la piel amoratada. Y tenía materia oscura en la nariz y la boca, en los hombros y en la base del cuello; parecía sangre mezclada con polvo. Pero entonces Raphael vio restos de ese polvo aún seco. Era rojo, fino. Y se dio cuenta de que los grumos rojizos que acababa de notar no eran sangre mezclada con polvo, sino ese mismo polvo rojo mezclado con sudor.

Y con las lágrimas.

Solo quedaba un vacío oscuro y lúgubre en las cuencas de ambos ojos. Raphael rozó con las yemas de los dedos la unión de los párpados, una costra de sangre. El asesino se los había cortado y la víctima estaba viva en ese momento, el tiempo suficiente para sufrir un dolor atroz.

Pero había algo más que casi le robó el protagonismo a aquel espectáculo macabro.

Una hoja de papel enrollada. El asesino se lo había clavado en el esternón.

Raphael sacó el clavo, arrancó el papel y lo expuso a la luz de las velas. Leyó lo que una mano experta había escrito utilizando sangre en lugar de tinta:

El día que el séptimo ángel hable y comience a tocar su trompeta se cumplirá el misterio de Dios, tal y como él mismo anunció a sus siervos, los profetas.

Estaba firmado por el Ángel de la Muerte.

El papel se enrolló en cuanto Raphael lo colocó sobre la mesa junto al cadáver.

En el dedo anular de la mano izquierda aún llevaba un gran anillo de oro. Prueba irrefutable de que el asesino no había actuado para robar.

Raphael se inclinó hacia delante. Observó que la sangre se había acumulado en abundancia en la parte superior de la cabeza por *livor mortis,* lo que no correspondía a un cuerpo hallado en decúbito supino. El hombre debió de haber muerto boca abajo.

—¿Lo conocías? —preguntó el alguacil, apareciendo a su lado de repente.

—Creo que lo he visto antes.

Los pequeños ojos del alguacil casi se le salieron de las órbitas.

—¿De veras?

—No me malinterpretes. Todo lo que he dicho es que me parece una cara familiar. Pero quizá me equivoque. El pobre está en muy mal estado.

—¿Quién crees que es?

—Bueno, no sé. Tal vez se trate solamente de una impresión.

—Si se te ocurre algo, no dudes en comunicármelo.

—Por supuesto. Entonces aún no lo habéis identificado.

—Lo encontré hace unas horas. Y no se me permite convocar a la gente para su reconocimiento.

Raphael negó con la cabeza. «Una muerte larga y dolorosa», pensó mientras seguía observando las señales del maltrato al que había sido sometido el hombre.

—Fue torturado por un monstruo.

—¿Cómo dices?

—Este hombre ha sufrido considerables torturas. ¿Ves aquí?

Señaló los restos de aquel fino polvo rojizo.

Leccacorvo reprimió las ganas de vomitar y se inclinó hacia delante, frunciendo el ceño.

—¿Qué pasa?

—Apuesto a que... —Raphael recogió un cerco con la yema del dedo, hallándolo en un punto de piel que no estaba embadurnado de sangre, y se lo llevó a la punta de la lengua— es pimienta en polvo.

—¿Para qué?

Raphael decidió que darle más explicaciones al alguacil sería una pérdida de tiempo. Aunque consiguiera hacerle entender que el desgraciado había sido obligado a inhalar pimienta cada vez que el asesino le aflojaba la correa que le rodeaba el pecho, el jefe de los esbirros solo sospecharía de alguien que supiera esas cosas.

—¿Qué relevancia crees que puede tener este asesinato con la visión de los dos aguadores? —le preguntó.

—La verdad es que no lo sé —dijo Leccacorvo, masajeándose el estómago—. Son dos sucesos que ocurrieron anoche. Pero pregúntaselo al camarlengo. Fue él quien me ordenó sacarte del castillo y traerte aquí para que vieras esto y hablaras con esos dos.

—¿Dónde encontrasteis el cadáver?

—En la escalinata de una iglesia, aquí cerca. Ya es el cuarto que encontramos en el mismo sitio.

—¿No es el primer asesinato?

–Días atrás han tenido lugar otras muertes y otras cosas inexplicables como esta. Pero no puedo decir más. Recibirás más información en el debido momento.

–¿Han encontrado al asesino?

–Claro que no. ¿Por qué otra razón estarías aquí?

–¿Voy a tener que encontrar y capturar al culpable de estas atrocidades? Espero que no estés hablando en serio.

–Nunca he hablado tan serio en mi vida, messer Dardo. Pero... –literalmente, extendió las manos hacia delante– si tienes alguna duda de por qué se te pide que te ocupes de estos asuntos, no me preguntes a mí. No sabría qué decirte. Pronto serás convocado en el Vaticano para recibir más instrucciones. Al menos eso espero. –El alguacil volvió a colocar el papel enrollado sobre el abdomen del muerto–. Será mejor que salgamos de aquí, me están entrando ganas de vomitar.

En cuanto el jefe de los esbirros le dio la espalda, Raphael se agachó para rebuscar en los bolsillos del cadáver, pero los calzones no tenían nada.

–¡Vamos, Dardo!

Echó una última y compasiva mirada a las cuencas de los ojos vacías como pozos. «Me recuerdas a alguien, pero ¿a quién?». Y salió rápidamente de la casa.

# Capítulo 11

–Así que el cadáver tenía ese papel pegado cuando lo encontraste.

Leccacorvo lo miró de pies a cabeza.

–Supongo que sabes leer.

–¿Tú no?

–Pues claro. ¿Por qué me lo preguntas?

–¿Y por qué me lo preguntas tú a mí?

–Quiero tu opinión sobre lo que está escrito en ese papel. –Raphael se encogió de hombros–. Bueno, podría parecer un pasaje de la Biblia.

–¿Cuál?

–¿Tengo pinta de cura?

–¿Qué sabes de la Biblia?

–Me suena a pasaje bíblico.

–¿Estás de broma?

–En absoluto. Pero también podría estar equivocado.

–¿Recuerdas las palabras exactas que acabas de leer?

–Sí... El día que el séptimo ángel hable y comience a tocar su trompeta...

–¿Qué más?

–El día que el séptimo ángel hable y comience a tocar su trompeta se cumplirá el misterio de Dios, tal y como él mismo anunció a sus siervos, los profetas.

–Maldición, eso suena como un pasaje bíblico. –Messer Leccacorvo dio vueltas a esas palabras en la boca, murmurándolas para memorizarlas–. ¡La costumbre de leerse la Biblia a uno mismo! –gruñó después, dando pisotones en el suelo–. ¡Debe de haber una razón por la que existen los curas! La Biblia está acabando con la cabeza de mucha gente.

Raphael sonrió. Le sorprendió el carácter extrovertido del alguacil y, sobre todo, su interés por las cuestiones intelectuales. Gratamente sorprendido, porque Giusto Leccacorvo había sido nombrado por el papa Carafa y, por tanto, habría sido legítimo esperar un individuo de otra naturaleza.

—¿Qué harás ahora? —le preguntó.

—Vamos a enterrar al desgraciado.

—¿Antes de que se le dé una identidad?

El alguacil no contestó, se había distraído con los gritos que sacudían la ciudad.

—¿Qué dices tú, messer Dardo?

—¿Lo enterraréis antes de averiguar quién es e informar a la familia?

—Si podemos darle una identidad, nos lo pensaremos. Lo decidirá el camarlengo. Pero por ahora las órdenes son que no se informe a la familia de ninguna persona fallecida. Eres uno de los pocos que han visto lo que hay ahí dentro. Y debes mantenerlo en secreto. Los nombres de las víctimas no se deben saber. ¿Entendido? También y sobre todo acerca de los aguadores y su visión debes mantener el más absoluto secreto. A su debido tiempo, la Iglesia decidirá si se trata de obras del demonio o si realmente se han producido y se producen milagros.

Raphael excluyó ambas hipótesis por principios. Y sobre el mismo principio, según el cual las creencias eran prisiones, readmitió milagros sobrenaturales en el reino de lo posible.

—¿Qué quieres de mí?

—Tendrás que ayudarme a cazar al asesino.

—¿Ayudarte yo?

—Son órdenes que vienen de arriba. Tienes un par de horas para instalarte. Luego debes presentarte en el palacio Apostólico. El camarlengo quiere conocerte.

—¿A mí? —dijo Raphael tocándose el pecho—. ¿Hablas en serio?

—Es un cardenal muy cercano al padre eterno en la jerarquía de los poderosos. ¿Entiendes? Te aconsejo, por tanto, que pongas a tu miserable persona en condiciones de ser recibida lo antes posible. No te quito el ojo de encima, Dardo. Déjate de bromas conmigo.

—¿A qué hora quiere verme?

Giusto Leccacorvo se echó hacia atrás, como si fuera a reírse, pero seguía con el rostro sombrío.

–¿Quién te crees que eres, el rey de España? Tú, en el castillo, has aprendido a esperar. ¿Estoy en lo cierto? –Volvió a inclinarse hacia atrás, solo un momento, luego pareció arrepentirse y lo miró con el ceño fruncido y los labios apretados–. Escúchame con atención. –Bailó el dedo índice delante de sus ojos–. En caso de que se te pase por la cabeza la loca idea de huir de Roma, recuerda estas palabras: Giusto Leccacorvo te dará caza, dondequiera que te escondas, y luego te entregará al verdugo. No tendrás paz. ¿Todo claro?

Había muchas otras cosas que Raphael no entendía de aquel extraño día.

–Dentro de dos horas estaré en el Vaticano.

–Muy bien. Ya puedes irte.

Mientras Raphael se alejaba, vio llegar al maestro Buonarroti montado en un brillante caballo negro. Llevaba un pesado traje negro, a pesar del calor. Y a pesar de su venerable edad de ochenta y cuatro años, se apeó de la silla de montar con una confianza envidiable.

En una mano sostenía hojas de papel.

Raphael le siguió con la mirada mientras se dirigía a grandes zancadas hacia la casa-morgue. Miguel Ángel se movía con decisión, con el aspecto nudoso y fuerte de un olivo centenario. El hombre parecía dotado de un vigor mágico, como una fuerza que obligaba a todos los guardias a inclinarse a su paso.

La presencia de Buonarroti, reflexionó Raphael, demostraba que los días del papa Carafa habían llegado a su fin. Pablo IV despreciaba demasiado y desde hacía demasiado tiempo al gran artista. Nunca le habría mandado llamar como persona de confianza. A Carafa siempre le había consumido el deseo de quemarlo en la hoguera por hereje. Había amenazado en diversas ocasiones con destruir sus frescos de la Capilla Sixtina y, para demostrarle las pocas ganas que tenía de tonterías, mandó demoler los de la Capilla Paulina.

Sí, el papa Pablo IV nunca podría haberse rebajado a pedirle consejo a Buonarroti sin quedar mal. Siempre le había odiado, tanto que le había quitado el sueldo el mismo día que ascendió al trono papal, como si no hubiera esperado otra cosa en toda su vida. Y aunque se le hubiera ocurrido perdonarle, como buen cristiano, y le hubiera buscado para pedirle ayuda, el gran Miguel Ángel, por su parte, nunca habría respondido a la petición con tanta diligencia.

En su lugar, al parecer se había apresurado a la escena para hacer unos dibujos de un cadáver.

¿Por qué?

¿Por qué él?

# Capítulo 12

*Piazza Giudia, barrio de Sant'Angelo*

La barba y el pelo ámbar, largo y enmarañado, le hacían parecer un hombre con la cabeza en llamas. Y la ropa que llevaba estaba tan sucia que era imposible adivinar su color original.

Apestaba. Y no se podía reconocer en el espejo.

Se encontraba en una plaza que tenía tres entradas al gueto judío. Se detuvo ante una puerta coronada por una tabla de madera con las palabras ESTUFA DEL PAVO REAL escritas en ella.

Llegó un pequeño grupo de jóvenes judíos. Celebraban la muerte del papa que los había encerrado en una jaula como si fueran animales, pero se limitaban a hacer volar por los aires sus gorros amarillos, que les habían sido impuestos por decreto de Carafa. Alguien les informó gritando desde lejos que el pueblo romano acababa de decapitar la estatua del papa, en el Capitolio, y llevaban su cabeza en procesión con un gorro amarillo. Tenían la intención de arrojarla al Tíber.

Y estos gritaban de alegría.

Raphael entró en la cocina sin dudarlo.

Nunca lo hacía, si podía evitarlo. Aquellos baños públicos, con sus bañeras humeantes llenas de hombres pálidos con aspecto de macarrones en agua hirviendo y sus asistentes dispuestas a dar masajes y frotarles con ungüentos perfumados mientras se disputan los centímetros de piel de los clientes, nunca le habían atraído. Ciertamente, aquella estufa, como muchas otras de la ciudad, ofrecía habitaciones aisladas y camas preparadas para prolongar los placeres de la intimidad.

Raphael no era de los que desdeñan el puro y sencillo disfrute carnal. Pero no allí, no en un lugar como aquel. Lo que le molestaba de las estufas era algo parecido a la buena música tocada mal y sin alma insistentemente.

Sin embargo, después de un mes de silencio y soledad, las podía apreciar igualmente.

–Buenos días, señor –dijo una voz femenina detrás de él, con un ligero pero inconfundible acento alemán.

Raphael se dio la vuelta y más allá de un velo verde claro vio la esbelta silueta de la dueña.

–¿Desea darse un baño? –dijo la joven, delgada pero voluptuosa y con el pelo largo, liso y rubio natural.

Raphael no se sorprendió al encontrarse frente a una mujer nórdica. En Roma, los primeros instaladores y explotadores de estufas habían sido los alemanes y al parecer las cosas no habían cambiado mucho a lo largo de los siglos.

–Un baño y un barbero me vendrán bien –dijo.

–¿O desea refrescarse con un tratamiento digno de un príncipe otomano? Está en el lugar correcto, señor. –Deslizó sus celestes iris sobre él–. No lo he visto antes. –Ella le sonrió. Ni siquiera esperó un indicio que le confirmara que era un ladrón que se dedicaba a estafar. Solo preguntó–: ¿Puede pagar?

–No –dijo Raphael.

–Entonces le pido que vuelva por donde ha venido. O tendré que llamar a Caesar.

De detrás del marco de la puerta de la habitación contigua a la entrada surgió un hombre corpulento de diez palmos de altura, sus anchos hombros parecían dos grandes tornos y tenía una voz cavernosa:

–¿Me has llamado?

–El placer es mío –le dijo Raphael.

El gigante interrogó a la señora con la mirada.

–El cliente no puede pagar –le dijo ella.

Caesar se crujió las articulaciones de los dedos y movió un pie hacia delante, tan lento como un peón en el tablero de ajedrez.

–No puedo pagar ahora mismo –concretó Raphael.

La mujer se acarició el pelo y se quedó pensativa, mirándolo con aire de interesada.

–¿Cuándo?

–Todo lo que tienes que hacer es enviar a un mozo donde yo te diga y allí se le pagará.

–Aquí no se fía.

Raphael repitió el concepto una segunda vez con más convicción y esta vez pareció funcionar. La dueña le hizo un gesto al gigante para ordenarle que desapareciera, él obedeció con la cabeza gacha. Luego se acercó a Raphael con pasos de pantera.

–Tienes muy mal aspecto –dijo ella, mientras le tocaba la ropa con la punta de los dedos, manteniendo la cara alejada–. Hueles como una rata de alcantarilla.

–Es muy amable, señora.

–Parece como si hubieras estado nadando en una cloaca.

–De verdad, sus palabras me hacen sentir mejor.

Le miró directamente a los ojos y sonrió.

–¿Son verdes o grises?

–Depende de la luz –respondió Raphael.

–Pelo color ámbar –continuó la mujer, examinándolo con interés descarado–. Es un hombre apuesto, ¿lo sabía?

–Me lo habían dicho.

–Su estado es tan deplorable que he tenido que usar toda mi experiencia para darme cuenta. Podré confirmarle o no la primera impresión después de que el barbero y el jabón hayan cumplido con su deber.

–Se lo agradezco –dijo Raphael.

–Sígame.

Le llevó a una habitación y le señaló una cesta vacía.

–Puede tirar ahí lo que le queda de ropa... La incineraremos. No sé cómo pretende recorrer las calles de Roma, aquí no tengo ropa de hombre que pueda venderle o incluso prestarle.

Raphael miró a su alrededor. Una habitación vacía y blanca con una única ventana que daba a la calle. Las ropas de los clientes, hombres y mujeres, estaban cuidadosamente apiladas en una cuerda de cáñamo que iba de una pared a la otra. Debajo había una hilera de zapatos emparejados.

De las ropas de hombre que podrían haberle sentado bien apenas pudo vislumbrar dos: la de un molinero, blanca acampanada y con turbante, y los pantalones y la chaqueta de un peregrino, cargados de rosarios, cruces e imágenes sagradas prendidas con alfileres a una tela tan basta como la de un saco.

El resto era demasiado grande o demasiado pequeño.

Raphael sacudió la cabeza.

—¿Conoce a Luna Nova?

La dueña de la estufa enarcó las cejas.

—¿Es amiga suya?

—Digamos que colaboramos.

—Entiendo. Sí, la conozco

—Entonces sabe dónde vive.

—Sí, claro.

—Mándele a su mozo. Ella le entregará mi ropa y pagará la cuenta.

—Podría hacerlo —dijo la mujer, caminando lentamente a su alrededor—. Pero ahora me ha picado la curiosidad y quiero saber quién es el hombre al que ayudo y de dónde vienen sus problemas.

—Quién sabe, quizá no consiga nada más, aparte de un baño caliente. ¿Estoy en lo cierto?

—En efecto, ¿quién puede saber lo que se esconde tras las apariencias?

Raphael empezó a despojarse de su ropa. Tiró cada pieza en la cesta y se quedó solo con los calzones.

—¿Quieres tirar también los zapatos? Todavía están en buen estado.

—Haz lo que quieras con ellos —le dijo. En la celda, sus pies indefensos habían sido una visión constante y dolorosa—. De hecho, por favor, quémalos.

—Bien vale la pena el costo de un baño, señor.

—Ordénele al chico que Luna Nova también le entregue un par de mis zapatos. Y que le pague el doble de la cantidad.

—¿Quién debe decir que lo envía?

—Raphael Dardo.

—¿Por casualidad es el que caza libros raros y fue detenido y condenado a muerte por la Inquisición?

En sus labios se dibujó una sonrisa de admiración.

—Veo que curiosidad no le falta.

—Es buen observador, señor Raphael Dardo —dijo ella, sin dejar de orbitar a su alrededor—. Luna Nova me habló de usted. —Le acarició la espalda, luego el pecho y deslizó suavemente los dedos hacia abajo, como si examinara el mosaico de músculos que emergía de su delgadez–. Dice que es capaz de muchas cosas.

Un cliente con un paño blanco enrollado en la cintura entró gimiendo una melodía. Hombros caídos y velludos, vientre prominente, rostro embriagado por el placer que acababa de darse. Sin hablar, el hombre cogió su bata blanca de molinero junto con su turbante, se los puso y salió, sin dejar de canturrear.

–Conoce mi nombre –dijo Raphael–. ¿Puedo saber el suyo?

–Me llamo Anna.

Raphael la agarró de la muñeca para detener su mano y acercarla bruscamente hacia él.

–Verá, Anna –dijo, rozándole la mejilla con los labios–, es muy amable y también muy atractiva, pero da la casualidad de que no estoy de humor y no tengo tiempo que perder en charlas.

Anna se zafó del agarre y retrocedió, asustada y divertida al mismo tiempo. Su pecho subía y bajaba rápidamente, como un fuelle frente a un fuego abrasador.

–Mandaré llamar al barbero y al mozo de inmediato –dijo, girando sobre los altos tacones de sus chanelas–. Puede tomar asiento en el baño.

Raphael también se quitó los calzones y los echó al cesto con el resto de sus pertenencias.

Sí.

¡Que arda todo en llamas!

Como un ave fénix, comenzaría a resurgir de aquellas cenizas.

# Capítulo 13

*Palacio Apostólico, Vaticano*

El sacerdote que le había acompañado al interior del sagrado palacio hizo una reverencia con una mano apoyada en el pecho y, extendiendo la otra, le señaló a Raphael la Sala de la Signatura.

–Reverendísimo –dijo–, ha llegado messer Dardo.

Raphael se quedó unos instantes mirando al interior. Santa Fiora estaba de espaldas a él, recogido en oración con el rosario en el puño a los pies de un crucifijo, en la sala magníficamente decorada por Raphael Sanzio, el lugar donde el papa hacía sus firmas solemnes.

Nunca había conocido al camarlengo en persona, pero podía afirmar que lo conocía bien por haber leído los informes de los embajadores y espías del duque Cosme de Médici.

De la Romaña, descendiente de una de las familias italianas más importantes, los Sforza di Santa Fiora. Hijo de Costanza Farnesio, hija predilecta del papa Pablo III, fue nombrado obispo a los diez años y cardenal a los dieciséis.

Cumpliría cuarenta y un años en noviembre.

Hombre calculador, nada pacífico, un aliado fiable de los españoles. Ocupó el cargo de camarlengo durante veintidós años. Esto significaba que reunía en su persona conocimientos financieros, judiciales y de seguridad del Estado. También era la figura más importante en la gestión de los bienes e ingresos de la Iglesia como jefe de la Reverenda Cámara Apostólica, una magistratura que se alzaba por encima de todas las demás estructuras administrativas, implicada en todos los aspectos temporales y materiales, lo que incluía las prisiones.

Ahora, en sede vacante, el poder estaba totalmente en sus manos. Su ascenso no se había detenido ni siquiera bajo el pontificado de uno de sus archienemigos: el papa Carafa.

En el último cónclave, Santa Fiora se había opuesto a su elección y, por tanto, no podía esperar benevolencia de Pablo IV. Pero había afrontado las dificultades a su manera, urdiendo una intrincada conspiración contra el papa.

Y había estallado un caso diplomático entre Francia, España y el Estado de la Iglesia que podía sacudir el mundo.

Santa Fiora había asistido a una reunión nocturna clandestina junto con dos de sus hermanos, el embajador español Sarria y los hermanos Colonna, pero la conspiración había sido descubierta. Así que el papa Carafa ordenó el arresto del camarlengo. El sobrino cardenalicio, don Carlo, se hizo acompañar por Santa Fiora al castillo de Sant'Angelo con un pretexto y, una vez dentro, lo encarceló.

Tres semanas de reclusión.

Pero incluso de aquella tormenta salió ileso. De hecho, más fuerte que antes. A pesar de todo, incluso fue nombrado miembro de la congregación del Santo Oficio por el papa Carafa. Increíble.

Santa Fiora conocía bien la curia romana y tenía que ser un maestro del disimulo.

Raphael se admiraba de tal astucia. Dio un paso adelante y se aclaró la garganta para darse a conocer.

—Reverendísimo...

—Messer Dardo —dijo el camarlengo volviéndose—, perdóname, estaba tan absorto que... —Se levantó y le extendió la mano para que se la besara—. Eres bienvenido.

—Sus palabras me honran sobremanera, reverendísimo. —Raphael apoyó una rodilla en el suelo y bajó la cabeza hacia el anillo—. A su servicio —dijo.

—¿Estás contento de haber salido de la cárcel? —El cardenal extendió los brazos y aplaudió, moviendo así el aire perfumado—. Déjame que te vea. —Lo examinó de pies a cabeza—. ¡Aquí está el hombre tan odiado por Carafa! —exclamó, asintiendo con aprobación—. Ven conmigo, te mostraré el cuerpo del papa.

# Capítulo 14

–¿Sabes de dónde viene la palabra «traicionar»?

Raphael ni siquiera intentó pensar en ello, simplemente no lo sabía. Le dirigió al camarlengo una expresión de desconcierto y continuó caminando a su lado.

–No, reverendísimo.

–Tiene su origen en acontecimientos relacionados con libros.

–Si no me lo estuviera diciendo un sumo príncipe de la Iglesia, un hombre culto como usted, me costaría creerlo.

–Sabes halagar a la ligera... Tú y yo podríamos llevarnos bien.

–Sería un inmenso honor, reverendísimo.

–Pues como iba diciendo, «traicionar» viene del verbo latino *trădĕre,* que significa «entregar» o, mejor dicho, «entregar en mano». Adoptó su significado actual de cobarde y desleal a finales del siglo III después de Cristo, en África, durante las últimas persecuciones contra los cristianos. Las autoridades romanas confiscaron los libros sagrados para quemarlos. Los obispos que aceptaron entregarlos para salvar sus vidas fueron llamados «*traditores*», es decir, «entregadores».

–Su erudición es admirable.

–También su arte adulatorio, messer Dardo.

–Solo estoy siendo sincero, reverendísimo. Su anécdota es realmente muy interesante para alguien como yo, que vivo del comercio de libros.

–Tienes un oficio bastante singular. Sé que también te ganas la vida usando espadas y pistolas.

–A veces esto también ocurre, reverendísimo.

Santa Fiora no hizo ningún comentario. A él le parecía bien.

Raphael siguió caminando a su lado en silencio, absteniéndose de hacer preguntas, aunque temblaba de curiosidad por saber las condiciones de su propia liberación y la razón por la que lo habían llevado a ver un cadáver y luego lo habían convocado en el Vaticano.

Y mientras caminaban lentamente entre magníficos frescos e impresionantes tapices, los pensamientos de Raphael se remontaron a cuatro años atrás, a los días del cónclave que había elegido pontífice a Gian Pietro Carafa.

Ahora que lo recordaba, parecía que había transcurrido un siglo.

Muchas cosas habían cambiado desde entonces: el papa había muerto, sus sobrinos recibieron el profundo desprecio tanto de los romanos como del mundo entero, el cardenal Inocencio del Monte, apodado el Mono, se había convertido en un hombre aún peor y andaba por ahí borracho y armado, de paisano, participando en reyertas, frecuentando y matando prostitutas; el fiel y recto inquisidor Girolamo Arquez había sido destituido por el papa el mismo día de la elección y yacía en desgracia en su celda del convento de Santa Maria sopra Minerva; por último, en cuanto al asunto de su hermano Leonardo y el Anónimo, hasta el último eco en la ciudad se había apagado hacía tiempo, dejando solo un vacío lleno de dolor en lo más profundo del alma de Raphael.

«Y mírame ahora aquí», pensó, incrédulo.

—¡*El Juicio Universal*! —anunció el camarlengo.

Habían llegado a la Capilla Sixtina, pintada al fresco en la bóveda y detrás del altar por el gran Miguel Ángel Buonarroti. Raphael solo había podido admirarla en reproducciones a pequeña escala y se quedó sin aliento.

—Magnífico —dijo—. Verdaderamente increíble.

—¿Lo ves?

—Ahora también me puedo morir.

—¿Como él?

Santa Fiora apartó a los guardias suizos que estaban alrededor del féretro del papa y les ordenó que se alejaran.

Los soldados se alejaron como hormigas de colores y se alinearon a lo largo de la pared.

—Puedes besarle los pies, si quieres.

Pero Raphael no podía apartar la mirada de los frescos.

El camarlengo se alegró y levantó la vista con él.

–A Carafa no le gustaban todos estos desnudos, y menos aún el artista autor de ellos.

–Ahora entiendo por qué al viejo Miguel Ángel lo consideran una divinidad.

–Estoy de acuerdo. Pero aquí hay pocos que piensan así. Tarde o temprano llegará alguien y ordenará destruirlo todo.

Raphael, con la barbilla hacia arriba, estaba completamente embelesado por el vértigo.

–Espero que se equivoque, reverendísimo.

–En *El Juicio Universal* –explicó el camarlengo–, Miguel Ángel ha incluido una serie de herejías que molestan a muchos aquí en el Vaticano: san Pedro es representado como un hombre muy viejo, aunque en el momento de su martirio en Roma tenía menos de cuarenta años. Y san José es también demasiado viejo, mientras que la Virgen María es muy joven, lo que induce en el observador una cierta repugnancia...

–Y todo esto en el lugar donde entra el Espíritu Santo cuando los cardenales están reunidos en cónclave –observó Raphael–. Dios... –señaló hacia arriba– está en el centro de un cerebro.

Santa Fiora miró, frunciendo el ceño.

–Tienes razón, parece la forma de un cerebro.

–Quizá Miguel Ángel quería decir que Dios está dentro de nosotros, o que nuestro cerebro es Dios.

–Nunca me había dado cuenta. ¡Piedad! Será bueno no hablar de ello a nadie. –Le cogió del hombro y sonrió–. Tienes buen ojo, messer Dardo, felicidades.

Raphael apartó la mirada de las figuras apocalípticas. La pintura ya evocaba recuerdos imposibles de afrontar en un momento así.

–¿Por qué estoy aquí, reverendísimo?

–Como ya te habrá dicho el alguacil, ha habido varios crímenes inauditos en los últimos días... –El camarlengo salió de la capilla. A un gesto suyo, los guardias, con tacones, espadas y alabardas resplandecientes, retomaron sus posiciones–. Crímenes como el que te ha mostrado el alguacil. Me gustaría conocer tu opinión sobre el asunto.

–El hombre fue sometido a una tortura inusual por personas igualmente inusuales. Un buen conocedor de la tortura, diría yo, así como un gran conocedor de la Biblia. Por cierto, tal vez pueda aclararme el contenido del papel que llevaba el hombre.

–Obviamente. El pasaje está tomado de El Apocalipsis de San Juan. –Sacó un pequeño Evangelio de debajo de su vestimenta. Lo abrió y enseguida se puso a ello, sus dedos palparon las páginas como si tuvieran ojos diminutos–. Esto –dijo, y lo leyó en voz alta, obediente a la idea de que los laicos no debían adentrarse solos en las Sagradas Escrituras. Recitó–: «Entonces vi otro ángel poderoso descender del cielo, envuelto en una nube y con un arcoíris sobre su cabeza; tenía el rostro como el sol y sus pies como columnas de fuego. En la mano llevaba un pequeño libro abierto...».

–Un libro –murmuró Raphael, expresando involuntariamente el pensamiento.

–Que contiene la palabra de Dios –explicó el cardenal. Y reanudó la lectura–: «Después de poner el pie derecho sobre el mar y el izquierdo sobre la tierra, gritó con voz potente como un león rugiente. Y cuando hubo clamado, los siete truenos hicieron oír su voz. Después de que los siete truenos hicieran oír su voz, me disponía a escribir cuando oí una voz del cielo que me dijo: "Pon bajo sello lo que han dicho los siete truenos y no lo escribas". Entonces el ángel que yo había visto con un pie sobre el mar y el otro sobre la tierra levantó su mano derecha hacia el cielo y juró por Aquel que vive por los siglos de los siglos, que creó el cielo, la tierra, el mar y todo lo que hay en ellos: "¡No habrá más demora! En los días en que hable el séptimo ángel, cuando comience a tocar su trompeta, se cumplirá el misterio de Dios, tal y como lo anunció a sus siervos, los profetas". Entonces la voz que había oído desde el cielo me habló de nuevo: "Ve, toma el libro abierto de la mano del ángel que está de pie sobre el mar y la tierra". Entonces me acerqué al ángel y le rogué que me diera el pequeño libro. Y me dijo: "Tómalo y devóralo; te llenará las entrañas de amargura, pero en tu boca será dulce como la miel". Cogí el pequeño libro de la mano del ángel y lo devoré».

Un ángel.

Un libro que devorar.

El Apocalipsis.

Raphael permaneció en silencio. Se limitó a escrutar al camarlengo, sus ojos brillaban con una luz amistosa, pero no dejaban ver ni rastro de piedad. «Debió de perderla a fuerza de maquinaciones dentro y fuera de los palacios sagrados», pensó.

–¿Y qué opinión te merece lo que informaron los aguadores, messer Dardo?

Raphael se encogió de hombros.

–Afirman haber visto un ángel.

–Un ángel –se hizo eco Santa Fiora, moviendo la cabeza arriba y abajo con cierto aire malicioso.

–Hablé con un niño que juraba haber visto a un hombre alado, con la cara iluminada. Su padre olía a vino. Estoy esperando a encontrar testimonios más fiables antes de dar mi opinión.

–El alguacil interrogó a varias personas. Todos informan de la misma visión. Sin embargo, en este momento tengo un pensamiento igual de apremiante. También debo preocuparme por un verdugo que merodea como un lobo hambriento por las calles de Roma en busca de sus víctimas. No puedo estar tranquilo por el fin inhumano de esos desgraciados.

Raphael sintió que un escalofrío sepulcral le recorría la espina dorsal.

–El alguacil me dijo que aún no sabes quiénes son.

–Por desgracia, no podemos permitir que se filtren noticias de estas muertes hasta que hayamos despejado la niebla que las rodea. El único cuya identidad hemos logrado descubrir es la primera víctima: un judío, astrólogo, mago, conocido como Daniele da Lucca. Según me han informado, este charlatán tenía un gran interés por los libros de magia, los grimorios. –El camarlengo le dirigió una mirada severa–. Has sido llamado para dar respuesta a todas las preguntas que tienes en la cabeza. –Hizo una pausa y, en el silencio que siguió, Raphael oyó su respiración agitada, el castañeteo de sus dientes–. No mencionarás esto a nadie, messer Dardo. Estás obligado a guardar el máximo secreto. Debes jurármelo.

Raphael se llevó una mano al corazón y dijo:

–Lo juro.

–Bien. Ahora pregunta.

–En primer lugar, me gustaría saber por qué recurrió a mí, un hombre condenado a muerte por el Santo Oficio.

–No le gustabas a Carafa, así que me gustarás a mí. Yo a Carafa no le gustaba, por lo tanto te gustaré a ti. Además, no es iniciativa mía.

–¿De quién, si puedo preguntarlo?

–De Arquez –resopló Santa Fiora–. Me dijo que eres la persona indicada para este trabajo.

–¿Fray Arquez, el inquisidor? –Raphael estaba atónito–. ¿Preguntó por mí? Si me lo permite, me parece que ambos basan su elección en razonamientos imponderables.

–Nunca te fíes de las apariencias, messer Dardo. Dada tu posición, puedo contar razonablemente con diligencia, reserva y lealtad. Además, estabas encerrado: eres el menos sospechoso de todos. Por supuesto que he recopilado información sobre ti, sé quién eres. Y conozco la historia del Anónimo y de tu hermano pintor. Comprendí muy bien por qué después de aquel triste asunto empezaste a dedicarte a la búsqueda de manuscritos antiguos. Sé que lo haces oficialmente para el duque Cosme y para la imprenta ducal, pero, si conozco bien el alma de los hombres, creo que te gustan los libros porque te alejan del mundo de los cuadros y de los pintores, de los terribles recuerdos que seguramente aún te atormentan... día y noche.

–No puedo negarlo, reverendísimo.

–Bueno, si Arquez tiene razón, tendrás que encontrar un libro muy especial.

–¿Un libro?

–Por eso confiamos en ti. Te hemos elegido por tu capacidad para buscar y encontrar libros prohibidos por la Iglesia. Eres un presidiario, el hombre perfecto para introducirse en los círculos de traficantes de libros ilícitos. Creo que confiarán en ti. Tienes una oportunidad. En periodo de sede vacante, el poder está en mis manos. Soy tu amigo y el amigo del duque Cosme de Médici, a quien servís, y de los españoles, sus aliados. Tienes a tu disposición el tiempo que nos separa del próximo cónclave, pues a partir de ese momento no tendré contacto con el exterior.

–Comprendo, reverendísimo.

–Bien. Si resuelves este terrible misterio a tiempo, serás indultado. De lo contrario, no puedo garantizar que...

–Lo que no puedo entender, reverendísimo, es cómo un libro antiguo puede tener relación con las apariciones de ángeles y los asesinatos.

–En mi opinión, no pueden vincularse de ninguna manera. Pero empiezo a temer que me esté equivocando. Tal vez el hermano Arquez tenga razón: todo este mal proviene de ese libro.

–¿Le ha dicho al menos de qué se trata?

–No, y esa es precisamente la cuestión. –El camarlengo sonrió–. Él me habló del libro hace tiempo y no me dijo gran cosa.

–El inflexible Arquez –asintió Raphael–, el cruel y despiadado inquisidor.

–Debes saber que en estos años de aislamiento no ha cambiado. Me escribió cuando fue exonerado. Pero no para quejarse. Afirmaba que había confiscado un antiguo códice que había que poner a resguardo. Que él no podía hacer nada, ya que tenía prohibida la entrada al tribunal. Le dije que me ocuparía de ello, pero luego no lo hice. Sus divagaciones no me parecieron más que desvaríos.

–¿Qué clase de desvaríos?

–Me escribió que había encontrado un libro antiguo durante una inquisición por herejía, un códice que según él era... –Santa Fiora hizo una pausa antes de susurrar–: Extremadamente maldito y peligroso.

–¿Cuándo le sugirió que recurriera a mí?

–Hace poco. No sé cómo se enteró de los asesinatos que se estaban cometiendo. Como buen inquisidor sigue teniendo su red de informantes, al parecer. De todos modos, me escribió que estaba seguro de que alguien se había llevado el libro del tribunal y lo estaba utilizando con fines malignos y que los ángeles pronto vendrían a castigar a todo el mundo. Pues los ángeles no podían permitir la revelación de ciertos secretos. Así que fui personalmente a hablar con él. Pues bien, se negó a abordar ese tema. «Demasiado tarde», me dijo, y eso fue todo.

–¿Puede explicarme la razón de esta actitud por su parte?

–Digamos que tengo mi propia idea.

–Si quiere que encuentre este libro, no debe ocultarme nada.

–Bueno, Arquez sabía que, tras la muerte del papa, podría volver por fin a su puesto en el Santo Oficio. Probablemente, al oír que Su Santidad había empeorado irreparablemente, pensó que faltaba poco para ese momento. Y prefirió reservarse cierta información con vistas a montar una inquisición con pompa magna. En resumen, creo que pretendía utilizar todos los medios del Santo Oficio. Pero me habló de ti y de su intención de pedirte ayuda en la búsqueda. Cree que eres la persona adecuada y, tal vez, esté dispuesto a contarte más cosas cuando lo conozcas.

—Iré a verlo inmediatamente, reverendísimo.

Santa Fiora clavó una mirada aguda en el centro de sus pupilas.

—Mientras dure la sede vacante, puedes contar con mi gratitud, messer Dardo. No me decepciones.

—Después de esto, si no cumplo las expectativas, dejará que me descuarticen en la horca y cuelguen mis pedazos en las puertas de la ciudad.

Santa Fiora se estremeció, como sorprendido por la osadía de su interlocutor.

—Si de mí dependiera, ya estarías libre. Incluso te concedería un premio en metálico y un título por tus esfuerzos por intentar salvar los libros del rígido fanatismo de hombres como Carafa. Sin embargo, solo podré devolverte la libertad si me traes algo concreto que ofrecer al inquisidor general.

—El libro.

—Y las copias, en caso de que existan.

—Si quisiera, podría liberarme ahora: las prisiones romanas han sido abiertas. Ahora todos son libres.

—Te necesito, messer Dardo. Sigues siendo un prisionero.

—El único de Roma.

—No por mucho tiempo, ya he preparado severos castigos para los traidores. —Se detuvo, le puso una mano en la mejilla y lo miró a los ojos—. Encuentra el libro y te recompensaré, puedes estar seguro. —Santa Fiora lo condujo al exterior, al *giardino* del Belvedere, y se detuvo en el patio de las estatuas, donde se encontraba la famosa colección de arte antiguo de los papas—. Todas las puertas de la ciudad —dijo— tienen órdenes de no dejarte salir, pero si necesitas alejarte de Roma para llevar a cabo investigaciones, me encargaré de que te den un permiso y te escoltarán los esbirros.

—¿Tengo permiso para llevar armas?

–¿Te hacen falta?

–Usted expulsa demonios con la cruz, combate el mal en nombre de Dios, reverendísimo.

–Está bien. Harás tu cruz con un arcabuz y una espada. Este salvoconducto lleva mi firma. –Se lo entregó. Era un rollo de papel fino lastrado con una franja de sellos colgantes–. Te confiere la misma autoridad que a un esbirro con cargo secreto y especial. Muéstralo y se te abrirá. He dado orden de prepararte un caballo, lo necesitarás. Lo encontrarás en la Piazza San Pietro. Ponte a trabajar, Dardo. Y ahora, si no tienes más preguntas... los guardias te acompañarán a la salida.

# Capítulo 15

El camarlengo había sido generoso: un magnífico caballo árabe, blanco como la nieve, de tal elegancia que le daba pena ponerle la silla en la grupa. Era tan esbelto que, al apretar las rodillas contra los costados, Raphael sintió el movimiento de sus músculos y costillas.

—Bonito —le dijo—, condúceme a la libertad.

Sí, la libertad.

Habría sido un estado magnífico si no hubiera dependido de una misión temporal, aparentemente imposible de completar.

Tenía que hablar con mucha gente, volver a entrar en el círculo de mercaderes de libros, impresores, coleccionistas, y esperar que alguien le diera la información correcta sobre un misterioso códice puesto en el mercado y codiciado hasta el punto de dejar tras de sí un largo y doloroso reguero de sangre.

Era básicamente como buscar la infame aguja en el traicionero e inmenso pajar llamado Roma.

Era la primera vez que Raphael percibía tan vívidamente el tiempo fugaz y efímero, el precario equilibrio de todo lo que había en el mundo.

La petición del camarlengo fue, cuando menos, sorprendente.

«Messer Dardo, te doy la más que rara oportunidad de recibir el perdón con la condición de que trates con un monstruo asesino».

Casi tuvo ganas de volver a la cárcel a esperar el anuncio de su ejecución. De momento, eso parecía una condición más segura.

# Capítulo 16

*Piazza della Minerva, barrio de Pigna*

Detrás del Panteón, el convento de los dominicos, una orden religiosa a la que estaba sometida la Inquisición, humeaba desde el techo y presentaba signos evidentes de incendio en su fachada.

Los esbirros del Santo Oficio y del gobernador hormigueaban a su alrededor, vigilaban las esquinas, caminaban de un lado a otro frente al portal de la iglesia, escrutando en silencio las luces de la tarde, esperando ansiosamente el regreso de los alborotadores. En medio de la tensión, su inquietud por lo que pudiera ocurrir de un momento a otro podía sentirse a distancia.

–¡Alto ahí! –ordenó uno de los guardias al verlo llegar. Sostenía un arcabuz cargado–. ¡Aléjate!

–Necesito hablar con un fraile del convento –le dijo Raphael desmontando de la silla.

–No se puede. Vuélvete a casa.

Raphael deslizó una mano bajo la chaqueta de cuero y en un instante se encontró con media docena de cañones apuntándolo.

–Vete o te usarán para escurrir macarrones a partir de ahora.

–Tengo autorización del camarlengo –dijo.

–¿De quién?

Sacó lentamente el salvoconducto y lo mostró, blanco como una señal de rendición al enemigo.

Los esbirros no bajaron sus armas, pero uno se acercó. Tras examinar a Raphael de pies a cabeza, cogió el documento, lo leyó sin poder descifrar ni una sola letra del texto y se lo devolvió.

–Los sellos son auténticos –afirmó.

–Claro –dijo Raphael.

–¿Con quién quieres hablar?

—Con un fraile.

—Eso ya lo has dicho. ¿Cómo te llamas y por qué vas por ahí armado?

Dio su nombre y añadió:

—Estoy armado para defender a mi persona y quiero hablar con el fraile Arquez.

—Entonces no sabes lo que ha pasado aquí, messer Dardo. —El esbirro se echó el arcabuz al hombro, se quitó el sombrero y se rascó la cabeza. Suspiró—. No puedes entrar ahí ahora. De no haber sido por messer Giuliano Cesarini, los romanos habrían incendiado el convento con todos los frailes dentro.

—Veo que lo han intentado.

El esbirro se volvió para mirar el edificio humeante y asintió:

—La verdad es que ha faltado poco —dijo.

Explicó que Giuliano Cesarini era un noble gibelino, un hombre muy influyente y uno de los pocos que podía hablarle a la multitud y conseguir calmar los ánimos tras haber sido perseguido por los Carafa y la Inquisición.

—Gracias a Dios que estaba allí, de lo contrario habría sido una tragedia.

—¿Qué más ha ocurrido últimamente? —preguntó Raphael.

El esbirro lo miró, inclinando la cabeza hacia un lado, tratando de comprender qué podía justificar una pregunta tan extraña.

—¿Cómo de reciente? —dijo.

—Tú verás —respondió Raphael—. He estado fuera de Roma las últimas semanas.

—¿Y para qué te ha llamado el camarlengo?

—Para meter las narices en unos asuntos.

El esbirro miró dentro de su sombrero, lo ajustó y se lo puso en la cabeza.

—Eres un tipo extraño.

—Sigo órdenes, como tú —dijo Raphael.

—Está bien, en el Capitolio tomaron medidas sin precedentes —relató el esbirro—. Han dado orden de que se quemen y rompan todos los escudos o insignias de la familia Carafa. Palabras textuales. A quien los conserva sin destruirlos lo destierran y prenden fuego a su casa. Les han quitado la nacionalidad a todos los Carafa, excepto a Alfonso y a Carlo, porque son cardenales. ¿Qué más quieres saber?

–¿Se han visto ángeles por aquí?

–No. Y yo diría que esto también es un milagro.

Intentó contener una carcajada, pero acabó cediendo.

Raphael también sonrió.

–¿Más asesinatos?

–Son incontables, señor. Así son las cosas durante la sede vacante.

A Raphael se le heló la sangre en las venas.

–Buena suerte entonces –dijo–. Volveré por la mañana.

–Buena suerte a quien me encuentre –dijo el esbirro, que se dio la vuelta y reanudó la vigilancia del convento.

# Capítulo 17

*Macel de' Corvi, barrio de Campitelli*

Una maraña de casas moradas, bajas, irregulares y sin patios. Macel de' Corvi era un lugar humilde al otro lado del Tíber frente al Vaticano, lleno de fuerza, a la sombra de árboles centenarios y rodeado de los vestigios de la antigua Roma. Las ruinas de alrededor emergían del suelo como manos alzadas que clamaban atención, como si las piedras de antaño exigieran que se les tuviera en cuenta, como si tuvieran algo importante que decir.

Y, naturalmente, lo tenían.

Al lado estaban las ciclópeas columnas del templo de Saturno, los mercados de Trajano, con su gigantesca columna, y más allá el Coliseo, ahora poblado de criaturas marginadas. A las afueras del barrio estaba la cárcel Mamertina, con una pequeña iglesia al lado, abandonada por los sacerdotes y los fieles, pero era explotada por una prostituta y sus clientes.

Raphael conocía bien el lugar donde vivía Buonarroti, pues había crecido allí. Se había hecho un hombre alimentándose cada día de los sonoros martillazos dados al mármol por su padre y los del propio Miguel Ángel, cuya modestísima casa estaba a pocos pasos de la suya.

De alguna manera, el espíritu de Raphael también había sido esculpido por ellos, tallado astilla a astilla, cuidadosamente formado, pulido a la perfección. El sonido del trabajo y el ingenio, muy diferente del sonido indolente y soñador de las campanas que doblaban a lo lejos, había penetrado profundamente en su alma. En momentos de dificultad y abatimiento, cerraba los ojos y escuchaba aquella reverberación y la tomaba como ejemplo.

«Macel de' Corvi es sin duda el reino de la piedra», pensó Raphael mientras se deslizaba por las callejuelas donde había gastado las suelas de su primer par de zapatos.

Se apeó de la silla, aseguró el espléndido animal a una estaca y fue a llamar a la puerta. Golpes que se mezclaron en el interior con los del gran escultor.

El mazo seguía golpeando el cincel, que vibraba y se calentaba en el puño, carcomía la piedra sobrante para sacar del mármol las formas que el maestro tenía en mente.

Raphael volvió a llamar.

Miguel Ángel tenía ya ochenta y cuatro años, pero no se rendía. Seguía biselando el mármol según sus visiones, dando forma no solo a su genio, sino también a la animosidad que albergaba en su interior hacia muchas personas.

Pero al cabo de un rato cesaron los golpes de cincel.

Raphael aprovechó para volver a llamar con más fuerza esta vez.

Estaba dispuesto a no ser recibido por el maestro y a que le diera con la puerta en las narices.

Los últimos cuatro años no habían sido fáciles para el viejo artista: primero, el ascenso al trono papal de su enemigo Carafa; después, la muerte de su hermano más querido, Gismondo, seguida de la de Urbino, su amante y compañero, así como su aprendiz (aunque en realidad era él quien mandaba). Acontecimientos que, según se iba contando por ahí, habían hecho a Miguel Ángel más oscuro, solitario y gruñón.

La puerta se abrió lentamente. Apareció en la penumbra la negra figura del dueño de la casa, con barba larga, rostro duro, mirada profunda como un abismo.

Se sacudió el polvo de mármol con dos manos firmes.

—¿Quién es usted?

—Siento molestarlo, maestro, pero necesito hablar con usted.

El viejo asomó la cabeza y lo examinó.

—¿Lo conozco?

—De niño le hacía recados y le molestaba merodeando cuando estaba trabajando. Me llamo Raphael, el hijo adoptivo de Pietro Dardo, escultor; el hermano de Leonardo, pintor.

Raphael no habría podido jurarlo, pero tuvo la impresión de vislumbrar la blancura de los dientes entre aquellos labios tan secos como tiras de cuero, algo parecido a una sonrisa.

–Entra, Raphael, sé bienvenido.

Su sorpresa por el buen recibimiento lo dejó unos instantes sin habla, bloqueado en el umbral.

–¿Qué haces, has cambiado de idea? Entra o sal, haz lo que quieras, pero, por favor, cierra la puerta.

# Capítulo 18

Era una casa pequeña, bastante modesta. En la planta baja había algunas habitaciones utilizadas como talleres, abarrotadas de materiales y esculturas inacabadas, además de una fragua para forjar herramientas y una cocina. En el primer piso estaban los dormitorios. Raphael se alegró de ver que no había cambiado un ápice en los últimos veinte años.

La única diferencia real era que ahora el maestro vivía allí solo.

—Siéntate, Raphael —dijo y le señaló el sillón que había frente a la chimenea.

Él, sin embargo, se quedó de pie.

—Su tiempo es precioso, maestro, intentaré no quitarle demasiado.

—Mírate. Ya eres un hombre.

—Tengo treinta años.

—Entonces debes llamarme por mi nombre.

—Nunca podría.

—Así haces que me sienta viejo.

—Si lo desea...

—Claro. Y tutéame. —Miguel Ángel recogió del suelo una palangana de madera llena de agua sucia, la colocó sobre la mesa y sumergió en ella las manos, se lavó el polvo de mármol con una pastilla de jabón y luego se enjuagó la cara y el pelo—. Hace algún tiempo oí rumores sobre ti. ¿Sigues siendo comerciante de arte?

—Ahora me interesan los libros. Al menos los manuscritos antiguos.

—¿Y a qué se debe?

—Incluso solo ver un cuadro me pone enfermo.

—Oh, perdona mi estupidez. El amargo asunto de tu hermano Leonardo... —Asintió con gravedad—. Me enteré. Incluso ver la casa. Para no recordar, supongo.

–Así es.

–¿Y todavía sirves al duque de Florencia?

–Sí, eso sí.

–¿Buscas los libros para él?

–Para la imprenta ducal. O para su placer personal, y a veces para el mío propio.

–No te habrá enviado él, ¿verdad? Insiste en que vuelva a la Toscana y sigue enviando a gente a pedirme obras mías. Si pudiera, me haría matar y disecar para tenerme en Florencia con él, para dar lustre a su reinado. Soy republicano, nunca apoyaré a los Médici.

–No me envía nadie, maestro. Te he visto esta mañana en Via della Corda y he pensado que podrías ayudarme a entender lo que está pasando.

–Ah, ¿sí? ¿Y qué tiene que ver contigo?

Raphael se lo dijo usando el menor número de palabras posible.

–¿El camarlengo? ¡Nada menos! ¿Y tienes que ayudar al alguacil? Bueno, muchacho, tienes suerte. Si se puede llamar suerte a tener que lidiar con estos graves hechos de sangre.

–Si no puedes ahora, maestro, puedo volver en un momento más oportuno.

–No hay prisa –dijo tranquilamente Miguel Ángel Buonarroti mientras se secaba con un paño–. Me alegro mucho de volver a verte. La última vez debías de tener diez años.

Ahora el gran anciano sonreía inconfundiblemente, lo cual era un acontecimiento extraordinario.

–Entonces era un mocoso descarado.

–Pero amable conmigo, lo recuerdo. Siempre te enviaba de un lado a otro.

–Sí, maestro.

–Y me enteré de tus conflictos con el cardenal sobrino del papa Carafa y con el Mono, ese vil criminal, que el diablo se lleve a los dos.

Raphael asintió, inclinando la cabeza, casi como si doblara el cuello ante el hacha del verdugo. Era inevitable. Sabía que volver a Macel de' Corvi, más aún, a la casa de Buonarroti, supondría una dolorosa avalancha de malos recuerdos.

Los acontecimientos a los que se refería el viejo maestro habían ocurrido poco antes de la ascensión de Gian Pietro Carafa al trono papal, durante el mes de mayo del año 1555. Por aquel entonces, Raphael se encontraba en Roma como agente artístico del duque Cosme de Médici, con el encargo de recuperar algunas obras pertenecientes a su familia. Durante la búsqueda se había enterado de la existencia en la ciudad de un pintor extraordinario, conocido como el Anónimo, perseguido por la Inquisición porque se le acusaba de realizar sus cuadros con ayuda del diablo. Raphael se había cruzado con el terrible Girolamo Arquez, inquisidor del Santo Oficio, que también estaba a la caza del Anónimo. Y había interferido en las tramas de don Carlo Carafa, destinado a convertirse en cardenal sobrino poco después. Raphael sabía que don Carlo había intentado matarlo con veneno y no tenía motivos para engañarse pensando que entretanto había cambiado de opinión sobre él.

–Don Carlo me hizo arrestar. Sigo pagando por esos desacuerdos –dijo.

–Pero Carlo Carafa estuvo en el exilio durante siete meses, hasta hace unos días. Su tío el papa lo había desterrado de Roma.

–Sin embargo, a la primera oportunidad me detuvieron y encerraron, con una condena desproporcionada.

–¿Por qué motivo?

–Posesión de una biblia con errores de imprenta.

–¡Ah! –Miguel Ángel hizo el gesto de escupir al suelo–. El fanático Gian Pietro Carafa, ese desgraciado, no tenía límites. No debería decirlo, ni siquiera debería pensarlo, pero me alegro de que se haya ido para siempre, suponiendo que sea posible alegrarse de la muerte de un ser humano.

–Te aseguro que es posible, maestro.

Miguel Ángel arrojó el trapo sobre el respaldo de una silla y se acercó a él, oscuro como una sombra misteriosa.

–Cuánto has cambiado, hijo mío.

Se dejó caer en el sillón y lo observó detenidamente, como si lo estuviera estudiando para esculpirlo o pintarlo.

–Siempre he apreciado tu humildad. Creciste entre artistas, de los de verdad, pero pronto decidiste que no estabas hecho para ello.

Eso te honra. Y te ha ahorrado pérdidas de tiempo innecesarias. El mundo está lleno de artistas que atormentan a los demás con su escasez sin ni siquiera darse cuenta. Vividores ensimismados que viven como perros callejeros. Insisten en imponer a los demás lo que no se les pide. Los verdaderos artistas, en cambio, se sacrifican para ofrecer una migaja de lo que el mundo quiere de ellos. Las ciudades están infestadas de parásitos con pinceles en las manos.

–He conocido a unos cuantos.

–Oh, perdóname, ni siquiera sé por qué me emociono tanto. Debe de ser la vejez. Tienes muchas cosas en la cabeza ahora mismo.

–Cierto –convino Raphael.

–Bueno, ¿qué te ha dicho el alguacil?

–Nada. Me enseñó un cadáver.

–¿Y por qué has venido a verme?

–Usted tenía papeles en la mano cuando entró en la casa para ver al muerto.

Miguel Ángel aflojó todo el cuerpo en un suspiro. Tras golpear con el puño el reposabrazos del sillón y repetir varias veces que se alegraba de verlo, tan crecido y listo, se levantó, emitiendo un gemido y llevándose una mano a la espalda. Metió la mano en un cofre, lo abrió, sacó un montón de hojas de dibujo y se las entregó a Raphael.

–Quieres ver esto, supongo.

# Capítulo 19

Raphael cogió los papeles y los contempló en respetuoso silencio. Eran bocetos al carboncillo de una factura sublime. Representaban a varios hombres asesinados. Vio a cuatro de ellos deslizarse bajo sus ojos. El cuarto dibujo de Miguel Ángel representaba el cadáver que Raphael había visto unas horas antes en la Via della Corda. Era completamente fiel a la realidad, incluida la hoja clavada en el pecho.

Dibujos maravillosos y horribles al mismo tiempo.

En el primer boceto aparecía el cadáver despojado de un hombre, o poco más, con un cubo lleno de partes humanas a su lado.

—Eran sus propios trozos —dijo Miguel Ángel—. El resto parecían sobras de carnicería. Pero ese monstruo dejó intacta la cabeza y unida al tronco.

El dibujo del maestro lo representaba perfectamente.

—¿Conoces su identidad?

—No tengo ni idea de quiénes eran. Pero ya los había visto, en un sueño, algún tiempo antes.

—¿Soñaste con ellos?

—Se me habían aparecido, como fantasmas.

Escéptico ante esas afirmaciones, Raphael pasó al segundo boceto. Representaba el cadáver desnudo de un hombre envuelto en una piel.

—Fue una escena escalofriante —señaló Miguel Ángel, como si toda la gravedad no hubiera sido captada por su retrato, como si su mano sublime no hubiera logrado transmitir el significado más horripilante de aquella escena—. Tú, muchacho, ¿habías visto alguna vez una cosa tan diabólicamente excéntrica?

Raphael asintió.

—Le practicaron la tortura de la piel de oveja. —Rozó los trazos de carboncillo con el dedo y los descifró con la frialdad de un anatomista–: Alrededor del cuerpo desnudo de la víctima se envuelve, lo más apretada posible, la piel caliente y bien estirada de una oveja recién matada y luego se cose. La víctima, así vestida, se expone al sol del verano. La piel de oveja se seca y encoge y poco a poco comprime la carne y los huesos del hombre, causándole un dolor insoportable y problemas de respiración. A esto le sigue la putrefacción, que infecta el cuerpo aún vivo, sediento y hambriento. La muerte viene después de un tormento sin fin.

El horror congeló al viejo maestro en una pose y una expresión facial dignas de sus obras de arte.

–El asesino es el mismísimo Ángel de la Muerte.

–O un torturador muy entrenado. La tortura con piel de oveja se practica tradicionalmente en Oriente, no aquí. –Volvió el boceto anterior hacia él, el del cubo–. Esta es también una tortura oriental; es china, para ser exactos. Se llama «muerte por mil cortes». Consiste en cortes realizados con una calma implacable.

–¡Basta, basta, por el amor de Dios!

–Perdóname, no pensé que...

–Me angustia que sepas estas cosas. –Lo miró con los ojos entornados en una expresión de desconcierto–. ¿En quién te has convertido, muchacho?

–Leo mucho, maestro.

–¿Y se imprimen libros sobre determinados temas hoy en día?

–Poseo un manuscrito que guardo celosamente. No te preocupes.

Miguel Ángel se rascó la cabeza con ambas palmas y siseó por las fosas nasales.

–Qué cosa más terrible, Dios mío.

–¿Te refieres a en qué me he convertido?

–¡No! Sin tus conocimientos nunca habría imaginado tanta dureza por parte del castigador. ¡Y mucho menos lo que podría entender el alguacil!

–¿Por qué lo llamas «castigador»?

–Porque lo es. Y lo sé.

–Entonces también sabes quién es.

–No tiene nombre. Lo enviaron los ángeles para castigar a alguien que hizo algo que no debía.

Raphael observó atentamente al maestro y no le pidió explicaciones. Mejor no descubrir que se había vuelto completamente loco. Mejor mantener intacto el recuerdo de una mente sublime.

—Entonces tú, Raphael, afirmas que son torturas ya conocidas por la humanidad. Por lo tanto, el Ángel de la Muerte no se las está inventando.

—No.

—¿Qué decías de la tortura china?

—Nada importante. Solo que, en la versión «legal» ritualizada, el verdugo saca cuchillos al azar de un cubo cubierto con un paño; en cada cuchillo está escrita la parte del cuerpo que se va a cortar. Los familiares de las víctimas suelen sobornar al verdugo para que encuentre inmediatamente la hoja destinada al corazón.

—¡Oh, Dios mío! —Miguel Ángel agitó la mano para ahuyentar la visión—. ¡Qué asquerosidad! —Recogió todo su horror en un escupitajo y lo expulsó con un rugido. Y volvió a escupir sobre el suelo polvoriento y luego miró a Raphael con aire receloso—. ¿De verdad leíste estas cosas en un manuscrito?

El pensamiento «Sí, y lo tenía porque soy un agente secreto al servicio del duque Cosme I de Médici, el hombre que tanto odias» no tenía palabras. Raphael dijo:

—Conocí a un verdugo que había viajado mucho y pretendía publicar sus memorias. Compré su manuscrito. Nunca se entregará a un editor mientras lo posea.

—Ah. —El viejo maestro suspiró por haber escapado al peligro, soltó los músculos dejando caer la espalda contra el sillón—. Espero que nunca se imprima, entonces.

—De todos modos —concluyó Raphael—, Ángel de la Muerte o no, estamos ante alguien que sabe mucho de tortura.

Miguel Ángel vaciló y se tocó el corazón.

—¿Te sientes bien, maestro?

—No, en absoluto. —Respiró hondo, cogió una toalla y se secó el sudor de la frente—. Estos hombres... —dijo señalando los dibujos—. Lamento su triste final.

En el tercer boceto, un hombre de complexión robusta había sido azotado hasta la muerte.

–Hasta que su piel quedó reducida a una masa informe –explicó Miguel Ángel–. Ya no era posible detectar la marca de un latigazo en particular.

Y el cuarto era un macabro retrato de lo que Raphael había visto con sus propios ojos. Miguel Ángel había dibujado al hombre con los párpados cortados y las cuencas oculares vacías.

–Sí –reflexionó Raphael–, quienes practican tormentos tan laboriosos e insólitos disfrutan con el sufrimiento ajeno y probablemente querían sacarles información a estos hombres.

–El Ángel de la Muerte está buscando el libro.

–¿Qué sabes tú de eso?

–No hay nada que saber.

–Incluso el camarlengo teme que los asesinatos estén relacionados con un libro, con un antiguo códice.

–Entonces te lo ha contado.

–Sí.

–Bueno, muchacho, es la verdad. Alguien ha robado un peligroso códice prohibido por el Tribunal del Santo Oficio y otra persona lo ha comprado. Han llegado los guardianes. Y si no encuentran el códice, se encargarán de ello los ángeles y será el fin.

Raphael se esforzó por evaluar seriamente las divagaciones del anciano.

–¿No tenías un alumno al que dejarle las observaciones y los dibujos?

Las naturalezas muertas más bellas y sangrientas jamás vistas volvieron a la mano que las había ejecutado.

–Esto –dijo secamente Miguel Ángel– es un asunto personal.

Y el gruñido que siguió sonó en los oídos de Raphael como si le hubieran dado con la puerta en las narices.

–¿Por qué vas personalmente a hacer esos dibujos?

–No los dibujo allí, sino aquí en casa.

–Deberías dejar que lo hiciera un joven aprendiz.

–Pero ellos... –señaló hacia arriba– ellos hablan conmigo.

–¿Quiénes son ellos?

–Los ángeles.

–Entiendo –comentó Raphael, que siempre decía lo mismo cuando no entendía algo.

«Tal vez –pensó–, ha llegado el momento de despedirse».

–¿Te piden los ángeles que te intereses por los asesinatos?

–¿No me crees?

–Maestro, perdóname, pero a diferencia de la mayoría de mis contemporáneos, no creo en la magia ni en los milagros... y no creo en los ángeles. No creo en nada.

–En nada. –Miguel Ángel jadeó tranquilamente y luego levantó la vista, sorprendido–. ¿En nada? Harías bien en reconsiderar tus posturas sobre la fe. Tu familia ya ha tenido suficientes problemas de herejía. El diablo existe, métetelo en la cabeza. Los ángeles existen. Dios existe.

Raphael no respondió. Se encontraba ante el mayor artista vivo, si no de todos los tiempos, y era consciente del fervor místico del hombre que había creado imágenes sagradas durante toda una vida.

Luego se limitó a asentir solemnemente para hacerle saber que agradecía la acogida y la ayuda recibidas.

Se levantó y se inclinó sobre él para estrecharle las manos.

–No te levantes, maestro.

Miguel Ángel no lo soltó, siguió aferrándolo por la muñeca.

–Así que no crees en nada.

–No debería haber hablado así, perdona mi atrevimiento.

–¿Y si te dijera que ya había hecho esos dibujos antes?

–Te vi entrar en la casa de la Via della Corda con papeles en la mano.

–Solo para comprobarlo. –Agitó los dibujos, haciéndolos revolotear como alas de pájaro–. Son todas iguales a las visiones que trasladé al papel unos días antes de que empezara todo esto. –Lo soltó y se dejó caer en el sillón con un suspiro de cansancio–. No crees en nada. Pero lo tuyo no es más que una ilusión.

–Perdóname, maestro, no era mi intención llamarte mentiroso.

–Es la verdad –estalló el anciano, golpeando con el puño el reposabrazos de cuero, pero no había ira en sus ojos–. Tengo una misión. Y tú puedes ayudarme. Soy demasiado viejo para ocuparme de este triste asunto como quisiera. Como debo hacerlo.

–No te entiendo, maestro. ¿De qué misión hablas?

–Tu misma misión.

—¿Es decir?

—Encontrar ese libro.

Raphael frunció el ceño.

—¿Qué libro es?

—No tengo ni idea, como te he dicho. Pero sé a ciencia cierta que los ángeles quieren impedir su divulgación.

—¿Te lo han dicho en sueños?

—Sí.

—¿Y por qué los ángeles se comportan de la misma manera que el papa Carafa publicando ellos también un *Índice de libros prohibidos*?

—Tu sarcasmo es apreciable, hijo. Pero no discuto con los mensajeros de Dios. Escúchame. Si encuentras ese libro, no se lo entregues a Santa Fiora ni a nadie: debes dármelo a mí.

—¿Y qué vas a hacer con él?

—Es peligroso y debe ser relegado al olvido perpetuo.

—Lo pensaré, maestro.

—Prométemelo.

—Tienes mi palabra.

—Que Dios te bendiga, hijo.

«El maestro Miguel Ángel debe de haberse vuelto loco de viejo», pensó Raphael, ansioso por salir de aquella casa. Sabía que desde que murió Urbino el maestro ya no era el mismo, pero nunca imaginó que le oiría pronunciar discursos propios de un sacerdote.

Se dio la vuelta y caminó rápidamente hacia la puerta. La abrió de par en par como se hace con la boca cuando no hay aire.

«¿Qué hacer ahora?», se preguntó.

La respuesta estaba en los retales de sol en el horizonte, en su estómago gorgojeante, en sus miembros cansados.

# Capítulo 20

*Campo de' Fiori*

Cuando llegó a Campo de' Fiori, se sorprendió de encontrarse ya allí, no recordaba ni un solo paso de los que había dado, ni siquiera un tramo de calle, así de absorto estaba en sus pensamientos. Como si hubiera sido transportado en un instante por los sublimes y tremendos designios de Miguel Ángel al tosco letrero de la POSADA DE LOS BERNARDOZZO.

Empujó una acogedora puerta de madera, cuya parte superior estaba hecha de cristales coloreados insertados en una red de plomo, y entró.

Curiosamente, la taberna estaba vacía, lo que significaba que las habitaciones de la posada, en la planta superior, estaban casi desocupadas.

«Los disturbios y las revueltas mantienen alejados a los clientes», pensó Raphael.

–¡Raphael Dardo! –Cornelia Bernardozzo saltó de detrás de una cortina de lona con una enorme sonrisa y las manos cruzadas sobre el pecho. Una mujer sonrosada, tan carnosa como su marido, de la misma jovialidad abierta y sincera que Cocco. Parecía que con el tiempo los dos habían intercambiado sus respectivos caracteres y hábitos y habían acabado pareciéndose–. Es un inmenso placer volver a verte, Raphael.

Le besó el dorso de las manos. Olían a lejía.

–Yo también me alegro de verte con buena salud, Cornelia.

–Deja que te vea. –Dio un paso atrás, lo observó de la cabeza a los pies–. Estás delgado como un lebrel. ¿De dónde vienes?

--¿Cocco no te lo ha dicho?

Ella lo miró con ojos redondos y con las manos hundidas en las caderas.

—¿Qué?

—Estaba en prisión.

—Apuesto a que te pillaron con un libro prohibido por el *Índice*. Le guiñó Cornelia.

—Más o menos.

—No sabía nada. A Cocco no le gusta hablar de cosas desagradables.

Raphael apretó los labios y asintió.

—Tu marido es un hombre sabio —dijo—. ¿Cómo está?

—Preocupado por las escasas ganancias de los últimos días. ¿Has visto lo que está pasando?

—Se alzan contra Carafa.

—No, no es solo eso. Pero, entonces, no sabes nada de nada. Los ángeles están apareciendo, agitando a la gente contra la Iglesia. Increíble. Carafa era odiado, sí, pero si no fuera por los ángeles, Roma no se habría revuelto durante días y días. Y quién sabe cuándo acabará esto. Además, circulan rumores de que hay por ahí un monstruo que mata en nombre de las criaturas celestiales.

—¿Eso dicen?

—Ya sabes, escucho muchas charlas aquí. Al parecer, unos hombres han sido brutalmente asesinados y el asesino deja una nota firmada por el «Ángel de la Muerte» o algo así. Están todos locos, te lo digo yo.

—¿Qué más se sabe de esa nota?

—Yo, nada. Los esbirros deambulan por las calles dispuestos a hacerlo desaparecer todo. Parece que el alguacil quiere mantener estos hechos en secreto. Me refiero a los ángeles y los asesinatos. Y en mi opinión no se equivoca. Te arriesgarías a ser emulado por algún otro lunático. Y, créeme, aquí en la ciudad no faltan. —Lo rodeó con los brazos, lo miró directamente a los ojos y dejó que sus labios se abrieran en una sonrisa chispeante—. Siéntate, te traeré un vaso.

—De acuerdo.

Raphael se quedó solo y miró a su alrededor. Hacía cuatro años que no entraba en aquella taberna. Todavía había medios barriles volcados a modo de mesas y cubos volcados en lugar de taburetes (aunque no faltaban sillas y mesas normales para los clientes especiales que acudían de vez en cuando). En las paredes seguían los mismos cuadros pintados por el propietario, Cocco Bernardozzo –antiguo pintor de buen gusto y técnica discreta–, y los que le regalaban los numerosos artistas que frecuentaban habitualmente su posada.

Cornelia reapareció con un vaso rojo en la mano. Lo había llenado hasta el borde, así que tuvo cuidado de no dejar caer ni una gota al suelo.

–Toma.

Raphael bebió con avidez. Estaba bueno. Era vital. Sabía a libertad.

–Gracias –dijo, devolviéndole la jarra vacía.

–¿Te traigo otro?

–Está bien así.

–Pienso en lo feliz que se pondrá Cocco cuando te vea.

–¿Ahora no está?

–Ha ido al campo a por provisiones. Creo que volverá pronto. Espero. –Le tocó la frente y torció la boca en una mueca de preocupación–. ¿Seguro que estás bien?

–Solo necesito descansar. No he visto una comida de verdad y una cama de verdad en más de un mes.

–¿Quieres dormir aquí?

Raphael asintió.

–Resulta que tengo la mejor habitación libre.

–Te lo agradezco.

–¿Me tomas el pelo?

–¿El maestro Buonarroti viene a comer siempre aquí?

–A veces –respondió Cornelia–. Pero hace unos días que no se lo ve. –Una mueca de astuta curiosidad perfiló su cara redonda–. ¿Por qué lo preguntas?

–Es solo curiosidad.

–Es un hombre muy reservado. Pero con Cocco habla muchas veces. Puedes preguntarle a él cuando vuelva. Quién sabe, podría estar aquí mañana.

Raphael repitió esa última palabra con un murmullo casi involuntario, sintiendo su sabor amargo en la boca.

Mañana.

En las semanas anteriores no había hecho otra cosa que preguntarse si el próximo día sería el último mañana a su disposición.

Y ahora tenía la sensación de que el siguiente era como el primero de su vida. Tan incierto y precario como todos los demás mañanas del mundo.

—¿Tiene Cocco una espada, una daga? También sirve un cuchillo de cocina.

—¿Tienes problemas?

—No, solo es para evitar tenerlos.

Cornelia estiró los labios.

—Cocco todavía tiene la pistola que le regaló Ariel. Nunca se la enseña a nadie por miedo a que puedan copiarla. Dice que se lo prometió.

—¿Hay también balas y pólvora?

—Hay de todo. No la ha usado nunca.

—Te la devolveré por la mañana.

—Me parece bien.

Esa noche estaba tan agotado que no pudo cenar. Se sintió satisfecho con un vaso de leche.

Y cuando se tumbó en la maravillosa cama de la mejor habitación de la posada y sintió el suave masaje del colchón en la espalda pensó que nunca volvería a levantarse.

También corría una brisa fresca y dulce a través de la ventana y un ligero velo que colgaba del techo mantenía a los mosquitos agradablemente alejados.

Pero sus ojos permanecían abiertos.

Un pensamiento lo mantenía despierto.

El fuerte deseo de visitar a un canalla.

# Capítulo 21

*Via delle Botteghe Oscure, barrio de Pigna*

Raphael tenía una piedra en el zapato. Llevaba allí un mes y medio y era muy molesta. Respondía al nombre de Uldaricus Han, pero era más conocido por el apodo de Gallus.

Era alemán solo por su aspecto rubio y su imponente estatura, porque había nacido en Roma, adonde se había trasladado casi cien años antes su bisabuelo, que se había labrado un pequeño lugar en la historia editorial al imprimir el primer libro ilustrado italiano.

Pero Uldaricus Han no tenía ni un ápice de la importancia de su antepasado ni de su cultura y humanidad.

Desde hacía algún tiempo, los alemanes ya no dominaban el mercado de la imprenta romana. Y la competencia despiadada, si favorecía a los mejores, arruinaba fácilmente a las personas incapaces y dedicadas al juego y al vicio como Uldaricus Han.

—¿Raphael Dardo? Si me hubieran dicho que volvería a verte con vida —dijo, mirándole juguetonamente de arriba abajo—, no habría apostado ni un cuatrín.

Sin embargo, Gallus no parecía sorprendido de verlo ni componía emoción alguna en su rostro. Tenía los ojos nublados. De sus dedos rechonchos colgaba una pipa larga y fina.

Grabada en unos cojines en el suelo estaba la forma de su molde y lo llenó dejándose caer con un resoplido y haciendo parpadear las llamas de las velas. No muchas, la verdad sea dicha, y de mala cera. Por lo que parecía, Gallus estaba ahorrando.

Iba vestido con un blusón de lino y nada más.

Tiró la pipa, se levantó cansado sobre un codo y, cruzando la mirada con la de su anfitrión, le dijo:

–¿Por qué has venido?

–Para hablar –respondió Raphael.

Ahora era él quien lo miraba de arriba abajo.

–¿Hablar de qué?

–De la biblia que me vendiste.

–¡Lorenzo! –gritó Gallus frotándose la punta de la nariz con la palma de la mano–. ¿Dónde estás?

No recibió respuesta.

Raphael miró a su alrededor. Aunque la luz de las velas luchaba por elevarse por encima de la mitad de la habitación, pudo ver que la morada de Uldaricus Han estaba desnuda –incluso los últimos cuadros habían desaparecido de las paredes, las ventanas estaban desnudas y las contraventanas cerradas– y los ruidos y las voces se amplificaban por una llamativa ausencia de muebles.

Gallus tenía una espasmódica necesidad de dinero y lo vendía todo, pieza a pieza, inexorablemente esclavo de sus placeres efímeros.

–¿Fuiste tú quien me vendió al Santo Oficio? –le dijo Raphael.

No era una pregunta, sino una acusación que quería dejar una posibilidad de justificación.

–Solo te vendí el libro que querías.

–Entonces dime quién fue el que informó a los inquisidores. ¿Quién, además de ti y de mí, sabía que la biblia con los errores tipográficos acababa de caer en mi poder?

–No me acuerdo –contestó Gallus vagamente. Se tocaba la cabeza, como queriendo decir que la pregunta requería demasiado esfuerzo para él en aquel momento–. ¡Lorenzo!

Llegó un efebo.

El pelo rizado y un paño alrededor de su cintura eran todo lo que cubría su cuerpo delicado y femenino.

Con aire lascivo, el joven entró en la habitación y dirigió un saludo rápido y tímido al intruso. Llevaba en las manos una pequeña bandeja, una lámpara de aceite, una aguja, una pipa y el frasco de opio. Se arrodilló junto al amo y calentó la aguja sobre la llama.

Raphael observó cómo, con una punta caliente, pescaba un poco de opio del frasco y lo apelotonaba con los dedos.

–Si has venido a acusarme falsamente, será mejor que te vayas –dijo Gallus.

El efebo levantó sus ojos aduladores y, al ver que no estaba refiriéndose a él, siguió preparando la dosis de opio.

–Tú –le dijo Raphael a Gallus, con calma seráfica– me recuerdas a alguien.

–¿A quién?

–Me recuerdas a los habitantes de Pompeya en aquella fatídica noche de hace tantos años. Ellos, que, en aquellas horas previas, antes del Apocalipsis, se dedicaban a actividades inaplazables en absoluto y, tal vez, incluso perjudiciales para su salud. Ellos, que se devanaban los sesos y se condenaban por problemas que pronto quedarían sumergidos por el magma del Vesubio y reducidos a cenizas como todo lo demás.

Lorenzo levantó de nuevo sus ojillos curiosos hacia Raphael mientras ponía la bola a chisporrotear e hincharse sobre la llama.

–No entiendo lo que dices –se quejó Gallus, sacudiendo su enorme cabeza–. Vete, déjame en paz. Me ha alegrado verte, pero ahora no es un buen momento.

El efebo también miró al amo, para ver si debía preocuparse. Luego reanudó su trabajo.

–Me voy –dijo Raphael–, pero después de recibir una explicación.

–No tengo nada que decir. Te pillaron. Peor para ti.

–Nadie podía saberlo, aparte de nosotros dos. Nadie debía, al menos. Llegué a casa con el volumen y no había pasado ni media hora cuando el Santo Oficio ya estaba llamando a mi puerta. Lo sabían todo, Gallus, vinieron a tiro fijo. Alguien debe de haberlos enviado. Y no puede ser nadie más que tú ese alguien.

El efebo retiró la bola del fuego, le dio nueva forma y volvió a asarla.

–Estás delirando –dijo Gallus, que la esperaba con impaciencia–. Vete, ya te lo he dicho.

–¿Por qué me vendiste? ¿Solo por dinero?

Gallus se quedó mirando la bolita de opio que entraba en la cazoleta de la pipa. La cogió de las cándidas manos del muchacho, aspiró una vigorosa bocanada de humo dulzón, la mantuvo en sus pulmones, saboreando el largo momento de placer con los ojos cerrados, exhaló lentamente y devolvió la pipa. El chico volvió a calentar la aguja y empezó a cocer otra bolita. Gallus fumó una segunda y una tercera pipa bajo la plácida mirada de Raphael. Finalmente se dejó caer sobre los cojines y suspiró.

Lorenzo estaba a punto de preparar una bola para él también, pero Raphael lo detuvo y le ordenó que se marchara.

–¿No quiere? –preguntó el chico mostrándole el tarro.

–No –respondió Raphael.

–¿Y esto?

Se tocó los genitales y sonrió.

–Largo –gruñó Raphael.

Le dio tiempo para salir, luego agarró a Gallus por la camisa y lo arrastró hasta el suelo.

–¿Qué haces? –berreó el hombre, pero estaba tan aturdido por el opio y tan debilitado por su propia indolencia que, a pesar de su tamaño, fue incapaz de reaccionar–. ¡Déjame!

Raphael le hizo caso.

–Habla –le dijo.

Y juzgando insatisfactorio el movimiento de cabeza de Gallus, lo agarró de nuevo y lo arrastró hasta la escalera, una rampa de mármol dentado que llevaba directamente al vestíbulo de la planta baja.

–Habla.

–Muy bien, muy bien –dijo Gallus agitando las manos como si estuviera chapoteando en el agua–. Se lo dije a un tipo. El que me vende el opio.

–¿Cómo se llama?

–No me acuerdo. Pero es un hombre peligroso. ¿No querrás que...?

–Nombre y apellido.

–No me...

La palabra «acuerdo» le tembló en su garganta mientras su espalda golpeaba rítmicamente los escalones. Cuando llegó abajo todavía estaba consciente, gimiendo.

–¿A quién me vendiste y por qué? –preguntó Raphael. Bajó las escaleras lentamente, para tener tiempo de respirar y reflexionar sobre la gravedad de la situación en la que se encontraba–. El hombre que te vende opio... Alguien peligroso... ¿Me tomas por idiota?

–¡Eres un lunático criminal! Haré que te metan en la cárcel otra vez, ya lo verás. Pagarás caro por esto.

Intentó levantarse sin conseguirlo. Le dolía la espalda. Se había golpeado la cabeza y sangraba por la nuca.

—Has visto cómo ocurre, ¿verdad? El volcán está ahí. Tú estás aquí. El volcán hierve en lo más profundo. Lo ignoras, porque solo juzgas el mundo mirando su superficie. Pero entonces el volcán entra en erupción. Y mueres.

Gallus puso una mano abierta entre él y la pistola con la que le apuntaba Raphael.

—De acuerdo —asintió. Con dificultad se puso de lado y luego consiguió sentarse. Se palpó la espalda, dando gritos lastimeros—. Alfonso Carafa —dijo.

Era un nombre tan altisonante e inesperado que Raphael pensó que había oído mal.

—Repítelo, por favor.

—Alfonso Carafa. —Esta vez Gallus pronunció las sílabas eliminando cualquier duda—. El cardenal, el bisnieto del papa.

—Sí, sé quién es. Nápoles.

—Exactamente. Me envió a dos sicarios. Me vi obligado. Él fue quien lo organizó todo.

—¿Por qué lo haría?

—Le hice la misma pregunta.

—¿Y qué te respondió?

—Por amor. Sí, dijo: «Por amor». Quería quitarte de en medio porque se encaprichó de una de tus amigas.

—¿De Luna?

Gallus negó con la cabeza.

—La más joven.

—¿Selvaggia?

Raphael se sentó en el último escalón y se quedó mirando al suelo un momento, incrédulo. Habría pensado en todas menos en ella. No le pareció una explicación plausible. Selvaggia era una mujer en venta, aunque con mil reglas y mil artimañas. ¿Qué razón tendría un cardenal joven, rico y poderoso para hacer arrestar a un adversario?

—No era solo por eso —dijo Gallus, tumbado sobre las frías losas de mármol—. Su tío te odia a muerte.

—¿Carlo?

—El cardenal sobrino —asintió Gallus—. Alfonso me dijo que su tío

Carlo apreciaría tu detención y que no solo le estaría agradecido a él, sino también a mí.

Esto, sin embargo, sonaba como una explicación muy plausible a los oídos de Raphael.

—¿Cuánto te pagó para comprar mi vida?

—Cincuenta ducados.

—¿Tan poco valgo? —Se levantó y le metió un zapato en las costillas—. ¿Tienes algo más que decirme?

—Sí.

—Entonces habla.

—Te pido perdón. —Lloriqueó—. Necesito dinero. Estoy desesperado. ¿Ves que lo estoy vendiendo todo? —Juntó las manos y se puso de rodillas—. Perdóname.

Raphael se volvió a meter la pistola en el cinturón.

—Está bien.

—Gracias —gimoteó Gallus—. Eres un noble amigo. Yo soy un canalla, siniestro... ¡Soy un judas!

—¿Quieres ganarte algunos ducados más?

De repente, una luz brilló en las pupilas de Uldaricus Han.

—¿De qué manera?

—Busco un libro muy especial. Parece que mucha gente lo busca aquí en la ciudad. Si por casualidad te enteras de algo... me interesa. ¿Me entiendes?

—He oído hablar de un libro así.

—¿Qué sabes?

—Que había un códice muy valioso en circulación, que muchos lo querían y que nadie lo podía pagar.

—¿Quién te ha hablado de esto?

—Tú también lo conoces. Gabriello de' Tomasi. El que tiene el hermano loco. Vive en Via del Morbo. Pero si me entero de algo, te lo diré —asintió Gallus con convicción—. Tienes mi palabra.

—La palabra de Judas —dijo Raphael poniéndose en marcha—. Ya nos veremos.

—¡Lorenzo!

El efebo apareció inmediatamente desde la balaustrada.

—¿Sí, amo?

—Calienta otra bolita, por favor.

# DOMINGO, 20 DE AGOSTO

# Capítulo 22

*Piazza della Minerva, barrio de Pigna*

El clérigo que había venido a abrir la puerta acercó la oreja.

–¿Quién?

–Girolamo Arquez.

–Ah, sí, Arquez.

Raphael esperó en vano a que el fraile añadiera algunas palabras más.

–¿Puedo verlo?

–¿A esta hora?

–Ahora.

–Claro, puede verlo.

De nuevo Raphael esperó a que el fraile hiciera algo, pero el hombre se limitó a mirarlo fijamente desde detrás de los gruesos cristales de sus gafas.

–¿Puedo pasar?

–¿Ha dicho que lo manda el camarlengo?

Enseñó el salvoconducto.

A diferencia de los del esbirro el día anterior, los ojos del dominico saltaron ágilmente de una palabra a otra, comprendiendo rápidamente el significado.

–Venga conmigo.

La puerta resonó a espaldas de Raphael, haciendo vibrar el aire fresco que se estaba estancando en el interior. Olía a ceniza.

Agarrándose a la pared con una mano, el fraile caminó cansadamente hasta el atrio y luego a lo largo de un pasillo negro.

Raphael lo siguió y mientras tanto trató de ordenar las numerosas, demasiadas cosas que tenía que preguntarle a Arquez.

En primer lugar, por el libro.

¿Por qué ese objeto era tan valioso como para llevar a la gente a matar y a un camarlengo a buscarlo con tanta determinación? ¿Qué texto blasfemo contenía?

Y quién sabe si Arquez podría decirle algo sobre las supuestas apariciones de los ángeles.

–¿Sigue ahí? –preguntó el fraile, sin volverse.

–Aquí estoy –respondió Raphael–. Me he enterado de lo que le pasó a vuestro convento ayer.

–Nos odian.

–No os odian a vosotros, sino a la Inquisición.

–¿Ve alguna diferencia?

–Debería pensar en ello.

–Los romanos, en cambio, ya han pensado en ello y han decidido que no hay diferencia. –El dominico se detuvo ante una escalinata y comenzó a subir–. Ya casi hemos llegado –dijo.

El convento estaba inmerso en sombras y silencios centenarios. Pero mientras subían, Raphael empezó a oír hablar a los monjes al otro lado de las pequeñas puertas de sus celdas. El edificio albergaba a unos cincuenta hombres. Y entonces oyó un crujido sordo a lo lejos que se hizo más distinguible al final de la escalera. Era un murmullo continuo y monótono, como de muchas personas reunidas en oración.

El fraile se dirigió directamente a aquel coro de susurros que siseaba como muchas cuchillas diminutas cortando el aire.

Estaban recitando el rosario.

«Es probable –pensó Raphael– que algún religioso sienta la necesidad de dar gracias al Señor por haber escapado por los pelos». Todos debían de estar muy conmocionados por lo ocurrido. En aquellos días de agitación, los dominicos no podían sentirse seguros ni dentro ni fuera del convento. Era comprensible que tuvieran miedo y que rezaran.

Pero cuanto más se acercaba a ese débil burbujeo de voces, más claro quedaba que el motivo de las oraciones tenía que ser otro.

Se estaba celebrando un velatorio.

–Ya está. –El fraile se detuvo justo delante de la puerta más allá de la cual zumbaba el rosario. La abrió lentamente–. Fray Arquez está allí –dijo.

Y con un gesto inequívoco señaló el ataúd que había en el centro de la sala, el cuerpo inmóvil entre las velas crepitantes.

Raphael sintió que sus piernas cedían por un instante. Un calor en la garganta y los ojos palpitándole. Atónito, se volvió hacia el monje y le dijo:

—¿Cómo es posible?

—El pecado original nos hizo mortales —dijo el fraile encogiéndose de hombros—. Que Dios se apiade de él.

Raphael entró.

Los hermanos que rodeaban el féretro no dejaron de rezar, pero lo observaron e intercambiaron elocuentes comentarios con sus miradas.

Arquez yacía en el catafalco, dentro de una caja de pino mediocre, con las manos puestas sobre el pecho, pero endurecidas y congeladas, con la expresión cianótica y asustada a pesar de tener los ojos cerrados.

Raphael observó cuidadosamente el cuerpo. Bajo la túnica desgarrada encontró heridas profundas, en el costado derecho, toscamente vendadas.

¿Fueron la causa de la muerte? Le examinó la boca y no vio rastros de envenenamiento. La lengua tenía el color normal que cabría esperar de un cadáver. No había rastros blanquecinos en la garganta ni ennegrecimientos sospechosos. Después de todo, ¿por qué molestarse en envenenar a un hombre al que podrían haber matado con una almohada?

No, el inquisidor se había desangrado triste y trivialmente como resultado de una estocada de horcón.

Raphael volvió con el fraile que lo había acompañado y le preguntó:

—¿Cómo ha pasado?

—Lo agredieron unos necios.

—¿Cuándo?

—Ayer por la mañana. Lo llevaron enseguida al hospital, pero falleció unas horas más tarde.

—¿Dónde lo atacaron?

—Frente al Tribunal del Santo Oficio.

—¿Y qué hacía allí?

–No lo sé. Al parecer, salió corriendo como poseído por el demonio, sin esperar a que alguien lo acompañara. Sabe, señor, que el hermano Arquez nunca salía del convento y rara vez abandonaba su celda. –Meneó la cabeza–. Recemos por él.

–¿Conoce por casualidad algún libro que le interesara mucho?

–Leía de la mañana a la noche, pero no sabría decirle qué. –Hizo una pausa y dijo en voz baja–: Últimamente se había obsesionado con los ángeles.

Raphael asintió, pensativo, sopesando aquellas palabras como si ciertas afirmaciones fueran cotidianas.

–¿Qué ángeles? –preguntó.

–No lo sé. A veces se volvía loco y despotricaba diciendo que ninguno entendíamos nada, que los ángeles nos castigarían por nuestra soberbia.

Lo mismo que oyó en la voz de Miguel Ángel.

–¿Castigar cómo?

–Quién sabe. El hermano Girolamo tenía un carácter muy fuerte. Él era así.

–Cuando ocupaba el cargo de inquisidor, ¿quién era su hombre de mayor confianza? ¿Tenía mano derecha, ayudante o secretario?

–Serafino –respondió el fraile sin vacilar–. Era su alumno. El hermano Girolamo dirigió las últimas *inquisitiones* con su ayuda. Serafino estaba muy unido a él incluso ahora.

–Me gustaría hablar con él.

–No lo veo desde ayer. Esto parecía el infierno.

–¿Serafino está al corriente de la muerte de Arquez?

–No lo sé.

–¿Cuándo puedo reunirme con él?

–En cuanto lo vea, le comunicaré que quiere hablar con él. ¿Dónde se le puede encontrar, señor?

–No, no le diga nada. Volveré yo a buscarlo.

–No le diré nada, entonces, si así lo desea. –El fraile trasladó el peso de su cuerpo a la otra pierna y le dedicó una sonrisa fraternal–. ¿Hay algo más que pueda hacer por usted? Si no, tengo asuntos esperándome.

–Así está bien. Gracias, padre.

–Conoce el camino, ¿verdad?

El fraile se marchó, feliz de poder volver a sus propios asuntos misteriosos.

Raphael regresó a la capilla funeraria para presentar sus últimos respetos al hombre que el destino había puesto dos veces en su camino. El terrible inquisidor que había tenido el valor de oponerse a los Carafa. Quien, antes que los demás, había visto la podredumbre de la que estaba rodeado el papa, los ultrajes de sus sobrinos, las guerras que provocaría –y que luego provocó– con su obsesivo odio a los españoles.

«¡No habrá más demora!».

Le tocó la frente, era tan suave y fría como la cubierta de un libro que ya nadie podía leer.

«Tómalo y devóralo; te llenará las entrañas de amargura...».

Hizo la señal de la cruz –a Arquez le habría gustado– y dijo:

–Que Dios lo bendiga.

Luego volvió a cruzar la sonora red de susurros y se preparó para abandonar el convento lo antes posible.

Se sentía débil. Una mano de fuego le agarró el estómago y una de hielo apretó su corazón.

«Cogí el pequeño libro de la mano del ángel y lo devoré».

Quién sabe por qué, pero a pesar de toda la esperanza y confianza que pudo reunir en aquel momento, no pudo discernir un deseo de alegría y serenidad en las sombrías palabras del Apocalipsis que un autodenominado Ángel de la Muerte había dejado sobre los cuerpos transfigurados de sus víctimas.

Tampoco empezar la búsqueda con la muerte de la única persona que podía explicarle lo que estaba pasando tenía el sabor de un buen augurio.

# Capítulo 23

*Via del Morbo, barrio de Parione*

–¡Aaarrghh!

El monstruo apareció con un gruñido furioso. Desnudo, sucio, meneaba la cabeza, rígido de rabia. Sus manos negras se agitaron para abalanzarse sobre el rostro de Raphael como las garras de una bestia infernal. Y a medida que las manos se acercaban manifestaban toda su putridez, goteando excrementos y sangre de una piel enferma.

El ataque duró apenas un instante y estuvo acompañado por el repiqueteo sordo y rápido de la cadena, luego las manos se detuvieron. La cadena, estirada al máximo, se rompió, a lo que siguió un olor nauseabundo.

Las uñas negras y encostradas arañaron el aire mientras rozaban los ojos de Raphael, incapaz de avanzar ni un pelo más, por suerte. La cadena lo ataba. Un número preciso de anillas, tan sólidas como mugrientas, establecía la distancia máxima desde el muro de piedra.

–¡Aaarrghh!

Gabriello de' Tomasi se dio la vuelta, levantó el bastón de olivo y lo bajó brutalmente contra sus manos.

–¡Tomaso! –Luego contra la cabeza–. ¡Tomaso, para! –Y siguió aporreándolo, con la esperanza de que volviera al sótano, a la oscura caverna donde vivía, su guarida–. ¡Sabes que no debes hacer eso, Tomaso!

Tomaso, con el pelo y la barba modelados por un tosco cincelado, agitó en las sombras un rostro arrugado, como hecho de cuero podrido, con ojos llenos de odio. Soltó un bocado al vacío, enseñando sus gastados dientes, y finalmente se echó hacia atrás, gruñendo y refunfuñando.

Luego intentó tocarse la frente, pero las cadenas se acortaron de repente, impidiéndoselo y obligándolo a retroceder hasta chocar los hombros contra la pared.

—¡Así aprenderás! —le dijo Gabriello, dándole una vuelta más al pequeño timón que tenía en sus manos.

—¡Aaarrghh!

—Te pido perdón, Raphael —dijo—, debería haberte avisado. No suelo recibir visitas. —Apretó el mecanismo del cabestrante y empezó a caminar—. Sígueme, por favor.

—¿Quién es?

—Es Tomaso. Mi hermano. Está loco desde... Ni siquiera recuerdo desde cuándo. Empezamos a encadenarlo hace un par de años. Se volvió extremadamente peligroso, para sí mismo y para los demás. Pero nosotros nos preocupamos por los demás, por encima de todo.

Raphael saludó a Tomaso con una reverencia y siguió a Gabriello, que caminaba con descaro por los meandros de piedra deslucida de su mansión.

—¿Te has asustado?

—Debo admitirlo.

—Lo siento. No te lo había dicho nunca. No es algo de lo que me enorgullezca.

—¿A qué te refieres con «peligroso»?

—Tomaso tiene una fuerza inhumana.

—¿Qué quieres decir?

—Despedazó a su mujer.

—¡Cielos! —dijo Raphael girándose para mirarlo.

—¡Aaarrghh!

Si Tomaso hubiera podido alcanzarlo en ese momento, se lo habría metido en las tripas.

—¿Es tan malo como parece?

—Cuando mi padre y yo nos apiadamos de él y lo liberamos, y solo ocurrió una vez, Tomaso mató a otros tres hombres. Por suerte solo eran matones y nos dejaron elegir entre la pena de muerte y el encadenamiento perpetuo. Ahí, bueno, debo corregirme: las veces que nos compadecimos fueron dos. Ven, sígueme.

–Lástima –dijo Raphael, sacudiéndose las salpicaduras de mierda y sangre–, con gusto me habría quedado a charlar con él.

–Si le apetece, también puede hablar. Tomaso no es tan estúpido como parece. Pero es la ira lo que le hace ser así. Seis exorcismos no han servido de nada. Debe de tener legiones de demonios en el cuerpo. –Subió un tramo de escaleras, recorrió un pasillo bordeado de ventanas con vistas a la árida campiña, luego se detuvo, abrió una pequeña puerta y señaló la pequeña habitación inundada de luz–. Toma asiento.

Raphael agachó la cabeza y salió entornando los ojos.

Gabriello lo había llevado a una terraza panorámica. Bajo la balaustrada corrían los caminos de ronda, recuerdo de cuando la familia De' Tomasi tenía riquezas que proteger. Lo invitó a recorrer con la mirada las magníficas ruinas, los viñedos, los tejados, las cúpulas y los campanarios de la ciudad.

–¿Qué te parece?

Raphael asintió para complacerlo y comentó:

–Tienes una vista preciosa.

–¿Sabes? Mi padre me hizo jurar en su lecho de muerte que cuidaría de mi hermano. Creo que no podría matarlo.

–Los hermanos no se matan –dijo Raphael.

E inmediatamente sintió una punzada hostil en el centro del corazón.

«Por supuesto, los hermanos no deberían matarse unos a otros, lástima que lleven haciéndolo desde los tiempos de Caín. Y tú eres un descendiente involuntario de Caín. In-vo-lun-ta-rio. El fatal desenlace de una maldición que se remonta a los orígenes».

Algún tiempo después de los acontecimientos que Raphael trataba en vano de olvidar, se dio cuenta por casualidad de la ironía del destino: Leonardo Dardo, que se llamaba a sí mismo «cainita», murió precisamente a causa de su hermano.

–¿Puedo ayudarte? –le preguntó Gabriello, desviando su atención de la vista. Tenía el rostro apacible rodeado de anacrónicos rizos rubios. Mirada hierática, nariz aguileña. Con gestos mesurados y un tono de voz tranquilo, intentaba que la vieja gloria familiar sobreviviera en él–. ¿En qué estás pensando?

–En nada... En los hermanos.

–¿De qué me quieres hablar, Raphael? ¿Has vuelto a los negocios?

–Sí.

–Yo lo he dejado. Vendí todos los libros prohibidos por la ley y ahora me ocupo de las granjas que me quedan. –Le tocó el hombro amistosamente y sonrió–. Pero, dime, ¿qué estabas buscando?

–Me han dicho que le han robado un libro especial al Santo Oficio. ¿Sabes algo al respecto?

–No, lo siento. Como te he dicho, dejé de hacerle la guerra a la Inquisición. Y, sobre todo, he dejado de preocuparme por esas cosas. Se acabó jugar con lo oculto. Sobre mi familia, como has podido ver, ya han caído bastantes desgracias. He sido un buen cristiano durante algún tiempo.

–Me alegro.

–¿Y tú?

–¿Yo qué?

–¿Eres un buen cristiano?

–Claro –dijo Raphael.

Verdad o no, era la respuesta correcta que había que dar siempre en Roma.

–¿Puedo saber quién te ha sugerido que vinieras a verme?

–Nunca traiciono a mis fuentes. Pero en este caso puedo hacer una excepción: Gallus.

–¿El bastardo de Uldaricus Han? Vendería hasta a su madre si todavía estuviera viva.

–Entonces, ¿has oído algo?

–Ahora que me haces pensar en ello... se me ocurre que he oído hablar de un libro que podría ser el que buscas. Un tal Menico de' Madi vino aquí. ¿Lo conoces?

–¿El impresor veneciano?

–Humm... –asintió Gabriello–. El viejo mudo vino a preguntarme si tenía noticias de sus hijos, quería saber si al menos tenía alguna idea de dónde podía buscarlos, porque llevaban días desaparecidos de casa y del negocio. Al parecer, han desaparecido. ¿Los conoces?

–He oído hablar de ellos.

–A ver, no es fácil comunicarse con un mudo, sobre todo si tiene prisa y está disgustado por algo grave. Pero creo recordar que

Menico de' Madi aludió a un libro maldito que sus hijos habían tenido en su poder. Le dije que no sabía nada y que no entendía lo que quería decir.

–¿Cuándo ocurrió?

–Hace una semana, más o menos.

–¿De' Madi sigue teniendo la librería en el barrio de Parione?

–Sí. ¿Quieres hablar con él? Luego hazme saber si encontró a sus niños.

–Descuida. Gracias por la ayuda que me has dado.

–¿Por tan poco? Pensaba que tenías algo valioso y caro para vender.

–Sí, mi piel.

–Déjame ofrecerte un trago.

–No, gracias. Debo irme ya.

–Bueno, si quieres que haga algo por ti, no tienes más que pedírmelo. Si puedo...

–No –dijo Raphael echando un último vistazo al plácido horizonte de Roma–. Saluda a tu hermano de mi parte. Trátalo bien.

–¿Mejor que así? –Gabriello de' Tomasi sacó de su bolsillo una pequeña llave y se la mostró–. Si lo liberara, verías y cambiarías de opinión. No sabes de lo que estás hablando, Raphael. Seis exorcismos. Seis. ¡Y nada de nada!

# Capítulo 24

*Piazza San Pietro*

El alguacil salió en persecución del cardenal de la curia sin tener una idea clara de por qué lo hacía. Sin embargo, sabía muy bien a lo que se arriesgaba.

Se encontraba en las inmediaciones del Vaticano y repasaba mentalmente el alfabeto cuando lo vio y no pudo resistirse a la tentación de seguirlo.

«Esta es una A, esta es una B, esta es una C...».

Últimamente, dentro de la cabeza de Leccacorvo fermentaba una actividad digna de una imprenta. Más allá de su frente sudorosa fluían letras minúsculas y mayúsculas, cursivas y regulares, como si un compositor invisible estuviera preparando una página para pasarla por la prensa. Solo que en las hojas de su mente no había escrito nada más que el alfabeto, y además incompleto.

A pesar de sus esfuerzos, no conseguía memorizar algunas letras. Se dio un golpe en la pierna y tuvo que sujetar al caballo, que había entendido el gesto como una orden de aumentar su andar.

¡Si hubiera aprendido de niño!

Su cerebro se había vuelto de madera.

¿Qué forma tenía la «eme»? ¿Y la «ge»?

Dejó escapar un grito de decepción y se volvió para comprobar que nadie se había dado cuenta de que murmuraba para sí mismo. Y en ese momento vio al más infame de los cardenales vivos salir de los sagrados palacios y cruzar a toda prisa la Piazza San Pietro. La espada le caía recta por su pierna izquierda, el arcabuz en la mano, encorvado con la túnica negra de los sacerdotes seculares, la cabeza calva hundida lo más posible en los hombros, el rostro más arrugado que de costumbre. Daba claramente la impresión de querer ocultarse de la mirada de los demás.

Y tenía más de una razón.

Leccacorvo no se sabía todo el alfabeto de memoria, aún necesitaba tener a mano la lista completa de letras cuando abordaba las peligrosas cimas de una página impresa, pero el nombre de ese cardenal sabría leerlo.

Una C, una A, una R...

Carlo Carafa.

No le faltaba ninguna de las letras necesarias para componer el nombre de pila del cardenal sobrino, el más poderoso y traicionero de los sobrinos del papa recientemente fallecido.

Carlo había dado grandes zancadas hacia un hombre que sujetaba un caballo gris por las riendas, montó en la silla y galopó en dirección al castillo de Sant'Angelo.

La batalla entre la curiosidad y el respeto en Leccacorvo había sido breve, había ganado la primera.

Espoleó al caballo.

Don Carlo estaba entrando ahora en el puente Elio.

Leccacorvo tenía que mantenerse a una distancia prudencial: si lo pillaban siguiendo a un cardenal, a uno tan poderoso, pasaría de vivo a descuartizado en el tiempo que dura un suspiro.

Esperó a que don Carlo cruzara el Tíber antes de tomar el puente. No lo perdía de vista. Debía de tratarse de una misión bastante importante, ya que había planeado ir allí en persona.

«Nos estamos arriesgando los dos, querido».

Si los romanos hubieran reconocido al cardenal sobrino, no habrían dudado en capturarlo y despellejarlo vivo.

Tras cruzar el puente Elio, don Carlo Carafa había girado a la izquierda, espoleando su caballo al galope en dirección a la Porta del Popolo. Iba rápido y no era fácil seguirle el ritmo sin llamar la atención. Pero Leccacorvo no se rindió. Una parte de él, una entidad oculta en las profundidades de su mente, había evaluado elementos que en el momento se le escapaban. Fue una sensación vaga. Una premonición. Una intuición. O algo que se parecía a todo esto.

¿El qué exactamente?

El caballo bailaba a la carrera, bombeando aire tórrido de los ollares. El animal empujaba por sí mismo, sin necesidad de ser espoleado, como si diera rienda suelta a un deseo irrefrenable de correr o tuviera él también la curiosidad de averiguar hacia dónde se dirigía el cardenal sobrino.

«¿Por qué –se preguntó Leccacorvo– te has propuesto seguirlo?». La respuesta era clara y rotunda en su cabeza, pero demasiado grande como para tomársela a la ligera.

«Los asesinatos del torturador y las apariciones de ángeles comenzaron mientras el papa agonizaba y, casualmente, en los mismos días en que Carlo Carafa regresó a Roma».

Ah, sí. Leccacorvo tenía una razón tan grande como la maldad de aquel hombre para querer saber adónde iba con tanta prisa, armado hasta los dientes, solo, a una hora en que la ciudad se había levantado también y sobre todo por su culpa.

Ante el gran asombro de Leccacorvo y haciendo gala de una temeridad desenfrenada, don Carlo cruzó la Piazza del Popolo con la cabeza bien alta, entró en la Via Paolina y detuvo su caballo frente a una taberna.

Cerca de la puerta había una docena de soldados que Leccacorvo reconoció como hombres del capitán de don Carlo, Vico de Nobili.

Se abrieron como el mar Rojo ante Moisés cuando su señor se apeó de la silla y se encaminó hacia la taberna.

En ese momento, la imaginación de Leccacorvo empezó a crear imágenes y escenas seductoras: se vio a sí mismo yendo a correr la voz, señalando la presencia del cardenal sobrino e indicando el lugar preciso donde se encontraba. Vio a la multitud armándose e hinchándose a cada paso como una avalancha de nieve que cae por la ladera de una pendiente. Llegaba a la Via Paolina e irrumpía en la taberna. Los gendarmes de De Nobili no habrían podido evitar que don Carlo fuera arrastrado y ejecutado, porque ellos mismos habrían corrido el riesgo de acabar mal.

Habría sido fácil convertir la imaginación en realidad.

Pero Leccacorvo siguió una vez más al ente que se ocultaba en el fondo de su conciencia y decidió desmontar tranquilamente, esperar un minuto y luego entrar indiferente en la taberna para tomar una jarra de vino.

# Capítulo 25

No hubo necesidad de presentaciones: los soldados lo dejaron pasar con saludos militares. Dentro, el tabernero y los empleados lo saludaron con reverencia, aunque un poco más fríamente de lo habitual, pues en ese momento había alguien mucho más importante que él a quien servir y reverenciar.

Y a quien temer.

—Messer alguacil —le dijo el tabernero, jadeante. El sudor brotaba bajo su pelo rizado como de una fuente. Era bajito, pero compensaba su falta de altura con una anchura fuera de lo común—. ¿Quiere sentarse, messer alguacil?

Leccacorvo vio la mesa en la que don Carlo se había sentado y asintió.

—¿Ocurre algo, messer alguacil? —preguntó el tabernero.

—No, no. —Su rostro tenso se debía al miedo a ser descubierto. En la taberna casi solo había soldados. Los clientes normales se mantenían al margen. Pero él, pensó, había sido nombrado alguacil por el tío de don Carlo, era uno de los suyos, un amigo leal, y no tenía nada que temer—. No pasa nada. Tráeme una taza de lo que ya sabes.

—Sí, messer alguacil.

Leccacorvo fue a sentarse lo más cerca posible de don Carlo y su capitán Vico de Nobili.

El cardenal y el soldado estaban frente a frente, ambos armados, inclinados hacia delante con los codos apoyados en el tablero de la mesa, hablando animadamente mientras intentaban no levantar la voz. Y estaban tan absortos en la conversación que no le prestaron ninguna atención al primer esbirro de la ciudad que tomaba asiento, de espaldas, junto a ellos y sus secretos.

Cerca, pero no lo suficiente.

Tres pasos separaban sus bocas y voces ahogadas de los oídos de Leccacorvo. Demasiado para alguien que tenía el oído destrozado por los disparos de arcabuz. Y el parloteo de los soldados ciertamente no ayudaba. Sin embargo, algunos fragmentos de conversación se oían con suficiente claridad, sobre todo en los momentos en que ambos estaban animados.

–¿Has hecho lo que te pedí?

–Claro.

Por el rabillo del ojo, Leccacorvo vio que De Nobili estaba deslizando un objeto voluminoso por la mesa.

–¿Qué es esto? –preguntó don Carlo.

–Lo llevaba fray Arquez.

–¡Como me imaginaba, como me imaginaba! ¿Y solo tenía esto?

–Sí, solo esto.

Leccacorvo ya había oído ese nombre: Arquez. El camarlengo se lo había contado. Después había preguntado y ahora sabía de quién se trataba. Era difícil imaginar que pudiera haber dos frailes en Roma con el mismo nombre. Intentó mirar más de cerca y pudo ver lo que De Nobili le había entregado a don Carlo: papeles envueltos en una piel de ante. Pero inmediatamente tuvo que apartar la mirada.

–¿Por casualidad no tenía un libro? –preguntó Carlo Carafa.

–Nada.

–¿Y qué ha pasado con el fraile?

–Ya no podrá contarle a nadie lo que está escrito en esos papeles.

Don Carlo asintió, casi emocionado.

–Has hecho un gran trabajo, Vico.

–Siempre es un honor servirlo.

–Y de Violante, ¿qué noticias me traes?

–Su cuñada sigue viva.

–¡No es posible! –soltó don Carlo–. No puedo entrar en el cónclave si no es ejecutada primero. Sería una deshonra insoportable.

–Se lo dije –respondió Vico de Nobili–, pero su hermano Giovanni no se decide a hacer lo que debe.

–¡El honor de mi familia... con sangre!

«¿Debe lavarse? ¿Ha dicho que debe ser lavado con sangre?». Giusto Leccacorvo podía apostar por ello.

Pocos días antes había llegado a la ciudad el rumor de los terribles sucesos acaecidos en la familia de Giovanni Carafa, duque de

Paliano. El hermano de don Carlo (otro tío del cardenal Alfonso) acusaba a su esposa Violante de traición y había asesinado brutalmente, de veintisiete puñaladas, a su supuesto amante, un tal Marcello Capece, considerado el hombre más guapo de Roma. Y había hecho arrojar su cuerpo a una letrina.

Y ahora don Carlo presionaba para que mataran a la mujer de su hermano, ya que, según él y el código de honor en uso en el sur de Italia, se lo merecía.

Sin embargo, Violante Carafa siempre había sido una mujer irreprochable, enamorada, sobria y, sobre todo, estaba embarazada de su marido.

A Leccacorvo le recorrió un escalofrío.

¿Qué clase de eclesiástico era ese monstruo de don Carlo?

El tabernero llegó con su jarra de vino tinto, con los ojos clavados en el cliente más importante, que no era Leccacorvo.

—Aquí tiene, messer alguacil —dijo.

Le temblaban las manos.

Leccacorvo dio las gracias con una inclinación de cabeza y bebió, con aire socarrón, esparciendo sonrisas a los soldados que de vez en cuando lo observaban, como si empezaran a sospechar que se había sentado allí para escuchar a escondidas lo que decían su señor y su capitán.

Pero ahora, por desgracia, de aquella mesa solo salía un murmullo indistinto e incomprensible. Entonces, como si lo hubieran hecho a propósito, los soldados comenzaron a tocar una canción obscena, por lo que escuchar se hizo imposible.

Leccacorvo sonrió y aprobó con amplios movimientos de cabeza, pero mantuvo las orejas apuntando a otra parte.

Esperó confiado. La costumbre del cardenal sobrino de levantar la voz y su incapacidad para controlar la rabia eran conocidas por todos.

Y, en efecto, no tardó en irritarse.

—Alguien —despotricó don Carlo con los dientes apretados, conteniendo a duras penas su rabia—, ¡alguien está insinuando que yo estoy detrás de esas apariciones!

—Pero ¿por qué?

—¡Para santificar a mi tío!

El comentario de De Nobili no se pudo oír.

Los soldados, mientras tanto, seguían cantando mientras se balanceaban abrazados.

La jarra de Leccacorvo se vació lentamente, como un reloj de arena que medía el tiempo que debía esperar antes de volver a oír la voz de Carlo Carafa. Y no eran palabras cualesquiera. El cardenal sobrino gritó:

—¡Un libro!

A Leccacorvo se le erizó el vello de los brazos y casi se atragantó con las últimas gotas de vino.

¿Había dicho «libro»?

—Un libro, sí —Don Carlo lo repitió, dando porrazos con las manos abiertas en la mesa y silenciando a los soldados.

La música volvió a sonar, esta vez más desafinada y fuerte que antes.

Y al cabo de unos minutos, cuando Leccacorvo se levantaba, dejaba el dinero junto a la jarra vacía y se aplastaba el sombrero de ala flexible sobre la cabeza, le dio tiempo a oír algunos retazos más de la conversación, siempre acompañados de los puñetazos y los manotazos que don Carlo, exasperado, arrojaba sobre la mesa.

—¡Dile a Giovanni... el honor debe ser... debe morir!

—¡Se lo he dicho!

—Pues entonces... Yo... Ese granu... aldición... como...

¡Si esos malditos soldados se hubieran callado un momento!

Leccacorvo ordenó a los músculos de su cara que sonrieran y alcanzó la puerta.

Poco después, sin embargo, la sonrisa se volvió genuina, porque por un golpe de suerte se le ocurrió abrir la puerta en el instante en que la canción terminaba, dejando de repente al descubierto las voces de don Carlo y su capitán.

Y fue entonces cuando una frase pronunciada por don Carlo voló por los aires como una flecha y se alojó en la cabeza de Leccacorvo:

—Necesito ese libro, ¿entiendes? A cualquier precio.

Salió y cerró la puerta de la taberna tras de sí. Volvió a subir a la silla y saludó a los guardias con el sombrero. Luego, se puso en marcha de nuevo, soltando gritos para incitar al caballo a la carrera.

«Para mí es él —pensó—, don Carlo es el monstruo. Y los ángeles han llegado para liberarnos del mal de una vez por todas».

# Capítulo 26

*Il Corso, barrio de Colonna*

Raphael se acercó cautelosamente al edificio de Luna Nova.

Los criados habían dejado abierta la ventana de la planta baja. Intentó mirar a través de los barrotes de la reja de hierro. Más allá de las cortinas de seda púrpura no vio a nadie. «Quizás Luna no tiene visitas en este momento», pensó. Pero un momento después oyó el ladrido insistente de los cachorros, la voz de Luna y la de un hombre acercándose.

Más que una casa, la de Luna Nova era una morada principesca. Y dentro podrías encontrarte con cualquiera. Cardenales. Embajadores. Banqueros. Artistas y hombres de letras de gran renombre. Presas que desplumar.

Raphael bajó del alféizar y se alejó de la puerta. Era más prudente esperar a que el invitado se marchase antes de que lo vieran las amas de casa. Dobló la esquina y se detuvo. Desde allí, inclinando ligeramente la cabeza, podía ver sin ser visto.

Mientras esperaba, apoyó la espalda en la cálida pared y cerró los ojos, dejándose acariciar por el sol.

Continuó escuchando los ruidos de la casa.

Ahora, junto con las voces y las risitas, también se oían pasos acercándose a la puerta.

—Tu visita nos ha hecho muy felices —decía Luna mientras acompañaba a su invitado a la puerta. En la alta sociedad era un signo inequívoco de amistad—. Vuelve y bendícenos cuando te plazca.

—Nos veremos pronto, queridas.

Raphael lo reconoció por su voz. Era el marqués de Sarria, don Fernando Ruiz de Castro, embajador imperial ante el Estado Pontificio.

El diplomático venía a menudo a visitar a Luna y a su hermosa y jovencísima doncella, Selvaggia. Exigía su presencia en sus banquetes y estaba tan enamorado, era tan irremediablemente respetuoso del lujo y el gusto con que había amueblado y decorado la casa de las dos damas italianas que, para no ensuciar las preciosas alfombras, escupía a la cara de su criado cada vez que le surgía la necesidad imperiosa en la boca.

Sarria era joven y exuberante, le encantaba ir de caza a la campiña romana al amanecer y estar hasta altas horas de la noche en compañía de bellas mujeres y brillantes cardenales.

A Raphael le caía bien, porque el noble español siempre había sido una espina en el costado de Gian Pietro Carafa, que lo había correspondido constantemente con un odio genuino y profundo.

Sonrió al recordar la cara de disgusto de Selvaggia al relatar el refinamiento del embajador, los comentarios sarcásticos de Luna y la reacción siempre aturdida del diplomático español, completamente cautivado por los encantos de las dos cortesanas.

Sarria, el astuto hombre de mundo acostumbrado a tratar con los poderosos, estaba tan indefenso como una lombriz frente a dos mujeres así. Luna y Selvaggia eran expertas en engañar a los pretendientes, provocándoles celos o enamorándolos hasta la manipulación. Conocían muchos trucos e incluso eran capaces de venderse vírgenes varias veces, gracias a las virtudes astringentes de la resina hervida con alumbre de roca.

Sabían leer, cantar y bailar. Escribían poesía. Hechizaban de muchas maneras.

La voluntad de los hombres era un néctar que sabían sorber hasta la última gota.

Y, cuando las circunstancias lo hacían necesario, también eran capaces de acabar suavemente con la vida de pretendientes incautos. Entre ellas dos y las rameras comunes de Roma había la misma distancia que separa el Viejo Mundo del Nuevo.

Las prostitutas ordinarias tenían que hacerse reconocibles llevando enaguas de seda hasta el suelo atadas transversalmente con una banda blanca. En la cabeza debían llevar un medio velo blanco para cubrirse toda la frente. Y aunque algunas de ellas podían llegar a cobrar treinta escudos, la mayoría no ganaba más que medio escudo por cada servicio.

En Roma, las prostitutas se dividían en diferentes categorías: las de estatus inferior recibían el nombre de «cortesanas de velas»; luego, ascendiendo por la jerarquía de la prostitución, estaban las «cortesanas de celosía», que atraían a los clientes llamándolos desde las ventanas; un poco más arriba, las «cortesanas dominicales», que solo ejercían su oficio los domingos; y, en la cúspide de la pirámide, las «cortesanas honestas», pudientes, cultas, con relaciones al más alto nivel.

Luna Nova y Selvaggia no solo pertenecían a esta última categoría: estaban a la cabeza.

La puerta se abrió.

En el umbral apareció Sarria, seguido de su criado, que se secaba la frente con un pañuelo blanco, tal vez el sudor, tal vez no.

Los dos se alejaron por la calle, mientras Luna y Selvaggia se mantenían en el umbral de la casa para seguir despidiéndose con la mano.

Luna tenía el pelo rubio y llevaba un vestido de seda azul noche tachonado de estrellitas doradas sobre el que destacaba una gran luna dorada, que caía de la cadena que llevaba al cuello.

Era encantadora.

Selvaggia, por su parte, vestía como una antigua romana, con una túnica hasta las rodillas, ligera y blanca, una trenza en el pelo, sandalias en los pies con tiras de cuero que le rodeaban los tobillos y las pantorrillas como zarcillos de flor de la pasión.

También era preciosa, con la ventaja de tener unos años menos.

Raphael salió al exterior e iba a llamarlas antes de que cerraran del todo la puerta, pero de pronto dudó y bajó la mano.

Tenía que hablar con Ariel y pedirle ayuda y al mismo tiempo no quería involucrar a Luna Nova y Selvaggia en los graves problemas de un preso.

¿Por qué arriesgar, si no su seguridad, su tranquilidad y su negocio?

No, era más prudente no ser visto. Y, tal vez, tampoco había necesidad de involucrar a Ariel.

Había muchas razones por las que, en este momento, haría bien en mantenerse alejado de aquel edificio.

Se retiró rápidamente tras la esquina.

–¡Raphael!

Demasiado tarde.

# Capítulo 27

–¡Cómo has adelgazado!

Selvaggia se separó de él con una fingida expresión de disgusto.

–Sí –dijo Luna Nova, manoseándole una nalga–, estás esquelético como un caballo viejo en tiempos de hambruna.

Las dos mujeres rieron, haciendo gala de su habitual complicidad.

–¡Qué simpáticas! –dijo Raphael inclinándose–. Como vuestra amiga Anna de la Estufa del Pavo Real.

–Cuando vino su mozo y preguntó por tu ropa... Saber que aún estabas vivo, bueno... –Luna se apretó el pecho entre los brazos–. Estoy tan feliz de verte de nuevo, Raphael.

–Yo también por volver a verte –dijo él y le dio un beso. Y se dejó besar a su vez por Selvaggia, que ya no quería separarse de su cuello–. No puedo entretenerme en este momento.

–¿Por qué no?

–Tengo unos asuntillos que atender.

Lo empujaron por la amplia y espaciosa escalera y lo condujeron a una habitación ricamente amueblada, adornada con hermosos cuadros y con las paredes cubiertas de coral dorado.

En la casa de Luna abundaban los terciopelos y los brocados y en el suelo había innumerables alfombras turcas, todas de la más fina factura, como había observado el embajador Sarria.

Se lo llevaron al camarín donde se apartaban con los grandes personajes que las visitaban. Aquí las paredes estaban cubiertas por cortinas de oro con incontables rizos y trabajadas de manera sublime. Una especie de cornisa totalmente pintada en oro y azul ultramarino rodeaba la habitación y sobre ella corría una hilera de jarrones de alabastro, de pórfido, de serpentina.

Además, había arcones y cofres bellamente tallados por todas partes.

En el centro, una magnífica mesa de ébano con el tablero cubierto de terciopelo verde.

El contraste entre aquel lugar y la celda en la que Raphael se había estado pudriendo durante más de un mes era demasiado evidente.

Se quedó de pie, como si temiera ensuciar el sillón.

—¿Dónde está Ariel?

—Se quedará de piedra cuando te vea —dijo Luna.

—Debo hablar enseguida con él.

—Creo que ha vuelto al sótano, a su taller. En cuanto se enteró de que en las calles se anunciaba la muerte del papa, salió. No lo vemos casi nunca. Siempre está ahí abajo jugueteando con sus alambiques y sus hornos o se va al gueto a la casa del rabino.

—Le darás una bonita sorpresa —dijo Selvaggia, apareciendo con una bolsa de cuero llena de dinero—. La escondimos después de que te arrestaran. Vinieron haciendo preguntas y querían confiscar todas tus pertenencias. El dinero para la estufa lo cogimos de aquí.

Raphael cogió la bolsa con un solemne gesto de gratitud, aunque le perteneciera.

—Tus libros están también seguros —añadió Luna, enseñando unos relucientes dientes de marfil por encima del cielo estrellado—. Los enviamos a Florencia.

El agradecimiento de Raphael fue silencioso, pero emocionado.

—Debo informar urgentemente al duque de que estoy vivo y libre.

—El duque y la duquesa están en Pisa. Puedo confiarle la noticia a un mensajero que sale mañana por la mañana.

Raphael asintió. No podía haber esperado un tiempo más rápido.

Luna Nova y Selvaggia mantenían una estrecha correspondencia con la corte de los Médici. Enviaban mensajes cifrados. Información de los muchos hombres ilustres que las frecuentaban y que no pocas veces se permitían confidencias imprudentes.

—¿Te quedarás con nosotros después? —le dijo Selvaggia, invitándole, mientras le recorría la espalda con dos dedos.

—Me gustaría, pero como ya he dicho, tengo compromisos.

—¿Acabas de salir y ya quieres meterte en líos otra vez?

—Debo cumplir las órdenes del camarlengo.

—¡Ni más ni menos! —exclamó Luna entornando los ojos. Fue a abrir un pequeño armario y sacó una botella con un vaso—. ¿Así que no te has escapado?

—No soy un fugitivo, si es eso a lo que te refieres.

—Nosotras, a estas alturas, ya nos habíamos resignado a la idea de no volver a verte. Ariel quería sacarte del castillo de Sant'Angelo, pero dice que, mientras te detenían, le dijiste que no lo hiciera.

Era cierto: no había querido que Ariel arriesgara su vida para sacarlo de la cárcel. Sin duda habría podido hacerlo: era el escapista más hábil jamás visto, encantaba a los nobles cortesanos de media Europa con sus hazañas, que lo veían liberarse de todo tipo de grilletes y cadenas, abrir todas las cerraduras posibles y escapar de cualesquiera que fueran las limitaciones que se le impusieran.

Más de un soberano se había dirigido a él para pedirle que liberara a un pariente cautivo en manos enemigas.

Pero montar espectáculos asombrosos en las cortes o actuar en Estados extranjeros bajo la protección de poderosos príncipes era una cosa y colarse solo en el castillo de Sant'Angelo otra muy diferente.

Y entonces Raphael había alimentado una esperanza: con cada muerte de un papa, el pueblo abría las cárceles, incluso las del castillo de Sant'Angelo, aunque el castillo era en cierto modo el corazón palpitante de los Estados Pontificios, el lugar donde se guardaban las arcas con las reservas monetarias. Y si Santa Fiora no lo hubiera sacado horas antes del asalto a las cárceles, ahora sería libre, como se esperaba.

Pero, claro, se había arriesgado.

Las fechas de las ejecuciones se fijaban en función de la necesidad de cadáveres frescos de los anatomistas y no se podía confiar demasiado en una larga estancia en la celda. Sobre todo, en verano, cuando aumentaba la demanda y los anatomistas pagaban bien por los cuerpos de los criminales condenados a muerte.

—Lo único importante es que ahora eres libre —le dijo Luna Nova.

—Formalmente, sigo siendo prisionero —señaló Raphael—. Me soltaron para investigar unos hechos sangrientos. —El cadáver del hombre torturado con pimienta reapareció en su mente, con la mirada vacía. Volvió a ver los dibujos de Miguel Ángel y el cuerpo fijo y mudo de Arquez, que a saber qué misterios se había llevado a la tumba–. También tengo que encontrar un libro antiguo.

–¿Un libro? –se alarmó Luna–. ¿Qué libro?

–¿Por qué, tú sabes algo?

–No, no. Me alegro de verte de nuevo en el negocio.

–No quiero decirte más, Luna.

–Está bien. Como prefieras.

–Si termino el trabajo, me indultarán.

–Lo conseguirás, no me cabe duda. El camarlengo es un hombre muy inteligente, como demuestra el hecho de que se dirigiera a ti.

–¿Después estaremos juntos? –le propuso Selvaggia, como de costumbre impermeable a cualquier conversación demasiado seria–. He aprendido una canción nueva, ¿sabes?

Raphael la abrazó con un brazo.

–Ahora no. –Le dio un beso, saboreando la dulce sensación de sus labios. Fueron los primeros contactos afectuosos, suaves y cálidos tras semanas de piedra húmeda y esbirros hoscos–. ¿Cómo es que el embajador español estaba aquí a estas horas?

Luna Nova se acercó a él y le entregó el vaso lleno de un líquido espeso y oscuro.

–Le estoy haciendo un favor. Pero no quiero contarte nada más.

Raphael se tragó el licor sin siquiera olerlo. Cuando su cuerpo le sugirió que lo escupiera, ya era demasiado tarde. El sabor era el asqueroso alcanfor.

Luna Nova sonrió divertida.

–¿Qué asuntos sangrientos tienes que atender?

–Normalmente no se te escapa nada.

Luna entornó los ojos y cerró la boca con una mano.

–¿Tienes que entrometerte en esas horribles muertes?

–¿La gente habla de eso?

–Ya no salimos solas. Un monstruo recorre la ciudad. ¿Por qué debes ocuparte tú de eso? Vete de Roma. Te ayudaremos nosotras. Ya verás que será fácil e indoloro.

–Gracias por la oferta. Pero a estas alturas tengo curiosidad.

–Sigues queriendo meterte en problemas, es que no cambias.

–No debéis contárselo a nadie.

–Está bien –prometió Selvaggia, apoyándole tiernamente la mejilla en el hombro.

–¿Qué podemos hacer para ayudarte? –preguntó Luna.

–Alejaos de mí. Ni siquiera debería haber venido aquí a veros. No me habéis visto, ¿entendéis?

–Sí –dijo Luna Nova haciéndole cosquillas y besuqueándole, el juramento menos solemne imaginable–. No te he visto, pero me alegro de haberte visto.

Selvaggia lo apretó más fuerte contra la mejilla y, con los ojos cerrados, dijo:

–Quédate con nosotras un poco más.

# Capítulo 28

De pie frente al horno alquímico, cuyos alambiques burbujeaban y las retortas humeaban, Ariel escuchaba el relato de las últimas horas de Raphael moviendo las pupilas tras los cristales de las gafas y examinando a su amigo con la metódica atención de un médico.

—Es un milagro —dijo al fin. Se quitó las gafas y volvió a abrazarlo—. Bienvenido, amigo mío. —Luego se sirvió un poco de vino fortificado en un vaso y llenó también el de Raphael—. Malvasía de Candia —dijo—. Para que te quites de la boca el asqueroso sabor del licor de Luna. Lo he olido en cuanto has entrado.

Raphael hizo un vago gesto de asentimiento, se bebió también ese sin pensar en el sabor y empezó a pasearse de un lado a otro como una fiera enjaulada, dándole vueltas al vaso vacío que tenía en las manos.

Desde que habló con el camarlengo, se quedó con la sensación de que le estaba utilizando y de que sabía mucho más de lo que había dejado entrever.

¿Era verdad que Arquez le había sugerido que lo liberara para buscar un libro tan misterioso y pernicioso?

Ahora el dominico no podía negar ni confirmar. Raphael tenía que contentarse con la palabra de un rey de la intriga como era Guido Ascanio Sforza di Santa Fiora.

¿Era posible que lo estuviera moviendo como un peón para sus juegos de poder?

La respuesta fue inevitablemente afirmativa. Sin embargo, qué probabilidad había se le escapaba por completo a Raphael.

—No tengo motivos para dudar de la buena fe de ninguno de ellos —afirmó—. Cuando el camarlengo me prometió el indulto, casi seguro que decía la verdad.

Raphael sabía que, dividiendo a la humanidad en dos y poniendo a los buenos en un lado y a los malos en el otro, Santa Fiora y Arquez probablemente caerían en el lado correcto. Sin embargo, percibió algo en la mirada del camarlengo, en su sonrisa burlona, que no dejaba lugar a dudas: tenía un plan, o al menos tenía claro lo que hacía.

—Quién sabe por qué tanto secretismo para unos ángeles –dijo Ariel.

—¿Qué quieres decir?

—Yo habría esperado, más bien, una actitud contraria por parte de las altas jerarquías eclesiásticas. Al fin y al cabo, la Iglesia vive de milagros. No es la primera vez que alguien jura haber visto un ángel en la ciudad del papa. Las apariciones, pues, podrían resultar una bendición para la santa Iglesia romana. Los luteranos les tendrían envidia.

—Ya –comentó Raphael–. Pero estos ángeles amonestan públicamente a la Iglesia.

Ángeles.

¿Cómo sorprenderse de que aparezcan en Roma?

La misma prisión de la que lo acababan de soltar llevaba el nombre del arcángel Miguel, avistado por Gregorio Magno cuando se cernía en lo alto de la Mole Adriana, envainando su espada de fuego y poniendo fin a una epidemia.

La estatua del general de las huestes angélicas se alzaba desde entonces sobre el castillo, aunque ya no era la original de madera, erigida mil años antes.

—¿Cómo te explicas estas apariciones?

—¿Yo? –Ariel soltó una carcajada–. Son una farsa.

Era la opinión del mago más famoso y capaz de Italia, si no del mundo, así que Raphael sopesó sus palabras con cuidado.

—¿Serías capaz de reproducir apariciones como esa?

—Claro.

—¿Cómo?

—Bueno, estos ángeles siempre han aparecido de noche. En la oscuridad. Todo lo que necesitas es un disfraz con alas, algo de maquillaje teatral, una lámpara y una tela negra muy gruesa. El ángel tiene un cómplice vestido de negro y con la cara ennegrecida con brea u hollín. En resumen, basta con que el cómplice quite la tela para que el ángel iluminado aparezca de repente y luego simplemente lo cubra para hacerlo desaparecer. Además, he oído hablar de un dispositivo chino: una especie de linterna que proyecta imágenes sobre una superficie. Estas imágenes están pintadas sobre pequeñas láminas de cristal. El efecto es realmente realista y puede asustar a la gente, sin duda. Este sistema también requiere la oscuridad de la noche. Cuando aparezca un ángel a plena luz del día delante de hombres ilustrados, tal vez cambie de opinión.

Raphael asintió convencido. Él también formaba parte de un círculo más bien reducido de personas: los que poseían una copia de la Biblia y la conocían por haberla leído. Y de otro círculo aún más reducido: los que no creían en ella.

Era un hombre sin fe, siempre lo había sido, incluso de niño.

Durante algún tiempo estuvo convencido de que existía un orden en el mundo y que este orden estaba establecido por una inteligencia suprema, pero la Biblia, incluido el Evangelio, siempre le había parecido solo fábulas.

Llevaba estos pensamientos inconfesables con indiferencia.

Pero le habría gustado poder cambiar de opinión: presenciar un milagro, hablar con un ángel, descubrir que todo lo que los antiguos habían transmitido era real, que realmente existían un paraíso que alcanzar y un infierno que evitar.

—En la comunidad judía se habla mucho de esas apariciones angelicales —le informó Ariel con aire divertido—. ¿Sabías que los ángeles no son solo cristianos?

—¿Y de los asesinatos?

—También se habla de ellos. Al parecer, una de las víctimas era un boticario judío. Así que a los judíos de Roma les importa si alguno de ellos es asesinado de una forma tan cruel y escénica.

—¿Alguien sabe cuántos asesinatos como ese ha habido?

—Los boletines impresos y las noticias manuscritas no lo mencionan. Está prohibido.

—El último es el cuarto asesinato en pocos días.

—¡No me digas!

—Torturados de forma exquisita.

—Todo empezó cuando el papa empeoró.

–¿Y qué dicen los judíos sobre los ángeles?

–Están encantados. Si los ángeles aparecen en la ciudad predicando contra la corrupción de la Iglesia de Roma, los judíos se alegran.

–La gente que ha visto y oído a los ángeles podría emocionarse –observó Raphael, pensando en voz alta–. Adeptos, seguidores... mártires.

–No hay que bajar la guardia –convino Ariel–. Se rumorea que algunos se dejaron morir de hambre por rezar y que otros se convirtieron en predicadores.

Raphael suspiró y fue a mirar más allá del cristal del huevo filosofal. En el interior del recipiente de cristal sellado en el que se producían las transmutaciones alquímicas de la materia vio una papilla transparente y brillante, moteada con un fluido rojizo.

Y en ese momento, algo similar ocurrió también en otro recipiente ovalado: su cabeza. En lugar de materia, sus pensamientos, recuerdos y sensaciones se transmutaron y de repente se le pasó un rostro por la mente.

Con los ojos llenos y no hinchado.

¿Podía parecerse al individuo que le enseñó el alguacil en la Via della Corda?

Era difícil de decir.

Aun así, esa pequeña marca de nacimiento en la cara, la complexión... Muchos detalles parecían coincidir con el recuerdo de Raphael de un banquero apasionado por los libros, especialmente los prohibidos.

Lo había conocido cuatro meses antes.

–En abril –dijo, continuando su oscuro escrutinio del huevo alquímico–, le vendí dos manuscritos a un banquero. ¿Recuerdas por casualidad su nombre?

–Déjame que piense... El mes de abril... ¿Acaso te refieres al banquero genovés?

–Genovés... –meditó Raphael, y el nombre cayó espontáneamente de su boca–: Messer Francesco Pinelli.

–Era una persona bien relacionada en el ambiente libresco.

–Ya lo creo. –Raphael llenó otro vaso de malvasía, lo olió y lo colocó en la encimera junto al huevo filosofal–. Pero tal vez es solo una corazonada. Metieron a un tipo en la cárcel conmigo. Un ladrón de bancos. Estaba planeando un robo contra Francesco Pinelli. Y le dije que lo conocía. Quizá lo mío sea solo una sugestión. Sin embargo, me acaban de decir que los hijos del impresor veneciano Menico de' Madi han desaparecido. Y resulta que Francesco Pinelli era el propietario de su casa y de la imprenta. Creo que debería ir a hablar con De' Madi y ver si Pinelli está vivo.

—Voy contigo —dijo Ariel y le entregó una pistola, una de las más bonitas que había fabricado recientemente.

Ébano, acero y plata. Un cañón capaz de escupir la maravilla de diez balas ardientes, de repetición, sin necesidad de recargar.

—Sin duda un amuleto de muy buena suerte —fue el comentario de Raphael, que le dio las gracias al inventor de armas más hábil del mundo con una sonrisa burlona.

—Espero que te mantenga sano.

—Ya me siento mejor.

—En caso de que no sea suficiente, puedes tomar un poco de esta medicina... —Le entregó un sable, en su vaina—. Para forjarla me inspiré en las espadas japonesas. Es ligeramente curvada y muy afilada.

La hoja de acero brilló cuando Raphael la sacó para mirarla.

—Este descubrimiento hace que uno se sienta fuerte.

—Sin embargo, no te excedas con la dosis.

—Es la dosis la que hace el veneno.

—Ya.

«Hasta el cónclave. Después, si no has encontrado el libro, tendrás que volver a la cárcel. Y para ti será el principio del fin».

Raphael exhaló un suspiro agotado.

A pesar de todo, estaba tranquilo, como un boxeador acostumbrado a recibir golpes.

—Me pondré en contacto en cuanto pueda —dijo, dirigiéndose hacia la puerta.

—¿Dónde vas?

—A hablar con el maestro De' Madi.

—¿Dónde has dormido esta noche?

—He alquilado una habitación.

—Pero puedes quedarte aquí.

–No quiero involucrar a las chicas. Tú también debes mantenerte al margen.

–No es posible.

–Sí que lo es.

--Quiero ayudarte.

--Ya lo has hecho. Y te estoy agradecido por ello, como siempre. Pero a partir de ahora será mejor que no nos veamos hasta que la niebla en mi cabeza se haya despejado.

--Nos hemos enfrentado a situaciones peligrosas.

–Así no. Primero tengo que averiguar en qué pantano me han metido el camarlengo y el alguacil. Además, quedarme aquí sería imprudente: recibo visitas todo el día y forzaría el delgado hilo de esperanza que me une a la salvación viviendo con dos cortesanas y un alquimista judío.

--O quizá te has dado cuenta de que Selvaggia se ha enamorado perdidamente de ti y no quieres darle vanas esperanzas.

–O no quiero dármelas a mí mismo.

–Duerme donde quieras, pero ahora voy contigo. Ya sabes cómo se pone Roma durante el periodo de sede vacante.

Raphael lo sabía.

Los crímenes, incluso los asesinatos, quedaban impunes.

«Pero estos no», pensó.

Estos serían una excepción a la regla.

# Capítulo 29

*Piazza Navona, barrio de Parione*

La librería de Menico de' Madi estaba abierta. Raphael no se sorprendió. Las otras numerosas librerías e imprentas del barrio de Parione también habían permanecido abiertas, al igual que los talleres de notarios y copistas. Probablemente los libreros pensaron que habiendo sufrido el *Índice* emitido por el papa Carafa no iban a sufrir daños durante las revueltas.

Y no les faltaba razón.

Por el contrario, los vendedores de paños, los espaderos y los herreros, los talabarteros y los fabricantes de bastos para caballos habían decidido sabiamente cerrar las persianas.

Se bajó del caballo.

Ariel había insistido en acompañarlo y pretendía ser útil, así que se hizo cargo de los animales y fue a colocarse en una esquina. Arrancó una brizna de hierba, se la metió en la boca y se quedó esperando, con un pie apoyado en la pared. Estaba preparado para sacar una de sus pistolas con fuego de repetición si era necesario.

Con la espalda cubierta, Raphael se acercó a la tienda.

Para la familia De' Madi, al parecer, todo siguió como si nada hubiera ocurrido y nada estuviera ocurriendo. Fuera de la tienda estaban los puestos habituales con las cubiertas de los libros nuevos expuestos –no los libros enteros, por miedo a los ladrones–. Aquel día, solo una biblia y un comentario. Y al lado, grabados con vistas de ciudades lejanas y representaciones de pueblos exóticos.

Una cortina cubría el expositor de la calle para proteger los libros enteros del sol. Debajo había fajos de hojas sueltas para encuadernar y un par de volúmenes ya encuadernados abiertos sobre un atril, para que todos los transeúntes vieran la belleza de las páginas.

Colgado del marco de la puerta estaba el catálogo –cuatro hojas dobladas por la mitad, una dentro de otra–, que contenía una lista de todos los libros a la venta en la tienda. Antes de entrar, Raphael se detuvo a hojearlo. No le impresionó la presencia de títulos raros o particularmente interesantes, sino el hecho de que también hubiera a la venta artículos de papelería necesarios para producir manuscritos, como frascos de tinta, plumas, hojas de papel y pergamino, aunque no era raro que un impresor con taller vendiera también otros artículos relacionados con la producción de libros.

–¿Desea algo, señor?

Raphael entró y saludó a la mujer morena de pelo rizado y mejillas hinchadas color fresa que estaba sentada detrás del mostrador. Llevaba un vestido de satén verde claro con medias mangas, con uno de esos escotes que cada vez resultaba más difícil ver, incluso en verano, debido al rigor de las costumbres impuestas por la Iglesia como reacción a las críticas protestantes.

–¿Es la esposa de Menico de' Madi?

–Sí, señor. –Lo miró moviendo sus enormes ojos en un óvalo grasiento de piel brillante–. ¿O debería llamarle doctor, profesor...?

Raphael giró la cabeza y recorrió rápidamente con la mirada las estanterías, una colección homogénea de fajos de hojas empaquetadas en papel azul y divididas por etiquetas, a la espera de que un comprador se los llevara a casa y los encuadernara a su gusto. Aparte de una pequeña sección de libros usados, por tanto, ya encuadernados y, por esta razón, más caros que los nuevos, la monotonía de la visión solo se veía interrumpida por el hervidero de cajones y cajoncillos que había detrás del mostrador.

–¿Puedo echar un vistazo?

–¡Adelante!

Una cuarta parte de los libros de las estanterías eran clásicos latinos y griegos, junto con las obras de Dante y Boccaccio, en una sección presumiblemente atendida por maestros de escuela.

Por supuesto, había muchos textos litúrgicos y religiosos para el clero, como biblias, colecciones de sermones y escritos de

144

los padres de la Iglesia. Pero no faltaban los libros en lengua vernácula para entretenimiento del pueblo llano –romances de caballería, obras de Petrarca, traducciones de autores latinos como Ovidio y Cicerón–, aunque los títulos a la venta eran escasos en comparación con lo que podía encontrarse en cualquier tienda de Venecia o de otras ciudades, como Fráncfort y Lyon. Sin embargo, el negocio de Menico de' Madi y sus hijos estaba lo suficientemente consolidado como para imprimir y vender incluso los textos legales, notoriamente caros.

La mujer que estaba detrás del mostrador no había dejado de mirarlo y sonreír por encima de su escote.

–Si puedo ayudarlo... Mi marido volverá pronto.

--Tengo que hablar con él.

–Pues ármese de paciencia. Mi marido es mudo.

Raphael reaccionó al sentido del humor de la mujer con una sonrisa.

–¿Cómo se llama?

--Faustina.

–Raphael.

–Encantada de conocerlo, señor.

–¿Puedo hablar con sus hijos?

–No sabemos dónde están. Pero no son mis hijos, sino de la antigua mujer de Menico.

–Entiendo.

--Todos desaparecen –dijo la mujer, repentinamente recelosa. Se acomodó en la silla, balanceando sus blancos pechos–. Mis dos hijastros tampoco han venido a dormir a casa esta noche. Y sin decírselo a nadie. Hace una semana que no sabemos nada de ellos.

Raphael no se inmutó.

–Estoy seguro de que aparecerán pronto –dijo, pero en su mente empezó a afianzarse la idea de que dos de las víctimas del monstruo torturador podrían ser los hermanos De' Madi.

Después de todo, si realmente hubo un libro en el origen de los crímenes, la muerte de dos impresores parecía coherente.

Faustina se encogió de hombros.

–Esperemos que tenga razón –dijo–. Mi marido y yo estamos muy preocupados. Aparte del afecto, los dos chicos llevan la imprenta. Menico ha salido a buscarlos hoy también. Y yo estoy aquí, angustiada a mi vez, porque en la ciudad se está desatando todo un infierno y no debería mantener la tienda abierta yo sola. Pero Menico dice que a las librerías y a los libreros no nos va a tocar nadie después de los muchos perjuicios que hemos tenido que sufrir por culpa del *Índice* de Carafa. Dice que somos un símbolo para los alborotadores.

—Su marido no se equivoca.

—Pero aquí no se ve ni la sombra de un cliente aunque la pagues.

—Si yo fuera usted, cerraría.

—Sí... Luego vuelve este... ¿Y quién lo escucha?

Raphael apoyó un codo en el mostrador y le dedicó una sonrisa cómplice.

—Todos los hombres son iguales.

—¿Usted no está casado?

—No.

—¿Siendo tan apuesto?

—La suerte me esquiva, señora De' Madi.

—No sabría qué decirle mirándolo.

—Por casualidad, ¿tiene algún libro sobre ángeles?

—No lo sé. Ha visto el catálogo, ¿no?

—Se lo pediré a su marido.

—Si dispone de tiempo para esperar... tarde o temprano volverá.

—Por desgracia tengo prisa.

—¿Para qué lo necesita? Tal vez pueda darme a mí el recado. O vaya a hablar con el compositor o el corrector. Los encontrará al fondo, en el taller.

—Se trata de cosas extremadamente confidenciales...

Raphael se interrumpió y aguzó el oído para escuchar la calle: caballos acercándose y voces.

—Llevamos días así —dijo la mujer, abanicándose la cara con una mano—. A mí no me agradaba especialmente el papa Carafa, pero están yendo demasiado lejos.

Las voces y el ruido de cascos sobre el pavimento se acercaron a la tienda y al poco rato aparecieron las figuras de dos hombres a caballo.

Ariel llegó inmediatamente, cauteloso, dispuesto a hacer una demostración pública de la mortífera eficacia de sus armas.

–¿Son clientes suyos? –preguntó Raphael, señalando hacia el exterior.

–No –respondió Faustina con total tranquilidad.

Se detuvieron más allá de la sombra proyectada por el toldo.

Miraban al interior con insistencia.

Lo miraban a él.

Raphael estaba a punto de coger la pistola cuando Faustina le dijo que uno de los dos hombres era su marido: el viejo impresor veneciano Menico de' Madi.

# Capítulo 30

Barba larga, mejillas hundidas y sin color, el maestro Menico de' Madi tenía el rostro afligido de un padre que llevaba días sin poder encontrar a sus hijos.

Raphael lo había seguido hasta una habitación de la trastienda, donde se oían claramente el ruido de las prensas y las voces de los trabajadores. Y ahora observaba al anciano impresor sintiendo sincera compasión.

De' Madi colocó un tintero y una pluma sobre la mesa, luego cogió una vela y la encendió con la llama de una lámpara de aceite que colgaba del techo, después se sentó frente a él, apoyando dignamente un codo sobre la mesa. Lo miró directamente a los ojos, inmóvil.

–He venido –le dijo Raphael, tomando la iniciativa– porque he oído hablar de un códice muy antiguo que supuestamente han puesto a la venta recientemente. ¿Está al corriente?

Menico de' Madi se sacó un pequeño cuaderno de papel del bolsillo, cogió la pluma y empezó a escribir, con una rapidez impresionante. Una vez colocado el último punto, le pasó el texto a Raphael.

Excelentísimo señor Dardo, ¿por casualidad tiene noticias de mis hijos?

Raphael negó con la cabeza.

Se estaban interesando por un códice antiguo cuando desaparecieron.

De' Madi suspiró, luego volvió a coger el papel, lo extendió sobre la vela y esperó hasta que lo vio apartarse y retorcerse como una bestia moribunda que se convierte en cenizas.

Escribió otra nota, con la misma velocidad desconcertante de antes y una perfección caligráfica digna de un secretario pontificio. La letra que utilizaba no era mercantil, como cabría esperar de un librero, sino una cursiva itálica de cancillería, perfectamente encuadrada en el espacio, de ejecución segura, fuertemente inclinada a la derecha y rica en ligaduras entre las letras.

«De' Madi conoce su negocio», pensó Raphael.

El impresor levantó la nota y la giró hacia él.

He oído hablar de usted y quiero decirle que le agradezco el bien que ha hecho a los libros salvando un buen número de ellos de las hogueras de la Inquisición.

–¿Quién le ha hablado de mí?

Messer Francesco Pinelli.

Raphael se estremeció.

Me habló de usted después de vuestra reunión de negocios en abril. Me lo recomendó como un buen agente y me aconsejó que lo conociera.

–Es un placer.

Es el dueño de nuestra casa y de la imprenta.

Menico de' Madi señaló el techo.

El dedo índice de Raphael también apuntó hacia arriba.

–¿Vive aquí arriba?

El impresor veneciano asintió. Y escribió:

El edificio es suyo. Nuestra librería paga alquiler al banquero. Así son las cosas.

Abrió la boca y entornó los ojos en una mueca de cautela.

Lamentablemente, no conozco el libro que busca.

–¿Por qué «lamentablemente»?

Portaba una maldición. Y en ese momento empezaron los problemas.

–¿Qué me puede decir?

Me lo trajo un hombre de mala reputación. Creo que el volumen había sido robado.

–¿Quién era el hombre de mala reputación?

Tal vez lo conoce. Es un editor fracasado. Lo llaman Gallus.

Sí, por desgracia para él, lo conocía. Raphael apretó los dientes y los puños con rabia. Había tenido en sus manos a ese bastardo. Debería haberlo estrujado como es debido, aunque fuera sin motivo. Siempre hay una razón para herir a un gusano venenoso como Uldaricus Han.

Él no posee el volumen, era solamente un intermediario.

–No me cabe duda. Gallus ya solo tiene deudas. ¿Usted ha visto el códice?

En efecto, se trataba de un volumen magnífico, por no decir fastuoso. El pergamino era puro vellón uterino. Una rareza absoluta.

–¿Lo dice en serio? ¿Vellón uterino?
De' Madi asintió, convencido, con los ojos brillantes por los oscuros pozos en los que se habían hundido. Los bajó de nuevo y escribió mientras Raphael pensaba en el valor que debía de tener un códice tan antiguo en vellón uterino, daba igual cuál fuera el texto que contuviera. Ni pensar en el hecho de que un medio tan caro no podía llevar cualquier texto.
Menico de' Madi le mostró otra nota:

El hombre, en cuyo nombre hablaba Gallus, quería venderlo y nos preguntó si estábamos interesados en imprimirlo. Dejé que mis hijos decidieran, pero el precio era demasiado alto. Además, habríamos tenido que pagar a un experto en griego antiguo y correr el riesgo de verlo incluido entre los libros prohibidos del *Índice*. No lo compramos.

La nota fue a parar a las llamas.

–¿Qué le hace pensar que podría haberse incluido en el *Índice*?

Había sido robado de un monasterio. Portaba una maldición muy grave. Estábamos asustados.

–¿Está seguro de que sus hijos no examinaron el contenido?

¡Apenas saben italiano!

–Podrían haber consultado a un profesor.

Me lo habrían dicho. ¿Y con qué dinero pagarían ese volumen?

De' Madi negó con decisión, volvió a bajar la cabeza y escribió:

¿Pero sabe algo de mis hijos o no? Se lo ruego. Llevo varios días angustiado. Al menos dígame si siguen vivos.

«Traicionar el acuerdo con el camarlengo no es una buena idea», reflexionó Raphael. Además, no estaba del todo seguro de que los hijos de Menico hubieran sido asesinados.

–No sé nada –dijo–. Verá que aparecerán. –Y al pronunciar la última palabra sintió un nudo en el estómago–. ¿El códice podría haberlo comprado messer Pinelli? Él tendría el dinero.

Menico de' Madi hizo una pausa para reflexionar. Sopesó largo rato las palabras, como quien debe escribir letra por letra lo que tiene que decir sobre papel caro, con tinta cara, y no puede permitirse el lujo de lanzar frases a la ligera. Finalmente asintió.

–¿Sabe si está en casa?

De' Madi negó con la cabeza.

Hace unos días que no lo veo.

–¿Desde cuándo?
El impresor se encogió de hombros.
–¿Ha hablado con él?
Negó con la cabeza.

Estaba muy alterado.

–¿Tiene idea del motivo?
Respondió la pluma:

La maldición.

–¿Motivos más terrenales?

Tal vez sufre todavía por la mujer.

–¿Está muerta?
De' Madi asintió y con sencillos gestos dio a entender que había pasado poco menos de un mes. Luego añadió por escrito:

¿O le iban mal los negocios? No lo sé. Espero que no le haya pasado nada grave. Si se lo encuentra, dele recuerdos de mi parte.

Raphael respondió con un gesto afirmativo e hizo ademán de marcharse, pero lo retuvieron por la manga.
Los ojos de De' Madi estaban alerta, alarmados, como si estuvieran esforzándose por compensar su falta de voz.

¿Y si hubiera muerto?

–Espero que no. Me gustaría hablar con él.

¿Y si mis hijos también estuvieran muertos? ¿Por eso ha venido?

–No.

Usted sabe algo.

--Se equivoca.

¿Han muerto por el códice que está buscando?

--No creo.

Si averigua algo, ¿me lo dirá?

--Así será, messer De' Madi. No se preocupe.
Raphael retiró el brazo de otro agarre desesperado y se despidió con una reverencia.
De' Madi se quedó sentado y lo vio marcharse. Lloraba incluso mientras sus últimas palabras se convertían en humo.

# Capítulo 31

*Palacio Apostólico, Vaticano*

El frasco de tinta entró volando en la habitación de las sibilas del apartamento de los Borgia y realizó una curva en el aire. Parecía una sepia que había salido del mar, porque la tinta que soltaba no se esparcía en una nube, sino que caía en una miríada de gotitas que salpicaban las alfombras y los muebles. Tras atravesar la sala, recortándose contra el brillo de los adornos dorados, pasando por delante de los lunetos, velas y enjutas pintados al fresco, el pequeño recipiente de cristal golpeó la percha con un ruido sordo.

–¡Ingrrrratos! –parló el loro de muchos colores–. ¡Soooobrinos ingrrratos! ¡Trua trua!

–¡Por el amor de Dios! Haced que se calle –gritó el cardenal sobrino, Carlo Carafa–. ¡Tú, mátalo! Ahora. Quiero verlo muerto.

–¡Carrrlo! ¡Ingrrrato!

–Haré que te cocinen en un asador, pájaro odioso. De hecho, te cocinaré yo personalmente y luego te comeré. ¿Lo has entendido, malnacido?

–¡Trua!

–¡Mátalo!

–Como desee –dijo el paje, un muchacho muy joven y de aspecto agraciado–. Pero me ordenó que cuidara de él.

Le llevó un nuevo frasco lleno de tinta, lo que consiguió arrancarle una sonrisa al cardenal.

–¡Trua, trua, yo soy el papa!

–No, déjalo en paz. –Suspiró Carlo–. Es una manera de hablar.

–¡Ingrrrratos!

–Me pone de los nervios. Ese pajarraco nunca se calla.

154

El paje no hizo ningún comentario. No le correspondía discutir con su señor. Al fin y al cabo, él y el loro estaban en el mismo barco, en la misma percha.

Carlo respiró hondo unas cuantas veces para calmarse y reanudó la escritura.

... y te vi a ti, rubia, con el pelo rodeándote el cuello y el pecho bien abierto. ¡Qué guapa estabas! Me robaste el corazón, mi gentil Luna Nova, y te pido que vengas a devolvérmelo. Te estaré muy agradecido si lo haces.

–¡Carrrlo, Carrrlo, ingrrratos!
–¡Calla, maldito pájaro!
–¡Trua!

Te espero con inmensa e irreprimible inquietud. En mi apartamento. Mañana por la noche, en Completas.

Firmó, selló la misiva con lacre estampando la marca del anillo y luego volvió a llamar al paje. Sacó la lengua en una sonrisa de suficiencia.

«Maldita Luna Nova», pensó. La puta de Cosme de Médici. La amiga de Raphael Dardo, el bastardo. Y sobre todo la espía y amante de Sarria, el maldito embajador español.

Pero Sarria no era el único que sabía utilizar espías.

–Ahora yo, el cardenal sobrino, he vuelto –dijo Carlo, los pensamientos que fluían por él como un río le desbordaban la boca–. Ese libro es mío.

Los espías lo habían informado: Sarria intentaba ser el primero en hacerse con un libro que contenía muchos secretos, verdades comprometedoras. Una de las cuales, según lo que le habían dicho, se refería al descubrimiento del Nuevo Mundo.

Aquel antiguo códice contenía la prueba de que el Nuevo Mundo no había sido descubierto por España, como el papa español Alessandro VI Borgia había hecho creer a todo el mundo, sino por la Iglesia, por un papa genovés, por un marino genovés, con dinero genovés.

Y «genovés» era definitivamente mejor que «español».

Si realmente había resurgido la verdad, Carlo Carafa quería poseerla y blandirla amenazadoramente como una poderosa arma contra su enemigo de toda la vida.

Soltó una risita.

Entraría en el cónclave con un poder sin precedentes.

Todos se inclinarían ante él.

Ejercería pleno poder sobre las alianzas, crearía enemistades, sembraría la disensión y restablecería el equilibrio entre las facciones a su gusto.

Arrebatarle a Sarria a su informadora favorita había sido una excelente idea. A don Carlo se le había ocurrido la idea después de oír a Alfonso, su sobrino, hablar de Selvaggia, una hermosa joven cortesana que vivía y trabajaba con Luna Nova.

Aunque no aceptara pasarse a su bando, pensó Carlo, aquella carta y el encuentro que le seguiría alterarían de todas formas el precario equilibrio de la cortesana tejedora de tramas.

Luna Nova no podría escapar al encuentro. Y después de eso, Sarria ya no podría confiar más en ella.

Con una sonrisa radiante, llamó al paje.

–¿Qué desea, reverendísimo?

–No me llames reverendísimo.

–Perdone.

–Entrega esta nota. Palacio de la cortesana Luna Nova. En el Corso. ¿Sabes dónde es?

–Sí.

–Pues mueve el culo.

–¡Carrrlo! Ingrrrato.

–Cállate, pajarraco del infierno.

Más manchas de tinta ensuciaron el colorido plumaje del animal.

–¡Trua, trua!

# Capítulo 32

*Campo de' Fiori*

Cuando Cornelia Bernardozzo vio entrar en la taberna a aquel hombre tan alto como la puerta, si no más, con aquella calma y solemnidad que le recordaron el adjetivo «hierático», sintió que algo en su interior se había aflojado. Sintió una sensación de ligereza, como un vacío repentino, similar a la embriaguez que le producía el vino cuando Cocco le permitía beberlo.

El joven se mostraba pausado como un anciano y su tez pálida, sus ojos enrojecidos y sus labios lívidos le conferían un aspecto enfermizo, pero su vigoroso físico sugería que era joven y fuerte, alguien acostumbrado al trabajo duro. Esta última característica contrastaba con su vestimenta: un fino velo de un negro intenso y brillante que se le pegaba al cuerpo por el sudor, resaltando sus torneados músculos.

¿De dónde podría haber venido alguien así, de un mundo desconocido?

¿Del infierno?

—¿Qué desea? —le preguntó.

—Una habitación.

—Claro...

Cornelia se ausentó, con las manos y la barbilla apoyadas en el mango de la escoba.

—Una habitación —repitió el hombre.

—Sí. —Cornelia seguía mirándolo con la cabeza inclinada hacia un lado, la boca abierta en una expresión embelesada, como si un viento repentino en su cabeza hubiese abierto de par en par la puerta de las fantasías—. ¿Quiere alquilar una habitación para pasar la noche?

–Ha oído bien.

–Enseguida. –Cornelia se sacudió y se dirigió rápidamente al mostrador donde guardaban las llaves de las habitaciones y el registro. Solo tuvo que echar un vistazo a las llaves–. ¿Quiere una habitación para usted solo?

–Sí.

–Hay disponibles. –«Sin duda es un joven apuesto. ¿Quizás un noble de Transilvania? ¿De un país remoto y sombrío...?»–. ¿Puede pagar?

–Sí.

–Déjeme ver.

Angelo sacó el dinero de un estuche de cuero. Lo entregó a cambio de la llave y se dirigió hacia la escalera.

–La puerta del fondo –le informó Cornelia, dirigiéndose a su negra espalda, ancha y maciza como un armario de cocina.

–Del fondo –repitió Angelo.

# Capítulo 33

*Via delle Botteghe Oscure*

Todavía se oían gritos y tambores a lo lejos, como gritos de guerra lanzados por un ejército delirante. Los ruidos los arrastraba el viento cálido, que los barría inmediatamente.

La revuelta de los romanos contra Carafa seguía adelante, estallaba en ráfagas seguidas de largas pausas, durante las cuales algunos se ilusionaban con que todo había terminado.

Raphael no sabía si eso era bueno.

Por un lado, esa agitación retrasaba el inicio del cónclave, o al menos eso era lo previsible y deseable. Por otra parte, sin embargo, creaba un escenario de confusión que se lo ponía todo más complicado y peligroso.

Poco antes habían pasado por delante de la casa de Gallus, pero el malnacido no estaba allí. Había desaparecido, al igual que su efebo, y nadie tenía ni idea de adónde había ido.

«Mal», pensó Raphael. No había duda de que Gallus no poseía el códice ni lo guardaba en su casa, pero podría haber revelado el nombre del hombre que se lo había confiado para su venta, así como el del hipotético comprador.

«Pero quizá no era tan grave como podía parecer en su momento», pensó, porque las declaraciones de Menico de' Madi sugerían que el comprador era el banquero genovés.

La cuarta víctima del Ángel de la Muerte.

—Quiero entrar en casa de Pinelli —dijo Raphael, con las riendas en la mano y la mirada resuelta dirigida a las nubes dispersas que a veces ocultaban la puesta de sol.

Ariel cabalgaba a su lado, al mismo paso lento de desfile, y contemplaba las mismas nubes con la misma esperanza de refrescarse.

–Antes –dijo–, mientras estabas dentro hablando con De' Madi, subí a echar un vistazo. La puerta de la casa de messer Pinelli está blindada.

–¿Crees que puedes abrirla?

–Tal vez.

«Esa es la fuerza de Ariel –pensó Raphael, correspondiéndolo con una sonrisa–, la modestia».

–¿Mañana?

–Debería tener una llave universal adecuada para ese tipo de cerradura.

–Extraña forma de entender la palabra «universal».

–Bueno, hay muchos tipos de llaves universales. El ariete, por ejemplo.

–Te arriesgas mucho ayudándome.

–Como siempre.

–Ya.

–¿Cuál será tu próximo movimiento?

–Mañana iré a buscar al hermano Serafino, la mano derecha de Arquez.

–Iría contigo si a un judío se le permitiera entrar en un convento cristiano.

Raphael le extendió la mano, Ariel la agarró y la estrechó.

Siguieron cabalgando uno al lado del otro, erguidos sobre sus monturas y armados como si fueran dos patricios, hijos de buenas familias que, sin embargo, habían pasado demasiado tiempo en compañía de aventureros y habían acabado pareciéndose a ellos.

Las curiosas miradas que se posaban en ellos mientras recorrían las calles más concurridas de la ciudad demostraban lo difícil que era encuadrarlos y definirlos.

Y los dos eran conscientes de ello.

Sabían lo que la gente se preguntaba: «¿Y estos quiénes son, de dónde vienen, a qué se dedican? ¿No habrán venido a seducir o secuestrar a nuestras hijas?».

Porque, normalmente, los individuos se definían por la familia a la que pertenecían, su parentesco, su gremio, el trabajo que hacían, el amo del que eran siervos, el jefe al que debían obediencia, cómo se vestían.

Pero nada de esto podía definir a esos dos caballeros, especialmente a uno, al del pelo ámbar.

En cuanto al lugar de origen, la familia y el parentesco, no hacía falta decirlo: Raphael había sido adoptado por personas que ya estaban muertas y eran víctimas de la *damnatio memoriae.*

Con respecto al gremio y el trabajo que realizaba, no había nada que declarar. El primero no existía, el segundo estaba sujeto a acuerdos de máximo secreto. E igualmente secreta era la relación que lo unía al líder al que debía obediencia, el duque Cosme de Médici.

Sobre cómo vestía, pues... La mayoría de los transeúntes que lo observaban en ese momento probablemente se preguntaban por qué un hombre adinerado vestía de negro incluso en verano y aparecía en público con aspecto de pirata.

Los caballeros, con sus armas y armaduras; los cortesanos, con sus ropas elegantes y lujosas, sus cabellos peinados y empapados en perfume; los aristócratas en sus sillas de manos; los clérigos; los vendedores de lana; los comerciantes de tejidos y cuero; los vinateros; los artesanos con sus aprendices; los recaudadores de impuestos; los diplomáticos; los banqueros...

Este era el tipo de gente que uno esperaría encontrar en la calle.

O individuos menos pudientes, como chamarileros judíos, jornaleros, afiladores de cuchillos, malabaristas, adivinos, mimos, acróbatas... y, por supuesto, peregrinos camino de alguna iglesia, donde rezarían y venerarían una reliquia.

Y luego estaban los fugitivos, los ladrones, los vagabundos...

Así que sí, eso es lo que eran: vagabundos. Pensándolo mejor, no había mejor definición que esa, una con la que ambos también habrían estado de acuerdo.

# Capítulo 34

*Campo de' Fiori*

Cocco debía de haber vuelto, porque la chimenea del tejado de la taberna emanaba olores acogedores. Parecía una gran pluma escribiendo en el aire una lista de los alimentos previstos para la cena, utilizando humo en lugar de tinta.

Esa noche servían oveja a la parrilla, conejo al chilindrón y sopa de cebolla.

Pero el posadero era capaz de escribir igual de bien con la pluma. Incluso había impreso un libro titulado *Vidas de pintores, arquitectos y escultores.*

Cocco Bernardozzo había sido un buen pintor antes de abrir la posada donde daba alojamiento a forasteros y peregrinos y su taberna era uno de los lugares favoritos de los artistas romanos.

Raphael desmontó y ató las riendas a una argolla de la pared, acarició el flanco del caballo y fue a abrir la puerta.

Cocco lo había visto por la ventana abierta y lo estaba esperando con los brazos abiertos, como una especie de crucifijo regordete.

—¡Pero entonces es verdad! —exclamó—. No me lo puedo creer.

Al instante siguiente, Raphael desapareció en un abrazo.

Se dijeron que se alegraban de reencontrarse y se miraron en silencio a los ojos llenos de emoción. Luego Cocco empujó con un pie un cubo volcado cerca de una mitad de barril que servía de mesa y lo invitó a sentarse en él.

—¿Tienes hambre? —le preguntó con aprensión. Volvió a mirarlo, con los ojos entornados y los brazos cruzados, como si aún no hubiera decidido si creérselo o no. Y volvió a abrazarlo—. ¡Maldita sea! Sinceramente, todavía no me puedo creer que estés libre. Ya te daba por muerto, muchacho. —Le dio una palmada en el

162

hombro y sonrió mostrando todos sus dientes–. En caso de que seas un fantasma, tengo un vino que te resucitará.

Raphael siguió su poderosa espalda mientras se alejaba bamboleándose, luego lo vio regresar con una jarra en la mano. Con cada paso, salpicaban gotas que la luz del sol hacía que parecieran innumerables y diminutos rubíes.

–Invita la taberna –dijo Cocco, y llenó una jarra hasta el borde–. Toma –dijo. Luego cogió también un cubo para él, lo puso boca abajo y se dejó caer sobre él–. ¿Dormiste bien anoche?

–Bien, gracias.

–Entonces... ¿qué te pasa?

Raphael confiaba en Cocco, también había sido un gran amigo de su hermano, Leonardo, y había demostrado varias veces en el pasado que podía mantener la boca cerrada y abrirla para dar información valiosa. Sin embargo, no era el momento de decirle demasiado.

Mejor escuchar.

Siempre es mejor.

Solo le dijo que entre las víctimas de la bestia asesina se contaba muy probablemente también messer Francesco Pinelli.

Cocco echó el torso hacia atrás y abrió mucho los ojos.

–¿El banquero de Génova? ¡Dios mío, pero si lo conocía! –Apoyó los codos en las rodillas y resopló–. Espero que no. Solía venir de vez en cuando a comer aquí y beberse una buena copa. Maldita sea, pero ¿qué historia me estás contando? –Volvió a levantar la cabeza y fijó los ojos rojos y brillantes en Raphael–. ¿Y tendrás tiempo hasta el cónclave para averiguar quién lo mató?

–La verdad es que no –dijo Raphael–. Tengo el tiempo que queda de los novendiales, hasta el posible inicio del cónclave: una semana.

–Pues estás de suerte: mientras duren los disturbios, el cónclave no puede comenzar.

–Lo sé. Pero no puedo confiar demasiado en la buena suerte.

El posadero, curioso por naturaleza, se inclinó hacia delante.

–¿Para hacer qué, exactamente?

–En la curia quieren asegurarse de que detrás de estos delitos no está la mano de un estafador o de un siervo del diablo.

–¿Y qué tiene que ver contigo todo esto?

–Eso mismo me pregunto yo también.

Cocco se cruzó de brazos y movió la cabeza hacia un lado.

–Hay algo que no consigo comprender.

–Créeme, a mí también se me escapa.

–Sea como fuere, mi querido Raphael, espero que consigas ganarte la clemencia del Santo Oficio. ¡Maldita sea! Y yo que estaba deseando que empezara el cónclave. –Señaló con tristeza a su alrededor, a la posada desierta–. Ayer estaba vacía, incluso a la hora en que no suelen faltarme clientes. Hoy la he mantenido abierta, pero tendré que cerrarla y esperar a que finalice el periodo de sede vacante. Los que no están en la revuelta ya no salen de sus casas. La gente está asustada por todo lo que está pasando en las calles. Y lo que todavía puede suceder.

Raphael se bebió el vino con la solemnidad de un sacerdote durante la eucaristía. Colocó la jarra sobre el barril.

–¿Miedo a los crímenes o a los prodigios?

–A las dos cosas.

–¿Tú te lo crees?

–¿Lo de los ángeles? –Cocco tensó los enormes hombros–. Si no es verdad, los mentirosos son muchos.

–¿De cuántos casos tienes constancia?

–Las noticias no lo mencionan. Los pregoneros han gritado en cada esquina que todo es mentira y que el Santo Oficio prohíbe terminantemente alimentar tales rumores. Pero aquí la gente chismorrea y, al parecer, ha habido muchas apariciones. Así que debe de haber algo real en todo esto. Pero resulta difícil entender dónde acaba la verdad y empieza la fantasía.

Esa era precisamente la madeja que Raphael tenía que intentar desentrañar.

–¿Pinelli seguía viniendo a comer aquí?

–Claro.

–¿Hasta hace poco?

–En los últimos meses lo he visto pocas veces... pero sí, venía. ¡Hay que decir que podía permitirse banquetes cardenalicios todos los días!

–¿Y el maestro Buonarroti sigue siendo un buen parroquiano?

–Ese viejo tacaño. Es el cliente más asiduo que tengo. Pero casi siempre come queso de las primeras hierbas producido por él mismo. ¿Conoces ese queso que se hace con la segunda hierba cortada de un prado? Él lo produce en Umbría, en sus granjas, luego me lo vende a un alto precio y viene a comérselo aquí, y tiene la desfachatez de quejarse de que le cuesto demasiado. –Se echó a reír–. Pero al gran anciano se le puede perdonar todo, ¿no?

–He visto *El Juicio Universal.* Sí, yo también creo que se le puede perdonar todo.

–Desde que enviudó, por así decirlo, de su amado Urbino, está más furioso e impaciente que nunca. Lo veo casi siempre solo. Pero ¿por qué me has preguntado por el viejo?

–He estado en su casa. También se interesa por los asesinatos.

–¡Encima esto! ¿El viejo gruñón colabora con la curia? Se nota que Carafa ha muerto. –Cocco rio suavemente, haciendo bailar sus hombros como si estuviera subido en un carro. Pero cuando volvió a levantar la cabeza, estaba muy serio–. ¿En qué puedo ayudarte?

–Háblame de Francesco Pinelli. ¿Qué clase de persona era el banquero?

–Has dicho que lo conocías...

–No éramos amigos. Solo sé que en los negocios era honrado.

–Bueno –dijo Cocco, que tenía una larga lista de deudas por recuperar en su cuaderno–, ser honrado no es poca cosa.

–¿Sabes si tenía enemigos?

–No lo creo. De hecho, no merecía morir de esa forma. Debe de ser obra del diablo.

–Habiendo visto cómo lo mataron, yo también lo pienso.

Cocco se alisó la redondeada barriga y miró al techo. Dio un largo suspiro, luego se desinfló con un silbido y sacudió la cabeza.

–Quizá no tiene nada que ver con su muerte, pero messer Pinelli a veces empinaba un poco el codo y en una ocasión se dejó llevar por extrañas conversaciones.

–A mí me encantan las conversaciones extrañas.

# Capítulo 35

–Francesco Pinelli afirmaba que otro Francesco Pinelli, un antepasado del mismo nombre, recaudó la mitad del dinero que permitió la expedición de Cristóbal Colón en 1492.

–Nada menos.

–Eso no es nada. Según él, en Roma se conocían la existencia y la ubicación exacta de la otra mitad del orbe desde hacía mucho tiempo. El de Colón fue en realidad un redescubrimiento, deseado y planeado por el papa Inocencio VIII, nacido Giovanni Battista Cybo. En resumen, Pinelli afirmaba que el primer viaje de Cristóbal Colón al Nuevo Mundo no tuvo lugar como la historia oficial nos quiere hacer creer, que el nombre del mítico almirante genovés era en realidad solo un nombre en clave, una especie de firma esotérica, y que España se había apropiado de méritos que no tenía. Y dijo haber encontrado un antiguo códice que lo demostraba.

Raphael estaba atento e inmóvil como un perro de caza ante la madriguera de una liebre.

–¿Qué más dijo Pinelli?

–Nada. Eso fue todo. Pero debía de tener algo en la mano para hacer tales afirmaciones. Me picó la curiosidad. Metí las narices. ¿Y sabes lo que he descubierto? Ese antepasado con su mismo nombre existió de verdad: era uno de los dos socios gestores de la Santa Hermandad.

–Ni más ni menos –dijo Raphael con un silbido. Conocía la Santa Hermandad, una milicia laica española entre cuyas funciones se contaba recaudar diezmos e indulgencias en nombre del Vaticano. Un río de dinero–. Pero Francesco Pinelli, el antepasado, ¿no era también genovés?

–Sí, al igual que el papa Cybo.

—¿Te dio pruebas que apoyaran lo que afirmaba?

—Una vez me señaló ciertas rarezas en un mosaico del interior de la basílica de la Santa Cruz en Jerusalén. Fui a verla y comprobé que tenía razón. El mosaico se encuentra justo antes de la capilla de Santa Elena, en la gran bóveda y los muros de la antecapilla, y representa loros amazónicos, mazorcas de maíz y piñas. De esto no cabe duda. Al igual que no hay ninguna sobre el hecho de que el mosaico fue realizado varios años antes de que Colón partiera de Palos con las tres carabelas. —Lo miró fijamente con la expresión esperanzada de un creyente ante una imagen sagrada—. ¿Puedes explicarme cómo es posible?

—Suponiendo que el mosaico sea realmente anterior a la recepción de las primeras noticias del Nuevo Mundo.

—Conozco a un anciano que trabajó en ese mosaico de niño, como aprendiz. Y jura que es obra de un tal Melozzo da Forlì.

—Nunca he oído hablar de él.

—No eres el único. De todos modos, según el anciano, el mosaico llevaba terminado una década o más cuando llegaron a Roma noticias de que existía un mundo desconocido más allá del océano Atlántico. En resumen, fue el papa Cybo, Inocencio VIII, quien encargó el mosaico, al igual que fue él quien quiso financiar y organizar la expedición colombina. No fueron los reyes españoles. Desgraciadamente, el papa que sucedió a Inocencio VIII fue un español, Alejandro VI Borgia, que se esforzó por borrar todo rastro de esta verdad, como solía hacer con sus enemigos. Esto, al menos, es lo que dijo messer Pinelli. Después de aquel día, no volvió a tocar el tema, también porque solo lo vi una vez.

Raphael negó con la cabeza.

—Por supuesto que es un misterio fascinante. Mi amigo, Ariel, afirma que el papa Cybo era hijo de un judío.

—Es cierto. Los Cybo son una antiquísima familia genovesa de navegantes, originaria de la isla de Quíos.

—Y según Ariel, Cristóbal Colón también fue un judío convertido al cristianismo.

—Los judíos tienen secretos muy antiguos —comentó Cocco con una risa confusa, como si se tratara de un chiste entre los muchos posibles, solo para aligerar el tono de la conversación.

Pero a los oídos de Raphael esas palabras sonaron como una declaración muy importante, aunque no vio la razón para ello.

Consideró la hipótesis de que el libro que buscaba el camarlengo contuviera la verdadera historia del descubrimiento del Nuevo Mundo.

¿Podría tener sentido?

El papa antiespañol Carafa habría gritado sin duda ese secreto a los cuatro vientos si hubiera caído en sus manos. Y, ahora que Carafa había muerto, aún quedaban sus sobrinos, que sin duda podrían beneficiarse de ello, especialmente con vistas al cónclave.

Sí, podría tener sentido.

¿Pinelli había adquirido el códice, cuya existencia se conocía desde hacía tiempo en su familia?

¿Lo habían matado por eso?

Si era así, Gallus también estaba en grave peligro. Y tal vez esa fue la razón por la que había pasado a la clandestinidad.

—¿Qué más has averiguado sobre todo este asunto?

—Nada —dijo Cocco encogiéndose de hombros—. Te he dicho lo que sé.

—Antes has dicho que el maestro Buonarroti viene aquí casi siempre solo.

—El viejo no se relaciona con mucha gente, ya lo sabes. Pero ha estado cenando aquí durante algún tiempo con uno de sus ayudantes. Los dos se llevan bastante bien, creo, porque a veces algún miserable rastro de buen humor aparece en la cara del maestro.

—¿Cómo se llama el que lo acompaña?

—Jacopo Lo Duca.

—¿Quién es?

—Un arquitecto. Es sobrino de ese sacerdote siciliano que habla con los ángeles.

La alusión a los ángeles hizo que de golpe se le tensaran la espalda y las orejas a Raphael. Le asombraba que una información así no se la hubiera dado el camarlengo y, lo que era más importante, que el maestro Buonarroti no se lo hubiera contado.

—¿Qué sabes de este sacerdote?

—Se llama Antonio Lo Duca y es siciliano, de Cefalú. Vive en Roma desde hace muchos años. En mi opinión está medio loco, pero está lleno cuando dice misa por la mañana en las termas de Diocleciano. Es una buena persona. El cura, quiero decir. Nunca ha hecho daño a nadie. Antes de dedicarse a predicar el culto angélico, enseñó canto en Palermo. Fue su sobrino Jacopo quien me lo contó. Sé que lo que voy a contarte te gustará: sus antiguos enemigos, el cardenal sobrino Carlo Carafa y ese cardenal depravado Innocenzo del Monte, el Mono, lo llamaban «el tonto de las termas». Lo desalojaron de mala manera de allí, porque querían seguir utilizando el lugar como caballerizas y para sus ejercicios diarios de equitación.

Raphael asintió con un movimiento apenas perceptible de la cabeza, con ojos firmes y sonrientes. Sí, ya le caía bien el sacerdote siciliano. Tal vez valía la pena visitarlo.

Lo añadió a la lista.

—Por la mañana, por favor, sácame de la cama antes de que salga el sol.

—No creo que sea necesario. —Rio el posadero mientras enderezaba la espalda y dirigió la mirada de admiración hacia la puerta de la posada que acababa de abrirse—. Qué guapa es —dijo, dejando que el pensamiento le escapara de la boca.

Raphael se dio la vuelta y vio una figura familiar. Junto con ella entraron también los perfumes del agua de talco que utilizaba para el cuerpo y de la lavanda que usaba para cuidarse las manos.

No se había aventurado en la oscuridad de las calles de la ciudad luciendo telas preciosas, collares y puentes de oro, largos y caros vestidos de cola que tenían que sostener dos sirvientas y otras extravagancias de cortesana. Se había asegurado de que nada pudiera llamar la atención al verla desde lejos. Lo suficientemente lejos como para no notar sus pechos asomando por debajo de la chaqueta, para no quedar atrapados en sus ojos de Venus, para no ver sus labios carnosos y rojos, para no darse cuenta de que era una joven extremadamente atractiva vestida de hombre.

—Entonces, ¿te has hartado de mascullar palabras? —dijo Cocco—. ¿Traigo algo bueno de comida para usted también, princesa Selvaggia?

# Capítulo 36

*Vicolo dell'Angelo, barrio de Regola*

Uldaricus Han, sentado en la barra de la taberna del burdel, con la jarra vacía en las manos, estaba pensando si llenarse otra o ir a fumarse unas bolitas de opio cuando alguien se sentó a su lado.

Giró la cabeza para ver de quién se trataba y vio a un joven alto, fornido pero delgado, con el pelo largo y suelto cayéndole por la cara hasta la barbilla como finos hilos de aceite. Iba vestido de negro, pero con un tejido más ligero que el lino, el algodón o la seda. El hombre lo miró con expresión neutra, con una fijeza pétrea. Tenía los ojos enrojecidos, respiraba lentamente.

—¿Quién eres tú? —preguntó Uldaricus con el tono más persuasivo que pudo mostrar. Le guiñó un ojo—. ¿Puedo ofrecerle una copa?

El otro dijo:

—Hola.

—Me llamo Uldaricus. —Le ofreció una mano abierta—. Pero puedes llamarme Gallus, como todo el mundo. —Señaló una parte de ese «todo el mundo» detrás de él. Estaban tan borrachos como él, ocupados en ese momento en elegir a la mujer o al niño que llevarse a la cama, en la planta de arriba, en una de las habitaciones del burdel más promiscuo y sucio de la ciudad—. ¿Y tú cómo te llamas?

—Angelo.

—Bonito nombre.

—Tú eres Gallus.

—Sí, puedes llamarme así. Es un apodo. Se debe a mis orígenes germánicos, a mi apariencia nórdica. ¿Entiendes...?

Gallus se giró hacia él y sonrió, recibiendo a cambio, de aquella cara, nada.

–¿De dónde vienes, Angelo?

La pregunta no suscitó ninguna reacción apreciable. Angelo se peinó el pelo con una mano, de una manera cargada de sensualidad, lo que no pasó desapercibido para Gallus, luego lo miró de arriba abajo con ojos negros rodeados de un anillo del color de la sangre arterial.

–Eres un muchacho guapo –le dijo Gallus.

–No soy un muchacho.

–¿Y qué eres?

–Una pantera de aliento perfumado.

–¿Cómo? –Gallus se acomodó en el taburete como para contener la oleada de curiosidad y asombro que lo invadía–. ¿Una pantera? –Pidió que le llenaran otra jarra, la vació de un trago y luego meneó la cabeza riendo–. ¿De qué estás hablando? –Extendió una mano y le rozó una rodilla–. ¿Qué clase de pantera eres?

–Una que atrae a todos los animales.

–Ah, bueno, a mí seguro.

–Excepto al dragón.

–¿Por qué al dragón no?

–Huye cuando huele el aliento de la pantera.

–Nunca he oído nada parecido. –Por un momento, Gallus se puso serio y se quedó en silencio valorando si la persona que tenía enfrente tenía el cerebro dañado. ¿Pero desde qué púlpito venía ese juicio? El cerebro roto de Angelo... bueno... no representaba un problema. Al fin y al cabo, el suyo también lo estaba. A él siempre le habían gustado los cerebros dañados. Apretó los dientes oscurecidos por el humo–. Aún no me has dicho de dónde vienes. No pareces un peregrino.

–No.

–Tu ropa... ¿Puedo?

–Sí.

Gallus pellizcó la camisa, saboreó su textura evanescente y su extrema delicadeza entre las yemas de los dedos.

–Esta tela es... es preciosa.

–Sí.

–¿Qué es?

–Biso.

–¿De verdad? –Lo volvió a tocar. Los pantalones también estaban hechos de la misma preciada fibra textil marina–. Debe de haberte costado una fortuna.

–No.

–¿No? ¿Por qué no? ¿Te lo han regalado?

–Sí.

–Eres de pocas palabras, ¿eh? No, no pareces para nada un peregrino.

–Es que no lo soy.

–¿Qué eres tú, un astrólogo, un mago, un diablillo tentador?

–Sí.

–¿Sí qué?

Angelo no respondió.

–Escucha... –Gallus lo acarició–. ¿Por qué no vamos a algún sitio donde podamos estar más tranquilos? –Esperó en vano la respuesta y volvió a intentarlo–. ¿Te gusta el opio? ¿Lo has fumado alguna vez?

–No.

–¿Te gustaría probarlo?

–Sí.

–Ah, bien. –Gallus exhaló un suspiro de alivio. Por un momento, temió haber ido demasiado lejos con aquella propuesta. Pero Angelo... Parecía que no podía perturbarlo nada. El chico tenía algo inquietante y no parecía muy bien de la cabeza, pero era hermoso, o al menos muy seductor, y misterioso, con su traje de biso negro, el pelo cayéndole sobre la cara como algas negras sobre una piedra blanca en el mar transparente. Gallus acarició dulcemente aquella suave piedra marina, miró entre sus pestañas largas y espesas como anémonas y sonrió–. Entonces, ¿nos vamos? Te haré pasar un buen rato, ya verás.

–Claro.

# Capítulo 37

*Campo de' Fiori*

Raphael contemplaba la dispersa floración de estrellas fuera de la ventana abierta, pensando en lo que le había contado Cocco. En el antepasado de Francesco Pinelli, en la Santa Hermandad, en el papa Cybo, en Cristóbal Colón y en el descubrimiento del Nuevo Mundo y en el mosaico con piñas. Y en el torbellino de sonidos e imágenes que le retumbaban en la cabeza oyó las palabras de Cocco sobre don Antonio Lo Duca, su sobrino Jacopo y Miguel Ángel. Ahora entendía por qué el maestro Buonarroti estaba tan obsesionado con los ángeles.

Ángeles, libros y asesinatos bailaron una larga danza fúnebre en su cabeza.

Volvió a ver el cadáver sin ojos y contempló en su memoria cada uno de los dibujos que Miguel Ángel le había enseñado.

El modo de tortura le recordó algo.

Cuatro años antes, durante el asunto del Anónimo, se había producido un asesinato... Angelo Rufo... Sí, ese era su nombre. Un coleccionista de cuadros. Lo habían atiborrado y luego encerrado entre dos pequeñas barcas volcadas una sobre otra, con los brazos, las piernas y la cabeza fuera, y le habían dejado flotar al sol, con la cara embadurnada de leche y miel para atraer a los insectos y el cuerpo empezando a pudrirse por el calor; una antigua forma de tortura, como las llevadas a cabo por el nuevo monstruo, el Ángel de la Muerte.

Raphael nunca lo supo con certeza, pero para él el asesinato de Angelo Rufo con las dos barcas había sido obra de don Carlo Carafa.

Sospechar de él por el asesinato de los hermanos De' Madi, de

173

Pinelli y del boticario judío era demasiado fácil. Después de todo, los asesinatos y las apariciones angélicas habían comenzado tras su regreso a Roma. Tenía toda la capacidad para ello y no se podía descartar que hubiera oído hablar de un códice muy valioso robado del depósito del Santo Oficio.

Quién sabe. Una cosa, sin embargo, no despertaba dudas: si don Carlo hubiera llegado a saber de un antiguo códice con poderes extraordinarios, milagroso aunque maldito, lo habría codiciado. Si le hubieran hablado de un libro misterioso de inmenso valor, lo habría querido a toda costa; si le hubieran dicho que el libro era un peligro para España, lo habría buscado por todos los medios, para chantajear a los muchos cardenales proespañoles durante el cónclave o, tal vez, para convertirse en papa, en rey del mundo.

¿Podría haber sido él realmente el monstruo?

Los ojos de Raphael saltaban de estrella en estrella en busca de respuestas, pero solo encontró oscuridad.

Una interminable extensión de oscuridad y angustia.

Como si fuera un ancla en aquel océano interminable, Selvaggia lo abrazaba con fuerza: dormía con una mejilla apretada contra su pecho, satisfecha, bajo la cortina de velo que los protegía de los mosquitos. Sus piernas y brazos afilados se unían al cuerpo viril de Raphael con la elegancia formal de una escultura.

Inclinó la cabeza hacia un lado y sintió el fuerte cabello de ella arrugarse bajo el pómulo, con la frente aún caliente y perlada de sudor.

Olía bien, dulce, a almizcle.

¿Por qué le tenía tanto cariño, de aquella forma espontánea y casi infantil?

«Quizá tú también seas un ángel. Y estás aquí para ayudarme. O para arrastrarme al infierno».

Raphael sabía poco de ella, porque en el fondo había poco que saber: tenía unos dieciocho años, su madre la había confiado unos años antes a la experiencia y sabiduría de Luna Nova, para que aprendiera de ella a ser una rica cortesana, una dama honesta, de esas mujeres que encantan con su belleza, divierten con su inteligencia y cultura, y provocan con excitante picardía a nobles, prelados y a todos los demás hombres, siempre que estén limpios, sanos y, sobre todo, llenos de ducados y escudos de oro.

Y que sean generosos, naturalmente.

Ninguno de los espasmódicos clientes esperaba realmente que alguien como Selvaggia, aunque fuera una cortesana, se mostrara complaciente en el primer encuentro, ni siquiera en el segundo. Al contrario. Se le daba permiso para eludir, para quedarse mirando con picardía los fuegos del amor que encendía, sin exigirle que los apagara.

Era parte del juego. Un juego en el que Luna Nova sobresalía hasta tal punto que le regalaron el suntuoso palacio en el que vivía.

Eran dos mujeres astutas, sin escrúpulos, a veces letales, pero buenas y extremadamente frágiles. Obligadas por una voluntad ajena a realizar la mayoría de sus malas acciones. Para sobrevivir.

En los meses previos a su detención, Luna no había sido tan hospitalaria con él solo para complacer las exigencias del duque Cosme, sino también sus propios sentimientos. Y los de Selvaggia.

«Ella te ama, Raphael». Tanto que incluso habló con un cardenal de la curia, nada menos que con el jovencísimo Alfonso Carafa, bisnieto predilecto del papa, para ponerlo celoso.

La confesión de Gallus seguía pareciendo absurda y convincente al mismo tiempo, como ciertos malos sueños: ¿se había enamorado tanto el cardenal de Selvaggia que se sentía obligado a eliminar a cualquier rival en el amor? ¿Era por eso por lo que le había tendido una trampa y le había encerrado en el castillo?

Raphael bajó los ojos hacia Selvaggia. Le apartó un mechón de pelo que le caía sobre los párpados cerrados. Le rozó la frente con su boca y sintió su poderoso calor.

Poco antes había llorado, confesándole que sufría mucho desde el día de su detención.

–¿Y me has echado de menos? –le había preguntado después de secarse los ojos.

–Mucho –le había respondido él poniéndole suavemente un dedo en los labios carnosos, que palpitaban y temblaban.

Y se habían entregado a un amor voluptuoso, mezclándose el uno con el otro a la luz cobriza de las velas, incansables como dos terrones de tierra fértil removidos y empujados sin descanso por el arado del Todopoderoso, perdido en la dulzura del olvido.

Y ahora Raphael estaba allí, despierto y solo, perdido en una inmensidad inquieta. No pensaba en la libertad, ni en tener a su lado a una mujer maravillosa, ni en los celos de Alfonso Carafa, y ni siquiera en el hecho de que pensamientos como ese, todos sus pensamientos, pudieran desaparecer para siempre, cortados por la hoja del verdugo.

Pensaba en Arquez, en todo lo que no había podido preguntarle.

Y pensaba en las miradas taimadas del camarlengo.

Reflexionaba sobre las historias de Cocco: no solo sobre Pinelli, sino también sobre el cura siciliano que hablaba con los ángeles y Miguel Ángel, que vendía queso en la posada con la misma naturalidad con la que creaba obras inmortales e… iba a retratar a víctimas de asesinatos. No había duda de que sí. Era absurdo pensar que había soñado con ellos antes de verlos.

Pero ¿por qué lo hacía? Nada menos que en persona.

«Es un asunto personal».

No había querido dar explicaciones plausibles.

Seguro que el viejo tenía sus razones.

Raphael no podía esperar a que saliera el sol. Iba a buscar al hermano Serafino, el ayudante inquisidor de Arquez. Iría a cualquier parte, hablaría con cualquiera y haría cualquier cosa con tal de no rendirse.

Pero aún faltaba mucho para que amaneciera.

Mucho tiempo.

Se zafó lentamente del abrazo vaporoso de Selvaggia. Ella murmuró palabras indistinguibles en sueños mientras él le sujetaba la cabeza y la recostaba sobre la almohada y luego se dio la vuelta.

Raphael se deslizó fuera de la campana de velo flexible que caía del techo y se vistió.

Sentía que no podría pegar ojo. Después de tantos días de encarcelamiento seguía teniendo la necesidad imperiosa de salir al aire libre, sentir su corazón palpitar bajo sus pies, el aire fresco de la noche impregnando la arborescencia de sus pulmones.

Se vistió y se acercó a la ventana, que estaba abierta, con la esperanza de tomar un poco de aire. Respiró hondo. Miró las estrellas y luego a Selvaggia. Estaban hechas de la misma e inocente belleza.

La quietud de la noche, la inmensidad de la naturaleza, el profundo silencio de la luna... Estaba a punto de cambiar de idea y decidir volver a la cama cuando por el rabillo del ojo captó algo.

Había alguien en la calle.

Raphael se hizo a un lado detrás de la cortina de brocado y se quedó observando.

La luz de la luna delataba la presencia de dos individuos y hacía brillar sus ojos cada vez que los levantaban hacia el cielo, o más bien hacia la ventana, su ventana.

¿Lo estaban espiando?

No parecían esbirros del alguacil, eran oscuros, delgados y tenían algo austero en sus movimientos.

–¿Qué estás haciendo? –preguntó Selvaggia.

Raphael se sobresaltó e hizo un gesto incontrolado que movió la cortina.

Los dos que estaban en la calle inclinaron repentinamente la cabeza, se bajaron los sombreros negros y se metieron en un callejón.

–Quédate aquí –dijo Raphael cogiendo la pistola.

Salió apresuradamente de la habitación y luego bajó las escaleras, pero salió de la posada tranquilamente, sin hacer ruido.

Cruzó Campo de' Fiori, a esa hora desolado.

Entonces, entró en el mismo callejón donde había visto a los dos hombres y dio una vuelta de reconocimiento.

Un centenar de pasos más tarde volvió a verlos. Estaban quietos, como si se hubieran detenido a esperarlo.

Fue la visión de un momento. La noche los absorbió de nuevo.

Allí donde se habían detenido, habían dejado un mensaje: una nota de papel, clavada en la madera de una puerta.

En ella se leía:

Los ángeles te observan.

# LUNES, 21 DE AGOSTO

# Capítulo 38

*Piazza della Minerva*

Raphael siguió al dominico por los pasillos del convento.

Antes, en el libratorio, el fraile le había estrechado la mano, declarando que era la persona que había ido a buscar: Serafino. Se había puesto a su entera disposición y se había asegurado de comunicarle su tremenda aprensión por todo el mal que se cernía sobre la ciudad. Una algazara de diabluras nunca antes vista, había dicho, haciendo la señal de la cruz.

Por segunda vez en pocas horas, Raphael se encontraba en la guarida de su viejo enemigo –la casa madre de la orden religiosa que representaba el corazón y el cerebro, así como el brazo torturador, de la Inquisición romana– y había venido a hacer lo que siempre había querido: interrogar al ayudante favorito de Arquez.

–Aquí está –dijo el fraile, deteniéndose frente a la biblioteca del convento.

Raphael no sintió ninguna emoción en particular. Aquella era quizá la única colección de libros del mundo que no despertaba ninguna curiosidad en él.

Pero igualmente quería entrar a echar un vistazo.

Según la información que poseía, la biblioteca de los dominicos de Santa Maria sopra Minerva contenía más de quinientos volúmenes, pero sobre todo códices teológicos y obras de los principales escritores de la orden. Estaba mucho menos surtida que la Biblioteca Vaticana o las establecidas por los agustinos en Santa Maria del Popolo, Sant'Agostino y Santa Maria della Pace. Y aunque seguía siendo una de las más importantes de Roma, uno podía apostar hasta su último cuatrín a que allí no se encontraría ni un solo libro prohibido. Ni siquiera la sombra de algo interesante. Era suficiente para extinguir en Raphael el deseo de colarse.

En otra circunstancia, no en esa.

El hermano Serafino abrió la puerta e indicó con un gesto de la cabeza el interior: las estanterías, la mesa con la lista de volúmenes atada a la pared con una cadena.

El hecho de que todo siguiera intacto le parecía a Raphael el verdadero milagro de aquellos días: todas las bibliotecas podían ser destruidas por las llamas en cuestión de minutos, no era casualidad que las velas encendidas estuvieran siempre estrictamente prohibidas y solo se pudiera acceder a ellas durante el día.

Raphael pensó con un escalofrío en lo que habría sucedido si la multitud no hubiera sido disuadida por aquel noble gibelino. Tal vez algunos frailes hubieran escapado a las llamas, pero los volúmenes de las estanterías no habrían tenido la misma suerte. Todo se habría perdido para siempre, y precisamente en la casa de la orden religiosa que mediante la Inquisición levantaba hogueras a menudo y de buena gana para quemar libros prohibidos por el *Índice,* y no solo esos.

Habría habido ironía en ello. Una lección para los inquisidores del Santo Oficio.

Pero lo único que le importaba a Raphael era que la biblioteca estuviera a salvo. Era la única buena noticia desde hacía tiempo.

Revisó los volúmenes, sacándolos de los anaqueles uno a uno para comprobar pacientemente su contenido, independientemente de la cubierta. Y, como había previsto, no cayó nada de interés en sus manos.

# Capítulo 39

Serafino abrió de un empujón una pequeña puerta de madera marrón.

–Esta era la celda del hermano Girolamo –anunció.

Una vez dentro, fue a abrir de par en par los postigos del ventanuco para que entrara algo de luz y el resplandor dorado del día inundó la habitación en la que había vivido Arquez: un camastro, la disciplina incrustada de sangre colgada en la pared, un escritorio apoyado en la pared opuesta, con una balda tallada en la pared blanca sobre él, con tres libros. Junto a los libros, un tosco crucifijo de madera.

Raphael se sentó en el camastro y siguió mirando a su alrededor, con las manos apoyadas en las piernas.

–Así que vivía aquí.

–Todavía no puedo creer que haya muerto –dijo Serafino, con una respiración dolorida.

–¿Le tenía aprecio?

El fraile asintió. De rostro delgado, ojos lánguidos en los que brillaba una tenue luz, dientes sanos y cabello liso y fuerte alrededor de la tonsura. Quizá no tuviera más de veinticinco años.

–Era un hombre piadoso –dijo–, me quiso desde el primer día y me ayudó en los momentos difíciles.

–Se mantuvo unido a él incluso cuando ya no podía hacer carrera en el Santo Oficio. Esto lo honra.

–Puede que no. Tal vez estaba convencido de que pronto el hermano Girolamo volvería a ocupar su lugar en la Inquisición y yo con él.

A Raphael no le pasó desapercibida la espontánea muestra de sinceridad del fraile, por lo que decidió adoptar una actitud aún más cauta.

–¿Han capturado a los asesinos de Arquez?

El hermano Serafino respondió, exhalando con gravedad:

–No se sabe quién ha sido. Al parecer fue atacado cerca del castillo de Sant'Angelo. El esbirro que lo acompañó al hospital nos dio la noticia.

–¿Podría alguien haber aprovechado los disturbios para matarlo?

–Pronto se reincorporaría a las filas del Santo Oficio –asintió Serafino– y se haría cargo de la *inquisitio* que había dejado pendiente.

–Hábleme de ella.

–Hace cuatro años acompañé al hermano Girolamo a un monasterio en las montañas, más allá de Subiaco. En aquella época le ayudaba en las inquisiciones e interrogatorios.

–¿En calidad de qué?

–De notario. Escuchaba, transcribía, copiaba las actas de aquella *inquisitio,* un juicio por brujería en el monasterio de San Silvestro.

–¿Puede resumírmelo, por favor? –dijo Raphael, y a pesar del afán por darse prisa que le roía la médula de los huesos, le pidió que empezara por el principio–. ¿Qué culpas tenía exactamente ese monasterio?

–Allí ocurrían cosas extrañas. Muchos prodigios. El bibliotecario, el hermano Everardo, era considerado un santo por sus hermanos y venerado por los campesinos del lugar. Esto ya había llamado la atención del Santo Oficio unos años antes, pero no se consideró que mereciera la pena investigarlo. Hasta que alguien entre los monjes y aldeanos empezó a sospechar que la mano del diablo estaba detrás de aquellos prodigios. Así que el hermano Girolamo se encargó de investigarlo. Entre tanto, mientras nos preparábamos para el viaje, nos llegó la noticia de que el bibliotecario había muerto y lo habían enterrado en el cementerio del monasterio. El hermano Girolamo quería ir de todos modos. Y con esa decisión demostró toda su inteligencia. De hecho, la mañana siguiente a nuestra llegada, un joven monje fue encontrado muerto en su celda con la disciplina en la mano. Querían hacernos creer que se había suicidado, por un exceso de autoflagelación. Pero somos expertos en estas cosas. Pronto nos dimos cuenta de que el monje, la paz sea con él, había sido brutalmente asesinad una vara para impedir que hablara. Nuestra inquisición co de esa forma infausta. Interrogamos al prior. Lo sometimos a los tormentos más duros. Y al final cedió y habló. Sus confesiones fueron confirmadas por los demás hermanos. Descubrimos que el bibliotecario había encontrado un códice muy antiguo entre los volúmenes de la biblioteca y se había puesto a estudiarlo con gran secretismo. Así fue como aprendió artes mágicas, nigrománticas y diabólicas muy poderosas. Tan poderosas que la primera noche de nuestra estancia en el monasterio el bibliotecario salió de su tumba, en la que llevaba varios días enterrado. Fue el propio prior quien lo «despertó». Había sido cómplice del bibliotecario y se había enriquecido con sus prodigios demoníacos. Los dos habían guardado una fortuna que no encontramos.

—Entonces —lo detuvo Raphael, ondulando la frente en una maraña de pliegues—, si he entendido bien, el libro incautado por Arquez y usted es el mismo con el que el bibliotecario resucitado había aprendido las artes mágicas.

—Sí.

—Y ahora, con la muerte del papa, Arquez podía por fin volver a iniciar la *inquisitio* y buscar el libro de manera oficial, por así decirlo, utilizando todos los medios del Santo Oficio.

Serafino levantó los hombros.

—¿Qué quiere decir con eso?

—Que tal vez quien lo atacó lo estaba siguiendo.

—¿Y por qué?

—Para ver dónde había escondido las actas y luego arrebatárselas, impidiéndole así hacerse cargo del juicio y recuperar el libro.

—Eso es posible —reconoció Serafino.

—¿Quién sabía que Arquez salía del convento?

—Yo.

—¿Nadie más?

—Bueno, el mensajero del camarlengo que vino a llamarlo y algunos otros hermanos que lo habían visto salir.

—¿Y con el bibliotecario resucitado qué pasó?

—No lo sé. Siempre me ha costado creer la historia de su resurrección: bajo tortura se dicen muchas cosas. Pero el hermano Girolamo estaba convencido de que aquel hombre había venido a Roma para vengarse y recuperar el libro. Decía que este hombre era uno de los pocos que conocían los hechos que le estoy contando. Sin duda conocía el contenido del códice y podía imaginar muy bien dónde había sido llevado y dónde se guardaba. –Serafino tragó saliva y apretó los labios como si quisiera detener un acceso de llanto–. A veces, me parecía que el hermano Girolamo no estaba completamente lúcido. Comía poco y... ¿Lo ve? –Señaló una alacena–. Ese poco lo guardaba con llave. Yo se lo procuraba personalmente. Nunca me lo confesó, pero estoy convencido de que temía ser envenenado por el bibliotecario. Exageraba. O quizá no. Lo que es seguro es que no debería haber salido solo en días como estos.

–¿Cuánto hace que el hermano Arquez empezó a sospechar que el bibliotecario estaba en Roma?

–Desde que se produjo la primera aparición angélica, precedida de un terrible asesinato. Lo pensó inmediatamente. Y con la sucesión de prodigios y asesinatos se fue convenciendo de ello. –Sacudió la cabeza–. No sé qué pensar. Repetía una y otra vez que el códice había sido sacado de la cámara secreta del Santo Oficio, donde él lo había depositado. Incluso escribió al camarlengo, ya que el santo padre no lo escuchaba. Solo sé una cosa, messer Dardo: ese libro está maldito y es muy peligroso, hay que encontrarlo y destruirlo.

«¿Qué más podría decir un inquisidor?», pensó Raphael.

–¿Lo ha leído o, al menos, lo ha visto?

–Nunca me lo permitió.

–Pero Arquez le habló de él.

–No le hizo falta: yo estuve presente en el interrogatorio del prior. –El fraile se llenó los pulmones, como si se dispusiera a contar un largo relato, pero solo dijo–: Los pocos que saben de la existencia de ese libro lo llaman el *Códice de los Milagros*.

El título hizo que Raphael se estremeciera en el colchón de paja.

–¿Cómo?

El joven fraile se encogió de hombros.

–El prior lo llamó así durante los interrogatorios –dijo–. En realidad, no es un título. Pero así lo llaman los que saben de su existencia.

–¿Enseña a realizar milagros?

–No lo sé.

–¿Y Arquez lo sabía?

–Creo que ni siquiera él se atrevió a profundizar demasiado en esas páginas. –Serafino levantó la vista, exhibiendo un aire inmaculado–. Perdone mi pregunta: ¿puedo saber cuáles eran las relaciones entre usted y Arquez, messer Dardo?

Los recuerdos se espesaron en la mente de Raphael, los peores que una memoria puede verse obligada a contener. Se limitó a decir que hacía unos años Arquez estuvo a punto de arrestarlo y quemarlo en la hoguera por hereje. Y afortunadamente las cosas habían salido de otra manera e incluso había nacido una especie de entendimiento entre ellos.

–Por favor, hermano Serafino, hábleme del códice.

–Sí, claro, después de todo ha venido aquí para eso. Es un gran volumen. El hermano Girolamo lo guardó siempre en el palacio del Santo Oficio. Más tarde, al ser expulsado repentinamente del palacio por orden del inquisidor general, nunca pudo volver para recuperarlo.

–Tuvo que esperar a la muerte de Carafa para poder volver al palacio del tribunal –dijo Raphael.

Parecía plausible. Eso era lo que buscaba en la sede del tribunal sagrado, frente a la cual había sido asesinado.

–Y, como se temía, el libro ya no estaba allí.

–Usted, Serafino, ¿cómo lo sabe?

El fraile se echó hacia atrás, sorprendido por la pregunta.

–El esbirro declaró que Arquez no llevaba ningún libro consigo. Tenía algunos papeles, que le arrebataron en la confusión.

–¿Los documentos del juicio al monasterio?

–Imagino.

–Me gustaría hablar con el esbirro que asistió a Arquez. ¿Sabe cómo se llama?

–Desgraciadamente, no. También a él lo mataron en la emboscada.

Raphael se rindió al destino funesto que afligía a los habitantes de Roma en aquellos días.

–¿Puedo ver los libros personales de Arquez?

Serafino meneó la cabeza, indeciso.

–No sé si le habría parecido bien.

–¿Son todos esos? –Raphael señaló los tres pequeños volúmenes de la estantería, junto al crucifijo–. ¿O tenía otros?

Se levantó para ir a ver en la habitación contigua, pero Serafino se le anticipó.

–Espere. Permítame enseñársela.

# Capítulo 40

–Bueno, el hermano Girolamo guardaba aquí sus libros personales. –Serafino levantó la tapa de un baúl del tamaño de un sarcófago y arrojó la luz del candelabro–. No son muchos –dijo–. Leía siempre los mismos.

Eligiendo al azar, Raphael empezó a sacarlos uno a uno. Puso los textos litúrgicos en un lado y los libros que no se relacionaban estrictamente con los deberes diarios de un fraile dominico en el otro. Finalmente, devolvió los primeros al baúl y examinó solo los otros.

El volumen que inmediatamente llamó su atención fue *Diálogos del papa Gregorio en cuatro libros sobre los milagros de los padres italianos*. Relatos de milagros realizados por monjes hacía mil años.

Y las demás lecturas de Arquez eran aún más sorprendentes.

El fraile, al parecer, nunca había dejado de buscar una verdad superior. Si primero la había perseguido torturando a herejes, después la siguió bebiendo de la fuente de la erudición y terminando él mismo bordeando la herejía.

Raphael abrió un códice de aspecto muy antiguo; el autor era un tal Neptanabo. No lo conocía, así que leyó unas líneas:

Me río de todos los que buscan la transmutación del oro y la plata en naturalezas extrañas: en los ojos de tantas bestias, en hierbas y cabellos, en serpientes y escorpiones, gusanos y cáscaras de huevo, sangre, sapos, hiel y orina...

Una nota al margen decía:

*El autor es Gerberto de Aurillac, que llegó a ser papa con el nombre de Silvestre II. Gerberto había viajado al califato de Córdoba y había renegado de su fe cristiana para ser admitido en círculos musulmanes muy exclusivos (asociaciones secretas), donde aprendió, entre otras cosas, las artes mágicas prohibidas a un cristiano: magia, alquimia, astrología y nigromancia. Asumió el nombre iniciático, de origen egipcio: Neptanabo.*

Entonces, bajo los ojos ardientes de Raphael, apareció el título *La nube del no conocimiento.*

—Es una guía espiritual para monjes cristianos escrita por un místico anónimo del siglo XIV —explicó fray Serafino—. El hermano Girolamo me lo contó varias veces. —Y, observando el rostro atento de Raphael, añadió—: Afirma que hay una especie de nube del no conocimiento que envuelve al hombre y a Dios, y que la razón no puede penetrar. Es una nube oscura en la que se puede entrar mediante la práctica de la meditación.

Raphael asintió. Acababa de abrir una página que estaba subrayada en varias partes. El autor anónimo escribió que, durante la meditación, el alma se hace una con Dios.

En la época anterior a la Caída, los hombres estaban más cerca de Dios, gracias a una práctica de meditación profunda que había progresado hasta niveles impensables para el común de los mortales de hoy. Esta es la obra en la que la humanidad habría perseverado si nunca hubiéramos pecado. La meditación es el trabajo del alma que más agrada a Dios y los ángeles se regocijan en él y hacen todo lo posible para facilitarlo por todos los medios.

¿Los ángeles?

¿La meditación?

¿Los hombres de la época anterior a la Caída?

Cada una de esas palabras provocaba escalofríos en las venas de Raphael.

—¿Los subrayados son del hermano Arquez?

—Eso creo.

Raphael abrió un incunable. Se titulaba *Tercer abecedario espiritual,* el autor era Francisco de Osuna. Desde las primeras palabras se podía intuir que el texto también trataba de la meditación. Singular interés el de Arquez.

—Osuna era un fraile franciscano español —le informó Serafino.

... la práctica de la meditación para unirse con Dios...

Cerró el libro y abrió otro, un pequeño volumen impreso en Roma, que a pesar de ser completamente inocente llamaba la atención por estar fuera de lugar en la biblioteca de un fraile riguroso como Arquez: la tragedia *Medea* de Séneca. Un pasaje estaba visiblemente subrayado:

> *Verán los tardos años del mundo ciertos tiempos en los cuales <u>el mar océano aflojará los atamientos de las cosas y se abrirá una grande tierra</u>; y un nuevo marinero como aquel que fue guía de Jasón, que tenía por nombre Tifis, descubrirá <u>un nuevo mundo</u>. Ya entonces no será la isla Tule la postrera de las Tierras.*

Una nota al margen, en ese punto, comentaba:

> *El filósofo permaneció en Egipto, en Alejandría, donde se escondían conocimientos y misterios en los libros de su inconmensurable biblioteca perdida. ¿Podría haber sabido sobre el Nuevo Mundo allí?*

Raphael le dio la vuelta al libro entre las manos, mirándolo con detalle como si estuviera a punto de comprarlo, como si buscara un defecto que pudiera explicar aquella tontería: ¿por qué Arquez había pasado los últimos años de su vida haciendo investigaciones tan extravagantes y tan alejadas de la disciplina de un inquisidor del Santo Oficio?

Si alguien se lo hubiera dicho, Raphael no se lo habría creído.

Y en ese momento sus asombrados ojos se posaron en un códice titulado *Topografía cristiana* de Cosmas Indicopleustes.

Lo cogió. La obra databa del siglo VI d. C., pero la copia que Raphael tenía en sus manos era más reciente; de excelente calidad, aunque no estaba adornada con nada, ni siquiera miniaturas. Sin embargo, contenía una hoja de pergamino doblada en dos.

Era un mapa del mundo conocido quinientos años después de la muerte de Cristo, pero al lado del océano Atlántico el autor de la *Topografía* había escrito:

TIERRAS MÁS ALLÁ DEL OCÉANO DONDE HABITABAN LOS HOMBRES ANTES DEL DILUVIO UNIVERSAL.

Y, aún más singular, alguien, tal vez el propio Arquez, había escrito de su puño y letra:

Según Aristóteles, el viento es el instrumento de Dios; el fuego es el instrumento de los ángeles; el agua, el de los demonios.

«El fuego...». Raphael podía sentirlo ardiendo en su cabeza. Que un inquisidor acostumbrado a provocar incendios se interesara por el juicio de Aristóteles era comprensible. Pero ¿por qué escribir semejante nota en una carta de navegación que indicaba las tierras habitadas por los hombres antes del diluvio universal? Le mostró el mapa a Serafino.

–¿Puede confirmar que esta es su letra?

Los pequeños y redondos ojos del fraile se acercaron al pergamino y se detuvieron en el punto indicado por el dedo de Raphael.

–Sí, esta es sin duda la letra del hermano Girolamo.

–¿Por qué escribir una nota así en un mapa de...? –Raphael se quedó quieto, como atravesado por un pensamiento inesperado–. Los hombres antes del diluvio –murmuró, tejiendo fantasías sobre lo posible y lo imposible–. El autor de este mapa, ese tal Cosmas Indicopleustes, escribió mucho más de mil años antes que Cristóbal Colón que el Nuevo Mundo estaba habitado por hombres antediluvianos. Y también Séneca... ¿Cómo sabían que...?

–Igual que los ángeles existían antes que nosotros –dijo Serafino–, el Nuevo Mundo existía antes que Colón.

–Quizá tenga usted razón: alguien tuvo que oír hablar del Nuevo Mundo ya en la Antigüedad. Y... tal vez los ángeles tenían algo que ver con la tierra donde vivían los hombres antes del diluvio universal.

–Supongo que todo esto significa algo para usted, señor. Solo espero que sea capaz de averiguar quién mató al hermano Girolamo y encontrar el códice que debe ser destruido. Quemado, sí, el instrumento de los ángeles. Aristóteles lo dijo bien. –Señaló los libros que Raphael había apartado–. ¿Esos los necesita?

–Sí, quiero que los entreguen al alguacil y los guarden bajo llave. Le pido que siga disponible, puede que necesite volver a hablar con usted.

–Como desee.

Serafino cerró la tapa de la caja y volvió a ponerse en pie. Ahora sonreía piadosamente, con los labios endurecidos, pero el resto de su rostro lo suavizaba una especie de languidez, una expresión piadosa y apenada.

Raphael se dio cuenta de que el joven clérigo intentaba parecer más desconsolado de lo que en realidad estaba.

Volvieron a la celda.

–Por ahora, ¿le he sido de alguna ayuda?

–Sí, de mucha –dijo Raphael, y dejó que lo acompañara hasta la puerta, solo para detenerse de repente y dar media vuelta.

Los tres pequeños libros de la estantería.

Una biblia, un comentario y un Nuevo Testamento.

Mientras salía, Raphael los había visto por el rabillo del ojo y tuvo la sensación de oírlos gritar, intentando llamar su atención como prisioneros maniatados y amordazados.

Eran los únicos libros de Arquez que aún no había hojeado, y aunque solo eran textos religiosos de uso canónico, no tenía intención de descartarlos. Especialmente después de observar la costumbre de Arquez de subrayar y anotar.

Abrió la biblia, la hojeó rápidamente en busca de algún subrayado, pero no encontró nada.

Abrió el comentario. Nada.

El Nuevo Testamento, en cambio, lo sobresaltó. Raphael parpadeó, abrió más el volumen y se lo acercó a sus asombrados ojos.

El Apocalipsis de Juan.

Arquez había subrayado precisamente la parte de la que el asesino torturador había sacado el pasaje que dejaba en sus víctimas.

Entre las páginas del Evangelio había una hoja de papel doblada: contenía un fragmento rectangular de pergamino.

–¿Qué es?

Serafino chasqueó la mano, pero Raphael le dio el Evangelio y sacó la carta.

Le dio vueltas entre las manos, indeciso.

Luego miró el trozo de pergamino: había sido sacado de un volumen con el corte preciso de una navaja. Se dio cuenta por las marcas de encuadernación en el borde. Lo puso a la luz de las velas e inmediatamente asintió, asombrado.

–Esto es sin duda vellón uterino –murmuró.

Era un pergamino de calidad especial, hecho con la piel de terneros nacidos muertos. Debía de pertenecer a un códice muy raro y precioso.

Raphael murmuró para sí mismo como en el sueño:

–Es realmente difícil encontrar grandes cantidades.

Ni siquiera podía imaginar cuánto podía costar el vellón uterino necesario para hacer un códice de tamaño medio.

Estaba desconcertado.

Incluso sin tener en cuenta el coste en dinero, habría seguido siendo extremadamente difícil encontrar suficiente vellón uterino. El ternero nacido muerto era un animal diminuto, se habría necesitado una gran cantidad para hacer un libro de cientos de páginas.

¿Quién podría haber encargado un trabajo como aquel?

Un papa, tal vez.

Incrédulo, volvió a dirigir sus pupilas dilatadas hacia el fragmento de pergamino. Estaba tan asombrado que casi olvidó la carta.

Leyó lo que estaba escrito en el papel y se estremeció al concentrarse en el encabezamiento: «Apreciado Raphael».

Un mensaje para él.

Del mundo de los muertos.

# Capítulo 41

Apreciado Raphael:

No te importará que me dirija a ti como a un hijo. Nuestro encuentro de hace tantos años fue presagio de una inmensa tristeza, es cierto. Sin embargo, aunque imagino que te cueste creerlo, para mí representó el principio de la purificación.

Me pregunto si has oído que durante este tiempo fui relevado de mis funciones como inquisidor y confinado en mi celda, por deseo de Carafa. Tal vez incluso te olvidaste de mí mientras tanto. Lo entendería. Creo que has hecho lo correcto: arrojarlo todo al olvido, en lugar de vivir con el tormento de los malos recuerdos.

Yo, sin embargo, he seguido todas tus vicisitudes con sincero afecto desde entonces. No me culpes a mí. Me movía la preocupación. Quería saber cómo estabas. He podido seguirte, por así decirlo, gracias a los muchos ojos repartidos por todas partes con los que puede contar, gracias a Dios, un viejo inquisidor como yo, que aún puede contar con muchos amigos fieles.

Sé que te has convertido en un gran experto en libros antiguos y raros y es esta razón, unida a la confianza que deposito en ti, la que me ha impulsado a enviarte esta misiva.

Estoy seguro de que reconocerás la calidad del pergamino que he adjuntado. He recortado este fragmento de una página para mostrarte concretamente que procede de un libro excepcional. Porque necesito que me creas y que lo busques por mí y que lo ocultes para la eternidad, para evitar el Apocalipsis.

Encontré este códice durante el verano de 1555. Llevaba siglos guardado en la biblioteca de un monasterio, adonde fui a realizar una inquisición, a raíz de unos sucesos de naturaleza diabólica que estaban ocurriendo allí.

El libro se lo prestaron a Giovanni Battista Cybo, es decir, al papa Inocencio VIII, en el año 1485 y nunca fue devuelto. Más tarde, en 1516, un sacerdote siciliano encontró el códice en una antigua iglesia de Palermo y, a instancias del emperador Carlos V, lo devolvió a su monasterio de origen.

El sacerdote que hizo el hallazgo se llama Antonio Lo Duca y vive en Roma. Confirmó mi reconstrucción de los hechos y la entrega del códice al monasterio de San Silvestro.

Estoy convencido de que el bibliotecario llevaba años utilizando lo que podía aprender de la lectura de este texto maldito para adquirir dinero y poder. Todo con la complacencia del prior, que lo detuvo demasiado tarde. El códice estaba, sí, de nuevo en la biblioteca y al bibliotecario le llegó una muerte tan inesperada como propicia.

Extraño, pensó Raphael, Arquez no hizo mención de ninguna resurrección. Y difícilmente podría considerarse un detalle insignificante.

¿Serafino estaba tratando de enturbiar las aguas proporcionando una pista falsa en la búsqueda?

Continuó leyendo.

Pero para entonces los acontecimientos habían llamado la atención del Santo Oficio y, lo que es más grave, la de los guardianes.

Los ángeles guardianes no pueden permitir que el llamado *Códice de los Milagros* sea accesible a cualquiera. Tienen la sagrada tarea de custodiarlo. Solo ellos pueden determinar quién es digno de recibir como regalo unos pequeños granos de esta antigua y admirable sabiduría y lo hacen por el bien de la humanidad. Quien lo tenga en su mano, entre los que son capaces de leerlo y copiarlo, será asesinado. Pero el hombre humilde, el que sepa vencer la codicia y lo quiera relegar al olvido eterno, se salvará. Quien lo oculte, según la voluntad de los guardianes, será recompensado. De eso no tengo duda, mi querido Raphael.

No dudo de ti. Sé que puedes hacerlo.

He pedido varias veces al camarlengo que te llame y te encomiende esta tarea, pero el Vaticano ya no me escucha desde hace años.

Ayúdame, Raphael.

Encuentra el libro más interesante y no lo leas, encuentra el libro más costoso y no lo vendas, encuentra el libro más blasfemo y salva

La mano de Arquez se había detenido en ese punto, la de Raphael temblaba, haciendo vibrar el papel.

Cada palabra de la carta, así como el material que Arquez había adjuntado, representaba un misterio.

¿Los ángeles guardianes?

¿El *Códice de los Milagros*?

¿Antigua y admirable sabiduría?

«... encuentra el libro más blasfemo y salva...».

¿Qué tenía que salvar?

Raphael volvió a mirar el pergamino a contraluz, el veteado imperceptible de la piel, la ausencia de imperfecciones.

Por lo tanto, Menico de' Madi había dicho la verdad a este respecto.

Lo que Raphael tenía en la mano era casi con toda seguridad un fragmento del mismo libro.

*Del* libro.

Vellón uterino, el pergamino más valioso de todos. Cándido, suave y duradero.

—Este pergamino está...

«Reservado para libros maravillosos –pensó–. Libros que solían adornarse con miniaturas elaboradas y espléndidas, como joyas, y se encerraban en cubiertas tachonadas de piedras preciosas».

Una sonrisa involuntaria curvó los labios de Raphael.

*Códice de los Milagros* o no, igualmente tenía que ser un libro de enorme valor.

# Capítulo 42

Roma hervía, fermentando con el calor. Incluso cuando no se oía el clamor y el griterío de los alborotadores, se podía sentir la tensión en el aire, una agitación malsana. Algo oscuro. Una sensación que contrastaba con el deslumbrante sol de aquellos días.

Leccacorvo no estaba tranquilo. Con el pretexto de buscar un poco de aire fresco, había exigido entrar en el Panteón para hablar, dejando a sus guardias fuera. Así que ahora él y Raphael se encontraban bajo la inmensa cúpula, en la iglesia más antigua del mundo, donde, a esa hora y en esa estación, la luz que penetraba por el óculo de cielo azul creaba una especie de rosquilla de penumbra alrededor.

—¿Tienes novedades? —preguntó el alguacil.

Con una respuesta articulada y exhaustiva, Raphael lo informó de lo que había descubierto en las últimas horas.

—Por eso —concluyó—, quiero entrar en casa de Francesco Pinelli.

—Tienes mi permiso —asintió Leccacorvo, lleno de admiración—. Entonces has podido darles una identidad a las otras tres víctimas del Ángel de la Muerte: los dos hermanos De' Madi y el banquero.

—Por desgracia, sí.

—Muy bien, messer Dardo, muy bien. Por ahora no se lo vamos a decir a nadie, ni siquiera al camarlengo.

—Estoy de acuerdo.

—Y en el convento de los dominicos... ¿surgió algo interesante?

—La mañana que salí de la cárcel, el hermano Arquez recibió la noticia oficial de la muerte del papa. Sabiendo que por fin podría volver a la sede del Sagrado Tribunal, se dirigió allí para recuperar las actas de su última inquisición, en las que se menciona el libro que buscamos. Pero alguien lo siguió y lo mató para llevárselas.

Leccacorvo reaccionó con una sonrisa inapropiada. Pero no pudo ocultar su satisfacción.

—Yo —dijo— sé quién es ese alguien.

—¿De verdad?

—El cardenal sobrino, don Carlo Carafa. Le ordenó a su capitán, un tal Vico de Nobili, que mandara matar al fraile inquisidor para robarle el libro. Pero vi con mis propios ojos que el capitán De Nobili solo le entregó un paquete de papeles envueltos en una piel de ante. Y lo oí quejarse de que ni siquiera estaba el libro que quería. Dijo que lo quería a toda costa. Para mí, el Ángel de la Muerte es un asesino a sueldo.

—Tal vez —reflexionó Raphael, asombrado—. ¿Cómo ha...?

—Lo seguí hasta una taberna y escuché a escondidas la conversación entre él y De Nobili.

—Enhorabuena, messer alguacil.

—Ya está todo resuelto.

—Incluso suponiendo que el Ángel de la Muerte sea Carlo Carafa, aún tenemos que encontrar el libro.

—Eso es verdad.

—Y no le ocultaré que me gustaría presenciar una aparición de ángeles.

—A mí también.

—Por lo tanto, engañarnos pensando que el asesino, o el instigador, es don Carlo no nos ayuda en nada. Porque puede que no lo sea. Lo único que sabemos por ahora es que mandó matar a Arquez y se apoderó de las actas del juicio. Pero también sabemos que aún no tiene el libro en sus manos.

—A usted, messer Dardo, le encantan, ¿verdad? Me refiero a los libros.

—Leo menos de lo que me gustaría. Pero tuve la suerte de visitar varias bibliotecas a la caza de buenos manuscritos para revendérselos a impresores exigentes.

—¿Qué busca exactamente?

—Textos olvidados que sobrevivieron gracias a la incesante y secular labor de copia de los monjes amanuenses. Textos raros que aún se puede esperar encontrar en los monasterios más aislados, sobre todo en aquellos que en su día fueron ricos centros de aprendizaje y ahora están necesitados de dinero.

–Cómo lo envidio, messer Dardo.

–La envidia es un pecado capital.

–Es un decir. Imagino que es un trabajo arriesgado y difícil.

–Merece la pena desafiar el hielo de las montañas y sortear los precipicios para llegar hasta ellos, con la esperanza de encontrar a un bibliotecario dispuesto a vender.

–¿Y es posible encontrarlos?

–Los manuscritos antiguos, conservados en las bibliotecas de los monasterios, a menudo están mohosos, apolillados y son casi ilegibles e indescifrables incluso para los ojos de un experto. Sin embargo, de vez en cuando uno puede tener un golpe de suerte.

Los ojos pequeños y oscuros de Leccacorvo brillaron.

–Cuénteme.

–Antes de imprimir, las hojas de pergamino que aún estaban en buen estado se raspaban con un cuchillo para eliminar las letras antiguas y luego se alisaban con polvos de talco para poder sobrescribirlas. Por eso los monasterios coleccionaban y acumulaban manuscritos antiguos en lugar de tirarlos a la basura. Con un poco de suerte, puede encontrarse un texto que se creía perdido desde hace siglos.

–Ahora entiendo por qué el hermano Arquez quería dirigirse a usted. Yo me he hecho algunas preguntas sobre este libro antiguo que buscamos. Quizás pueda aclararme las ideas.

–Con mucho gusto.

–Bueno, me pregunto, si un texto se perdió y olvidó durante siglos y encuentra una copia en un volumen olvidado de la biblioteca de un monasterio... ¿cómo puede estar seguro de que ese texto se ha mantenido fiel al original después de tantas reediciones?

–¿Se refiere al texto incluido en el códice que buscamos?

–Sí.

–Los monjes –explicó Raphael– no copiaban una y otra vez los textos durante siglos en aras del conocimiento. Al contrario, la curiosidad era un pecado muy grave. Lo hacían para mortificar el espíritu. La regla *ora et labora* imponía el trabajo como medio ascético y para combatir la acedia y escribir era lo que se conoce como un trabajo duro, tedioso y humillante, por lo que se consideraba muy adecuado para los religiosos. Los amanuenses, así pues, no tenían que tratar de entender lo que copiaban. De hecho, sobre la página que había que transcribir colocaban una hoja de papel con una pequeña ventana recortada para concentrarse solo en una línea cada vez. Y no se les permitía corregir los supuestos errores que encontraban en los textos antiguos: solo podían corregir sus propios *lapsus calami*. Para ello, raspaban suavemente la tinta del pergamino con una navaja y luego reparaban la parte raspada con una mezcla de cal, queso y leche. Su desinterés por las obras antiguas que copiaban, su apatía repetitiva, son una bendición para los cazadores de manuscritos como yo, una garantía de que las obras redescubiertas no han sido corrompidas con el tiempo por las ideas y juicios de los monjes, de que las palabras copiadas siguen siendo las del original, aparte de los inevitables errores involuntarios cometidos por los distintos amanuenses y que se fueron acumulando, copia tras copia.

–¡Vaya! Entonces el libro que buscamos puede contener un texto antiquísimo.

–Sí, tal vez tomado de rollos de papiro y pasado a pergamino en forma de códice.

–El camarlengo me dijo que había una maldición sobre nuestro libro misterioso.

–Nada serio o inusual. Los libros son objetos valiosos incluso ahora que se imprimen con prensas y tipos móviles. Pero antes de la invención de la imprenta, un buen códice valía tanto como una parcela de tierra. Los manuscritos conferían prestigio al monasterio que los poseía y los monjes los guardaban celosamente. A veces maldecían los códices para evitar que alguien modificara el texto o para protegerlos de los ladrones. Yo no creo que los asesinatos dependan de la maldición.

–¡Rayos! –reflexionó Leccacorvo, como abrumado por las muchas cosas nuevas de las que se estaba dando cuenta en ese momento–. Bueno, así es como están las cosas.

Se rascó la cabeza y asintió.

–Nada es más precario que la palabra escrita, messer alguacil. Y no hay nada más precioso. La Biblia y el Evangelio lo demuestran, ¿no es así? Por eso trabajo tan arduamente. Muchos de los preciosos códices reunidos por Petrarca en toda una vida de investigación, y llevados a Venecia con el sueño de crear una nueva biblioteca de Alejandría, fueron luego relegados y olvidados en un húmedo edificio donde miserablemente se descompusieron. Y las inundaciones de la naturaleza, los estragos de la guerra, las llamas de la ignorancia y del odio no son las únicas causas de la desaparición de manuscritos antiguos. En la Antigüedad, la tinta se fabricaba con una mezcla de hollín, procedente de las mechas quemadas de lámparas, caucho y agua. Por eso era soluble en agua: los escribas borraban los errores con una esponja húmeda. Un vaso de agua o vino derramado accidentalmente sobre las hojas, toser sobre ellas o incluso el simple sudor de las manos al desenrollar y enrollar los papiros o tocar los códices resultaba fatal para los textos: tarde o temprano, todo ello borraba las letras de las páginas. Y no usarlos empeora aún más las cosas, porque las páginas se convierten en alimento para las polillas, esos diminutos animalitos que nacen en los libros, devoran sus páginas, se esconden entre las frases sagradas y se alimentan del conocimiento humano. Una medida protectora bastante eficaz contra las polillas era rociar las páginas con aceite de cedro, pero la mejor manera, la única realmente buena de conservar los libros, fue y siempre será producir más copias. Por eso aún es posible encontrar textos inalterados, aunque sean muy muy antiguos. Y por eso me he convertido en un cazador de libros. Espero haber satisfecho su curiosidad.

Finalmente, una expresión solemne y casi conmovida se dibujó en el rostro de Leccacorvo.

–Siga así, messer Dardo. Está haciendo un trabajo excelente.

# Capítulo 43

–Ya estoy.

–Humm...

–Te conviene hablar.

Nunca en su vida el maestro Menico de' Madi había deseado tanto poder hacerlo. Gimió como si una mordaza le tapara la boca. Intentó hacerle entender por todos los medios que era mudo y que necesitaba lápiz y papel para comunicarse con él y responderle todas sus preguntas.

Pero el hombre que lo había secuestrado parecía incapaz de sentir compasión.

Se quedó mirándolo desde los recovecos de unas fisuras malignas. Con ojos como pústulas hinchadas de perfidia, como cuerpos extraños incrustados en el odio.

El hombre jadeaba a la luz de las velas, más quieto que un lagarto al sol de la mañana.

Poco antes, había colocado una bolsa abierta sobre la mesa y junto a ella había clavado la punta de un puñal.

Antes, en la calle, se había presentado ante De' Madi con un libro en la mano, diciéndole que sabía cosas muy importantes. Había dejado entrar a su presa en la iglesia desacralizada, atrayéndola con el pretexto de hablar.

–Sé dónde están tus hijos –le había dicho.

Y era verdad.

Había una sinceridad visible en su rostro imperturbable, especialmente para alguien que, al ser mudo, estaba entrenado para entender el lenguaje corporal.

De' Madi le había creído y había ido con él.

Y un momento después se dio cuenta de que había cometido un grave error.

–¿Dónde está el códice?

Una vez más, el viejo impresor se esforzó por emitir sonidos inteligibles.

–¿Eres mudo? –preguntó el hombre.

De' Madi asintió desesperado, suspiró como aliviado de un peso y se dejó caer, dando gracias a Dios.

Pero no cayó.

Se quedó sujeto a la columna a la que había sido atado con muchas vueltas de cuerda. Las hebras de cáñamo seco penetraban en la piel desnuda de sus brazos y piernas, con dolor y picor al mismo tiempo y con una intensidad que iba a más.

–Di sí o no con la cabeza.

De' Madi asintió con movimientos rápidos y suplicantes.

–Me llamo Angelo.

Apareció una sonrisa de alguna manera.

–¿Sabes dónde está el códice?

· No.

–¿Has hablado con alguien, aparte de con tus hijos y el banquero propietario de tu casa y de la imprenta?

No.

–¿Con tu mujer?

No, no, no.

Angelo retiró la daga de la mesa y con la afilada punta le hizo un corte profundo en el muslo.

Los gritos mudos y desgarradores de De' Madi fueron ahogados por una bola de tela. La sangre le corría caliente hasta el pie.

–¿Te has visto con Raphael Dardo?

De' Madi asintió.

–¿Le hablaste del códice?

Volvió a asentir.

–¿Él sabe algo?

Dijo que no con la cabeza.

–¿Y tú?

Negó.

Entonces Angelo cogió un puñado de polvos de la bolsa y lo vertió sobre la herida, asegurándose de que penetraran hasta el fondo. Luego cogió una vela y le prendió fuego.

La herida brilló y chisporroteó y saltó por los aires como un trozo de tierra alcanzada por una bala de cañón. Menico de' Madi se retorció como pudo y gimió por un dolor que jamás habría podido imaginar.

Y en ese momento pensó en sus propios hijos.

Ahora sabía que estaban muertos, asesinados por el hombre poseído que tenía delante de la misma forma cruel. Lloró. Cerró los ojos y trató de apartar de sí el dolor, esforzándose por recitar sus últimas oraciones y pedir perdón por todos los pecados que había cometido, hasta el último: no haberle entregado a la Iglesia el libro del diablo.

La pólvora, mientras tanto, hizo estallar otra herida, en la otra pierna.

Cuando De' Madi terminó de rezar y de pedir perdón a Dios, aún tenía fuerzas para levantar la cabeza y abrir los ojos. Pero se arrepintió de haberlo hecho.

Angelo lo miró con una expresión macabra y lasciva.

Dijo algo en latín. Luego en griego. Y recitó largas frases en un extraño lenguaje gutural que De' Madi no había oído nunca. La voz parecía surgirle del estómago, profunda, como el grito de una bestia anidada en aquel cuerpo de apariencia humana.

–¿Has hecho copias?

No.

«¿Por qué lo haces?».

«¿Por qué eres tan malo?».

«Yo no sé qué hay escrito en ese libro».

«Mis hijos tampoco lo sabían».

«Nos hemos equivocado».

«Me he equivocado».

«Perdóname».

Había muchas cosas que a De' Madi le habría gustado gritar y que, en cambio, se le quedaron atascadas en la garganta.

Finalmente, Angelo sacó otra cucharada de pólvora del saco sobre la mesa y se la acercó a la cara.

–Come –le dijo.

De' Madi nunca había sufrido tanto por su impedimento para hablar desde que enfermó de las cuerdas vocales.

Nunca había odiado tanto su boca impotente.

Así que la abrió y dejó que se la llenara de pólvora. Tragó una buena cantidad, tanta que su verdugo tuvo que coger dos cucharadas más para poder llenarle la cavidad bucal a su gusto.

Y De' Madi tampoco se movió cuando la llama de la vela se acercó a su rostro, preparada para desencadenar el proceso que en unos instantes le haría brillar, silbar y explotar la cabeza.

Bajo la lluvia de sangre y jirones, Angelo abrió los brazos y dijo:

—Habiendo expulsado al demonio, el mudo empezó a hablar y la multitud, presa del asombro, decía: «¡Nunca se ha visto cosa semejante en Israel!». Pero los fariseos decían: «¡Este hombre expulsa los demonios en el nombre del príncipe de los demonios!».

# Capítulo 44

*Il Corso*

Luna Nova, en la terraza de su palacio, tenía los ojos cerrados y estaba sentada de espaldas al sol. Dejaba perezosamente que una sirvienta la peinara y le aplicara lejía en el pelo para aclararlo.

Raphael, por su parte, admiraba el cielo azul y despejado.

—Nos vendría bien un poco de lluvia, para limpiar la ciudad y refrescar el aire.

—O un viaje a las montañas.

—¿Por qué me mandaste llamar? No es prudente para ti que me vean aquí.

—Selvaggia y yo hemos decidido pasar unas semanas fuera de Roma —dijo Luna.

—Yo no he decidido nada —se quejó Selvaggia.

—¿Ha pasado algo?

—No —respondió Luna—. He aceptado la invitación de un admirador. Unos días al aire libre solo nos pueden venir bien.

Selvaggia bajó la mirada para evitar que la preguntaran.

—¿Puedo saber qué os pasa a las dos?

—Nada —respondió Luna con indiferencia—, nos vamos y punto. O, por lo menos, yo me voy. Selvaggia puede hacer lo que quiera.

—¿Y Ariel lo sabe?

—Le he dicho que tiene que desmontar el laboratorio y dejarme libre el sótano. Tiene hasta mañana.

—¿Tú y Selvaggia tenéis problemas con alguien?

—Esos nunca faltan, gracias al cielo.

—¿Entonces?

—Medea. —Luna le tocó el brazo a la criada—. ¡Medea!

—¿Sí, señora?

—Ya puedes irte.

—Está bien, señora.

La muchacha recogió todos sus utensilios de belleza, los envolvió en un paño y desapareció por el oscuro rectángulo de una pequeña puerta, regresando abajo.

Luna Nova permaneció en la misma posición y mantuvo los ojos cerrados, sin dejar de disfrutar del sopor que le infundía el sol y de la idea de tener el pelo perfectamente rubio.

—No hagas demasiadas preguntas, Raphael.

—Me preocupo por vosotras.

—No hace falta —dijo ella, hablando de esto y de lo otro—. ¿Cómo va tu investigación?

—Está en punto... muerto, diría yo.

—Parece que esta noche han aparecido de nuevo los ángeles. ¿Has oído hablar de eso?

—No.

—No he podido encontrar a nadie que haya visto una de estas criaturas celestiales con sus propios ojos. Se cuentan todo tipo de cosas extrañas: han aparecido luces misteriosas, se han oído sonidos como de trompetas en los mismos lugares donde se han producido milagros, han crecido árboles de la noche a la mañana, los ciegos han recuperado la vista de repente, se han multiplicado las hogazas de pan... La palabra «milagro» se despilfarra. Pero no hay noticias oficiales. Lo único cierto es que la gente tiende a exagerar este tipo de cosas.

—¿Luna?

—¿Sí?

—Quiero saber por qué quieres irte. Ariel también se lo pregunta. Solo estamos preocupados por vosotras dos.

Ella dio un respiro prolongado y estremecedor, contuvo el aliento en el pecho y luego se desinfló con un silbido.

—Digamos que hay un pretendiente que me está molestando.

Raphael se volvió bruscamente hacia ella.

—¿Quién?

—Un gusano.

—¿Te ha amenazado?

—No, pero es un individuo muy malo. Por lo tanto, prefiero unas pequeñas vacaciones fuera de la ciudad.

—¿No quieres decirme el lugar?

—Mejor que no. —Giró la cabeza y le lanzó una mirada—. Solo tenía que decirte esto. Ahora imagino que tendrás cosas mucho más importantes que hacer que quedarte aquí e interesarte por nosotras dos.

—En absoluto. —Raphael juntó los dedos de los pies como para arraigarse en ese preciso lugar del mundo—. Si os han amenazado, quiero saberlo.

—No es ninguna amenaza. Cambiamos de aires una temporada.

Raphael se dejó caer frente a Selvaggia y le levantó suavemente la barbilla.

—¿Está diciendo la verdad?

—No sé.

—Quizá Luna tenga razón: es demasiado peligroso para ti permanecer en Roma estos días.

—Así, al menos, no volveré a ver a ciertas personas.

—Por cierto, ¿alguna vez has visto al sobrino de Carlo Carafa?

—¿Alfonso? —Sonrió—. Lleva meses babeando detrás de mí.

—¿Cuándo fue la última vez que lo viste?

—Lárgate —gritó Luna—. Déjala en paz.

—La semana pasada —respondió Selvaggia.

—¿Cuándo volverás a verlo?

—Esta noche precisamente.

—¿A qué hora?

—Siempre viene cuando cae la noche para que nadie lo reconozca.

Luna resopló molesta, pero esta vez no dijo nada.

Raphael se puso de pie y fue a asomarse a la balaustrada.

—¿Puedes hacerle algunas preguntas de mi parte?

—¿No dijiste que teníamos que mantenernos al margen de esta historia? —observó Selvaggia con aire de venganza.

—¿Puedes hacerlo antes de irte con Luna?

—Hay cierta diferencia entre poder y querer. Yo no quiero. Ese hombre me da miedo.

—Estaré en la habitación contigua —la tranquilizó Raphael—. Solo tendrás que hacerle hablar.

–Si quieres –dijo Selvaggia a regañadientes–. Tiene dos años más que yo, pero es bastante ingenuo –concluyó riendo.

–El tonto ideal –dijo Luna.

Más que una declaración, parecía un recordatorio para su alumna.

–Si alguien se enterara, estaría muerta.

–No tienes nada que temer –la tranquilizó Raphael.

–¿Nada? –estalló Luna, abriendo los ojos de par en par y girándose hacia él con el rostro demudado–. Los Carafa... son gente muy temible. Lo sabes bien.

–Sin duda –dijo Raphael.

–Sin embargo –continuó Selvaggia–, Alfonso es muy reservado y tímido. Aunque a veces me asusta, porque tiene momentos...

–Pero tú eres hábil –le dijo Raphael mirándole los labios carnosos a través de los rayos del sol–. Y desearía no tener que pedírtelo.

–¿De verdad? –dijo ella y lo abrazó–. Entonces de acuerdo, intentaré engatusarlo.

–Y ahora déjanos solas –los interrumpió Luna, retomando su papel de rica cortesana–. Vuelve más tarde, a ser posible sin que te vean. Ah, me olvidaba: antes de irnos cenaremos juntos para despedirnos.

–Creo que haríais mejor...

–Yo no tengo miedo. Y ahora vete.

Raphael espetó como si estuviera ante un capitán.

–A sus órdenes –dijo.

Dejó a las mujeres en la terraza y se llevó su perfume junto con la certeza de que algo andaba mal.

Luna Nova no quería irse, sino huir.

Tenía miedo y se lo podía leer en la cara, aunque actuaba mejor que una actriz.

Selvaggia, por su parte, solo parecía muy confundida por aquella decisión repentina y no daba la impresión de saber qué había detrás.

Ella no quería marcharse.

Ni Raphael quería que se fuese. «Sin embargo –pensó–, era mejor así».

# Capítulo 45

*Piazza Navona*

Menico de' Madi había decidido cerrar su librería.

No lo hacía por luto, pensó Raphael, ni por miedo a los rebeldes que se estaban entregando al saqueo y que robaban todo lo que podían con la excusa de rebelarse contra la memoria del papa Carafa; cerraba porque había comprendido que estaba en la lista de un asesino.

Se trataba de un cierre definitivo y se podía intuir por el hecho de que su esposa Faustina estaba ocupada en la mudanza de los locales en ese momento. Junto con dos trabajadores de la tienda, estaba cargando libros en un carro tirado por un viejo mulo.

Raphael y Ariel detuvieron a los caballos.

—Buenos días —dijo el primero.

Ella levantó la cabeza. Estaba empapada de sudor y lágrimas. Con tristeza dijo:

—Buenos días, messer Dardo.

Ariel se quitó el sombrero y le rindió una reverencia silenciosa.

—¿Qué ocurre? —le preguntó Raphael.

Faustina se secó el rostro con un paño que le colgaba de la falda y se acercó.

—Ya ven lo que ocurre. Estamos cerrando las ventanas. Menico me dijo que si no regresaba a casa esta noche, tendría que irme a Venecia. Y como no volvió... Yo le dije que lo dejara, pero él no descansa. —Lloraba—. Está buscando a sus hijos. Ahora ha desaparecido también el señor Pinelli. Como saben, la imprenta es suya, las paredes de la tienda son suyas. Aquí está pasando algo muy feo.

—Mi amigo y yo vamos a subir a echar un vistazo.

—¿A la casa del señor Pinelli? —Faustina juntó las manos y con pose de oración, los ojos llenos de lágrimas, les rogó que lo hicieran sin demora, luego giró el cuello robusto y echó un vistazo al piso superior—. ¿Cómo entrarán? La casa de Pinelli es inviolable.

No obstante, cuando unos momentos más tarde Ariel se arrodilló frente a la cerradura y examinó atentamente el complejo mecanismo de cierre de la puerta, que estaba fuertemente reforzado con gruesas placas de acero, se dio cuenta de que había sido destrozada.

—A mí me parece cerrada con normalidad —dijo Raphael dubitativo—. No veo señales de allanamiento.

—Ahí lo tienes.

Los ojos de Raphael se detuvieron en el punto señalado por Ariel, en la base de la puerta. Había un agujero redondo, del tamaño de una uña meñique, del que sobresalía la superficie lisa y abombada de una esfera de vidrio.

—¿Qué es eso?

—Un sistema muy ingenioso: si alguien intenta forzar la puerta, la canica escondida en su interior cae y es visible a través de este agujero. De este modo, los ladrones dejan rastro de su paso. Como ves... —Introdujo su llave maestra en la cerradura principal, debajo de la mayor había dos más pequeñas, y con facilidad desenroscó los engranajes del interior. Empujó la puerta, que se abrió sin chirriar—. Como puedes ver, solo la cerradura «normal» seguía funcionando, por así decirlo. El mecanismo de seguridad, con estas barras que se clavan en el suelo y en la pared de apoyo, funcionaba sin manipulaciones. No hubo allanamiento: quien entró lo hizo con la llave. Pero aquí la canica no puede mentir. La puerta fue abierta por alguien que no era el dueño de la casa, que habría sabido que basta con girar primero la llave en sentido contrario a las agujas del reloj para evitar que caiga la bolita.

Raphael escuchaba con sincera admiración, no solo hacia Ariel, sino también hacia el banquero, que había tenido tanto cuidado en proteger su dinero. La mayoría de los banqueros guardaban su patrimonio en el castillo de Sant'Angelo, pero parece que a Pinelli le gustaba tenerlo todo bajo su control directo.

Todo o... algo.

Se colaron como ladrones.

# Capítulo 46

En contra de lo que cabría esperar, tras ver el artilugio y el blindaje que protegían la entrada, la casa de Francesco Pinelli no estaba ricamente amueblada ni decorada. Al contrario, enseguida llamó la atención la ausencia total de cuadros en las paredes y de estatuas y estatuillas y de animales disecados o cualquier otra cosa que no fuera estrictamente necesaria para la vida material de un viudo.

Excepto los libros.

Estaban esparcidos por el suelo. Volúmenes de Ovidio, Cicerón, Petrarca, Agustín, Dante Alighieri, Boccaccio, yacían abiertos y pisoteados entre trozos de tapicería arrancados de los cojines de los sillones y papeles que habían llovido de los cajones que habían tirado al suelo.

Esa vez le tocó a Ariel pronunciar las palabras inútiles:

–Han puesto la casa patas arriba.

Incluso el tamaño de la vivienda era bastante pequeño para ser la de un hombre tan rico. ¿Era posible que también hubiera alquilado parte de la primera planta a los De' Madi u otros?

Una puerta tapiada en el salón parecía confirmarlo. Raphael, con las suelas crujiendo sobre fragmentos de cristal y porcelana, pisó un arcón y fue a apoyar la oreja en la pared.

No oyó nada más que el rítmico borboteo de su propia sangre.

Miró a su alrededor. Al parecer, messer Pinelli no tenía por costumbre recibir visitas sociales en su casa. Entre las cosas volcadas en el suelo no había ni rastro de naipes, tableros de ajedrez u otras diversiones con las que la gente de alto rango solía pasar el tiempo hasta altas horas de la noche.

En lugar de los rastros de alegría y convivencia, había un altarcito funerario. Destacaba entre dos cortinas de terciopelo negro. Estaba dedicado a su difunta mujer. Las velas estaban apagadas, desgastadas hasta el bulbo de bronce que las sostenía y reducidas a muchas diminutas estalactitas y estalagmitas de cera. En una pequeña placa de mármol rosa estaba escrito, en letras también de bronce:

A TI, MI AMOR ETERNO

Raphael y Ariel permanecieron unos instantes en recogimiento con la cabeza inclinada, sin preguntarse siquiera por qué, y luego se pusieron inmediatamente a buscar la cámara de seguridad.

Todos los banqueros, incluso los que se acogieron a la custodia armada del castillo de Sant'Angelo, guardaban al menos un cofre en su casa. Pero todo indicaba que Pinelli era una excepción en esto también.

Ariel golpeó contra todas las paredes, buscando cualquier tabique que pudiera ocultar una habitación, y finalmente dijo que allí no había nada.

—Ven a ver —lo llamó Raphael desde otra habitación.

Había encontrado una abertura en el estudio, oculta por una librería. Una parte de la estantería giraba sobre bisagras como una puerta normal. Lástima, sin embargo, que ya estuviera abierta.

—Son escaleras —dijo Ariel metiendo la cabeza—. A lo mejor bajan hasta la imprenta.

Raphael desapareció durante un minuto y luego regresó con un bastón de paseo.

—Voy a buscar la respuesta —dijo.

Estaba totalmente oscuro. Pero no sería fácil conseguir fuego. Era verano, no había chimeneas encendidas y en aquella casa, por supuesto, no había ni una vela encendida. Así que tuvo que avanzar a tientas, lentamente, apoyando los pies en el suelo como si caminara entre serpientes venenosas. Antes de cada paso, golpeaba el peldaño del escalón inferior con la punta del bastón para asegurarse de que no había ninguna trampilla. No le habría sorprendido encontrar un par de falsos escalones con zarzas debajo, dientes de madera o de hierro esperando penetrar la carne de los imprudentes.

—¿Va todo bien ahí abajo? —preguntó Ariel.

La respuesta fue: «No», seguida de una luz fuerte y repentina, que barrió de repente toda emoción y misterio.

Era una escalera normal que conducía a la planta de abajo. Unos veinte escalones y una puerta al fondo, nada más.

La puerta estaba abierta, Raphael estaba de pie en el centro, bañado por la cálida luz del sol, y frente a él estaban las imprentas, cajas de punzones y caracteres, resmas de papel...

Enmarcada en el espejo de la puerta abierta que daba a la calle estaba la figura regordeta de Faustina, todavía ocupada cargando libros en el carro.

—¿Qué hacemos? —preguntó Ariel, con la mirada decepcionada vuelta hacia la calle.

Raphael le sonrió y dijo:

—No lo sé.

# Capítulo 47

*Apartamento Borgia, Vaticano*

–Ingrrratos –chilló el colorido pájaro del Nuevo Mundo.

–¡Cállate!

–¡Sobrinos ingrrratos!

–¡Basta!

–Basta baaaastarrrdos.

Una copa de cristal atravesó la habitación centelleando y dejando tras de sí una estela de líquido dorado, como un pequeño cometa en la penumbra, y acabó estrellándose contra la percha del loro.

–Baaaastarrrrdos.

Carlo Carafa resopló, sacudió la cabeza en señal de rendición, se levantó del sofá y fue a llenar otro vaso.

–No es mío –se justificó, lanzando una mirada de odio al animal–. Voy a llamar a alguien para que se lo lleve. Le retuerzo el cuello, se lo retuerzo.

–Baaastarrrdos, españoles baaastarrrdos.

–A mí no me molesta –dijo Luna Nova–. ¿Esas palabras se las ha enseñado usted?

–No, mi tío.

–¿El papa?

–El viejo se lo pasaba en grande enseñando a hablar a esa bestia.

–¿El loro era suyo?

–Por desgracia.

Luna Nova se levantó a su vez del sofá y se acercó a la percha, seguida de una cola de seda azul, en la que estaba representado el sol en la constelación de Leo. Un vestido que había impresionado al cardenal sobrino por su buen gusto y su pertinencia, que era la representación de la canícula, la época del año que va de la última semana de julio a la última de agosto. Un vestido que solo se podía llevar un mes al año. Luna le hizo cosquillas en el pico curvado al pájaro y admiró su caleidoscopio de plumas, extrañamente manchadas de tinta.

—Mi nombre es Luna —dijo ella—. Di: «Lu-na».

—¡Trua, yo soy el papa! ¡Trua, trua!

—Será mejor que no le hagas caso, si no, no parará —dijo don Carlo, volviendo a su asiento con el vaso lleno en la mano.

—Trua, trua.

Luna recorrió con la mirada los frescos y otras riquezas que adornaban el apartamento del cardenal sobrino y lamentó estar allí ahora, cuando ya era demasiado tarde. Estaba a punto de elegirse un nuevo papa, que nombraría a su propio cardenal sobrino, y don Carlo estaba inevitablemente destinado a contar cada vez menos en el Vaticano, si no a caer en desgracia. Tanto le disgustaba a todo el mundo, especialmente a los amos de Italia: los españoles.

—Baaastarrrdos.

—Hablando de bastardos —dijo don Carlo—, sé que el embajador Sarria os visita a menudo.

—Es solo uno de tantos.

—Lo sé, lo sé. También me gustaría a mí visitar tu casa de vez en cuando, si no fuera un nido de enemigos. —Sonrió—. Me hablan de fiestas magníficas.

—Siempre será bienvenido, reverendísimo.

Don Carlo asintió, hizo una pausa y continuó:

—¿Se permite el embajador español algunas confidencias de vez en cuando?

—El marqués es un hombre joven, pero astuto, como bien sabe.

—¿No os conocéis bien?

—La boca de don Fernando Ruiz de Castro solo se abre para beber y hacer cumplidos.

—Si te pagara bien, digamos muy bien, ¿estarías dispuesta a hacerle ciertas preguntas por mí e informarme de sus respuestas?

—¿Qué suele entender por «muy bien»?

—Me refiero a una suma considerable. ¿Qué te parecen quinientos ducados?

—Bueno, son suficientes para obligarme a considerar la oferta.

–Además, siempre puedes contar con mi protección.

En realidad, Luna habría querido negarse, decir «No, gracias», levantarse e irse. Y lo habría hecho si las consecuencias de tal decisión hubieran sido al menos aceptables.

Entre las cortesanas se contaban anécdotas poco tranquilizadoras sobre el cardenal sobrino, historias de mujeres estranguladas y arrojadas al Tíber.

Y ella tenía que desplegar toda su habilidad para ocultar sus emociones, para mantener el miedo que la invadía por dentro.

–Como desee, reverendísimo.

–Puedes llamarme Carlo, si así lo prefieres.

–¡Carrrlo, Carrrlo!

Luna asintió llena de orgullo.

–¡Caaarrrrdenal sobrino!

Pero en realidad pensaba que no era un privilegio tan grande estar cerca de ese hombre. Ya ni siquiera era un acontecimiento cargado de oportunidades. Al fin y al cabo, pensaba, fue precisamente la desesperación de la caída lo que debió de inducirlo a recurrir a ella, a una amiga de sus enemigos.

–Te estás preguntando qué quiero de ti, ¿verdad, Luna?

–Mentiría si dijera que no tengo curiosidad por saber por qué me ha invitado aquí.

Utilizó ese eufemismo, pero era consciente de que estaba siendo coaccionada de forma solapada con fines mezquinos.

–Bueno... –Don Carlo se detuvo unos instantes, saboreando el licor y secándose el sudor de la frente con un pañuelo blanco– necesito a alguien como tú. Sé que te estoy pidiendo que juegues a dos bandas. Pero, a menos que te descubra haciendo triple trabajo también, te recompensaré generosamente.

–¿Qué quiere que haga?

–Que vengas a verme y me informes de lo que te diga Sarria. Y que me informes con cierta puntualidad de las maniobras de los españoles y, tal vez, las del duque Cosme de Médici para el cónclave.

–Información como esta, reverendísimo... me está prohibida. No tengo oportunidad de descubrir ciertos secretos. Solo soy una dama honrada que espía cuando oigo algo interesante.

–Entiendo, lo imaginaba, no hay nada de malo en intentarlo.

–Pero puede confiar en que, si descubro algo que pueda interesarle, se lo haré saber.

–Me parece razonable por tu parte.

–Este mundo no es lugar para cortesanas irrazonables.

Don Carlo se rio de buena gana y, de paso, le acarició distraídamente los muslos.

–¿Quieres otra copa?

–No, gracias.

–Ah, tal vez sea mejor que me modere yo también. ¡Estoy de luto, por Dios!

–¡Porrr Dios, porrr Dios!

–¡Tú, cállate!

–¡Tú, calla porrr Dios!

Don Carlo se inclinó hacia delante para dejar el vaso vacío sobre la mesita y, al retirar la mano, la deslizó sobre la pierna de Luna.

–Eres muy guapa –dijo.

Ella se sonrojó. Aquello no le ocurría desde hacía años.

–Gracias.

Él retiró la mano y se dejó caer contra el respaldo.

–Y, dime, había un tipo... Creo que su nombre era Raphael Dardo. ¿Lo conoces?

Un resplandor helado se extendió sobre la piel de Luna.

–Sí, lo conozco.

–Me han dicho que sois amigos.

–Cierto.

–¿Lo sois de verdad?

–Creo que sí. ¿Por qué quiere saberlo?

–Tengo una vieja cuenta pendiente con ese hombre. Supongo que ya lo sabes.

–Sí –admitió Luna con la mayor franqueza–. ¿Y qué? Yo soy una cortesana: me entrego a los más generosos.

–Por eso me atreví a llamarte. Esperaba tu razonabilidad. Y me has explicado que la tienes.

–¿Quién le ha dicho que conozco a Raphael Dardo?

–Eh, eh –dijo don Carlo, poniendo una sonrisita traviesa detrás del dedo índice–. Si quieres serme de ayuda, debes contentarte con facilitarme la información. Sin embargo, te lo diré: me lo dijo mi sobrino, el cardenal de Nápoles.

–Ah, ¿sí?

–A Alfonso le gusta tu amiga –asintió don Carlo–. Pero volvamos a nosotros. –Le rozó la rodilla–. ¿Raphael Dardo siempre se queda en tu palacio?

–Tiene una habitación en una taberna.

–Al parecer, el muchacho es inteligente.

–No quería meternos en sus problemas.

–Sé que está buscando un libro. Es el mismo libro que estoy buscando yo. ¿Me lo dirás cuando lo encuentre?

–¿Solo se trata de eso?

–Sí, solo de eso.

–¿Por quinientos ducados?

Don Carlo fue a abrir un pequeño cofre que había en un estante, cogió una bolsa abultada y pesada y se la acercó.

–Estos son cincuenta ducados. Considéralo un tributo por las molestias. Haré que te lleven otros ciento cincuenta a casa. Y cuando tenga el libro en mis manos, te daré el resto.

Luna cogió la bolsa y comprobó el contenido: cincuenta monedas de oro de acuñación veneciana, como le había dicho. Hizo un gesto afirmativo con la cabeza para cerrar el trato.

–¿Solo por el libro, entonces?

–Sí.

–Temía que quisieras arrestarlo de nuevo.

–¿A Dardo? No, no, me rindo. Pensaba que me lo había quitado de encima para siempre, pero el camarlengo se ha metido en medio. Prefiero utilizarlo, si es posible.

–Así que por eso me has llamado, no para sonsacarle información a Sarria.

–¡Me has pillado, golfilla! –Don Carlo se inclinó hacia delante riendo y le acarició las piernas enérgicamente–. Las mujeres como tú, masculinas, decididas, me vuelven loco.

–¿Te parezco masculina?

Le palpó los pechos para comprobarlo.

–En absoluto –dijo, y volvió a reírse.

–¡Aaahh! Maldito Carrrlo, malditos sobrinos. ¡Trua, trua!

–¡Calla, pájaro de mal agüero!

–¿No te acuerdas? Es mejor dejarlo solo, de lo contrario no parará nunca.

–Sí, tienes razón, pero es que no lo soporto. Era de mi tío y no tengo ganas de matarlo ahora. Tal vez más tarde, después de que termine el funeral.

–Pobrecillo.

–Entonces, Luna, ¿me ayudarás?

–Será un placer, Carlo.

–¡Carrrlo, Carrrlo!

Otro cometa de cristal voló hacia la percha y se hizo añicos en una nube de astillas.

–¡Trua, yo soy el papa!

# Capítulo 48

*Il Corso, barrio de Colonna*

Con el oído pegado a una pequeña abertura en la pared, Raphael no podía ver la pálida mano del cardenal Alfonso Carafa, que colgaba de la pierna de Selvaggia como una libélula sobre el agua, pero podía oír su voz desde la habitación contigua.

–¿Está permitido tocar? –preguntó el joven purpurado.

Le temblaba la voz.

Raphael se lo imaginó con la cara roja como la grana y purpurado por todas partes.

–Depende –dijo ella, deslizando la ligera bata de lino hacia sí.

Sabía que Raphael estaba escuchando la conversación. Estaba sentada en el borde de la cama y movía sin prisa la tela que descubría su piel blanca y tersa, con la habilidad de un prestidigitador que sabe cómo mantener al público en vilo.

Alfonso tragó saliva.

–¿De qué depende?

Selvaggia señaló la ventana con un movimiento de cabeza.

–De los ángeles.

Se rio.

Alfonso retiró la mano y frunció el ceño.

–¿Qué tienen que ver los ángeles ahora?

–Tengo miedo de que puedan observarnos.

–No sé de qué estás hablando.

–Vamos, ¿no querrá hacerme creer que no sabe nada de esto? –La bata siguió subiendo lentamente–. Todo el mundo habla de ello.

La mano de Nápoles volvió a cernirse sobre los muslos de Selvaggia, zahorí en busca no de agua, de pecado.

—¿Por qué temes a los ángeles? —le dijo—. Te aseguro que no nos están vigilando. Soy cardenal. Tengo el poder de darles órdenes.

—¿De verdad?

—Sí.

—¿Por qué no los hace aparecer aquí ahora?

—Basta, Selvaggia. Me estás volviendo loco.

—¿Tiene algún argumento para tranquilizarme?

Alfonso Carafa retiró una vez más su pálida mano y suspiró, con el corazón en la garganta, la cabeza caliente y la vista nublada.

—¿Quieres que nos pongamos a hablar ahora de ángeles?

Selvaggia se abrazó con fuerza y cayó de espaldas sobre el colchón sacudiendo los pies.

—Me encantaría.

Raphael escondió una carcajada en la palma de la mano.

—Ay, señor, pero...

Decepcionado, Alfonso se levantó de la cama y se alejó. No quería que Selvaggia viera su frustración. Pero cuando por casualidad se puso delante del espejo y se miró, se dio cuenta de que no tenía ninguna expresión de decepción. Lo que vio en su propia cara fue alivio. El alivio de un hombre devoto que se aleja de la lujuria y se salva de cometer pecado.

¿Era una señal que la cortesana quisiera hablar de ángeles, de que los temía?

Sí, podría serlo. El Espíritu Santo estaba interviniendo a su manera inescrutable, hablando a través de la ramera para mantenerlo al borde del abismo y no dejarlo caer. ¿Podría ser así?

Se persignó y respiró hondo. Murmuró un «gracias» y le besó los dedos de la mano derecha.

—¿A quién da las gracias, reverendísimo?

—A nadie. —Alfonso se dio media vuelta—. Y no me llames reverend...

Selvaggia se cubrió recatadamente el pecho que había descubierto.

—¿Cómo dice, reverendísimo?

Alfonso volvió a sentarse a su lado. Vaciló y luego, arrepentido, inflamado de pasión como nunca lo había estado, dijo:

–Te burlas de mí. Cada vez que te encuentro, echas el lazo a mi corazón y lo haces correr de un lado a otro, engañándolo una y otra vez. Tarde o temprano me harás morir.

–Lo haré.

Selvaggia le dio un beso en la mejilla y salió corriendo, antes de que pudiera ser capturada.

–Ay, eres malvada y cruel.

–¿Conoce a ese viejo cura que habla con los ángeles?

–No es más que un loco. –Sonrió Alfonso–. Si quieres, te llevaré a conocerlo.

–¿Dejaría que lo vieran conmigo en público?

–También lo habría dejado Jesús.

–Hábleme de los ángeles. ¿Es verdad que el sacerdote siciliano fue el primero en verlos?

–Desde hace tiempo afirma tener visiones, hablar con los arcángeles, que quieren que construya allí una iglesia. –Alfonso meneó la cabeza y soltó una carcajada–. Como te he dicho, está loco. Hace muchos años, cuando tenía poco más que mi edad, don Antonio Lo Duca encontró un fresco bajo la cal en una pequeña iglesia de Palermo: representaba a los siete arcángeles con sus respectivos nombres y virtudes. Los nombres de cuatro de los siete príncipes celestiales habían caído en el olvido durante muchos siglos.

–¡Vaya, qué descubrimiento!

–Sí, tras el descubrimiento de ese fresco, la nobleza siciliana fue presa de un fervor místico. Incluso se reunieron en una cofradía para ofrecerles devoción a los ángeles. Piensa que hasta el emperador Carlos v fue miembro. La llamaron Cofradía de los Siete Ángeles.

–¿Y qué hizo el sacerdote?

–Lo Duca se propuso difundir el culto de los arcángeles, rehabilitarlo en la Iglesia, de la que en realidad había sido desterrado desde el principio, por san Pablo. Empezó a viajar por todas partes. Y vino a Roma, por supuesto. El recientemente fallecido, mi pobre tío abuelo, fue el sexto papa obligado a escuchar sus peticiones y visiones.

–No sabía que los ángeles estuvieran prohibidos.

–Pues bien, san Pablo prohibió «deleitarse en prácticas mezquinas y en la veneración de los ángeles». –Viendo la admiración en el rostro de Selvaggia, Alfonso continuó haciendo gala de su erudición–: En el año 380, el concilio de Laodicea prohibió la invocación de los ángeles, calificándola de «idolatría secreta». Y en el 745 el papa Zacarías descubrió que un obispo de Magdeburgo invocaba nombres de ángeles. Así que lanzó el anatema y puso negro sobre blanco la prohibición de invocar a otros ángeles o arcángeles que no fueran Miguel, Gabriel y Rafael.

–La belleza de la sabiduría brilla en sus bonitos ojos.

–Gracias, Selvaggia.

El cardenal se sonrojó y bajó la cabeza. No quería perder el tiempo en conversaciones triviales, pero hablar de las cosas que dominaba lo reconfortaba, suspendía el conflicto entre el deseo y la incapacidad de reafirmarse con una mujer.

–Pero –dijo– los ángeles solo pueden ser buenos.

–El hecho es que no hay que adorarlos. Eso es todo.

–¿Y por qué?

–Porque no son Dios, solo son mensajeros. Eso es lo que significa la palabra «ángel». Y de los otros cuatro descubiertos por Lo Duca no sabemos gran cosa. Al fin y al cabo, Lucifer y Satanás también son ángeles.

Al otro lado de la pared, Raphael seguía escuchando atentamente, esperando espasmódicamente revelaciones más jugosas que aquella.

Selvaggia tocó la barba de Alfonso Carafa y deslizó la mano por su cuello. Lo miró a los ojos grandes y dulces, le rozó con un dedo el perfil de su pequeña nariz. Le pareció un hombre guapo, pero solo intentaba que no se enfriara el pollo. Estas fueron las palabras que dieron forma a sus pensamientos en ese momento. Quería sacarle alguna información al cardenal para Raphael, nada más.

–Hábleme de esa fraternidad.

Alfonso resopló.

–¿Qué quieres saber?

–Todo.

–No, basta de charla.

Ella sonrió y se sentó a horcajadas sobre sus piernas, apretándole los pechos contra la cara.

–¿Y si apareciera ahora un ángel? ¿Tendría miedo?

–Yo soy cardenal –balbuceó Alfonso–. Solo le tengo miedo a los hombres.

Selvaggia saltó hacia atrás y se puso en pie.

–Tal vez uno de estos días vea uno yo misma –dijo, agarrando el cuello de la botella y vertiéndose vino tinto en la copa.

–Sería mejor que nunca lo vieras.

–¿Podría hacerme monja, dejarme morir de hambre como algunos de los que lo han visto? ¿Es eso lo que quiere decir?

–Ya basta, de verdad.

Solo le sirvió un dedo de vino. Sabía que Alfonso podía transfigurarse y volverse problemático si bebía demasiado.

–¿Quiere?

–Gracias –dijo, bajando la mirada–. No debería estar aquí. Mi tío abuelo acaba de morir y yo...

–¿Qué hay de malo en charlar?

–No es lo que haría si pudiera.

–La fruta no brota madura en los árboles. Hay que esperar el momento oportuno para elegirla.

–¿Y todavía no lo está?

–Sí, tal vez pronto. ¿O tal vez no? –Selvaggia soltó una risita y se bebió el vino de un trago. Luego se quitó la bata y dijo–: ¡Aquí está Eva, reverendísimo!

En el rostro del cardenal de Nápoles había una maraña de expresiones contradictorias. Le sudaban las palmas de las manos. No tenía saliva en la boca ni pensamientos en la cabeza. Todo era un burbujeo lujurioso. Intentó tocarla, pero Eva rehuyó con picardía y volvió a ponerse la ropa.

–Podría entregarme a cualquiera que me dijera algo sobre un libro misterioso que está causando ciertos asesinatos extraños.

–Y tú –dijo Alfonso con aire preocupado–, ¿cómo lo sabes?

–Si querían que esos hechos permanecieran secretos en el Vaticano, no lo han conseguido. Pero no he escuchado los chismes de la gente. Inventan cualquier cosa. Me gustaría saber la verdad de aquellos que, como usted, la conocen.

—La curiosidad es del diablo –la regañó Alfonso, intentando no ser demasiado duro para no estropear el ambiente–. Te lo contaría si no fueras amiga de ese Raphael Dardo. Sé que ha salido de la cárcel. Fue él quien te habló del libro, ¿verdad? ¿Te gustaría utilizarme para ayudarlo?

—Se equivoca. Se lo oí decir por casualidad. A escondidas. Y me gustaría ver lo que vale.

—Créeme: es demasiado para tus posibilidades.

—Podría incluso robarlo.

—Ya lo he hecho yo.

Alfonso lo dijo de sopetón e inmediatamente palideció. Las palabras habían salido de su boca sin querer, expulsadas por vanidad.

—¿En serio? –Selvaggia mostró toda la admiración que pudo y le dio un beso en la mejilla–. Tengo debilidad por los aventureros.

—¿Se lo dirás a alguien?

—Que Dios me fulmine si una sola palabra sale de mi boca sobre lo que me está diciendo.

—Venga, vamos –dijo encogiéndose de hombros–, mi tío Carlo confía en tu amiga Luna Nova. No veo por qué no debería tener confianza en ti. Sé que tienes un alma noble.

Al otro lado del muro, Raphael sintió que se le helaba la sangre.

¿Luna Nova y don Carlo Carafa?

¿Lo había oído bien?

Volvió a pegar la oreja a la pared. El acelerado latido del corazón cubría sus voces. Intentó respirar para calmarse.

—Selvaggia, ¿me juras solemnemente que no hablarás de esto con nadie, ni siquiera con tu amiga?

Ella se lo juró, colocándose la mano derecha sobre el corazón, y aprovechó para aplastarse la bata y disfrutar viendo cómo se atragantaba el cardenal.

—¿Cómo lo ha hecho?

—Un joven fraile dominico me habló de ese códice y me dijo que era muy valioso –comenzó a decir Alfonso, deseoso de mostrarse como un hombre audaz y astuto– y me comprometí a encontrar un comprador.

—¿Entró en el palacio del Sagrado Tribunal y lo cogió?

Alfonso se regodeaba bajo las caricias de Selvaggia.

–Me habrían condenado a la hoguera. ¿Qué tiene de malo?

–Nada.

–En resumen, lo vendí a través de un intermediario.

–¿Y le han pagado bien?

–Sí. Se lo llevó un banquero lleno de dinero y muy aficionado a los libros. De cierto tipo de libros en particular. Mi familia necesita mucho dinero en estos momentos. Pensé que estaba haciendo algo bueno.

–¿No lo era?

–No, por desgracia. Mi tío Carlo, cuando volvió a Roma y se enteró de lo que había hecho, montó en cólera. Quería ese libro para él. Dice que valía muchísimo más y que yo he sido un tonto. Y lo he sido, créeme. Cogí un libro maldito del palacio del Santo Oficio, lo puse en circulación y a partir de ese momento comenzaron los acontecimientos que están sacudiendo la ciudad. Incluso los disturbios están inspirados por el diablo, que se conjuró con ese libro.

Selvaggia se sentó en el suelo a los pies del cardenal y le apretó las piernas.

–¿El asesino es el diablo?

–No. No lo creo. He oído ciertas conversaciones confidenciales de mi tío abuelo: hay cosas que solo un papa puede saber.

–Y su hermoso sobrino –dijo Selvaggia sonriendo.

–Una vez habló de una hermandad secreta dentro de la Iglesia que se supone que guarda ciertos secretos ancestrales. Son personas dispuestas a matar. Muy peligrosas.

–¿Asesinos dentro de la Iglesia? –Selvaggia cerró la boca y entornó los ojos–. ¿Se supone que debo creerlo?

–No me lo podía imaginar. Ni siquiera leí ese libro. Solo sabía que era antiguo y misterioso y que valía mucho dinero.

–¿No lo ha leído? ¿Ni una página? Yo no me habría podido resistir.

Alfonso le acarició el pelo.

–Tu curiosidad no tiene límites. ¿Podemos dejar de hablar ya?

–¿Por qué tienen tanto miedo en el Vaticano? Los ángeles son amigos de la Iglesia, ¿no? ¿Y por qué tanto secretismo sobre esos crímenes atroces? El pueblo debe saberlo.

–Tienes razón, pero... –Alfonso suspiró–. También fui yo quien pidió que habláramos lo menos posible de los ángeles y de esos asesinatos –dijo, sin dejar de pasar la mano por el pelo de Selvaggia–. Soy culpable. ¿Me entiendes?

–¿Tiene miedo de que lo maten?

–No, no. Pero ya basta, Selvaggia. Pareces un inquisidor del Santo Oficio.

Raphael tomó nota de lo que acababa de oír.

El cardenal Alfonso Carafa había robado el códice junto con un joven fraile dominico (¿Serafino?) y se lo había confiado a un intermediario (Gallus), que primero se lo ofreció a los De' Madi y luego se lo vendió a Francesco Pinelli por una suma relativamente irrisoria.

Y ahora se había metido don Carlo, que quería el códice milagroso para él y reprochaba a su sobrino cardenal que se hubiera deshecho de él tan superficialmente.

Pero Carlo Carafa no era el único que quería el libro. Según Alfonso, existía también una cofradía, tal vez la misma Cofradía de los Siete Ángeles fundada en Palermo tras el descubrimiento del fresco por Antonio Lo Duca, formada por religiosos dispuestos a matar para impedir la revelación de ciertos secretos contenidos en ese libro.

Raphael casi sintió ganas de silbar.

Parecía una historia demasiado rocambolesca como para creer que contuviera siquiera una pizca de verdad, pero resultaba fascinante. Tenía el poder de dar una explicación a todo lo que estaba ocurriendo.

A todo excepto a las apariciones de los ángeles en la ciudad.

Volvió a escuchar las voces y los ruidos que venían del dormitorio de Selvaggia.

Él no podía ver, pero Alfonso había bajado la mirada hacia ella; dos carboncillos se encendían en el fondo de sus pupilas.

–¿Podemos pasar ahora a otros temas más agradables? –le dijo.

La cogió por debajo de los brazos, la levantó y la tiró sobre el colchón.

–¿Qué hace? –soltó Selvaggia.

Le asombró aquella actitud tan fuerte y grosera de un tipo que siempre había sido dulce y amable con ella cuando no se pasaba con el vino. E incluso entonces nunca se había comportado así. Ahora la miraba desde los pies de la cama, con la boca entreabierta y jadeando.

—Ya basta de jueguecitos —dijo, serio.

De repente, Selvaggia se sintió en peligro.

—No me burlo de usted.

—¿No? ¿Tú crees? Pues a mí me lo parece.

Le echó las manos por encima, ávidas y decididas.

Algo en los engranajes de su cabeza había hecho clic. Selvaggia se dio cuenta, lo sintió con todo su cuerpo, y se encogió para refugiarse tras la fina cortina del toldo mientras él avanzaba hacia ella.

—Estoy embarazada —dijo—. Por eso no me entrego.

Alfonso no la escuchó y continuó cerniéndose.

—¿Me ha escuchado?

No.

Selvaggia estaba a punto de saltar de la cama cuando él dio un salto hacia delante y la agarró. Hundió su boca golosa entre sus pechos y gruñó. Estaba fuera de sí.

—¡Pare! —gritó, dando patadas para empujarlo hacia atrás—. Pare, he dicho.

—¿Por qué?

Raphael pensó si debía intervenir, pero se detuvo al oír a Selvaggia repetir que esperaba un hijo.

—¿Está sordo? ¡Estoy embarazada!

¿De verdad lo estaba?

Alfonso jadeó y se quedó inmóvil, confuso.

—¿Cómo?

Selvaggia se tiró de la cama y se alejó, moviéndose bocabajo hasta la pared.

—¿Se ha vuelto loco? ¿Qué le pasa?

—Perdóname. —Alfonso se agarró la cabeza con las manos—. No sé qué me ha pasado.

—Me veo obligada a no volver a verlo. Nunca más. —Se levantó, se alisó la bata y le lanzó una mirada furiosa—. No me relaciono con violadores.

—No hables así, por favor. —Intentó acercarse, pero ella se soltó y apoyó la espalda contra la otra pared, detrás de la cual estaba

Raphael–. De verdad, Selvaggia, estoy consternado, lo siento. Estaba fuera de mí. Eres tan hermosa que... Ay, Dios... Perdóname. Creía que se hacía así con las mujeres. Soy un chapucero. Te ruego que me perdones.

–De acuerdo, pero ahora, por favor, déjeme en paz.

–Por supuesto.

Alfonso se alisó la túnica cardenalicia, se puso el tricornio en la cabeza, la capa sobre los hombros y se dirigió hacia la puerta. Entonces lo pensó de nuevo y dio media vuelta. Dejó caer dos escudos de oro sobre la cama. Se volvió para mirarla y vio que estaba llorando.

–¿De verdad estás embarazada?

Selvaggia asintió.

–¿Desde cuándo?

Respondió en voz alta:

–Cuatro meses, más o menos.

–¿De quién es, lo sabes?

Volvió a asentir, orgullosa, levantando la cabeza y mostrando su rostro bañado en lágrimas.

–Raphael Dardo.

–¿Y él lo sabe?

–No se lo he dicho aún.

–Espero que ese canalla sea lo bastante responsable como para casarse contigo. –Alfonso dibujó una cruz en el aire–. Que Dios te bendiga –dijo, mirándole el vientre con lástima–. Que os bendiga a ti y al niño.

«Y a su padre», pensó Raphael.

# MARTES, 22 DE AGOSTO

# Capítulo 49

*Termas de Dioclecieno*

Al amanecer, las ruinas de las termas estaban sumidas en el silencio y en una especie de éter opalescente generado por la humedad. La escena era magnífica.

Raphael rara vez estaba en esa parte de la ciudad, solo cuando tenía que salir, o entrar, por la Porta Nomentana.

Detuvo el elegante caballo árabe y se quedó en la silla para admirar las ruinas. Entonces decidió dar una vuelta para verlo todo.

Parecían sobras en el plato, dejadas por el tiempo al final de una comida demasiado abundante.

Su extensión seguía siendo tal que daba una idea de la asombrosa magnitud del proyecto original y su volumen seguía siendo tan impresionante que dejaba comprender completamente el poder del pueblo que lo había erigido.

Un incalculable despliegue de ladrillos, desde hacía mil años envueltos en una vegetación espontánea, subyugaba al visitante, aturdiéndolo con enormes columnas de granito rosa, hornacinas, ábsides y arcos que se elevaban a alturas vertiginosas, destacando sobre una multitud de arcadas inferiores.

Raphael espoleó al animal y se adentró a paso lento en la penumbra milenaria, notorio escondite de maleantes, guarida y escondite de falsificadores, bandidos y prostitutas.

Pasó por las habitaciones que debían de ser vestuarios y luego entró en la sala rectangular que presumiblemente una vez constituyó el *calidarium*.

Alrededor, rastros de actividad humana: habitaciones cerradas y utilizadas como almacén, otras como graneros, y zonas redondas evidentemente utilizadas por los domadores de caballos para equitación.

Entró en un vestíbulo redondo-octogonal coronado por una gran cúpula. Supuso que era el *tepidarium*. Más adelante se encontró en una inmensa sala rectangular cubierta por bóvedas que descansaban sobre ocho enormes columnas de granito rosa y flanqueada por cuatro piscinas.

Más adelante, se encontró con el *frigidarium,* una enorme piscina al aire libre rodeada de pórticos y jardines. Encima se veían cinco enormes nichos, que debieron de estar cubiertos de mármol y ricamente decorados, en cada uno de los cuales había sin duda alojada una estatua.

Y alrededor, los restos de lo que debieron de ser salas de audiciones musicales, gimnasios y bibliotecas.

Las termas de Diocleciano fueron el más grandioso y perfecto de los edificios de baños públicos del mundo antiguo, uno de los últimos grandes edificios erigidos en la Roma imperial. Y aun así, a pesar del expolio y la devastación de los últimos siglos, se presentaban con una magnificencia que asombraba a la vista.

Una voz perturbó el silencio:

—Siempre he estado a tu servicio.

Tono suplicante. Alguien en los meandros de las ruinas estaba hablando a otra persona con temor reverencial.

Raphael detuvo el caballo y escuchó, tratando de identificar de dónde venía la voz.

—Construiremos una gran basílica para custodiarlo...

Desmontó de la silla, ató al caballo para que no se alejara y fue en busca del cuerpo al que debía pertenecer aquella voz.

Qué raro, pensó, no había ni un alma en las termas. ¿Dónde habían quedado las docenas de matones que solían vivir o citarse allí a todas horas del día y de la noche?

De nuevo la voz:

—Dijo que tendría que esperar al séptimo antes de tener éxito en mi misión. Su humilde siervo está aquí, dispuesto a obedecerlo y glorificarlo.

Parecía como si alguien estuviera hablando solo, porque su interlocutor guardaba silencio.

¿Era Lo Duca?

La pregunta movía los pies de Raphael entre los restos de luz solar que caían desde la bóveda agrietada.

–¿Don Antonio? –preguntó.

–¿Quién eres?

Raphael apenas lo vio: un sacerdote, a juzgar por la forma de sus ropas.

–¿Es usted don Antonio Lo Duca? –preguntó.

–Sí –respondió el hombre. Se acercó, sombra en la sombra–. ¿Tú, en cambio, quién eres?

–Me llamo Raphael Dardo, reverendo padre.

–Que Dios te bendiga, hijo. –Lo dividió idealmente en cuatro con un amplio gesto de su mano derecha–. Qué nombre tan bonito tienes.

Sonrió y no añadió nada más.

Raphael ahora podía verlo mejor. Lo Duca cargaba sobre sus hombros la venerable edad de casi setenta años, estaba encorvado y era torpe, pero su mirada destilaba fuerza, una fuerza mezclada con profunda inquietud.

–¿Con quién estaba hablando? –le preguntó Raphael.

–Yo solo –respondió el sacerdote.

Tenía un aspecto apacible, su fina nariz le partía en dos el rostro redondeado y amable, sombreado por una barba corta y aún negra, con una estrecha franja de pelo y unas cejas gruesas y largas.

–¿Solo?

–Sí, estaba rezando.

–Una oración extraña –dijo Raphael mientras llegaba a grandes zancadas al lugar donde el sacerdote había estado parado un momento antes.

Detrás de una columna, Lo Duca había colocado un altar hecho con un tablón apoyado sobre dos caballetes y un mantel blanco como vestidura. Pero en lugar de un crucifijo, había colocado el cuadro de un ángel.

–¿Qué te parece, hijo, si salimos de aquí?

–¿No tiene que decir misa hoy?

–Me gustaría, si vinieran algunos creyentes –dijo el sacerdote, mientras caminaba con las manos a la espalda hacia los rayos de sol, que apuntaban al aire libre–. Hace tiempo que no se ve a nadie por aquí.

–¿Por qué? –preguntó Raphael, agachándose para quitarle las trabas al caballo.

–Tienen miedo.

–¿De qué?

–De lo que lleva unos días ocurriendo en la ciudad.

–He venido a hablarle precisamente de eso, padre.

–Lo sospechaba, Raphael.

# Capítulo 50

—Las termas se erigieron en siete años, siete como los arcángeles —dijo Lo Duca, haciendo un amplio gesto con la mano. Su voz tranquila se mezclaba con el canto de las cigarras, el sonido caleidoscópico de los trinos resonando entre las paredes decrépitas, el ruido sordo de las pezuñas sobre la tierra batida—. ¿Qué ves, hijo?

Tratando de mantener quieta la cabeza del caballo, Raphael observó lo que quedaba de la antigua construcción.

—Veo la brevedad de la vida humana —afirmó.

Lo Duca aprobó con una mueca.

—Y ladrillos, puzolana, restos de travertino... En la Antigüedad también se habría visto bronce. Sin embargo, lo que no se ve es la sangre. Sí, la sangre de los mártires cristianos que fueron obligados a trabajar aquí a marchas forzadas y murieron aquí a causa de su fe.

—¿Por eso quiere construir una basílica aquí?

—No soy yo quien lo quiere.

—Ah, cierto, son los ángeles que se comunican con usted.

Lo Duca arrugó la nariz, como si sintiera el disgusto de que no lo creyeran.

—¿Quién eres exactamente?

Para abreviar, Raphael respondió:

—Un buscador de libros.

El sacerdote hizo un gesto de dolor y tosió contra la palma de su mano, como si se hubiera atragantado con algo.

—¿Libros?

—Estoy buscando uno en particular. Me preguntaba si sabía algo al respecto.

—Te gustan los libros. Quizás entonces te interese saber que la construcción de este majestuoso edificio comenzó el mismo año en que el emperador Diocleciano conquistó y saqueó Alejandría, destruyendo su famosa biblioteca. Quién sabe cuántos textos preciosos se perdieron en esa fatídica ocasión.

–He reflexionado a menudo sobre esto, créame.

–No lo dudo.

–¿Tiene alguna relación con las apariciones y muertes misteriosas que han ocurrido recientemente en Roma?

–Sí, aunque puede parecerte increíble.

–¿Puede explicarse mejor?

–¿Qué sabes de este lugar?

–Yo diría que casi nada.

–Bueno –dijo el sacerdote, absorto en la contemplación de los restos–, las termas dejaron de funcionar dos siglos después de su construcción. Ocurrió a raíz del asedio de Roma por Vitiges, que había cortado los acueductos de la ciudad y detuvo la afluencia del Acqua Marcia, que llegaba aquí a través de un acueducto construido específicamente para abastecer el complejo termal. Y luego fueron completamente abandonadas...

–La historia de Roma es fascinante –le interrumpió Raphael–, con gusto lo escucharía, don Antonio, pero no he venido para eso y me temo que no tengo tiempo para colmar mi ignorancia. –Le mostró el documento que le había entregado el camarlengo–. Actúo en nombre del cardenal Santa Fiora.

–¿Te ha encargado personalmente que busques un antiguo libro...?

–Así es –confirmó Raphael.

–Se lo dijo Arquez.

–¿Conocía al inquisidor dominico?

–Sí. –El anciano sacerdote abrió de par en par los ojos–. ¿Por qué hablas en pasado? ¿Cómo está ese gran hombre devoto?

La mirada fija de Raphael, su silencio, comunicaron la triste noticia sin necesidad de pronunciar palabra.

Lo Duca se llevó las manos a la cabeza.

–¿Ha muerto?

–Hoy lo enterrarán.

–Pero ¿de qué estás hablando? Estaba bien.

–Lo han matado, padre.

—¿Matado? —Lo Duca cayó de rodillas, juntó las manos y dirigió una expresión de dolor al Altísimo—. ¿Por qué? —preguntó, golpeándose el pecho—. ¿Por qué?

Raphael lo ayudó a ponerse en pie.

—Fue atacado por alborotadores en la calle —le dijo, vagamente.

—¡Dios mío! No hace más de una semana que hablé con él —gimió el sacerdote, sacudiendo la cabeza—. Quiso conocerme y hablamos largo y tendido sobre ese libro. Estaba muy disgustado.

—¿Tiene alguna idea de quién podría haberse hecho con él? ¿Qué libro es?

Don Antonio se golpeó en la frente.

—Ah, ¡qué tonto fui! Fui yo quien encontró ese libro. —El cura, extasiado, estaba visiblemente invadido por los recuerdos—. Sucedió en Palermo. Era una tarde del año 1516 —dijo como si estuviera viendo el pasado en el cielo azul—. Aún no había cumplido los veinticinco años. Y a partir de esa noche, nada volvió a ser como antes.

# Capítulo 51

–Recuerdo aquella noche como si fuera ayer –empezó a relatar Lo Duca–. Me detuve frente a la casa del obispo y llamé a la puerta, usando ambas manos, golpeando la madera con una impetuosidad que no estaba en mi naturaleza. «¡Abra, monseñor, abra!». Un vaho blanco salió de mi boca, haciendo visible mi jadeo impaciente. Cada momento era una eternidad. Nunca había estado tan agitado y alterado en mi vida. Por aquel entonces, yo daba clases de canto a los clérigos en la vieja iglesita de Sant'Angelo, cerca de la catedral; me había trasladado a Palermo para ello a petición de monseñor Tommaso Belloroso poco más de un año antes. Cuando el obispo apareció en la puerta y me vio en ese estado se asustó. Al cabo de unos minutos, estábamos en el sótano del antiguo edificio, frente al fresco que yo había descubierto, tan silenciosos e inmóviles como las extraordinarias figuras aladas que admirábamos. Fue como un milagro para nosotros, el fuego de las antorchas que sosteníamos destellaba en nuestros ojos, brillantes de emoción. Estábamos en presencia de siete arcángeles, con sus respectivos nombres y virtudes, que ya nadie conocía: habían estado perdidos durante siglos y siglos. Eran siete como las notas de la escala musical, como los días de la Creación, de la semana, como los colores del arco iris, las esferas celestes...

–Don Antonio –Raphael lo sacó del éxtasis sacudiéndolo por el hombro–, vaya al grano, por favor.

–Oh, perdóname. En definitiva, como los ángeles del Apocalipsis. Eran siete como los genios de la visión de Hermes, los pecados capitales... –Lo Duca se emocionó incluso ahora–. Estaban todos allí y no nos creíamos lo que estábamos viendo.

–Me gustaría saber qué libro encontró.

–Eres demasiado impaciente, hijo.

–Continúe.

–Bueno, el fresco siempre había estado ahí, bajo la cal, y nadie lo sabía. El obispo me echó los brazos al cuello y me apretó con fuerza. «¡Es un descubrimiento maravilloso!», dijo. Le expliqué que no era yo quien se había dado cuenta. La noche anterior, los invitados habían asistido al ensayo de canto. Doctores. Amigos amantes de la música. Fueron ellos quienes me hicieron observar los restos de pintura que emergían de debajo de la cal agrietada. Así que le encargué a dos albañiles que, aquella tarde, acabaran de quitar la capa de cal y de limpiar y pulir el fresco con aceite. Y apareció lo increíble. Me llevé las manos a la cabeza para que no me estallara: cuatro de los siete príncipes celestiales habían caído en el olvido durante milenios y ahora eran desconocidos. La Biblia solo nombraba a Miguel, Gabriel y Rafael. ¡Y ahora el Señor me había elegido para presenciar su regreso! El obispo, que cuando estaba en Hungría restauró en su diócesis la iglesia y el culto a san Miguel Arcángel, aquella tarde no podía creer que estuviera ante Miguel el Victorioso pisoteando al dragón en el centro del fresco. A la izquierda, Gabriel el Nuncio, con un espejo de jaspe y una antorcha. Luego Barachiel, «el que viene a ayudar», con rosas en la mano. Y Uriel, «el compañero fuerte», con una espada y una llama. Al otro lado, Rafael el Médico, que guiaba a Tobías y llevaba un frasco de medicinas. Jegudiel, «el que muestra gratitud hacia Dios», portando una corona y un azote. Sealtiel, «el que reza», en actitud de recogimiento. Recuerdo que ambos caímos de rodillas y rezamos. Luego volvimos a levantarnos y permanecimos largo rato en silencio contemplando a los arcángeles, especialmente a los cuatro desconocidos para el mundo. Otras figuras estaban presentes en el fresco, pero no podíamos apartar los ojos de las criaturas celestiales y sus nombres perdidos. Y finalmente encontrados. Entonces me acerqué a la pared con los brazos extendidos. Besé a los ángeles siete veces. Lloré copiosamente. «Soy vuestro humilde servidor», les dije. «Iré adonde me guieis, haré lo que me mandéis. Viviré el resto de mis días glorificando vuestros nombres, que han surgido del abismo del tiempo ante mis humildes ojos por voluntad de Dios». Y me hablaron por primera vez. Escuché, luego salí de la sala de ensayos y volví poco después con un pico en la mano. No sé por qué, empecé a cavar en el suelo, a los pies del fresco, mientras el obispo se sentía abrumado por un llanto que parecía brotar de lo más profundo de su ser, como el eco perdido de una antigua aflicción. Me invadió la dicha, palpitaba como una furia, hacía temblar el suelo. El obispo me dejó solo, se marchó tambaleándose, sin preguntarme siquiera qué buscaba. La emoción había sido demasiado fuerte y repentina para él. Se fue sin hacerme ninguna pregunta. Y seguí cavando al pie del fresco. Golpeé el suelo hasta que el sudor que goteaba de mi frente resonó lóbregamente sobre una losa oscura. Me arrodillé, la saqué de la tierra y, para mi asombro, me di cuenta de que no era una simple placa, sino la tapa de un cofre forrado de plomo. Lo abrí. Contenía un antiguo códice sin título, escrito en griego. Descifré sin dificultad, bajo la antorcha, lo que estaba escrito en latín en la contraportada del volumen, la hoja pegada al lomo de la cubierta. Decía: «Quien robe o tome prestado este libro y no lo devuelva a su dueño, que se convierta en una serpiente en sus manos y lo haga pedazos. Que la parálisis lo golpee y todos sus miembros se deshagan. Que languidezca de dolor implorando clemencia y que no haya tregua a su agonía hasta que se disuelva. Que las polillas se coman sus entrañas como símbolo del Gusano que no muere y, cuando por fin se enfrente a su castigo final, que las llamas del Infierno lo consuman durante la eternidad».

–¿Lo recuerda de memoria?

El sacerdote dejó escapar un suspiro abrupto y desesperado.

–Es imposible olvidar la maldición de uno.

Raphael vio en esas palabras una verdad que también le preocupaba.

–¿Leyó el libro? ¿Hizo una copia?

–No, me lo quitaron antes de que pudiera leerlo, gracias a Dios.

–¿Por qué es tan valioso?

–No es valioso: está prohibido. Son dos cosas muy diferentes. El hermano Arquez había advertido al papa, pero Gian Pietro Carafa no leyó sus cartas. El camarlengo no le hizo caso, salvo cuando ya era demasiado tarde. Y así, la pesadilla de Arquez se hizo realidad. Lo que otros tacharon de mentira, ahora es una cruda verdad.

—Ayúdeme a entenderlo, don Antonio. Según el hermano Arquez, ¿las apariciones de ángeles y los asesinatos son sucesos causados por ese libro? ¿Piensa como él?

—Yo... —Levantó el dedo índice en señal de advertencia y tronó—: ¡Castigos! No asesinatos. —De repente se transformó, la mansedumbre del anciano sacerdote había dado paso al vigor del predicador—. Investigar esos asesinatos no hará nada para aplacar la ira de los arcángeles, díselo al camarlengo. Ya es demasiado tarde. Los guardianes vendrán.

—¿Quiénes serán?

El anciano sacerdote se dio la vuelta.

—No lo entenderías.

Raphael lo intentó:

—¿Ángeles?

—Sí, sí, ángeles.

—Excluye, por tanto, que pudieran haber sido hombres comunes, criminales, los que cometieron esos crímenes.

—No sé quién cometió esos crímenes. Pero sé que no son nada comparados con el castigo que los guardianes infligirán a cualquiera que haya violado y divulgado el conocimiento secreto almacenado en ese libro. Ve a decirle a Santa Fiora que si el próximo papa desea aplacar la ira de los arcángeles, deberá autorizar y financiar la construcción de una basílica aquí. Aquí mismo. No hay otro camino. —Lo miró fijamente a los ojos y, con la voz entrecortada, le dijo—: Díselo al camarlengo: los guardianes están entre nosotros, son reales. Y si no se les da el *Códice de los Milagros*, ¡lo destruirán todo, como en Sodoma y Gomorra! —Lo Duca echó una mirada furtiva a su alrededor y luego la detuvo en Raphael—. Encontré ese libro bajo una iglesia consagrada a los arcángeles y allí es donde debe volver. Y cuando digo allí —señaló al suelo—, quiero decir aquí. —Recorrió las ruinas con la mirada—. Solo repararé el daño que he hecho cuando logre construir una gran basílica y enterrar ese libro en sus cimientos, bajo la protección de Miguel y los otros seis príncipes celestiales. No tengo nada más que decir. Informa de esto al camarlengo. Ahora te ruego que me dejes en paz. Necesito recogerme en oración. La noticia de la muerte de Arquez me resulta muy triste y dolorosa.

–Esta basílica –le apremió Raphael–, ¿quién habría de construirla?

–No entiendo tu pregunta.

–¿Su sobrino Jacopo, por casualidad?

Un destello de furia cruzó los ojos de Lo Duca.

–¿Cómo te atreves?

–No quería ofenderlo, padre. Solo intento comprender.

–La primera vez que transmití a un papa las peticiones que me hicieron los arcángeles mi sobrino Jacopo ni siquiera había nacido. Yo recibí una profecía: el séptimo papa será el que erigirá la basílica en honor de los arcángeles.

–¿Pero espera que el arquitecto sea su sobrino?

–Jacopo es ayudante de Miguel Ángel Buonarroti –siseó Lo Duca, plantándole repetidamente un dedo en el esternón–. ¿Conoces a alguna persona en el mundo, con su intelecto en orden, que no desearía tener a Miguel Ángel Buonarroti como arquitecto para levantar un edificio importante? –Le cogió las manos y las estrechó entre las suyas–. Qué bonito nombre tienes, hijo. Ellos te enviaron. Estoy seguro.

–No puedo creer que después de encontrar ese códice no lo haya leído.

–De hecho, me habría gustado estudiarlo, pero la cofradía me lo quitó. Decidieron devolverlo y yo estuve de acuerdo. Solo hace unas semanas, tras hablar con Arquez, me di cuenta de lo que había desenterrado. Había reconstruido la historia de aquel volumen desde que yo lo encontré hasta que él lo incautó en el convento.

–¿Se refiere a la Cofradía de los Siete Ángeles?

–¿Cómo lo has sabido, hijo?

–He escuchado hablar de ella.

–Ah, entiendo.

–¿Y sigue existiendo?

–¿La cofradía? En teoría no, ya no. La disolvieron pocos años después de su creación.

–¿Por qué motivo?

–¿Quién sabe?

–¿Quién la fundó?

–Han pasado tantos años que ya no recuerdo los nombres de esos nobles. El emperador Carlos V también quiso participar. –Don Antonio se persignó–. Que el Señor tenga piedad de él y reciba su alma.

–Ni más ni menos.

¿Un emperador tan poderoso, comprometido en el tablero de ajedrez del mundo entero, que se afilia a una cofradía siciliana a raíz del simple descubrimiento de un fresco en una pequeña iglesia en desuso de Palermo?

«Tenía que haber algo más», pensó Raphael.

¿Un texto capaz de demostrar que España no tenía mérito en el descubrimiento del Nuevo Mundo?

Esta habría sido sin duda una buena motivación.

Y pensó en la historia que le había contado Cocco sobre el antepasado de Pinelli, sobre el papa Cybo y la expedición al Nuevo Mundo, historia confirmada por la carta de Arquez; y recordó al embajador español Sarria saliendo de la casa de Luna Nova.

¿Era posible que el rey de España le hubiera encargado a Sarria encontrar el *Códice de los Milagros*?

¿Y que Luna Nova le estaba echando una mano?

«Le estoy haciendo un favor. Pero no quiero contarte nada más».

¿Era eso lo que la había impulsado a marcharse sin más?

–Usted –dijo Raphael, volviendo su atención a Lo Duca– afirma que la Cofradía de los Siete Ángeles ya no existe, pero...– tenía en mente a los dos hombres que lo acechaban incluso de noche y que le habían dejado como mensaje «los ángeles te observan»– ¿podría jurarlo?

–No. Dejé Palermo y no tomé parte en el nacimiento de la cofradía ni en su disolución. Que yo sepa, solo duró unos pocos años. Era un grupo de nobles piadosos, empeñados en difundir el culto de los siete arcángeles, como yo.

–¿Pero?

–Pero, aunque oficialmente ya no existe, sé que ha seguido funcionando sin que nadie lo supiera, por voluntad de los ángeles. Su misión es impedir que los secretos contenidos en el códice sean divulgados a quienes no son dignos de ello.

–Porque el *Códice de los Milagros* está prohibido a los seres humanos.

–Sí, a casi todos.

–Y entonces, ¿por qué la cofradía no lo destruyó cuando usted lo encontró?

–Se trata de cosas preciosas, hijo. Hay que transmitirlas. Pero solo a quienes sean dignos de ellas.

A Raphael aquella lógica celestial le pareció enrevesada y paradójica, pero no hizo ningún comentario.

–Antes me dijo que los asesinatos son en realidad castigos infligidos por ángeles, a los que llama «guardianes». ¿Son estos guardianes miembros de la cofradía?

–No, no. Los guardianes vendrán si los custodios de la cofradía fallan.

–Le ruego que hable claro, don Antonio.

–Sé que es difícil creer lo que digo. Pero no podría ser más claro. Eres la primera persona a la que confío ciertos detalles. Sé que te han enviado *ellos*. Lo supe por un sueño. Y tal vez puedas comprender por ti mismo lo que te estoy diciendo. Encuentra el libro antes de que la cofradía derrame más sangre, antes de que vengan los guardianes a desatar la ira de Dios sobre la humanidad.

–Guardianes o no, debo encontrarlo a toda costa, padre. Mi vida depende de ello.

–No –cantó Antonio Lo Duca sonriéndole cariñosamente y pellizcándole la mejilla–, la vida de todos depende de ello.

# Capítulo 52

Cabalgaba a paso lento, sacudiendo la cabeza y golpeándosela continuamente.

–No es posible –decía, pensando en la maraña de rarezas en las que se encontraba, y a veces se reía.

Ciertamente no era la situación más adecuada para imaginarse a uno mismo con las ropas de padre, pero aun así trató de imaginarse a sí mismo con Selvaggia, rodeados de un enjambre de pequeños.

Tal vez siete.

Era una perspectiva que, por una parte, le horrorizaba y, por otra, no le disgustaba.

En cuanto tuviera la oportunidad, lo pensaría en serio, lo hablaría con Selvaggia y tomarían una decisión.

Ahora, sin embargo, tenía que intentar llegar a ese momento con vida.

Barrió los pensamientos que lo distraían del momento presente y siguió cabalgando, mirando a su alrededor y observando cada ventana en lo alto.

En las calles de Roma nunca se estaba demasiado tranquilo, ni siquiera durante el día. Pero en periodo de sede vacante, con la ciudad revuelta y la garantía de que los crímenes, incluso los peores, quedarían impunes, el peligro era enorme, palpable. Y no solo para las mujeres y hombres indefensos o para los miembros de la Inquisición, o para las próximas víctimas del supuesto Ángel de la Muerte. En aquellos días el peligro se cernía sobre todos en las calles de la Ciudad Eterna, especialmente sobre aquellos que, al igual que él, tenían la propensión a crearse enemigos y meterse en las peores situaciones.

A este respecto, el primer consejo que Raphael había recibido de un viejo agente secreto del duque Cosme de Médici había sido: «Si una sombra te sigue, hijo, asegúrate siempre de que es la tuya».

El espía anciano no le había dicho lo que había que hacer en caso contrario, pero Raphael había podido aprenderlo por su cuenta, con el tiempo.

Dejó caer una moneda delante de él. Desmontó y se agachó para recogerla. Mientras tanto, miró hacia atrás la realidad vuelta del revés en el triángulo que quedaba entre sus piernas. Y las vio, vio las sombras. Estaban en el camino, montados en sementales negros. Se habían detenido y señalaban el Capitolio.

Eran dos hombres. Vestían ropas oscuras. Sus cabezas estaban cubiertas por boinas negras a la italiana.

Raphael reanudó la marcha despreocupadamente, sin prisa, llevando su montura a mano. Y después de un centenar de pasos volvió a sentir su presencia. Se acercaban cascos de caballos. Las dos siluetas oscuras se extendían por el sendero hasta casi rodearlo.

Sin duda había alguien en Roma interesado en conocer su paradero, alguien capaz de contratar hombres que se le pegaran a las espaldas.

¿Qué querían?

¿Eran siempre los mismos?

Por un momento se le pasó por la mente la absurda idea de detenerse y preguntarles, pero mantuvo la calma y dejó que continuaran siguiéndolo. Ahora era él quien los llevaba, como perros con una correa invisible.

Volvió a subirse a la silla. Había decidido visitar al maestro Buonarroti para contarle su conversación con Lo Duca y quizás obtener alguna explicación suya, pero renunció a entrar en Macel de' Corvi. Fue derecho hacia la columna de Trajano, entró en el foro y señaló con el hocico del caballo en dirección al Coliseo.

El majestuoso anfiteatro estaba semioculto por el bosque que crecía a su alrededor y por casuchas y otros edificios que se aferraban a él como feas excrecencias. Sus arcos y recovecos figuraban entre los lugares más traicioneros e infames de la Ciudad Eterna.

El Coliseo siempre había sido considerado territorio del diablo.

Epicentro del mal.

Los judíos lo despreciaban porque había sido construido con el botín de la guerra de Judea y con las riquezas que el Imperio romano se había llevado del templo de Jerusalén antes de arrasarlo hasta los cimientos.

Los cristianos, por su parte, lo despreciaban porque allí, según la tradición, muchos mártires habían sido crucificados y dados como pasto a las fieras.

Se decía que el origen de la palabra «coliseo» derivaba del latín *¿colis eum?*, que significa «¿lo adoráis?». Al diablo.

Raphael solo sabía que durante los últimos mil quinientos años nunca había dejado de ser un lugar traicionero y peligroso.

Incluso hoy, ese lugar seguía atrayendo a la muerte.

Pensó que sería una buena idea poner a prueba a los dos acosadores y ver cuánto estaban dispuestos a arriesgar para no perderlo de vista.

Si también lo seguían hasta allí, podría deducir que o bien eran adeptos al peligro y estaban armados, dos condiciones necesarias para aventurarse en el Coliseo, o eran unos estúpidos imprudentes.

Bajo aquellas piedras se revolvían, como insectos, todo tipo de parias, bandidos, prostitutas deformes o infectadas de sífilis, ladrones, tristes sin nombre, enfermos, dementes, criminales de la peor calaña, seres humanos que concentraban en sí mismos todas las miserias posibles de la existencia, dispuestos a cualquier cosa por una migaja de pan.

Raphael ató a su caballo a un tronco y se detuvo para observar el temerario vuelo de una abubilla que se había lanzado delante de sus narices. Mientras tanto, aprovechó para echar un vistazo a sus espaldas por el rabillo del ojo. Los dos hombres seguían allí, a unos cincuenta pasos más allá de los arbustos. Como antes, simulaban una conversación mientras admiraban desde sus monturas las ruinas de la antigua Roma.

Raphael entró en el Coliseo.

Mientras sus pupilas intentaban dilatarse para sondear la oscuridad, otros ojos se habían percatado de su llegada. Raphael sintió un hormigueo inquieto a su alrededor. Presencias en la oscuridad. Susurros. Evitó entrar en el laberinto de muros derruidos del centro del anfiteatro, el llamado hipogeo. Aún se llamaba así, aunque el suelo de la arena ya no existía y ahora era una especie de pueblo en ruinas a cielo abierto. Allí encontraría más luz y podría escapar fácilmente, pero irrumpir en aquel campamento infernal sería como entregarse al martirio.

Se reclinó contra la enorme pared exterior y esperó.

# Capítulo 53

–¿Quién eres? –preguntó una voz.

Raphael no podía ver mucho más que una forma humana. Desenfundó la pistola e hizo brillar el cañón.

–Soy alguien que puede hacer que dejes de hacer preguntas –dijo.

–Señores, ¡aquí ha caído maná del cielo! –replicó el otro, dirigiéndose a la multitud que permanecía oculta en las sombras.

Presencias apenas perceptibles respondieron, riendo y tosiendo.

«Aquí dentro –pensó Raphael– uno puede arriesgarse a contraer cualquier enfermedad, incluso la peste».

Ahora la vista le funcionaba perfectamente. Tenía ante sí una especie de hospital de campaña; jergones pútridos, alfombras de pulgas y piojos sobre las que se amontonaban por docenas los restos de la humanidad.

Algunos aún dormían. La mayoría eran hombres y mujeres que se limitaban a observar, pero también había individuos sanos acercándose amenazadoramente, probablemente bandidos que acababan de entrar en la ciudad y se habían refugiado allí para la noche.

–Desnúdate –le ordenó a Raphael uno de ellos, alto, robusto y completamente desnudo–. Pon todas tus pertenencias en el suelo, incluyendo tu ropa. Todo.

–Lo haré –dijo él–, pero con una condición.

–¿De qué se trata?

–Que me digáis si hay dos hombres ahí fuera.

Hubo un momento de silencio y luego se movió un hombre bajito con toda la ropa puesta. Rascándose, fue a comprobarlo.

–Están ahí –dijo. Y al cabo de un rato añadió–: Están atando a los caballos. Vienen hacia aquí.

–¿Quiénes son esos?

–Hombres ricos –respondió Raphael.

–¿Tienen dinero?

–Los bolsillos llenos. Se dedican a comprar obras de arte.

Los susurros se multiplicaron. El hombre ordenó a todos que se callaran.

–De acuerdo –dijo, dirigiéndose a Raphael–. Si lo que dices es cierto, te dejaremos marchar sin tocarte ni un pelo.

Luego se posicionó detrás del muro, listo con sus compañeros para abalanzarse sobre las presas en cuanto cruzaran el arco.

Crujir de pies en el suelo. A continuación, los dos perseguidores cruzaron la línea de sombra. Fueron arrollados al instante y desaparecieron bajo una masa de cuerpos en excitación.

–¡Alto! –gritó Raphael inmediatamente–. ¡Alto, he dicho!

Un disparo de pistola estalló en el aire, ensordecedor, y las bestias voraces se alejaron, dejando a los dos en el suelo semidesnudos y bastante maltrechos.

–No tenían tanto dinero –protestó el cabecilla de la banda.

Raphael dio dos pasos rápidos hacia delante, le estampó la culata de la pistola en la nariz, lo empujó hacia atrás, le hizo la zancadilla y, cuando estaba en el suelo, le dio una patada en la mandíbula, dejándolo inconsciente. «Atrás», dio a entender a los demás apuntando con el arma.

–Todavía me quedan nueve disparos. –Y para evitar tener que explicar que Ariel era el único en el mundo capaz de fabricar tales pistolas, hizo estallar dos estampidos en rápida sucesión–. Ahora me quedan siete –dijo desde dentro de la nube de humo azulado que expulsaba el arma–. Siete... como los arcángeles.

Todos retrocedieron, con las manos tapándose las orejas. Incluso a Raphael le silbaban como el agudo de un castrato.

Al cabo de un rato los miserables y criminales desaparecieron, dejándolo solo.

Raphael se inclinó sobre los dos hombres. Ambos eran de edad avanzada, de unos cincuenta años, con el pelo muy corto, recién afeitados, un detalle solo visible ahora que estaban sin los gorros.

No los había visto nunca antes.

El único de los dos que aún era capaz de articular palabra para hablar se incorporó apoyándose con el codo y escupió un chorro de sangre.

—Nos has engañado —dijo, revelando un acento español.

A su amigo, en cambio, la banda de marginados le debía de haber aplastado la tráquea, porque se la sujetaba con fuerza entre las manos y se ahogaba, retorciéndose de dolor y emitiendo un jadeo desesperado.

—¿Por qué me seguíais? ¿Sois espías y delatores del Santo Oficio?

—No.

El hombre intentó incorporarse, pero desistió de inmediato, con el rostro contraído en una mueca de dolor.

—Entonces, ¿quiénes sois y qué queréis?

Este levantó una mano que chorreaba sangre.

—Ya es demasiado tarde para hablar.

—¿Por eso me seguíais, para hablar conmigo?

—Cuando encuentre ese libro, messer Dardo... déselo a don Antonio Lo Duca.

—¿De qué libro hablas?

—Usted lo sabe.

—¿Quiénes sois? ¿Formáis parte de la Cofradía de los Siete Ángeles?

De la boca temblorosa del hombre salió una tos, un gemido de dolor. Y en el momento en que se inclinó hacia delante, Raphael notó manchas en su cabeza.

Un detalle que tal vez habría pasado desapercibido si el amigo no hubiera tenido manchas similares en el mismo lugar. Ese corte de pelo radical no se lo debían de haber hecho hacía más de una decena de días.

Raphael se apartó de la luz y observó las señales más de cerca.

No eran manchas de la piel ni suciedad: eran tatuajes. El mismo en la cabeza de ambos: una figura geométrica circular con palabras en un idioma desconocido para Raphael, como una especie de sello.

—¿Quién sois?

—Los custodios que... —suspiró, tosiendo sangre— que han fracasado.

Raphael lo miró debajo de la camisa, despegando suavemente un colgajo de la herida, y sacudió la cabeza. Los matones del Coliseo le habían clavado un afilado trozo de madera en el abdomen y se lo habían dejado allí. El corte era ancho y tajante y alrededor de la madera que emergía de la carne la sangre borboteaba, produciendo racimos de pequeñas burbujas.

—¿Tiene mal aspecto?

—Estás a punto de morir —le dijo Raphael.

—Lo había supuesto —murmuró el hombre, apoyando la espalda en el suelo, rindiéndose al final, que llegaba con una dulzura inesperada.

Sonreía, como si no sufriera y mirara a algo maravilloso más allá de sus párpados.

Su amigo, sin embargo, no se había movido en varios minutos. Ahora que le había separado las manos y le había soltado los brazos, Raphael pudo verle el cuello roto y amoratado, la nuez aplastada contra sus vértebras.

—¿Sabes quién se llevó el *Códice de los Milagros*?

El hombre no respondió.

Raphael lo zarandeó y le dio una bofetada.

—Mírame. ¿Quién mató a messer Pinelli y a todos los demás?

El español estaba quieto e inescrutable, como solo saben hacer los muertos que se han llevado secretos con ellos.

Entonces, Raphael vio con asombro cómo la boca del hombre se abría y escuchó sus últimas palabras, confiadas al último débil aliento de vida:

—El asesino...

Raphael se abalanzó sobre él como un hambriento sobre el pan.

—Habla.

—A...

—¿Cómo?

—Ángel.

Raphael intentó hacerle volver con súplicas inútiles.

—¿Qué ángel tortura y mata? ¿De quién o de qué estás hablando? Lo sacudió, le abofeteó las mejillas, pero no obtuvo respuesta.

El frío silencio de la muerte había caído sobre aquel cuerpo.

# Capítulo 54

*Via della Corda*

–Entonces, ¿qué puedes decirme? –preguntó el alguacil, dirigiendo la mirada a los dos cadáveres. Los hizo llevar a la misma casa deshabitada donde Raphael se había encontrado frente al cadáver de Francesco Pinelli y los examinaba con el mismo aire perplejo que aquella vez–. ¿Estos dos te han agredido?

–No exactamente –dijo Raphael.

El alguacil se alisó el bigote y se acercó a las cabezas afeitadas.

–¿Os habéis fijado en esto? –Señaló con el dedo los tatuajes–. Venid a ver.

–Los hemos visto –dijo Ariel, que había sido llamado por Raphael y ahora estaba tan pálido como una hoja de papel.

No era la visión de los cadáveres lo que le preocupaba. Eran los tatuajes lo que hacía que no le corriera la sangre por la cabeza. Las inscripciones hebreas, en particular, y el símbolo de la estrella de cinco puntas, el pentáculo del rey Salomón, inscrito en el círculo. Si aquello salía de la casa, pensó, en pocas horas comenzaría la cacería de judíos, acusarían a la comunidad de los recientes asesinatos, de practicar la nigromancia, de hacer aparecer ángeles con ayuda del diablo y de quién sabe qué otros crímenes. Sería una carnicería.

–Hay algo escrito –observó el alguacil–. Pero en un idioma que no conozco.

–Yo lo conozco –dijo Ariel.

Los ojos del alguacil se dirigieron hacia él.

–¿Qué significa?

–Quítales los calzoncillos.

–¿Los calzoncillos?

—Quítaselos.

—Hazlo tú, si tanto te interesa.

Ariel esperó el asentimiento de Raphael y entonces lo hizo: bajó los calzoncillos de los dos cadáveres y descubrió su miembro, una protuberancia lívida de aspecto trágico y ridículo a la vez. Al verlos dio un respingo que hizo sospechar al jefe de los esbirros.

—¿Qué estabas mirando?

—Esos escritos están en hebreo —explicó Raphael—. Mi amigo es judío.

—¿Y por qué no lleva la señal amarilla?

—Por orden del duque Cosme I de Médici.

—Esto es Roma, no Florencia. Aquí la debe llevar.

—Yo... —dijo Ariel apresurándose a subirles los calzoncillos a los cadáveres, que estaban circuncidados y por lo tanto eran judíos, por lo que...— yo no llevo absolutamente nada.

El alguacil se puso rígido, pero movió el aire con una mano y dijo:

—Está bien, está bien. No hay por qué preocuparse. Si el camarlengo confía en ti y te permite inmiscuirte en ciertas cosas, lo correcto es que no lleves la señal amarilla. Es más prudente para tu persona y menos comprometedor para todos nosotros que nadie te reconozca como judío.

El odio antijudío del alguacil era muy común entre los romanos, pues tenía raíces antiguas. Ariel no se inmutó. Ese odio se remontaba a la época de la guerra del Imperio romano contra Judea.

Fue entonces cuando los cristianos de Roma se distanciaron de los judíos de la ciudad, que a sus ojos se habían convertido repentinamente en enemigos del Imperio, y fue entonces cuando se escribieron los Evangelios, en los que se representaba a los judíos como los asesinos de Jesús.

Y pensar que los primeros cristianos de Roma, los que habían acogido y difundido aquí el cristianismo, empezando por el apóstol Pedro, eran judíos...

Pero Ariel tuvo cuidado de no hablar de ciertas cosas con el alguacil. Se limitó a decirle que era un judío acostumbrado a pisar los suelos de las residencias cristianas más importantes de Europa y a recibir la amistad y la estima de los hombres y mujeres más ilustres de las cortes italianas. Salir con él, por lo tanto, sin duda no empañaría la reputación de un carcelero ignorante como el corrupto y putero alguacil del gobernador de Roma.

Leccacorvo escupió llamas por los ojos, apretó los puños, pero luego tragó sin replicar.

—De acuerdo. Después de todo, solo has dicho la verdad. Además, no tengo nada contra los judíos. Dime qué hay escrito en esas cabezas.

Ariel se acercó a los cadáveres, se puso las gafas y se agachó para observar.

—Dice —dijo al cabo de un rato, siguiendo con el dedo las palabras en círculo—: «Yo velo por los secretos de Salomón».

—¿Qué significa?

—Significa lo que acabo de leer. —Ariel se quitó las gafas y se levantó—. Estos dos parecen extraños porque lo son.

El alguacil sacudió la cabeza tras rascársela con saña.

—¿Qué quieres decir con «yo velo...» y no sé qué más?

Con una mirada, Ariel interrogó a Raphael. Él también parecía estar pensando las mismas preguntas que el alguacil.

—«Velar» podría significar que estudiaban esos secretos incluso de noche, que perdían el sueño.

Raphael negó con la cabeza.

—O podría significar que guardaban esos secretos. —Raphael asintió—. Antes de morir me dijo que era un custodio. «Los guardianes que han fracasado». Pronunció estas palabras.

—No os entiendo. —El alguacil estaba ahora tan confuso que no podía ejercer el poco raciocinio como solía ser capaz—. Me parece que estáis divagando, delirando sobre cosas que no tienen sentido. —Se dio un puñetazo en la palma de la mano y endureció el rostro hasta convertirlo en una máscara de madera—. Estaba convencido de que el Ángel de la Muerte era Carlo Carafa o uno de sus sicarios, pero estos dos bichos raros te siguieron hasta el Coliseo. ¿Es posible que sean los asesinos que buscamos?

—Me gustaría que así fuera —dijo Raphael meneando la cabeza.

—¿Qué son, adeptos de una secta diabólica? —Leccacorvo se acercó de nuevo a mirarlos—. ¿Qué quieren decir ese tatuaje... las cabezas afeitadas...? ¿Quién puede andar por ahí emperifollado de esa forma tan extravagante?

–Yo también creo que se trata de una secta –dijo Ariel, serio–. Más concretamente una especie de hermandad, una cofradía secreta.

–Explícate.

–Te lo explicaré yo –intervino Raphael–. Mi amigo se refiere al hecho de que el tatuaje en el cuero cabelludo es un sistema muy antiguo, diría que casi arcaico, de enviar mensajes en código, si puedo usar esta expresión.

–No me has explicado nada en absoluto.

–El mensajero se afeita cuando llega al receptor para que este pueda ver el sello en su cabeza. Esto es una garantía de que el mensajero es auténtico, al igual que lo que informa o entrega. Otras veces, el propio mensaje se pinta en el cuero cabelludo.

El alguacil se rascó las cejas y sobre unos ojos pequeños y oscuros como pepitas de sandía.

–Los guardianes de Salomón y Moisés... –reflexionó en voz alta–. Pero ¿qué diablura es esta? Es absolutamente necesario averiguar qué significan estos tatuajes, si hay un grupo de herejes cristianos o judíos que los utiliza como marca para sus mensajeros, como habéis dicho vosotros. Pero no sabría por dónde empezar.

–Puede que sí –dijo Ariel–. Pero te pido que no le vayas hablando a la gente de estos dos hasta que sepamos quiénes son.

Leccacorvo asintió.

–Entiendo su preocupación, messer Colorni. Esto quedará entre nosotros.

Cabizbajos, con los puños apretados por la rabia, abandonaron la casa de los cadáveres con el ruego de no tener que volver más. Pero sabían que esta petición no sería atendida.

# Capítulo 55

*Gueto judío, barrio de Sant'Angelo*

–¿«Yo velo por los secretos de Salomón»? ¿Eso decía?

–Sí, rabino, y los dos hombres estaban circuncidados.

Raphael lo confirmó asintiendo.

Abramo Finzi, sentado con las piernas abiertas en una cátedra de marquetería, los miró a ambos con aire preocupado, luego deslizó una mano por detrás de su larga barba blanca y se tocó la coronilla, bajo el tocado negro.

–¿El tatuaje estaba aquí?

–Justo ahí –dijo Ariel–. ¿Tiene idea de quiénes pueden ser esas personas?

El rabino se acarició el pelo blanco, ralo y fino como las telarañas, se colocó de nuevo el tocado y se quedó pensativo largo rato, contemplando con ojos distantes las siete velas encendidas de la menorá que tenía delante.

Finalmente, empezó a asentir cada vez más convencido.

–Podría ser –meditó–. Ah, sí.

–¿Qué ocurre? –le instó Ariel.

Abramo dijo con cautela:

–Podrían ser los guardianes de El Libro de Raziel. –Tamizó el aire como si captara vibraciones ancestrales, el eco de un recuerdo de generaciones y generaciones–. Si fueran ellos, habría motivos de preocupación. Significaría que se han filtrado secretos o que corren el riesgo de que se filtren.

–Pero si son tan peligrosos, ¿cómo es que fueron tan ingenuos como para seguirme al Coliseo y dejarse matar por unos matones?

–La cofradía está compuesta por místicos inofensivos, pero hace uso de poderes ancestrales y sabe cómo desencadenar fuerzas peligrosas.

Ariel y Raphael no encontraban una reacción adecuada ante la enormidad de las palabras pronunciadas por el rabino.

–El Libro de Raziel es una antigua leyenda –dijo el primero mirando al segundo, como diciendo «Luego te lo explico».

–¿Solo porque se habla de ello en los *midrashim*? –preguntó el rabino–. Eso no significa que El Libro de Raziel no exista.

–En su opinión, rabino, ¿podría ser judío el asesino que firma como el Ángel de la Muerte?

–No lo descartaría.

–Yo, sin embargo –dijo Raphael–, sé que ese libro se llama *Códice de los Milagros* y que lo encontró un sacerdote católico hace cuarenta años en Palermo. Y sé a ciencia cierta que los guardianes de los secretos contenidos en el códice forman parte de una cofradía cristiana, fundada entonces.

El rabino entornó los ojos y frunció el ceño con gesto adusto.

–¿El *Códice de los Milagros*?

–Sí.

–Bueno, entonces... –Se puso las manos sobre las piernas y empezó a balancear el torso de un lado a otro–. ¿Estás seguro?

–Sí, rabí, seguro.

–Maldición.

–¿Cree que es posible que el *Códice de los Milagros* sea El Libro de Raziel?

–No –sonrió Abramo Finzi–, ¡se necesitarían muchos volúmenes para contener todo El Libro de Raziel! El *Códice de los Milagros* solo contiene partes de él. –Se inclinó hacia delante en la cátedra, lo miró fijamente a los ojos y, con tono grave, añadió–: Créeme, algunas partes serían motivo suficiente para llamar la atención de los guardianes.

–Pero, si los guardianes de los que me habló Lo Duca son cristianos, ¿por qué se circuncidan como los judíos?

–Cristianos y judíos, al margen de las jerarquías oficiales, colaboran en el mantenimiento de estos antiguos secretos desde tiempos inmemoriales. Pero podría haber otra explicación: desde la noche de los tiempos, se dice que los habitantes de la Atlántida se circuncidaban y que fueron ellos, huyendo del desastre que había asolado su tierra, quienes fundaron nuestras antiguas civilizaciones, incluida, por supuesto, la judía. Conocí a un sabio que estaba convencido de que nuestra costumbre de la circuncisión procedía de los atlantes. Afirmaba que Dios era su rey y los ángeles sus súbditos. Nuestros antepasados los consideraban dioses porque poseían conocimientos muy elevados.

–¿El conocimiento que contiene El Libro de Raziel? –preguntó Raphael.

–Según esta fantasía blasfema, sí. El ángel Raziel habría sido uno de esos civilizadores antediluvianos.

–¿Qué dice la tradición de El Libro de Raziel?

–Poco y nada. Se dice que Moisés y Salomón lo poseían y lo utilizaban. Y Noé lo utilizó para construir el arca.

–¿Alguien sabe qué es? ¿Qué dice? –preguntó Ariel.

El rabino se levantó de su asiento, fue a otra habitación y regresó con un libro en la mano. Se sentó y resumió en voz alta un texto que debió de leer otras veces:

–El Libro de Raziel contiene palabras puras y doctrinas profundas. Si se lee con humildad, permite conocer lo que está por venir, saber en qué mes, qué día o qué noche sucederá. Todo estará presente y claro para el lector, que sabrá y comprenderá cuándo se producirá una calamidad, una sequía, una hambruna, una inundación o, por el contrario, una abundancia de cosechas. Sabrá de antemano si correrá sangre, si la fruta caerá de los árboles antes de madurar, si la humanidad será azotada por plagas, si habrá guerra, peste, enfermedades entre los hombres y el ganado. Revela todos los misterios, enseña a invocar a los ángeles y a hacer que se aparezcan a los hombres. Enseña el arte de curar a los enfermos y someter a los demonios. Contiene todas las ciencias terrenales y celestiales. Fue entregado a Adán por el ángel Raziel con estas palabras: «Toma este libro de mis manos y guárdalo, porque de él sacarás conocimiento y llegarás a ser sabio, y transmitirás lo que está escrito en él a todos los que sean juzgados dignos de conocerlo».

–¿Y luego qué pasó con el libro?

–Cuando Adán murió, el libro desapareció –dijo el rabino, cerrando el pequeño volumen y apoyándose en el respaldo–. Lo encontró Enoc, que se lo aprendió de memoria y volvió a esconderlo. Más tarde fue entregado a Noé, que lo utilizó para construir su arca de madera resinosa. Antes de morir se le confió a Sem, quien se lo transmitió a Abraham. De Abraham pasó a Jacob, a Leví, a Moisés, a Josué y finalmente a Salomón, el gran sabio.

Ariel asintió, inseguro.

–Los ángeles imparten el conocimiento a los hombres...

–Y les enseñan a escribir.

–Para transmitir los conocimientos arcanos solo a quienes sean dignos de ellos.

–Nuestros antepasados –asintió el rabino– eran más sabios de lo que uno se pueda imaginar.

–Antes del diluvio, los ángeles nos transmitieron conocimientos –razonó Ariel–, secretos que no pueden divulgarse sin su permiso. Pero entonces alguien transgredió la prohibición angélica y escribió partes de ella en textos que se conservaron en la biblioteca de Alejandría. A partir de esos antiguos papiros, que fueron llevados a Roma por Diocleciano, alguien compiló un códice. Y este códice, tras haber sido copiado por monjes escribas desconocedores de su contenido, ha salido de repente a la luz y es codiciado hasta el punto de matar. ¿Esto tiene sentido para usted?

–Los hombres son codiciosos –asintió Abramo–. Ciertos conocimientos deben quedar para unos pocos.

–Pero ¿de qué estamos hablando? –preguntó Raphael, que empezaba a impacientarse–. Aparte de mito, ¿qué podría ser El Libro de Raziel? ¿Quiénes serían los ángeles?

–Uno de los secretos contenidos en El Libro de Raziel, por ejemplo, se refiere al corte de piedra y la colocación de gigantescos peñascos para la construcción de edificios de uso religioso.

La mente de Raphael se dirigió inmediatamente al gran escultor y arquitecto Miguel Ángel Buonarroti: ¿era esa la razón por la que se interesaba por el *Códice de los Milagros*? Era posible que ya hubiera aprendido algo de esas páginas prohibidas, quizás a través del sacerdote siciliano. Lo Duca, después de todo, había tenido el códice en sus manos. Afirmaba no haberlo leído, pero tal vez estaba mintiendo.

Ariel asentía con la barbilla en el puño, pensativo.

—El Shamir —reflexionó.

Recordaba haber oído hablar de ello a su padre. Pero, a estas alturas, solo eran vagas y lejanas reminiscencias.

—Sí —dijo el rabino—, me refería al Shamir. Con el que Salomón construyó el templo de Jerusalén. ¿Tú también conoces la historia, Ariel? Salomón recibió como regalo un anillo del arcángel Miguel, con un pentáculo grabado en la gema; el mismo símbolo que los dos hombres circuncidados llevaban tatuado en la cabeza. Con este sello divino, el rey podía capturar a todos los demonios de la tierra y con su ayuda construir el templo. Y con su ayuda encontró el Shamir.

—¿Está el arcángel Miguel detrás de la construcción del templo de Jerusalén? —Raphael sacudió la cabeza; aparecían ángeles por todas partes.

Ángeles y piedras, pensó tras una mueca de desprecio. ¿Cómo no pensar en Antonio Lo Duca, en su sobrino Jacopo, en el maestro Buonarroti y en la basílica que los tres querían construir?

Ciertamente, eran secretos que podían intrigar razonablemente al maestro Buonarroti, el rey viviente de la piedra y la arquitectura religiosa.

—Pero, después de todo, ¿qué es el Shamir?

—El rey Salomón estaba ocupado construyendo el templo y no sabía cómo cortar la piedra de la cantera, porque la Torá prohíbe el uso de herramientas de hierro al construir un altar. Entonces, los eruditos consultaron El Libro de Raziel y le hablaron del Shamir, el insecto con el que Moisés había tallado las gemas del pectoral que llevaba el sumo sacerdote.

—Creía recordar que el Shamir era un reptil, pequeño como un grano de cebada —dijo Ariel.

—Algunos dicen que es una piedra, otros un gusano, otros un reptil, otros un insecto. Pero la respuesta está en la propia palabra: «insecto», del latín *insectum,* participio pasado del verbo *secare,* que significa «cortar, grabar».

—Su reputación de erudito no es infundada, rabino. Nunca se me había ocurrido.

De hecho, Ariel no había pensado en el Shamir desde que era un niño ávido de historias fantásticas.

–Entonces, ¿dónde estaba? Ajá. –Golpeó el libro cerrado–. Cuenta la leyenda que el Shamir tiene la capacidad de tallar el más duro de los diamantes con extrema facilidad, lo que fue utilizado por Moisés para grabar los nombres de las tribus en las gemas del efod, el escudo que llevaba el sumo sacerdote. Así como por el rey Salomón para la construcción del templo. He estado en Jerusalén. He visto lo que queda del templo. Y puedo asegurar que se construyó con enormes bloques de granito muy duro gracias a un conocimiento perdido. La construcción duró solo siete años y no sufrió ninguna interrupción. Ningún trabajador murió ni enfermó y sus herramientas no se deterioraron con el uso hasta que el edificio estuvo terminado. Al final de la obra, sin embargo, todos los albañiles murieron. Excepto el maestro de obras Hiram, que fue recompensado con el privilegio de entrar vivo en el Paraíso.

–¿Qué más se cuenta sobre el Shamir? –quiso saber Raphael.

–Bueno, veamos... –Abramo Finzi volvió a consultar su libro de leyendas–. No puede guardarse en un recipiente metálico, porque explotaría: debe envolverse en un paño de lana y colocarse en un recipiente de plomo lleno de salvado de cebada. No deja residuos después de procesar la piedra. Permanece activo durante un tiempo... quizá durante siglos, pero luego su efecto termina. –El rabino levantó los ojos y los escrutó con cara seria–. No son solo leyendas. Imaginad si el secreto del Shamir cayera en manos indignas. La humanidad entera estaría en peligro si eso ocurriera. Por eso los guardianes actúan sin piedad, por eso cristianos, musulmanes y judíos cooperan para custodiar textos como el *Códice de los Milagros*.

–¿Y los guardianes? –preguntó Raphael, recordando la carta de Arquez y las palabras de Lo Duca–. ¿Se unirían cristianos, judíos y musulmanes para proteger los secretos de los ángeles?

–No. –Sonrió el rabino–. Los guardianes son ángeles. Como te he dicho, hay quienes imaginan que los ángeles son hombres de carne y hueso, hombres de una civilización perdida. Yo, sin embargo, soy rabino y me atengo a las Escrituras. Pero, si quieres saber sobre los guardianes, hay una persona en Roma que podría decirte algo. Conoce de memoria un antiguo texto sobre el patriarca Enoc y los ángeles guardianes. La encontrarás en la orilla izquierda del Tíber.

—¿Allegra Franchetti?

—¿La conoces, Raphael?

—En persona no. Mi hermano la visitaba para que le leyera el horóscopo o quién sabe el qué.

—Allegra recibe a mucha gente, no siempre recomendable. Así que ten cuidado. Tengo entendido que estaba familiarizada con el boticario judío que recientemente fue azotado hasta la muerte y luego abandonado delante de una iglesia...

—Gracias —dijo Ariel, besó en las manos al viejo Abramo y siguió a toda prisa a Raphael, que ya estaba abandonando la habitación.

—Esa mujer sabe más que el diablo —les advirtió el rabino—. ¡Y manda sobre los demonios!

—Esté tranquilo —le respondió Ariel antes de salir a la calle—, vamos armados.

# Capítulo 56

Fuera de la judería, continuaron hasta el Tíber, descendieron por la orilla y comenzaron a subir la ribera por un tramo que, sabían, requeriría una larga caminata entre tierra y barro, malas hierbas e insectos.

Sobre todo a esa hora de la tarde.

Pero podría valer la pena si de verdad la hechicera judía sabía algo sobre los guardianes.

Faltaba algún tiempo para la puesta de sol y Allegra Franchetti debía de estar todavía en su cabaña.

Al amanecer, se escabullía como una sombra por la puerta del gueto cuando esta se abría y se alejaba río abajo cargando un hatillo al hombro. Pasaba allí todo el tiempo que podía antes de tener que regresar. Pero no era raro que decidiera dormir fuera de la judería, en el barracón, sobre todo en verano, violando las normas impuestas a los judíos.

¿Qué se podía esperar, después de todo, de una anciana experta en artes mágicas y adivinatorias, acusada tanto por cristianos como por judíos de ser bruja y hechicera, de comerse a los niños, de tener demonios en frascos y otras cosas terribles?

Ni siquiera en el gueto la querían.

Sin embargo, cristianos y judíos acudían a ella día y noche, y pagaban generosamente por sus horóscopos y predicciones, que se creía que estaban inspirados por los oscuros poderes de Satán.

Ariel se volvió y suspiró.

Se sintió aliviado al dejar atrás el gueto y no ver a su pueblo, el pueblo de Israel, reducido a ese estado de miseria material y espiritual.

Era un recinto pobre y triste. Los judíos que pudieron abandonaron Roma poco después de que Gian Pietro Carafa ascendiera al trono papal, mientras que los demás tuvieron que quedarse en la ciudad para ser aplastados y humillados día tras día, obligados a vivir en aquel espacio insalubre sometido a frecuentes inundaciones.

A Ariel se le permitía residir fuera incluso por la noche. Incluso en Roma. A través de la intercesión de Cosme I de Médici con la curia. Y este privilegio le hacía sentirse culpable, aunque ningún judío se lo había echado en cara. Al contrario: siempre era bienvenido en el gueto, como un rayo de luz es bienvenido por quienes se ven obligados a vivir en la oscuridad. Todos conocían su fama de alquimista, inventor y prestidigitador. Lo estimaban como sabio y estaban orgullosos de él, se disputaban el honor de hablarle, de hospedarlo en sus casas, de servirle comida, de venderle la carne, verdura o dulces que iba a buscar.

Y siempre sufría.

–¿Va todo bien? –le preguntó Raphael.

–No –dijo él–. A un judío no le va nada bien.

Continuaron por el curso del río, a contracorriente. Una vista y unos sonidos hacían que el aire fuera menos tórrido. Los rayos del sol se sumergían en el agua como barras de hierro incandescentes en la fragua de un herrero. Las ranas croaban en las plataformas de limo, bajo el follaje, las aves acuáticas secaban sus plumas en los troncos caídos, las golondrinas saltaban entre los insectos.

A medida que se alejaban del centro de la ciudad, crecía la sensación de paz. Finalmente vieron un penacho de humo.

Ariel la vio por encima de una rama de acacia y la señaló. Allegra estaba sola, delante de una casucha hecha de troncos y ramas. El humo que habían visto desde lejos salía de un brasero de cobre cercano, en el que ardía abundante incienso.

La mujer llevaba el pelo largo suelto al viento, pero iba vestida como una dama de la corte. Se quedó quieta en la orilla, con los pies empapados y los brazos abiertos, la cara vuelta hacia el disco solar. Parecía estar recitando una oración o conjurando a un espíritu, porque de vez en cuando exclamaba unas palabras aparentemente sin sentido.

Al cabo de un rato, bajó las manos, se agachó para llenarlas de agua, bebió y se bañó profusamente el pelo, que estaba aplastado sobre los hombros, negro y brillante.

—Buenas tardes —dijo Raphael.

La mujer no se inmutó. Se dio la vuelta tranquilamente.

Se decía que tenía casi ochenta años, pero aparentaba la mitad. Cuerpo esbelto, rostro sin arrugas, ojos despiertos. Se llevó las manos llenas de anillos a las caderas y dio un paso adelante.

«Imposible», pensó Ariel, que la veía por primera vez. Allegra no podía ser tan vieja. Sin embargo, según algunos, era incluso la madre de un rabino anciano. Pero en realidad nadie sabía mucho sobre ella.

Quién había sido su marido, por ejemplo.

O dónde estaban sus hijos.

De dónde era.

Todo lo que podía decirse con certeza era que poseía una casa en el gueto, que no era pobre, aunque en muchos aspectos lo pareciera, que no era amiga de nadie y que pasaba los días junto al río cocinando elixires de hierbas sobre un fuego y haciendo quién sabe qué más.

Tarde o temprano, pensó Ariel, esperando equivocarse, la detendrían y la quemarían en la hoguera acusada de brujería.

—Dos apuestos caballeros vienen a verme —dijo la mujer. El escote del vestido verde dejaba al descubierto un rectángulo de piel pálida, aparentemente joven—. ¿Pasabais por aquí por casualidad o me estabais buscando?

A Ariel le pareció detectar rastros de un acento asquenazí de Verona en su voz.

—¿Es Allegra Franchetti?

—Tal vez.

—Yo soy Ariel Colorni. Y él es mi amigo Raphael Dardo. Esperábamos poder hablar con usted.

Allegra se adelantó bruscamente y le agarró las manos. Las observó detenidamente, estudiándolas con detalle como si fueran páginas que hubiera que memorizar en el menor tiempo posible. Luego le puso una mano en el pecho y la mantuvo presionada.

Ariel vio que los ojos se deslizaban a toda prisa bajo sus párpados. La dejó hacer y esperó pacientemente a que terminara de examinarlo de aquella manera extravagante.

Finalmente, Allegra le acarició la mejilla y sonrió sin alegría.

—Venid —dijo—. Tomad asiento en mi humilde morada.

Y se dirigió hacia la pequeña abertura.

Un escalofrío le recorrió las venas a Ariel. Respiró hondo, se quitó el gorro negro de la cabeza y se introdujo en la guarida del demonio.

Raphael lo siguió.

# Capítulo 57

Lo primero que observaron fue una imagen de la Virgen colgada con un pequeño clavo de la pared de ramas. Allegra Franchetti era más extraña de lo que cabría esperar.

—Entrad —dijo desde detrás de una especie de altar hecho de pequeñas piedras amontonadas y cubiertas de hojas—. Sentaos ahí.

Señaló una gran piedra en el suelo. Su voz era ronca y aguda, como la de una vieja bruja, en marcado contraste con su aspecto juvenil.

Hicieron lo que les ordenó la dueña de la choza.

—Tu amigo necesita ayuda —dijo ella mirando a Ariel.

—Ah, ¿sí? —respondió Ariel, intentando permanecer imperturbable.

—¿Por eso estáis aquí, no?

—Quizá.

—¿Qué me queréis preguntar?

—¿No lo adivina?

—¿Parezco alguien que posee el don de la omnisciencia? Si lo poseyera, estaría sentada en un trono en alguna parte.

—Puede que no sea omnisciente, pero nos han dicho que sabe cosas que son muy importantes para nosotros.

—¿Cuáles?

—Conoció a Daniele da Lucca, el boticario judío que asesinaron hace poco.

—Sí, es cierto.

—¿Sabe por qué lo asesinaron de esa manera y quién lo hizo?

—No, por desgracia. —La hechicera agachó la cabeza y la hizo rebotar en el pecho, sinceramente desconsolada—. Daniele era un hombre excepcional. Un cerebro excelente. Un verdadero sabio.

—Que usted sepa —le preguntó Raphael—, ¿Daniele da Lucca frecuentaba la imprenta de los De' Madi?

—Nunca había escuchado ese nombre.

—¿Y Francesco Pinelli?

Allegra volvió a levantar la cabeza.

—Sí, lo conozco. ¿El banquero de Génova? —Raphael asintió—. Pinelli viene a verme a menudo —dijo la maga. Frunció el ceño e inclinó la cabeza hacia un lado—. ¿Lo han matado a él también?

—Sí, señora.

—¡Oh, cielo santo! —exclamó Allegra dando palmas y mirando hacia arriba en señal de reproche—. Sé que Daniele estaba trabajando para Francesco Pinelli últimamente. Un libro antiguo que tuvo que traducir. No me dijo nada. Ahora lo entiendo.

—¿Ha oído hablar de las apariciones angélicas y de los brutales asesinatos del Ángel de la Muerte que están ocurriendo aquí en Roma?

—Sí, sí, lo he oído.

—¿Qué piensa?

—Pronto vendrán los ángeles verdaderos y entonces no habrá escapatoria para los malvados.

Un estribillo que Raphael ya había escuchado en las últimas horas.

—Dos individuos que seguían a mi amigo —dijo Ariel— llevaban tatuajes escritos en hebreo en la cabeza y estaban circuncidados. Me inquieta lo que podría ocurrirle a nuestra comunidad judía romana si alguien sembrara insinuaciones.

—Hablas como un hombre sabio y sagaz. Pero ¿qué quieres que te diga?

—¿Ha oído hablar alguna vez de la Cofradía de los Siete Ángeles?

—Creo que sí. Cuando era niña. Un sacerdote siciliano vino aquí a Roma. Hablaba con los ángeles y contaba ciertas historias. Sé que aún vive. Se llama...

—Sabemos su nombre —la detuvo Raphael, deseoso de conocer otras historias—. El rabino nos ha dicho que usted sabe algo sobre los guardianes.

Allegra resopló y se puso rígida de repente. Cerró la boca, endureció los labios y extendió una mano abierta.

Entonces Ariel sacó una bolsa de cuero suave, de la que sacó una moneda de oro.

–Un escudo florentino –le dijo–. Para pagarle por las molestias.

–Oh... –Allegra cogió el disco dorado y lo colocó bajo un rayo de sol que se filtraba por el techo, lo movió y observó el resplandor. Sonrió–. Por un escudo puedo hablar largo rato.

–La escuchamos con placer.

Dio un largo suspiro y salió de la cabaña.

–El sol está a punto de irse, venid.

Ellos la siguieron hasta la orilla del río.

Permanecieron un rato en silencio observando el resplandor de la luz sobre el agua y escuchando el gorgoteo de la corriente, el chisporroteo del incienso en el brasero.

El atardecer se acercaba rápidamente, el sol era tan rojo como un cubo de sangre. Y debían tener en cuenta el tiempo necesario para regresar antes de que oscureciera. Pero decidieron que valía la pena quedarse.

Volvieron a fijarse en la joven figura de la vieja hechicera, que se había agachado para mojarse el pelo.

–Así que –comenzó diciendo ella– queréis conocer a los guardianes. Bueno, son ángeles. De su unión carnal con mujeres humanas surgieron los nefilim, los hombres poderosos de la Antigüedad. El libro del Génesis habla de ellos. Fueron los guardianes quienes enseñaron las cosas secretas a la humanidad, corrompiendo el mundo y provocando el diluvio.

–Los guardianes son ángeles –repitió Ariel, absorto–. Raziel, el del Libro, ¿era un guardián?

–Lo único que sé es que el patriarca Enoc conoció en persona a los ángeles malos, en el monte Hermón: eran doscientos, enseñaban a los humanos los secretos de los metales, a estudiar los cielos y a adornarse con maquillaje y joyas y, por supuesto, fornicaban con las mujeres, engendrando a los nefilim. Estos se mencionan en el libro del Génesis, como ya he dicho. Y también en El Libro de los Números (13), donde está escrito que los exploradores enviados en avanzadilla por Moisés vieron a los nefilim. Por lo tanto, siguieron viviendo mucho después del diluvio. Pero en ninguna parte de las Escrituras se menciona a los guardianes, a los que también se les llama «vigilantes».

—El rabino nos habló de un libro antiguo que usted conoce y que habla de ello —dijo Raphael—. Narra los sueños del patriarca Enoc.

Allegra le leyó el pensamiento y sonrió. Asintió con la cabeza húmeda, manteniendo fijos en él sus grandes ojos oscuros llenos de una luz misteriosa.

—Sé que vas en busca de manuscritos perdidos. Y además que pagas muy bien. Pero el Libro de Enoc no te será fácil de encontrar. Algunos afirman que aún existen algunas copias, tal vez escritas en ge'ez, la lengua sagrada de los etíopes. Yo, sin embargo, me limito a relataros lo que tuve el honor de oír hace mucho tiempo a un anciano judío que se sabía de memoria pasajes de este texto, transmitidos de generación en generación.

Raphael no dudaba de que el antiguo sistema de transmisión oral era a veces más eficaz para conservar un texto sin cambios a lo largo del tiempo que la producción de copias manuscritas. Y estaba fascinado por el relato del Libro de Enoc. Pero se recordó a sí mismo que las de Allegra Franchetti no eran más que palabras al viento, pronunciadas por una hechicera marginada que vivía sus días en una choza junto a un río.

—Se está haciendo tarde —dijo, entornando los ojos contra el cielo bermellón—, será mejor que nos vayamos.

Ella se adelantó de un salto y le cogió las manos, como había hecho con Ariel a su llegada. Pero esta vez, a Raphael, se las besó.

—Que el Señor te proteja. Yo era muy amiga de tu hermano Leonardo, el magnífico pintor hereje. El suyo, el tuyo, fue un asunto muy triste. Lo siento mucho.

—Gracias —dijo Raphael.

Intentó retirar las manos, pero la anciana disfrazada de muchacha se las sujetaba con fuerza.

—El *Códice de los Milagros* contiene algunas de las enseñanzas que el ángel Raziel impartió a Adán y con las que Noé construyó el arca y Moisés creó al pueblo de Israel. Ese es el poder de esos secretos. Ese es el libro que todo el mundo busca. Sed los primeros en encontrarlo y todos los ángeles os lo agradecerán.

Antes de despedirse, dejaron que les pusiera las manos en la cabeza y que pronunciara palabras arcanas, luego partieron por la orilla siguiendo el plácido curso de la corriente.

# Capítulo 58

*Piazza della Minerva*

Aquella noche le tocó al hermano Serafino recorrer las mesas, en el refectorio, para recoger una a una las migajas de pan sobrantes al final de la cena.

Con lo cosechado, una vez a la semana el cocinero del convento preparaba algo bueno, según su imaginación y los productos de las estaciones.

El pan no debía desperdiciarse, porque era el símbolo del cuerpo de Cristo.

Una silla se arrastró por el suelo detrás de él.

Serafino se dio la vuelta.

—¿Quién es? —preguntó.

Nadie.

Sin embargo, le pareció oír un ruido. Llevaba unos días pasándole continuamente. Desde el principio lo había atribuido al miedo, al profundo terror que se había apoderado de él y que hacía que sus nervios se pusieran tensos y fueran hipersensibles.

De nuevo el chirrido sordo de una silla que raspaba el suelo.

—¿Hay alguien ahí?

Su voz temblorosa resonó en el espacioso refectorio del convento y durante unos instantes la pregunta, de tono muy parecido a una súplica de auxilio, quedó suspendida bajo las bóvedas de crucería sostenidas por pilares bajos y macizos.

Tenía que calmarse, se dijo, recuperar el control. El miedo lo estaba consumiendo rápidamente y ya sentía que se deslizaba por la cresta de la locura.

Ahora podía entender lo que les pasaba a los locos; sí, podía entenderlo perfectamente.

Empezó a contar las migajas que iba recogiendo para distraerse.
«Una, dos, tres...».

No tenía que pensar.

«Cuatro, cinco...».

No debía pensar en el hecho de que era uno de los pocos que había visto el *Códice de los Milagros* y sabía de su existencia.

«Seis, siete...».

Porque, si lo que Antonio Lo Duca le había contado al hermano Girolamo era cierto, entonces en la inexorable lista de la muerte figuraba también el nombre de Serafino, culpable de haber robado el libro por sed de dinero, poniendo así de nuevo en circulación lo que se suponía que debía permanecer en secreto.

«Ocho, nueve, diez, once...».

Sí, era cierto: no había leído el códice, no había tenido la desvergüenza de adentrarse en aquellas páginas prohibidas por los ángeles. Pero ¿podría eso haber cambiado algo?

«Doce...».

Serafino se sintió invadido por un repentino escalofrío. Miró a su alrededor. Esta vez no había oído ningún ruido, había visto algo, una sombra, o la mera perturbación de la poca luz que había allí abajo.

«Trece, catorce...».

Entonces volvió a verla.

–¿Quién eres? –preguntó y el cuenco que contenía las migajas de pan se le cayó de las manos y se hizo añicos en el suelo–. Te he visto. No tengo ganas de hacer el tonto. Da la cara.

El hombre, que estaba escondido detrás de una columna, salió de la penumbra y dijo:

–Aquí estoy.

–¿Quién eres? –preguntó tartamudeando Serafino–, ¿cómo has entrado?

–He llamado a la puerta.

–¿Cómo te llamas?

–Angelo.

Serafino tuvo la impresión de que el intruso estaba dotado de una calma sin límites. Tenía el pelo largo, estaba descalzo, pálido... Un vagabundo, creyó. Quizá solo tenía hambre y quién sabe cómo había entrado en el convento en busca de algo que picar. Serafino se tocó el corazón y suspiró.

—Me has asustado, ¿sabes?

—Te pido perdón.

—¿Quieres comer?

—Sí.

—No sé cómo has podido entrar, pero...

—Me han abierto.

—¿Cómo has llegado hasta aquí? —Serafino volvió a tocarse el pecho y sonrió, jadeando—. Caramba, casi me muero de miedo.

—¿De qué te gustaría morir? —le preguntó Angelo.

—De viejo —respondió. Y el corazón le volvió a galopar en las costillas y las palmas de las manos le sudaban. Dio un paso atrás y colocó una sandalia sobre un fragmento afilado del cuenco. Lo oyó crujir y clavarse en el pie. Pero estaba tan aterrorizado que ni siquiera se dio cuenta—. ¿Quién eres? ¿Qué quieres de mí?

—Eres el responsable.

—¿De qué estás hablando? Sal de aquí ahora o empiezo a gritar.

Retrocediendo, palpó la superficie de la mesa en busca de un cubierto con el que defenderse, pero solo encontró migas de pan.

—¿A quién se lo vendiste?

—¿El qué?

—Ya lo sabes.

—El cardenal Alfonso Carafa —soltó Serafino— me preguntó por ese libro. Yo solo cedí a los halagos y se lo conté, pero fue él quien lo robó del Santo Oficio y lo vendió. No sé a quién se lo dio.

—¿Y luego te pagó?

—Sí, pero puedo devolver todo el dinero. Te lo daré a ti, si quieres. Hasta el último cuatrín.

—No.

—Entonces dime qué puedo hacer para reparar mi culpa.

Antes de presentarse, Angelo había puesto a calentar una gran olla en la cocina del convento. Era tan ancha y profunda que el cocinero podía hacer sopa en ella para todos los hermanos.

Agarró a Serafino y lo llevó hasta allí, luego lo levantó por encima de su cabeza y lo arrojó dentro.

Serafino gritó y luchó frenéticamente. La olla estaba ardiendo. Era una única superficie de metal caliente y no dejaba escapatoria.

Angelo amortiguó los gritos del joven fraile poniéndole la tapa, que ató fuertemente a las asas de la olla.

—Ahora estás reparando tu culpa —le dijo y se quedó escuchando los gritos más atroces y agónicos que su alma perversa habría podido desear.

Quería más.

# Capítulo 59

*Il Corso*

Vajilla de mayólica, copas de cristal, cubiertos de plata. Para la última cena antes de la partida, la mesa estaba puesta como para el banquete de un cardenal. La cocinera de Luna Nova incluso había tallado un ángel de azúcar: una criatura blanca, con las alas plegadas y mirada piadosa, que sostenía un libro abierto. Luna lo había hecho colocar justo delante del asiento previsto para Raphael, queriendo quién sabe por qué complacerlo.

No era así.

Sin embargo, aquella figura era a su manera sorprendente para Raphael. La cocinera, Imperia, no podía conocer el pasaje del Apocalipsis que el asesino dejaba en sus víctimas, en el que hablaba del ángel con el libro en la mano.

Entonces, ¿de dónde le venía esa inspiración?

—Precioso, ¿verdad? —le preguntó Luna.

Sentada frente a él, vestida como el cielo nocturno, se había dado cuenta de su expresión de desconcierto.

—Me gustaría saber qué lo inspiró —dijo Raphael, vertiendo de una jarra de fino cristal de Murano un poco de vino genovés.

Pero sobre la mesa también había jarras llenas de malvasía, Lacryma Christi y *fistignano* tinto del reino de Nápoles.

—¡Imperia! —la llamó Luna.

La cocinera llegó enseguida, paradójicamente delgada como una muerta de hambre.

—¿Sí, señora?

—Imperia, ¿puedo preguntarte en qué te has inspirado para hacer la escultura de azúcar?

Miró a su propia creación con aire preocupado.

–¿Tiene algún defecto, señora?

–No, es que no le gusta a messer Dardo.

–Yo no he dicho eso –se escudó Raphael–. Me preguntaba por qué se te ha ocurrido un ángel con un libro en la mano.

–Se lo quitaré inmediatamente si lo desea.

–No, no –la detuvo él–, tengo la intención de probar un trozo de ese libro. Me gustaría devorarlo.

Imperia no captó la cita del Apocalipsis, pero le sonrió con malicia y con un vago velo de desconcierto en los ojos.

–¿Quiere saber por qué hice esa escultura? Yo... bueno, lo soñé por la noche antes de que usted, messer Dardo, saliera de prisión.

–¿Crees que existen los ángeles? –le preguntó Raphael.

–Sí –respondió la cocinera con una franca convicción–. Y toman forma humana cuando vienen a la tierra. Usted, por ejemplo, messer Dardo, tiene el nombre y la belleza de un ángel, con esos ojos gentiles y siempre atentos.

–¿Te quieres sentar con nosotros? –le preguntó Luna.

–No, señora.

–Entonces vuelve a la cocina y sigue trayéndonos cosas deliciosas como solo tú sabes hacer.

–Sí, señora.

Ariel, recto en su silla e impecablemente vestido de negro con camisa blanca, dio un mordisco a una albóndiga de capón.

–¿Estamos seguros de que la cena es *kosher*?

–¿Estamos seguros de que has vaciado el sótano como te pedí? –replicó Luna.

–Has visto que mis amigos judíos se han dedicado a trabajar, ¿verdad?

–Habría preferido no tener tanto ajetreo en casa.

–Si me hubieras avisado con tiempo... Por cierto, sigo sin entender por qué decidiste irte de Roma de repente.

–Motivos sentimentales.

–¿Tú? –Ariel se rio–. Fingiré que me lo creo. Entonces, ¿es o no *kosher*?

–¿Qué dictan los rabinos? –le preguntó Selvaggia, presentándose por fin en el comedor. Cuerpo sensual realzado por un fino velo de seda del mismo color que su piel. Se sentó junto a Raphael, le acarició la pierna y repasó con los ojos las pequeñas esculturas de mazapán, las galletas hechas con leche de almendras, los *mostaccioli* napolitanos, las albóndigas de capón y todas las demás delicias–. ¡Luna Nova no repara en gastos! –dijo.

–Y Selvaggia habla demasiado –contestó ella.

Imperia no tardó en volver, esta vez seguida por dos camareras, muy jóvenes, con el pelo suelto, cada una sosteniendo una fuente de azulejos: la primera llena de carne hervida y la otra de carne asada. Imperia, por su parte, sostenía en las palmas de las manos un plato que presentó como «pastel de ojos, orejas y testículos de cabrito en un cajón y escamados».

–¡Tiene un nombre horrible! –exclamó Ariel.

Imperia no se inmutó ni un ápice.

–Verá que le gusta, messer Colorni. ¡El que desprecia, comprar quiere!

–¡Ya veremos! –le dijo con su típica galantería natural, que seducía a las mujeres.

Luna felicitó a la cocinera, diciéndole que, efectivamente, había hecho un trabajo espléndido, como siempre.

–Messer Dardo aprecia mucho tu escultura, ya sabes. No deja de mirarla.

–Es digna de Miguel Ángel Buonarroti –confirmó Raphael con un obsequioso movimiento de cabeza–. Gracias, es un hermoso pensamiento, Imperia.

–Para usted esto y más, messer Raphael. Ahora, con su permiso, vuelvo a mi trabajo, señores. Espero que les guste.

Volvieron las dos camareras.

–Sopa de berenjenas en caldo de carne con *tortelli* –anunció una que llevaba una sopera de porcelana humeante.

–Macarrones hervidos y servidos en caldo de oca –dijo la otra, llevando otra sopera idéntica.

–¿Es todo *kosher*? –quiso saber de nuevo Ariel.

Luna volvió a llamar a Imperia, que no tardó en llegar. La cocinera le explicó a messer Colorni cuánto respetaba su religión.

–La cena es carne y verduras –le dijo–, así que no pongo leche en ningún sitio, excepto en el manjar blanco. A messer Dardo le gusta mucho... ¿Cómo no iba a hacerlo?

Raphael, de hecho, estaba loco por esa sopa aterciopelada hecha con harina de arroz, carne de pollo, leche, almendras y azúcar. Pero en ese momento cualquier delicadeza del paladar le parecía insignificante.

–¿Será capaz de resistirse a él? –preguntó Imperia con picardía.

–Creo que no –respondió Ariel, guiñándole un ojo.

–Bueno, entonces buen provecho.

Imperia se inclinó mostrando toda su delgadez. Presumía de haber trabajado para el gran cocinero Bartolomeo Scappi. Y aunque en las cocinas papales, en realidad, casi solo había barrido y fregado, no cabía duda de que había aprendido muchos secretos escuchando y viendo trabajar a Scappi. Esto, combinado con su talento natural, la había convertido en una excelente cocinera, codiciada por los muchos nobles caballeros invitados de Luna que habían probado sus recetas. Bien podría decirse que Imperia formaba parte del gran juego de la seducción, de la perfecta máquina de placer que era el palacio de la que se hacía llamar Luna Nova desde que había emprendido su carrera como cortesana. Y si cuando, por razones inescrutables, esa máquina de placer tenía que convertirse en una máquina de muerte, entonces Imperia sabía cómo hacer que un pecado de gula fuera fatal, sin dejar rastro.

La cocinera regresó a la cocina para preparar la fruta y los dulces, seguida por un coro de «gracias».

Las dos jóvenes criadas, sin embargo, se quedaron y, sin decir una palabra, empezaron a repartir los platos de *tortelli* y macarrones en caldo. Luego ellas también salieron y cerraron la puerta, dejándoles, como habían solicitado los comensales, solos y libres para hablar.

Raphael había estado esperando ese momento desde que se sentó a la mesa. Estaba deseando interrogar a Luna Nova para hacerle confesar la razón de su repentina marcha.

Pero la cena duró poco.

La conversación ni siquiera empezó.

–¡Abrid! –gritaron desde la calle. Unos manotazos pesados e insistentes golpeaban la puerta–. ¡Esbirros del gobernador! ¡Abrid!

# Capítulo 60

*Via della Corda*

Cuando Raphael y Ariel llegaron frente a la infame morgue, el alguacil estaba en la puerta esperándolos, erguido como un guardia suizo bajo el arco gótico.

Llevaba un papel en la mano y lo levantó cuando los vio llegar:

—¡Realmente sueña con ellos! –dijo.

—¿Quién? –quiso saber Ariel–. ¿Sueña con qué?

—El maestro Buonarroti –explicó Raphael– ha dibujado los cuerpos. Lo hizo antes de que los mataran. Dice que soñó con ellos. Y, aparentemente, lo mismo ha ocurrido con este otro asesinato. Yo estaba seguro de que los había dibujado después y de que mentía quién sabe por qué razón. El caso es que esta vez no pudo ver el cadáver, así que...

—Como si las extravagancias de este asunto no fueran ya suficientes.

—¿Sabrías hacer un truco así?

—En realidad... no. Tendría que pensarlo. Pero no olvides que Miguel Ángel tiene una inteligencia extraordinaria.

—Tú también.

—Es cierto –dijo Ariel sonriendo–. Pero yo no sueño con los acontecimientos antes de que ocurran.

Saltaron de las monturas con agilidad.

—Aquí tienes –dijo Leccacorvo caminando hacia ellos.

Raphael tomó el dibujo de sus temblorosas manos y lo miró, sosteniéndolo para que Ariel pudiera verlo también.

El cadáver de un hombre.

Corpulento.

Alto.

Con un agujero en el abdomen de medio palmo de ancho y un papel enrollado clavado en la frente.

–Casi se puede ver a través de él –dijo Leccacorvo, con el rostro sombrío y una tensión visible en sus rasgos. Señaló el agujero en el abdomen de la víctima–. Tú, que eres tan experto en torturas, ¿puedes explicar lo que le hicieron?

–El qué, sí –respondió Raphael–. El porqué, no. –Le devolvió el dibujo y se acercó al cadáver real–. ¿Podemos entrar?

–Por favor –dijo Leccacorvo–. Este, si cabe, es más truculento que los otros que lo precedieron en un final digno de los condenados al infierno. Que Dios se apiade de ellos.

Entró con la manga apretada en la nariz.

En el interior, en efecto, el hedor de la putrefacción contaminaba cada átomo de aire, como decían Leucipo y Demócrito.

Ariel destapó un tarro, extrajo con el dedo un poco de la cremosa mezcla que contenía y se extendió un velo alrededor de las fosas nasales y bajo la nariz.

–Alcanfor –dijo, entregándoselo a Raphael y al alguacil.

Leccacorvo se sirvió primero, intrigado por las diabluras del alquimista judío.

–Pero funciona –dijo sorprendido, asombrado por aquella repentina aniquilación del hedor mefítico–. ¿Lo vendes?

–Cinco ducados el tarro –respondió Ariel, siempre dispuesto a hacer negocios con sus inventos–. Pero este te lo regalo –dijo.

El alguacil se quedó boquiabierto.

–¿Me lo regalas?

–Sí, para ti.

Sorprendido, Leccacorvo estuvo a punto de rechazar el regalo. ¿Y si el judío fuera un brujo?

–¿Cinco ducados el tarro? –Lo cerró en un puño, asintiendo solemnemente con la cabeza. Olfateó el aire, que ahora era suave–. Una preparación verdaderamente milagrosa. –Y lo dejó caer en la bolsa de cuero que llevaba colgada del cinturón. La gratitud parecía gotearle de las pestañas como el néctar de una flor–. ¿La prodigiosa pistola que dispara diez tiros seguidos, sin necesidad de recargarla, también es creación tuya?

—Ariel —dijo Raphael mientras se acercaba al cadáver— es el mejor constructor e inventor de armas que existe.

—¿Vas a vender la patente?

—Todavía no he encontrado un príncipe que se lo merezca y que esté dispuesto a pagar el precio justo.

Leccacorvo se cogió la hirsuta barbilla y reflexionó unos segundos sobre ello, murmurando para sí mismo, asintiendo con un «sí» y un «no» con la cabeza y luego solo con un «sí».

—Enhorabuena —dijo, y eso fue todo.

De repente se había puesto muy serio.

Ariel se dio cuenta de que se lo había ganado. Y para él, la amistad nunca era algo desechable.

—Es un honor, messer Leccacorvo.

Raphael, mientras tanto, ya había comenzado el examen visual del nuevo cadáver.

Este también había sido tremendamente torturado.

El dibujo de Miguel Ángel, una vez más, era fiel a la realidad abominable que yacía en decúbito supino sobre la mesa.

Increíblemente fiel.

Sospechar que el viejo maestro era el artífice de aquellos crímenes era una tontería, sí, pero menos que creer su historia de sueños premonitorios. El hecho de que Miguel Ángel lo había visto todo al detalle, con mucha antelación, del mismo modo que Lo Duca veía ángeles, seguía siendo inaceptable para Raphael.

Leccacorvo se acercó intrépido al cadáver, orgulloso de sus nuevas fosas nasales insensibles.

—¿Qué me decís, messer Dardo, messer Colorni?

Ariel miró a Raphael, luego desvió la mirada hacia el abdomen perforado de aquel desgraciado y suspiró.

—¿Te parece lo mismo que a mí?

—Una bestia —dijo Raphael.

—Sí —añadió Ariel.

En el rostro de Leccacorvo, la curiosidad y el asco se mezclaban con una especie de asombro admirativo.

—¿De qué bestia estáis hablando? ¿Me haríais el favor de contármelo?

–El asesino –explicó Raphael– tendió a la víctima sobre una mesa a la que le faltaba parte del tablero, con las manos y los pies atados, boca arriba. Volcó sobre su abdomen desnudo un jarrón de hierro que contenía lirones o quizá ratones. Entonces encendió fuego en el jarrón, los animales que había dentro enloquecieron por el calor y, al no encontrar otra salida, abrieron una en las entrañas del pobre hombre, escarbando frenéticamente con las patas, desgarrándolo con los dientes. Al final, los animales, que tomaron el camino más corto, salieron por la espalda de este desgraciado. Esta tortura con desenlace mortal también puede realizarse con un gran gato, colocado dentro de una jaula, siempre en contacto con el abdomen desnudo del prisionero. Pinchado y atormentado, el animal comienza a desgarrar la carne de la víctima, royendo hasta las entrañas.

Leccacorvo salió corriendo y vomitó el almuerzo en la calle, despertando la habitual hilaridad de sus esbirros.

–¿De qué os reís? –murmuró, con el rostro pálido y contraído, como si hubiera mordido un pomelo.

Cuando volvió a entrar, Raphael estaba desenrollando el pergamino que el asesino había pegado en la frente de la víctima. Era el habitual pasaje del Apocalipsis de san Juan.

–¿Como los otros? –preguntó Leccacorvo, estirando la última vocal con un eructo ácido.

Raphael confirmó.

–Aún no os he preguntado si lo conocíais –dijo Leccacorvo.

–Yo no –juró Ariel, y era verdad.

–Ni yo –declaró Raphael, y era mentira.

Él lo conocía, lo conocía muy bien.

Era Uldaricus Han, conocido como Gallus. El ávido fumador de opio. El vil y mezquino traidor que lo había vendido a los Carafa por cincuenta ducados. El que había vendido el códice por Alfonso Carafa y el hermano Serafino.

Era gracioso darse cuenta de ello y, sin embargo, era la pura realidad del asunto: si Uldaricus no lo hubiera hecho arrestar, ahora no estaría allí de pie, mirando su cadáver destripado por un roedor y preguntándose por qué, quién podría haberlo hecho y quién sería el siguiente.

# MIÉRCOLES, 23 DE AGOSTO

# Capítulo 61

*Il Corso*

Los criados de Luna Nova cargaron rápidamente dos caballos de carga con provisiones para el viaje y luego ayudaron a la señora de la casa y a su pupila a subir a un carruaje negro decorado con rosas. Debía de ser una compra o un regalo reciente, porque Raphael no lo había visto nunca. Dos hombres corpulentos acompañaron a las señoras, los demás criados permanecieron unos minutos frente a la puerta del palacio, observando cómo las amas se alejaban por el Corso, y luego tomaron cada uno caminos separados.

Raphael también observaba la partida, solo que estaba escondido detrás de un rincón y era el único que pensaba que junto con ellas se iba su hijo.

Ariel, por su parte, acababa de terminar de vaciar las bodegas y había ido a llevar sus retortas y alambiques a casa del rabino.

«Sí –pensó de nuevo Raphael–, la partida de Luna Nova tenía todo el aire de una fuga».

Y, por las confidencias que el reverendísimo Alfonso Carafa le había hecho a Selvaggia, estaba claro que la causa de aquella decisión era don Carlo Carafa.

Ese malnacido del cardenal sobrino debió de pedirle (ordenarle taimadamente) que hiciera algo que ella no quería hacer.

Traicionar a sus amigos, por ejemplo.

Carlo quería el códice. Y tal vez se las había ingeniado para esperar a que otro lo encontrara en su lugar y entonces abalanzarse sobre él como un buitre y robarlo, igual que había hecho con Arquez y los documentos que el fraile había ido a recuperar del Sagrado Tribunal.

Habría sido al estilo de Carlo Carafa.

Raphael sentía que él era ese «otro» que tendría que encontrar el códice por él.

El buitre volaba sobre su cabeza.

Ese miserable cobarde.

Podía imaginárselo, mientras manoseaba a Luna Nova como un baboso, encandilándola con promesas fabulosas, robándole el contacto carnal de un modo infantil. Casi podía verlo mientras le pedía descaradamente que se pasara a su lado.

Él, un hombre (y cardenal) acabado.

Odiado por todo el mundo.

Luna simplemente habría tenido que mantenerlo informado de su investigación. Seguramente le había prometido riquezas y comodidades. Pero Luna Nova no era tonta. No era nada tonta. Sabía bien con quién estaba tratando y lo que se jugaba al escuchar las promesas del cardenal Carlo Carafa. Y también sabía que venderse a un hombre que había perdido prestigio y que además estaba a punto de perder el poder no sería un buen negocio.

–Gracias, Luna –dijo.

Luego montó en la silla.

# Capítulo 62

*Macel de' Corvi*

De la casa del maestro Buonarroti no llegaban los habituales golpes de maza y cincel con los que el anciano solía darle forma al mármol cuando no estaba ocupado en otros proyectos.

Sin embargo, a diferencia de su casa, el barrio estaba tan animado como siempre. Mujeres y hombres atareados se abrían paso entre las gallinas, que se escabullían bajo las patas de las mulas y se refugiaban en los patios, mientras un astuto cerdo corría entre la inmundicia, bajo la mirada desapegada de perros y gatos reducidos a piel y huesos.

Raphael volvió a llamar.

Miguel Ángel no debía de estar en casa. O tal vez estaba descansando, aunque no era propio de él entregarse a la indolencia, sobre todo por la mañana. Pero tenía una edad.

Esperó unos instantes más. Quería saber del maestro si había soñado con otros cadáveres después del de Gallus.

Pero parecía que no estaba en casa.

Raphael entornó los ojos para protegerse del sol. «Tal vez es hora de volver en otra ocasión», pensó.

Y fue en ese momento, mientras se giraba hacia el caballo para coger las riendas y montar en la silla, cuando vio a lo lejos una silueta negra en la distancia.

Un hombre de pelo largo, al final de la calle.

¿Era miembro de la Cofradía de los Siete Ángeles?

«Los ángeles te observan».

Si era así, había que reconocer que cumplían sus promesas.

Lo observaban, y de qué manera.

Los tenía pegados al trasero día y noche y no aflojaban ni un centímetro. Quizás ahora tenían una razón más para seguirlo: querían averiguar qué les había ocurrido a dos de los suyos.

Porque ciertamente no eran los esbirros de Leccacorvo ni eran matones de don Carlo Carafa. Nadie que no hubiera salido de una pesadilla iba por ahí vestido así.

Raphael montó inmediatamente en el caballo árabe, lo espoleó, pero la oscura figura ya había desaparecido, disuelto en el resplandor de la soleada mañana.

Se quedó un rato, atizando el aire tórrido con la mirada. Entonces decidió ir a ver a messer Leccacorvo para preguntarle si tenía noticias de Baldesar Accoramboni, el atracador de bancos con el que había compartido celda durante unas horas; quizás él pudiera ayudarlo a encontrar el cofre de Pinelli y, tal vez, el *Códice de los Milagros*.

Baldesar era su última esperanza. Tenía que encontrarlo y hablar con él.

Decidió dirigir el hocico del caballo hacia la casa del alguacil, pero entonces algo le hizo cambiar de idea.

Estaba llegando el maestro.

Lo acompañaba un hombre más joven que parecía haber sido tallado con el mismo molde divino con el que habían creado a Antonio Lo Duca.

El parecido era asombroso.

No parecía muy descabellado suponer que era su sobrino Jacopo, ayudante de Miguel Ángel y otro elemento de esa camarilla original de devotos de los arcángeles.

Raphael se apartó y les dejó pasar sin que lo vieran. Luego los siguió hasta la casa del maestro.

Los vio apearse de sus monturas y entrar.

Miguel Ángel metió su caballo negro en el establo. El caballo de Jacopo, en cambio, se quedó atado fuera, junto a la puerta.

Habían pasado unos minutos, el tiempo justo para que Raphael dejara su montura a la sombra de un roble y se volviera hacia la casa, cuando la puerta se abrió de nuevo.

Se escondió detrás del árbol. Si el maestro hubiera salido y lo hubiera visto, lo habría reconocido. Pero era Jacopo otra vez. Solo. Llevaba en la mano un bulto voluminoso, como una sábana que contuviera mucha ropa sucia. Lo cargó en el caballo, montó en la silla y se marchó sin prisas.

Ahora el maestro estaba en casa, solo.

«La oportunidad perfecta para hacerle una visita», pensó Raphael. Quién sabe si no había dibujado ya el siguiente cadáver.

Se pasó las manos por el pelo, inhaló y exhaló con calma y caminó con cautela hacia la casa. Empezaba a temer que tarde o temprano se vería en una de las sábanas de Miguel Ángel.

Decidió entrar.

Pero no por la puerta.

# Capítulo 63

Pasó junto al establo. Desde allí se accedía al patio. Raphael conocía bien el lugar. Recordaba la posición de cada piedra. Y vio que todo seguía como lo había conocido de niño, a excepción de una higuera, que había crecido hasta tocar el piso superior de la casa con sus grandes ramas torneadas y esqueléticas.

El maestro se encontraba en la planta baja en ese momento y señalaba su posición con golpes de martillo. Se había puesto a trabajar de nuevo, incansablemente, como si luchara contra el tiempo y quisiera dejar al mundo unas cuantas obras inmortales más antes de morir.

Pero, a juzgar por la precisión y el ritmo seguro con que moldeaba la piedra, ese triste momento no parecía estar tan cerca.

Raphael se subió a la higuera. Sin dificultad, llegó a una de las ventanas. No presentaba ningún obstáculo, ya que estaba abierta debido al calor. Antes de saltar al interior, arrancó una fruta madura, la probó y, sorbiendo el dulce relleno, comprobó los posibles miradores desde los que podría ser visto. Solo divisó una hilera de ventanas, que en ese momento estaban oscurecidas por decrépitos batientes, y el campanario. El resto de las casas no eran más altas que la del maestro ni tenían patios.

Fue fácil entrar. Demasiado fácil. El maestro se arriesgaba a recibir la visita de rufianes sin escrúpulos. Había que decírselo: un hombre viejo, solitario, rico...

Después de la muerte de Urbino, se había convertido en presa fácil y era un milagro –eso sí– que aún no le hubieran robado y, posiblemente, asesinado.

El Coliseo, ese gigantesco nido en el que algún diablo había estado incubando el mal durante siglos, estaba a solo unos cientos de pasos.

«Viejo testarudo».

Dio un salto y consiguió agarrarse al alféizar de la ventana, luego con un esfuerzo que le costó más de lo habitual trepó por él y se dejó caer dentro.

Se encontraba en el dormitorio.

Prueba de que el maestro desafiaba al destino con descaro, Raphael encontró un baúl debajo de la cama. Lo sacó, lo abrió: estaba lleno de dinero.

«El viejo se ha vuelto loco de verdad», pensó mientras bajaba suavemente la tapa y volvía a colocar la caja en su sitio.

Miró a su alrededor.

Además de la cama de hierro forjado, había un crucifijo, una cajonera y una cómoda. La frugalidad con la que vivía Miguel Ángel se explicaba por el contenido de aquel baúl. A ojo de buen cubero, Raphael supuso que podría contener no menos de diez mil escudos de oro. Una suma considerable. Apartada como materia superflua. Y decir que la atención que el maestro le prestaba al dinero era conocida...

Siguió explorando la casa. Tranquilo, porque los golpes de cincel no daban señales de disminuir de intensidad. El artista jadeaba con ritmo, luchando contra la materia, sometiéndola, domándola para hacer surgir y brillar el espíritu en toda su gloria divina, como un asceta de piedra.

Y cubría el sonido de los pasos de Raphael.

En el piso superior no encontró nada de interés, tan solo el dormitorio con un retrato de Urbino, conservado como relicario, y otras habitaciones utilizadas para almacenar equipos y materiales de pintura. También había una librería, pero modesta.

Raphael bajó a la planta baja. Al final de la escalera se detuvo para contemplar al maestro trabajando, desde atrás, soplando nubes de polvo a contraluz.

De puntillas, recorrió las habitaciones.

La cocina, el comedor, una despensa.

Por todas partes asomaban obras de arte incompletas y, sobre todo, destacaban las numerosas partes de un grupo escultórico destruido. Sublimes pedazos en los que, sin embargo, Raphael no se detuvo.

Los golpes de cincel cesaron de repente.

El profesor se movió. Caminaba murmurando palabras incomprensibles, riéndose entre dientes. Subió al primer piso, cerró las ventanas y volvió a bajar llevando algunas herramientas envueltas en un paño. Luego fue a la cocina a servirse un vaso de agua. Raphael vio pasar su sombra más allá del espejo de la puerta, luego oyó el burbujeo del agua en el vaso, el chasquido de su garganta al tragar y, asomándose por el marco de la puerta, lo vio volver al taller y empezar a martillear como antes.

Raphael lo había pensado, pero no había encontrado ninguna excusa que darle al maestro si lo sorprendía. Inspiró para que su corazón se ralentizara y tragó saliva polvorienta por la garganta seca.

Solo quedaba una habitación por inspeccionar: la bodega. La puerta que daba al sótano era baja, blanca y sobre ella estaba bellamente pintada una escena bucólica que representaba a Baco rodeado de pulposos racimos de uvas, barriles llenos, ganado gordo, quesos y embutidos cuyo aroma casi se podía oler.

El maestro había pintado el contenido de una bodega ordinaria.

Pero cuando Raphael hizo girar sobre los goznes aquel precioso óleo sobre tabla y descendió los pocos y chirriantes escalones de madera que conducían al piso inferior, vio que no había nada normal en aquel sótano.

Los ángeles que llevaban varios días apareciéndose en Roma estaban allí.

Cándidos. Radiantes. Con alas emplumadas y espléndidas. Ojos grandes, bocas abiertas. Pelucas doradas y vaporosas.

Tenían una portezuela en el pecho y dentro estaba la carcasa de un candil y por encima y por debajo se veía un ingenioso sistema de espejos dispuestos de tal manera que proyectaban luz por todo el delgado cuerpo de escayola y lo hacían brillar.

De escayola.

Y también había otros dos, hechos de cartón piedra y cera, sin iluminación en el interior, pero extremadamente realistas, pintados para parecer vivos. ¿Tal vez se utilizaban para apariciones diurnas?

¡Ese sinvergüenza!

«Así que era eso», pensó Raphael, mientras el corazón le daba un salto en el estómago. Las apariciones angélicas eran obra de Miguel Ángel y del sobrino de Lo Duca. Y, por qué no, del propio don Antonio.

Así que Ariel tenía razón: era todo un montaje, un truco, un engaño.

Miguel Ángel y sus cómplices se arriesgaban a la pena capital por semejante blasfemia, la cual había causado estragos en toda Roma en los delicados días de la muerte del papa y la preparación del cónclave.

Un escalofrío recorrió el cuerpo de Raphael.

–¿Quién es? –gritaron desde arriba.

Se agazapó detrás de un ángel.

–¡Te he escuchado, sal de ahí!

Había dejado la puertecita abierta para que entraran algunos rayos de luz...

–¿Jacopo? –Miguel Ángel bajó para comprobarlo, pero se detuvo a medio camino de la escalera–. Jacopo, ¿eres tú?

–Ajá –sonó Raphael.

–Maldita sea, Jacopo, me has dado un susto de muerte. No te he oído entrar.

–Eh. –Suspiró Raphael.

–¿Has olvidado algo?

–Ajá.

–¿Para la aparición?

–Ajá.

–Bueno. Vuelve a cerrar cuando te marches.

–Humm, ajá.

–Y ten cuidado de que no te pillen, por favor. –El maestro volvió tarareando y riendo, como entusiasmado–. ¡Los ángeles están llegando! –dijo entornando la pequeña puerta.

Inmediatamente después volvió a martillear.

Raphael no podía creer lo que acababa de descubrir. ¿El maestro Buonarroti creaba ángeles falsos para que se le aparecieran a la gente?

Y no se trataba de una broma en sí misma.

Miguel Ángel, don Antonio y su sobrino Jacopo aprovechaban

sin duda los crímenes cometidos por el Ángel de la Muerte para influir en los romanos y en el próximo cónclave. E inducir al futuro papa, el séptimo, a construir por fin la basílica que llevara el nombre de los arcángeles. Don Antonio Lo Duca la quería. Y, por supuesto, también Miguel Ángel y su ayudante Jacopo, que la diseñarían y construirían.

Una locura. Y no había que descartar en absoluto que los tres estuvieran realmente convencidos de que el *Códice de los Milagros* debía ser enterrado bajo una iglesia consagrada a los ángeles, porque era inconcebible que un arquitecto como Miguel Ángel se hubiera tomado tantas molestias para diseñar una iglesia, una de tantas que había construido a lo largo de su vida.

Por supuesto, el proyecto de don Antonio se remontaba a muchos años antes, pero quizás ahora, debido al códice y al rastro de sangre que estaba dejando tras de sí, los tres veían la urgencia de este.

Y además había que tener en cuenta las edades de Miguel Ángel y de don Antonio: no podían esperar vivir lo suficiente para rogarle a un octavo papa.

A Raphael casi le entraron ganas de reír. Nunca había estado en una situación tan loca.

Se despidió de los ángeles de escayola, cartón piedra y cera, y abandonó la casa de Miguel Ángel de puntillas, tan ligero e invisible como un fantasma de carne y hueso.

# Capítulo 64

*Extramuros*

Si Lavinia Fioravanti, a la que llamaban Nina, a los dieciséis años había elegido el nombre artístico de Selvaggia, era porque había una razón.

Su carácter no le permitía soportar limitaciones, normas infundadas e imposiciones sin explicación.

Desde que salieron por Porta Nomentana, Luna Nova no había dicho ni una palabra. Iba mirando a la nada y de vez en cuando suspiraba o miraba hacia fuera buscando algo. Hacía todo lo posible por no dejarlo traslucir, pero el miedo emanaba de su cuerpo contraído, de sus gestos. Su respiración era entrecortada y se limpiaba constantemente las palmas de las manos en la falda.

Estaba inquieta.

—¿Qué pasa? —le preguntó Selvaggia.

—Nada. ¿Por qué?

—Pareces tensa.

—No, para nada.

—¿Conozco al hombre al que nos dirigimos?

—Nuestro destino es Florencia.

Selvaggia se estremeció en el duro asiento aterciopelado del carruaje.

—Dijiste que...

—Sé lo que dije. Volveremos a Roma, ya lo verás. Pero dentro de algún tiempo. Ahora no es momento para que nos quedemos. Las cosas se estaban complicando.

—Si es así, hacemos bien en marcharnos.

Luna Nova se inclinó hacia delante, con una sonrisa rodeada de pintalabios.

–¿Hablas en serio?

–Sí, claro. Perdón por lo de antes, por quejarme de tu decisión. No la entendía.

–Y te dio pena Raphael. –La acarició, maternal–. Lo olvidarás. Una cortesana debe saber olvidar a los hombres tanto como saber seducirlos. Esta será una buena lección para que aprendas.

Detrás de los labios de Selvaggia estaban listas las palabras «Espero un hijo de él», pero permanecieron allí.

––Ya lo he olvidado –dijo ella.

–Muy bien.

Selvaggia miró fuera de la estrecha cabina. Vio la antigua basílica de Sant'Agnese, detrás de la cual se alzaba el mausoleo de Constanza, y se dio cuenta de que habían recorrido una milla desde que habían dejado atrás las murallas de la ciudad.

Una milla más y se encontrarían con el puente Nomentano, que cruzaba el río Aniene, y desde allí continuarían hasta la primera posada. Luego se pondrían de nuevo en marcha con las primeras luces del alba, esperando que los caminos de las llanuras y las montañas fueran transitables en todos los tramos y que las ruedas del carruaje no se rompieran con demasiada frecuencia, para poder llegar a su destino en un número aceptable de días.

–Habríamos tardado menos tiempo yendo a caballo –dijo Selvaggia.

–¡Por el amor de Dios! –Se rio Luna–. Acabaría con callos en las nalgas. Un culo con callos no vale un cuatrín.

Selvaggia pudo fingir su complicidad habitual, pero tuvo que esforzarse, porque algo dentro de ella había cambiado.

Había cambiado profundamente.

Había sentido el cambio interior cuando reapareció Raphael, en el instante en que vio brillar de nuevo la luz verde de sus ojos. Raphael, el padre de la criatura que llevaba meses gestando en secreto, había regresado de una muerte segura, derrumbando el castillo de naipes que había construido en su mente para intentar olvidarlo. Y ahora Luna Nova le exigía que volviera a olvidarlo, justo cuando el cielo se lo había devuelto.

Él cuidaría de ella y del niño. Estaba segura de ello. Conocía a Raphael desde hacía poco tiempo, pero a fondo. Era bueno y sensible. Era fuerte y no le faltaba dinero ni capacidad para ganarlo.

Él no la abandonaría.

Si hubiera podido —estaba segura—, Raphael le habría pedido que se quedara con él en Roma. Pero no podía. Ahora tenía otras cosas en las que pensar. Además, era de imaginar que le había permitido marcharse con Luna Nova solo porque quería mantenerla alejada del peligro.

Del Ángel de la Muerte.

Se tocó la leve redondez del vientre. Empezaba a notarse. Pronto tendría que ocultarlo bajo ropas más holgadas. Le dirigió una expresión dulce a Luna.

—¿Va todo bien? —preguntó ella.

—Sí, solo tengo ganas de hacer pipí.

—¿Quieres que paremos?

—No, no quiero llegar tarde a la posada.

Luna corrió la cortina y asomó la cabeza.

—¡Luca!

—Dígame, señora. —El criado a caballo se acercó al carro y volvió la cara seca y oscura—. ¿Hay algún problema?

—Va todo bien. ¿Crees que llegaremos tarde a la posada si nos detenemos unos minutos?

El criado entornó los ojos y observó la posición del sol en el cielo, luego desvió la mirada hacia el camino polvoriento y, tras valorar la situación, dijo:

—Yo diría que no.

El carruaje se estremeció al aminorar la marcha y se detuvo en el margen del camino, a la sombra de una acacia. La brisa hacía que las hojas sonaran como un arroyo de agua.

Reinaba una paz generalizada y no se veía a ningún otro viajero en ese momento.

Selvaggia bajó del carro detrás de Luna Nova. Enderezó la espalda agarrándose los riñones con las manos y miró a su alrededor.

—Iré allí —dijo señalando los restos milenarios de un muro de ladrillos.

—De acuerdo —dijo Luna.

Caminando para llegar al escondite, Selvaggia miró hacia la iglesia de Sant'Agnese. Estaba a solo unos cientos de pasos del muro. Una milla desde allí hasta las murallas de Roma. Calculó que podría recorrerla en media hora, si los sirvientes de Luna no volvieran para buscarla.

Se agachó detrás de los ladrillos.

No tenía una necesidad apremiante, pero aprovechó el momento de todos modos.

Y en ese momento oyó el intenso estruendo de caballos que se acercaban. Aún estaba lejos, pero cada vez era más inconfundible. Se asomó, temerosa, y divisó la columna de polvo que exhalaba la carretera, como el humo de un incendio.

Hombres armados.

Soldados.

Se dirigían directamente al carruaje de Luna Nova.

Selvaggia permaneció agachada. Empezó a temblar cuando uno de los hombres le ordenó a Luna que se presentara ante el capitán Vico de Nobili.

–Buenas tardes, capitán –dijo–. ¿Qué le trae por aquí?

–Le traigo un mensaje del reverendísimo Carlo Carafa.

–Adelante. ¿Pero cómo ha sabido dónde encontrarme? ¿Acaso el cardenal controla mis movimientos?

–Sí, señora.

Luna no respondió.

«Extraño», pensó Selvaggia, y se dio cuenta de que la situación no estaba bajo su control habitual. Normalmente los hombres colgaban de sus labios, pero aquella conversación tenía un sabor diferente.

–¿Se ha puesto en camino sola?

–Con mis criados, como puede ver.

–¿Y su amiga?

–No ha querido venir.

–Mis hombres la han visto salir de la casa y subir al carruaje con usted.

–Estaba terca. Se ha querido bajar para volver con su amante.

Selvaggia se tapó la boca, se tragó las lágrimas, que brotaban del fondo de su garganta, y contuvo la respiración.

—¿Adónde pensaba ir?

—Solo daba un paseo extramuros, capitán De Nobili. Entonces, ¿cuál es el mensaje que ha venido a traerme?

—Este —respondió el capitán.

Siguieron cuatro disparos de arcabuz, gemidos ahogados. Duró poco, aunque a Selvaggia le pareció que no iba a terminar nunca. Luego los caballos se alejaron al galope en dirección opuesta a por donde habían venido.

Selvaggia reapareció lentamente, confusa, aturdida, como si despertara de una terrible pesadilla. Se le ablandaron las rodillas, le temblaron los labios, se le heló la sangre en las venas, se acercó al camino.

Por desgracia, no se trataba de una pesadilla.

El cuerpo de Luna Nova yacía inmóvil, tendido en el polvo, con la cabeza desfigurada por el disparo del arcabuz.

Los dos criados habían caído de manera descompuesta de sus monturas y aún se movían con débiles sacudidas, agonizantes, bañados en sangre.

El capitán De Nobili cabalgaba a la cabeza de una nube blanca, hacia Roma.

Selvaggia empezó a correr siguiendo aquel polvo.

# Capítulo 65

*Castillo de Sant'Angelo*

–¡Ah, cosas que no os podréis creer! –exclamó Leccacorvo, invitándolos a seguirlo dentro del castillo.

Raphael, tras ir al gueto a buscar a Ariel, había tardado varias horas en encontrar al alguacil, pero afortunadamente no había sido tiempo perdido.

–Ese canalla está aquí –dijo Leccacorvo, sin dejar de caminar–. Ha tenido la suerte de estar en la cárcel justo cuando el pueblo asaltó y abrió las cárceles, pudo escapar como todos los demás prisioneros de Roma...

–Yo excluido –señaló Raphael.

Leccacorvo se lo tomó a broma y soltó una risita:

–Se escapó, como os decía, pero fue tan estúpido como para que lo volvieran a coger unas horas más tarde. ¡Y siempre por la misma razón! Mis hombres lo pillaron merodeando por la casa del mismo banquero. ¡El bastardo no se da por vencido! Lo arresté. Y después de que me dijeras que Pinelli es una de las víctimas, bueno... El ladrón está aquí dentro. Está en la misma celda donde os conocisteis.

Raphael habría preferido no volver a ver ese agujero inmundo. Otro, tal vez, cualquier otro, pero no el mismo.

Había decidido no informar al alguacil sobre los falsos ángeles que había encontrado en la casa del maestro Buonarroti: habría equivalido a que lo detuvieran y lo condenaran a muerte junto con Antonio Lo Duca y su sobrino Jacopo.

Mientras guiaba a Raphael y a Ariel por los recovecos del castillo de Sant'Angelo con una lámpara de aceite en la mano, messer Giusto Leccacorvo comenzó a declamar versos sin previo aviso:

–«Por lo que, por tu bien, pienso y decido que vengas tras de mí, y seré tu guía –recitó con voz clara y teatral–, y he de llevarte por un lugar eterno, donde oirás el aullar desesperado, verás, dolientes, las antiguas sombras, gritando toda la segunda muerte».

–¿«Infierno»? –intentó adivinar Raphael.

–Muy bien –dijo el alguacil ceremonioso–. ¿A ti también te gusta Dante Alighieri?

–Por supuesto –respondió él, sin tener que mentir por una vez.

–Para ser un esbirro, tienes una buena capacidad memorística –observó Ariel.

–¿Tú crees? Bueno, leo y releo hasta que me lo aprendo. La memoria me sirve más a mí, que soy un esbirro, que a un profesor.

Poco antes, Leccacorvo se había prodigado en una larga narración retrospectiva de su propia vida hasta el triste día en que se convirtió en un hombre solitario: su esposa Lucrezia, había explicado, llevaba tres años desaparecida debido al «mal de madre», es decir, había muerto en el parto, desgraciadamente, junto con el niño. Y fue ella quien le había regalado un volumen de la *Divina comedia,* impreso en Venecia en 1502 por Aldo Manuzio. El libro había pertenecido a un pariente suyo fallecido y, al dárselo, pretendía animarlo a aprender a leer. Así que, desde aquel nefasto día, se había aplicado duramente, con la generosa ayuda de un sacerdote, y finalmente había acabado aprendiendo.

Estaba orgulloso de ello.

Le importaba.

A raíz de ese regalo, el amor sincero que había sentido por su mujer se convirtió en amor por la lectura. Cada vez que las palabras saltaban de la página de la *Divina comedia* a su boca, y luego a sus oídos, le parecía que era ella quien le hablaba desde el más allá, desde la otra vida.

–¿Tienes muchos libros? –le preguntó Ariel, que dudaba sobre la fiabilidad del alguacil.

–¿Muchos? –Leccacorvo se esforzó en vano por mantener el rubor lejos de sus mejillas. Afortunadamente, en los oscuros meandros del castillo, la vergüenza no era tan evidente–. No sé latín –admitió con tranquila humildad–, pero, por suerte, Petrarca, Boccaccio y Dante escribieron grandes obras maestras en italiano.

–¿A quién prefieres entre Boccaccio y Dante? –lo provocó Ariel, guiñándole un ojo a Raphael.

–A mí –respondió Leccacorvo con decisión– me gusta el «Infierno». –Y abrió una de las celdas de aquella fosa de muerte, declamando en voz alta–: «¡Y el pecador, que oyó, no se escondía, mas volvió contra mí el ánimo y rostro y de triste vergüenza enrojeció!».

El ladrón Baldesar Accoramboni, al verlo aparecer, se puso de rodillas y brillaron sus dos ojos enloquecidos en la penumbra.

–¿Ya ha llegado por fin? –preguntó con aprensión–. ¿Me llevas al patíbulo?

–No –le dijo el alguacil.

–¿Cómo que no? Os lo ruego, descuartizadme ya, llamad al verdugo, dadme un veneno, un tiro de arcabuz, un tajo de espada, un garrotazo en la cabeza... lo que sea. Estoy harto de estar encerrado aquí solo.

–Calla, tienes visita. –Leccacorvo se hizo a un lado y dejó entrar a Raphael y a Ariel, pero no salió–. Quiero escuchar –dijo cruzándose de brazos.

–Pero tú... –Baldesar dirigió la mirada hacia la pequeña puerta y se frotó los nudillos–. Creo que te conozco. ¿De verdad eres tú?

–Me alegro de verte, Baldesar.

El ladrón no podía creerlo, se devanó rápidamente los sesos tratando de imaginar la misma cara, pero con barba y el pelo largo.

–Tú eres Raphael Dardo –dijo.

Se puso en pie y lo abrazó.

–Me presento. Yo soy Ariel Colorni.

–Es un amigo –lo tranquilizó Raphael.

–Encantado de conocerlo, messer Colorni. –Baldesar los miró a los tres y se rascó el pelo apelmazado por el sudor y la suciedad–. ¿Puedo saber lo que está pasando?

–Necesitamos tu ayuda –le dijo Raphael. Se sentó en el suelo, en el lugar exacto desde el que se tiraba los días observando el cielo, las nubes, las estrellas... y acarició la piedra áspera y húmeda. Parecía que había pasado un siglo desde la última vez. En cambio, solo había sido un mísero puñado de horas–. ¿Puedo conocer tu plan para robar el banco de Francesco Pinelli?

Baldesar parpadeó y sacudió la cabeza.

–¿Qué estás diciendo? Soy inocente. No le he robado nada a ningún Pinelli.

–Pero, al parecer, tenías especial interés en hacerlo, ya que regresaste allí en cuanto saliste de la cárcel. ¿Qué buscabas exactamente?

Baldesar esparció miradas a su alrededor, como si estuviera buscando una grieta por la que poder deslizarse para desaparecer.

–¿Qué quieres decir?

–¿Dinero, joyas? ¿O qué más creías que ibas a encontrar en el cofre del banquero?

–Dinero –respondió Baldesar.

–¿Un libro?

–Bueno. –Se rascó el pecho hostigado por las pulgas, luego pasó la mirada al alguacil–. Pero, a ver, ¿qué queréis?

–Responde a las preguntas –lo cortó Leccacorvo.

Raphael esperaba la respuesta.

–Yo... –Baldesar dudó de nuevo, pero enseguida se encogió de hombros y se dejó caer contra la pared– había oído que el banquero poseía un libro de inmenso valor –confesó–. Eso era lo que quería, no el dinero ni las joyas.

–¿Quién te habló del libro? –le preguntó Raphael.

–Unos amigos. Decían que el banquero genovés se había gastado una fortuna para comprarlo. Pero no quiero meter a nadie en problemas, porque yo...

–¿Te dijeron también esos amigos de qué libro se trataba?

–No, no exactamente. Un grimorio muy antiguo, decían. Algunos afirmaban que había sido escrito por el propio Moisés. Pero, por favor, no voy a dar nombres ni apellidos, solo escuché una charla casual entre ladrones.

–A mí lo único que me importa es el plan, todo lo que sabes.

–Pero yo no...

–Habla sin miedo –aseguró Leccacorvo–. Tu plan de robarle al banquero podría sernos útil y, si nos ayudas, quizás puedas ganarte tu libertad.

–¿De veras? –Baldesar dio tres pasos de rodillas hasta Raphael, le cogió las manos y se las llenó de besos–. Gracias, gracias.

–A quien deberías darle las gracias es a mí –protestó Leccacorvo.

–Messer alguacil –se inclinó Baldesar–, le doy las gracias de todo corazón.

–Venga, contesta lo que te han preguntado los señores.

Baldesar suspiró, como rindiéndose a regañadientes.

–¿Queréis conocer los detalles de mi plan?

–No –respondió Raphael–, quiero saber dónde está la cámara secreta de Pinelli. ¿Dónde está la caja fuerte?

# Capítulo 66

Si la realidad ya estaba escrita, por Dios o por quien teja las tramas de los destinos humanos y de las cosas del mundo, había que reconocer entonces que las páginas de aquellos días de agosto del año de Nuestro Señor de 1559 contenían varios capítulos dedicados a atrocidades.

Tiraron de las riendas de los caballos para que se detuvieran (Baldesar iba sentado detrás del alguacil, encadenado a su silla de montar) y esperaron a que pasara la comitiva.

—Traidores —dijo Leccacorvo, señalando con la barbilla el río de gente que fluía tumultuosa y ruidosamente ante ellos.

Una multitud excitada seguía al maestro de justicia, al verdugo y a los miembros de la hermandad, que se encargaban de arrastrar y de consolar a dos condenados con grilletes, hombres jóvenes y fuertes destinados a un horrible final.

—¿Cómo es que se ejecutan sentencias de muerte en periodo de sede vacante? —preguntó Raphael con curiosidad.

—Esta no es una sede vacante cualquiera. —Suspiró Leccacorvo—. Si no damos ejemplo de severidad, la revuelta no remitirá.

—Yo podría haber estado en su lugar —tartamudeó Baldesar y el alguacil le hizo callar con un latigazo de riendas en la boca.

Raphael también se había imaginado repetidamente a sí mismo encadenado y siendo llevado por la ciudad durante sus días de cautiverio. Y ahora observaba con lástima cómo los cuerpos aún con vida luchaban desesperadamente por escapar de los golpes y los escupitajos de la gente.

Se dio cuenta de que a estas alturas aquellos miembros, aquellas cabezas, aquellos corazones ya no pertenecían a las almas que se vislumbraban en sus ojos hundidos y llenos de miedo.

Ahora eran cuerpos propiedad de los Estados Pontificios.

Pronto, el maestro de justicia los ahorcaría y la gente se apresuraría a intentar hacerse con la soga, porque era creencia común que aquella cuerda curaba los dolores de cabeza. Después, los cadáveres acabarían sobre alguna mesa anatómica, quizá la de alguna fiesta popular de anatomía pública, aunque esto ocurría sobre todo en Carnaval.

O los dos condenados por traición serían decapitados y descuartizados y el verdugo les permitiría a los espectadores quitarles la grasa, incluso a mordiscos, y beber su sangre caliente y aún palpitante, esa materia en el límite entre la vida y la muerte, prodigiosa linfa que brotaba de las profundidades del misterio.

Raphael ya no recordaba en qué ciudad lo había visto, pero había grabado a fuego en su memoria la imagen de un maestro de justicia llenando cálices para él y los espectadores con sangre extraída de venas calientes; y luego todos bebieron y empezaron a correr para que la medicina nigromántica liberara todo su efecto, pues era creencia común que la sangre de los condenados, como la de los santos, era buena especialmente para los afligidos por la epilepsia.

Aquel verdugo, recordaba Raphael, tenía permiso de las autoridades para quedarse con las cabezas de los condenados y se decía que se comía sus sesos fritos y vendía la grasa humana a cualquiera que se la pidiera.

«¿Dónde ocurrió? ¿Mantua, tal vez?».

La comitiva se detuvo, impidiéndoles el paso permanentemente.

–¿No podemos tomar otro camino? –preguntó Ariel, impaciente, no tanto por la lentitud de los progresos como por la visión de lo que la estaba causando.

Era un espectáculo atroz y ahora estaba a punto de convertirse también en repugnante.

El verdugo les cortó de tajo la mano derecha a los condenados, primero una y luego la otra, con una hoja afilada que se consideraba una panacea para el reumatismo si se colocaba sobre la parte dolorida.

Entonces, dos miembros de la Hermandad de la Justicia, vestidos de hábito negro y capucha puntiaguda, se agacharon, recogieron las manos cortadas del suelo y las dejaron caer en un cubo.

«Un cubo de hierro muy parecido al que utilizó el autodenominado Ángel de la Muerte para la ejecución china de los diez mil cortes», pensó Raphael.

Pero aquí había una diferencia: las manos de los traidores habían sido recogidas para ser reunidas con los otros trozos de sus cuerpos cuando terminara la ejecución, cuando los dos fueran pobres mosaicos de miembros y vísceras. Los enterrarían en el cementerio de la Hermandad de la Justicia.

Hubo una larga oración y luego la procesión partió de nuevo, en dirección a una de las plazas donde solían erigirse las horcas. Poco después la corriente se enrareció y el alguacil y dos de sus esbirros, que llevaban antorchas encendidas en las manos a pesar de que aún era de día, consiguieron abrirse paso entre la multitud.

Raphael, Ariel y Baldesar los siguieron.

El ladrón no había dicho ni una palabra más, como si temiera perturbar con su propia voz el plácido velo de fortuna que se había extendido sobre él.

# Capítulo 67

*Campiña romana, monte Aventino*

–Pinelli venía aquí todos los días –dijo Baldesar, señalando la puerta de la villa.

–¿Y entraba en esa casa? –preguntó Leccacorvo.

Olfateaba el aire como un viejo perro de caza.

Tras dejar atrás las callejuelas sombreadas y las plazas bañadas por el sol de la parte más céntrica de la ciudad, habían girado hacia donde señalaba el dedo índice de Baldesar, habían cruzado campos yermos arados por ovejas y vacas y, tras un corto paseo, habían llegado frente a la villa encalada y amurallada que ahora se alzaba ante ellos.

–Sí, lo seguí varias veces –confirmó Baldesar–. Pinelli llegaba aquí solo, miraba a su alrededor, abría la verja, metía a su caballo negro y luego entraba en la casa.

–¿Con la llave? –preguntó Ariel.

–Las primeras veces, no –respondió Baldesar–. Siempre había alguien dentro que abría la puerta cuando él llamaba. Pero después, las últimas tres veces que lo seguí hasta aquí, lo vi abrir con una llave. Tres llaves, para ser exactos: dos largas y una corta. El banquero blindó la puerta y la dotó de una cerradura múltiple.

Ariel asintió, pensativo.

–Como podéis ver, las persianas están cerradas. –Baldesar señaló arriba y abajo–. Las ventanas, aunque no se vean bien, están todas provistas de rejas.

–Vamos a echar un vistazo –dijo Raphael.

Se bajaron de los caballos.

Leccacorvo liberó a Baldesar de las cadenas.

Luego ataron a los caballos a una cerca, con una pequeña fuente que goteaba agua en un abrevadero junto a ella, y enfilaron hacia la puerta de la villa.

Era un edificio blanco que, quién sabe por qué, evocaba escenas de una pastelería. No podía decirse que fuera especialmente grande y opulenta, pero era tan elegante y acogedora como la casa de campo de algún rico aristócrata veneciano.

Leccacorvo hizo una seña a los dos hombres que lo acompañaban en la inspección y estos golpearon con fuerza la puerta de marquetería, gritando que la abrieran inmediatamente, porque así lo ordenaban los esbirros del gobernador.

Silencio.

Pegaron dos veces más, con la misma violencia y el mismo resultado.

—Es una puerta extraña —observó Leccacorvo, acariciando las placas de hierro.

Las tachuelas de acero se alternaban con las nervaduras de la madera maciza como sillares en el lomo de un dragón.

Baldesar negó con la cabeza.

—Yo, honestamente, no he encontrado la manera de abrirla sin hacer ruido. —Se volvió hacia el alguacil—. Gracias a esta puerta y a la que tiene en la otra casa del barrio de Parione, soy inocente.

—Cállate, Baldesar.

Lo fulminó con la mirada Leccacorvo, que estaba tan concentrado como cuando intentaba leer.

El ladrón sonrió, resplandeciente de magnificencia y gloria. ¿El alguacil acababa de llamarlo por su nombre?

Ya estaba hecho, sí, estaba hecho.

Ariel les mostró a todos una mano abierta y vacía, la cerró, la volvió a abrir y mostró con orgullo el objeto que había aparecido mágicamente en ella.

—Imán —anunció.

Lo deslizó sobre la puerta, auscultando su superficie, prestando atención a los puntos de las partes de madera donde el imán ofrecía resistencia. Cuando terminó este examen, hizo una marca con la uña en un punto preciso, sacó una ventosa de una bolsa de lana, apuntó con ella a la madera y empezó a taladrar. En el agujero que hizo introdujo un hierro delgado, lo movió dentro, escuchando con mucha atención, y al cabo de un rato algo cerca del picaporte hizo el sonido de un clic.

Ariel rechazó los cumplidos con un gesto de la mano, dio un empujón a la puerta con el hombro e invitó a los demás a entrar antes que él.

–Vosotros no –les dijo el alguacil a los suyos–. Esperad aquí y aseguraos de que nadie se acerque. –Les entregó una de las antorchas encendidas que les había pedido que llevaran y Raphael cogió la otra. Luego, cruzando el umbral y barriendo con la mirada todo a su alrededor, añadió–: Maldita sea, messer Colorni. Debería arrestarte inmediatamente, solo por lo que acabo de verte hacer. Eres un peligro errante para la justicia. –Se volvió para mirar mezquinamente a Baldesar–. No como este ladronzuelo, que no sirve para nada.

–¿Cómo te atreves? –reaccionó Baldesar–. He violado las mejores puertas y las más fuertes... –Pero inmediatamente cerró la boca y bajó la mirada–. No, no, ¿qué estoy diciendo? Yo en realidad no sirvo para nada.

–Si no –lo defendió Ariel–, habría conseguido entrar, lo habría robado todo y habría desaparecido sin ser descubierto. ¿Verdad?

Baldesar asintió visiblemente para darle la razón.

Pero en aquella casa, sin embargo, no parecía haber nada que robar, al menos ya no.

Estaba casi vacía, salvo por una habitación amueblada en el piso de arriba con una cama de hierro forjado y un armario. Era evidente que alguien había vivido allí recientemente durante un tiempo.

Tal vez un boticario judío.

Lo dedujeron por una bata de farmacéutico que encontraron enrollada en el armario y una chaqueta de terciopelo con una «O» amarilla cosida en el pecho.

¿Podría el invitado de Pinelli haber sido la primera víctima conocida del Ángel de la Muerte?

La inspección de la casa no proporcionó respuestas definitivas.

Decidieron bajar a comprobar las salas subterráneas antes de resignarse a la idea de que habían dado un salto en vago. Y allí se encontraron frente a una puerta cerrada con fuertes cadenas sujetas por dos grandes candados, similares a los grilletes utilizados en las prisiones.

La esperanza de encontrar algo útil para recuperar el libro solicitado por el camarlengo hizo que a Raphael le hirviera la sangre por las venas.

Ariel volvió a aturdir tanto al ladrón como al guardia –Raphael ya estaba acostumbrado– y con un golpe seco y decidido, dado de una forma que los demás no podían entender, abrió ambas cerraduras. Las cadenas se deslizaron por las anillas resonando y se desplomaron en el suelo como esqueletos de serpientes de metal.

Le dejó a Raphael el honor de abrir la puerta.

Y él lo hizo. Con inquietud.

Poco a poco apareció la caja fuerte. Allí estaba, maciza, fornida, verde, parecía un gigantesco sapo de hierro con una enorme boca cerrada y dos candados como ojos.

Ariel tenía delante la mejor de las cerraduras –candados y cadenas– y la abrió con la sencillez habitual.

Giusto Leccacorvo y Baldesar Accoramboni se acercaron a los extremos de la caja, como los dos querubines del arca de la alianza, pero en versión desaliñada y sin alas, y levantaron la tapa lentamente.

Raphael y Ariel se asomaron al interior con impaciencia, pero también con miedo. ¿Y si estuviera vacía? Les pareció tan probable que se permitieron de buen grado unos momentos más de ilusión. Pero antes de que la tapa se hubiera levantado del todo, vieron que el gran arcón reforzado contenía algo.

Entonces la tapa alcanzó su abertura más ancha, deteniéndose con un chirrido sordo, como una lamentación, y todos asomaron la cabeza y miraron dentro.

Ningún suspiro de alivio o grito de satisfacción salió de sus bocas, abiertas por la incredulidad. Pues el arcón había sido utilizado como sarcófago y contenía el cuerpo embalsamado de una mujer. Era tan perfecta y tan hermosa que parecía viva. Algo en su aspecto fresco y sonrosado impedía aceptar que no respiraba, hasta el punto de que Ariel le puso el dorso de la mano bajo la nariz y sacudió la cabeza con decepción, como si por un momento realmente lo hubiera esperado.

Estaba muerta.

Asombrosamente momificada. Nada que ver con ninguna momia desecada y marchita que hubieran visto antes de aquel momento. La mujer del arcón más bien parecía una de aquellas esculturas de cartón piedra y cera que Raphael había descubierto en los sótanos del maestro Buonarroti, aunque era tan perfecta... Se podía acariciar su piel y sentirla elástica y aterciopelada.

Increíble.

–Esta... –balbuceó Leccacorvo, quitándose el chambergo de la cabeza sudorosa y apretándoselo contra el corazón– esta mujer es la esposa de Francesco Pinelli.

# Capítulo 68

*Campo de' Fiori*

—¿Qué les sirvo, caballeros?

Cocco y su mujer habían recuperado el buen humor.

—¿Y para usted?

Repartían sonrisas y recibían órdenes a cambio como hacía días que no lo hacían.

—Por favor, entrad, todavía hay sitio.

La presencia del alguacil en su taberna, con un buen grupo de esbirros apostados fuera, animaba a la clientela a entrar.

En aquellos días de agitación, la tranquilidad y la seguridad eran productos de valor.

Raphael, Ariel y messer Leccacorvo se habían puesto en el rincón más apartado, habían rodeado una jarra de vino tinto y llevaban unos minutos mirándola, en silencio, como si esperasen a que el objeto hablase primero.

—Encontramos otro —empezó diciendo el alguacil—. El maestro Buonarroti me trajo esto y me rogó que te lo mostrara.

Puso sobre la mesa una hoja de papel en la que la soberbia mano de Miguel Ángel había dibujado un cadáver, otro. También terriblemente torturado. Y a Raphael le pareció reconocerlo: largos tirabuzones, nariz aguileña... Se parecía a Gabriello de' Tomasi. El Ángel de la Muerte lo había desollado desde el cuello hasta el ombligo y había dejado la piel colgando, como si fuera una camisa desmangada e incluso metida por dentro de sus calzones.

Otra tortura de extrema maldad.

—El hombre llevaba esto en el bolsillo de los calzones.

—¿Una llave?

Raphael la cogió y se la pasó a Ariel.

El experto la examinó con algunas miradas y luego dijo:

–Abre grilletes o esposas que se utilizan en las prisiones de Venecia.

–¿Y cómo es que alguien que estaba aquí en Roma la tenía en el bolsillo?

A Raphael le recordó a Tomaso, el hermano de Gabriello. Sus cadenas podrían haber sido compradas o fabricadas en Venecia. Mirándola detenidamente, creyó haber visto ya aquella pequeña llave. Sí, la recordaba bien: Gabriello se la había sacado del bolsillo y se la había mostrado. Le dijo: «Si lo liberara, verías y cambiarías de opinión. No sabes de lo que estás hablando, Raphael».

«Seis exorcismos. Seis. ¡Y nada de nada!».

–¿Puedo quedármela?

Leccacorvo lo miró, perplejo.

–¿Para qué?

–¿Puedo quedármela: sí o no?

–Está bien, a mí no me sirve.

–El dibujo también.

–Haz lo que quieras –dijo Leccacorvo, con los antebrazos apoyados en la mesa y la cabeza hundida en los hombros–. Yo no puedo verlo, porque me dan ganas de vomitar. –Los miró a los ojos–. Pues bien, ¿qué tenemos? Hay un libro de enorme valor. Está don Carlo, que, en mi opinión, está torturando y matando para encontrarlo. Pero uno de los dos del tatuaje dijo que el asesino es un ángel, afirmación que me parece bastante paradójica, a no ser que se quiera considerar un ángel caído, un Lucifer, un Satán o como demonios se llamen todos ellos. Las palabras de ese hombre estarían respaldadas por lo que afirman don Antonio Lo Duca, Miguel Ángel Buonarroti y el difunto fray Arquez, a saber, que los ángeles han venido a Roma para impedir la difusión del conocimiento contenido en ese libro y para castigar a quienes no lo devuelvan. ¿Estoy en lo cierto? ¿O me equivoco? –Miró a través de sus pupilas, como si fueran agujeros por los que asomarse al alma–. Tú dijiste estas cosas, messer Dardo. ¿Me escuchas? ¿Te han cortado la lengua?

–Estoy pensando –dijo Raphael.

–¿Y tú, messer Colorni?

—Yo también estoy pensando.

La taberna de la posada de los Bernardozzo, mientras tanto, se estaba volviendo cada vez más ruidosa a medida que pasaban los minutos.

Cornelia abría y cerraba constantemente la puerta para llevar bebidas y comida a los esbirros que estaban en la calle.

Había vida, alegría y relajación.

Y ellos estaban allí para hablar de lo contrario de todo eso.

—Y luego está el cuerpo momificado de la mujer de Pinelli, en un arcón... —Leccacorvo se golpeó la cabeza—. Maldita sea, qué follón.

—Tenemos que averiguar cuándo murió la mujer de Pinelli y si se celebró el funeral —dijo Raphael.

—La señora Pinelli llevaba varios meses enferma, a pesar de su juventud y belleza. Murió el 28 de julio y, desde luego, recibió un funeral completo con entierro en tierra consagrada. Al menos eso es lo que debería haber ocurrido.

—¿Dónde podría estar su tumba?

—Quizá... —Leccacorvo se frotó la cabeza sudorosa—. Estrictamente hablando debería estar en el cementerio de la Cofradía de San Giovanni Battista de' Genovesi, de la que Francesco Pinelli era miembro.

—Yo —dijo Ariel— iría a ver qué hay enterrado en el lugar de la señora Pinelli.

—Pero... —Leccacorvo parecía disfrutar haciendo trabajar su cerebro y casi olvidó la seriedad del tema— ¿descartas la posibilidad de que su marido haya viajado al cementerio de noche, con una carreta, que haya desenterrado el ataúd y se haya llevado a su mujer a casa y luego la hiciera embalsamar?

—No —convino Raphael—, no podemos descartarlo. El hombre que vivía en la casa de campo de Pinelli, aquel cuya bata de boticario y chaqueta con la O amarilla encontramos... podría haber sido quien la embalsamara.

Ariel se expresó con convencidos movimientos de cabeza.

—Tal vez lo hizo aprovechando algún secreto contenido en el *Códice de los Milagros*.

Raphael apartó la jarra con un brazo e idealmente, como cartas invisibles, comenzó a disponer sobre el tablero de la mesa todos los elementos que habían quedado fuera del discurso.

–Arquez investigaba sobre los hombres antediluvianos y el Nuevo Mundo, que al parecer se conocía desde la más remota Antigüedad. Y luego está la reciente historia del *Códice de los Milagros*, que pasó por las manos de un papa de origen judío, Inocencio VIII, que recaudó el dinero para la expedición de Colón utilizando a un antepasado de Francesco Pinelli. ¿Es solo una coincidencia? No lo creo. Arquez se dio cuenta de muchas cosas. Y si don Carlo no lo hubiera eliminado para robarle las actas, probablemente lo habría hecho un sicario español.

Ariel se mostró de acuerdo.

–¿Quién más sabía de las investigaciones de Arquez?

–El hermano Serafino, su ayudante. El traidor que le dio el códice a Alfonso Carafa.

–¿Y si el Ángel de la Muerte es él? –especuló Ariel–. Tal vez está tratando de recuperar el libro, ahora que se ha dado cuenta de lo valioso que es. O lo peligroso que es.

–¿Pero vosotros –susurró Leccacorvo, bajando la cabeza y volviéndose hacia ambos– os imagináis a un dominico poniendo a un lirón en la barriga de un hombre, cubriéndolo con un cubo y prendiéndole fuego y todas esas cosas? ¿O cortando a otro pobre hombre en diez mil pedazos, o encerrándolo en una piel de oveja, o torturándolo con pimienta, como hicieron con Pinelli?

Ariel no se pronunció. Por lo que a él respectaba, veía por todas partes a hombres capaces de cualquier cosa.

Y Raphael también estaba sopesando la idea cuidadosamente. Quizá no era tan absurda como le parecía al alguacil.

Por el contrario, la hipótesis poseía una coherencia innegable: Serafino, como inquisidor, era en realidad un torturador de amantes de los libros. Pensándolo bien, ya que no podía disponer de las herramientas y locales del Santo Oficio, podría haber inventado torturas alternativas, más fáciles de poner en práctica, pero, desde luego, no menos eficaces.

Y que alguien como el hermano Serafino buscara un libro maldito y herético, peligroso para la Iglesia, utilizando ciertos métodos, era totalmente plausible. Era su misión.

¿Intentaba compensar el error que había cometido?

¿O era solo codicia?

El nombre de Serafino palpitaba en las sienes de Raphael con la insistencia de un dolor de cabeza.

Incluso era posible que el fraile hubiera informado a Alfonso Carafa de la salida de Arquez del convento, que le hubiera dicho adónde iba y por qué. Lo que explicaría cómo Carlo Carafa le había robado las actas del juicio en el monasterio.

«Los hombres son ambiciosos por naturaleza», pensó Raphael. Serafino era un hombre.

Ergo, Serafino ansiaba poder y riqueza, bienestar y placer, como todos los demás.

Raphael se levantó, se sirvió un vaso de vino, se lo bebió de un trago y secándose los labios con la manga dijo:

—Messer Leccacorvo, haz arrestar al hermano Serafino. Debemos hablar con él.

El primer esbirro de Roma palideció.

—¿A un dominico? ¿Y con qué acusación?

—Fue él quien robó el códice del tribunal. Arréstalo y punto.

—Y tú, messer Dardo, mientras yo me arriesgo a la horca por arrestar a un inquisidor sin un mínimo de pruebas, ¿qué estás planeando hacer?

—Llevar flores al cementerio.

—Voy contigo —dijo Ariel.

En ese momento vieron que Cornelia se acercaba a ellos, golpeándose la cabeza y extendiendo los brazos.

—Lo siento —dijo, dirigiéndose hacia Raphael—, pero olvidé decirte que Selvaggia vino hace unas horas a buscarte. Parecía bastante disgustada, aunque dijo que todo estaba bien, que me quedara tranquila, y salió corriendo.

—Yo me encargo —dijo Leccacorvo, poniéndose en pie de un salto—. Vosotros id a echar un vistazo al cementerio. Os veré luego.

—De acuerdo —dijo Raphael.

Le habría gustado ir a buscar a Selvaggia en persona, porque tenía la impresión de que algo desagradable debía de haber sucedido durante el viaje, pero se contuvo. Pensó que todos los esbirros de la ciudad y su propio jefe cuidarían de ella.

# Capítulo 69

*Cementerio de San Giovanni Battista de' Genovesi*

No había tierra disponible para los que morían fuera de la gracia de Dios. Suicidas y otros condenados eran arrojados sin piedad al otro lado de las murallas aurelianas, más allá del tramo llamado Muro Torto, y los dejaban como pasto de los animales.

Amén.

O no, ni siquiera eso.

No se derramaban lágrimas ni se rezaba por los que eran excluidos por la Iglesia cristiana.

Así era la ley en Roma.

Pero la mujer de Francesco Pinelli, por lo que contaba el hermano que los acompañaba alumbrando en la oscuridad del hospital de San Giovanni Battista de' Genovesi, era una mujer devota y santa. Y, como el hombre había informado unos minutos antes, había sido enterrada allí, en la tumba familiar, donde ahora yacía con su marido.

Reunidos por la inescrutable voluntad del Señor.

–Ya está, por aquí se accede al cementerio –dijo el hermano con un inconfundible acento genovés.

Empujó una tabla torcida de madera apolillada, se agachó, teniendo cuidado de no quemarse con la llama de la tea, y salió al aire libre, bajo las estrellas.

Se adelantó a Raphael y a Ariel, deslizándose con la antorcha en la mano entre los túmulos y las lápidas, como un espectro. Una sugestión provocada por el hábito blanco de la hermandad, que brillaba en la noche. En la tela del hábito estaban impresas la imagen de san Juan Bautista y el escudo de Génova, con la inscripción SOCIETAS GENOENSIUM.

Era un cementerio pequeño pero muy concurrido.

El hospital y la iglesia administrados por la hermandad estaban situados cerca del puerto fluvial de Ripa Grande y prestaban asistencia corporal y espiritual a los genoveses, que vivían en gran número en la Ciudad Eterna, dedicándose por vocación y tradición al comercio marítimo. Pero también era frecuente encontrar allí a hombres y mujeres de otras partes de Liguria, así como a marineros sicilianos, venecianos, pisanos y marselleses, que a menudo servían a bordo de navíos genoveses.

Y todos los muertos acababan allí, bajo tierra, como cualquier ser humano en cualquier parte del mundo.

Un búho comenzó a ulular monótonamente en la distancia, tal vez oculto en las ramas del gran nogal nudoso que se recortaba contra el cielo negro fuera de la cerca.

A su lúgubre voz respondían los grillos y, más lejos, los ladridos de un perro.

Aquí y allá en el cementerio se encendían las pequeñas y misteriosas luces diáfanas de fuegos fatuos.

Y el disco de la luna, atravesado por vibrantes murciélagos, completaba la imagen ideal de un cuento de hadas para asustar a los niños.

El hermano se detuvo ante una pirámide de roca, de no más de cinco palmos de altura, en cuya cúspide se agazapaba un ángel de mármol llorando, y dijo:

–La persona que buscáis está aquí.

Raphael se acercó. Ariel hizo lo mismo. Iluminaron la lápida, escrita en una de las cuatro caras de la pirámide. Decía que allí estaban enterrados Francesco y Maria Pinelli. Del primero solo estaba el nombre, de la segunda también las fechas de nacimiento y defunción.

María había vivido treinta y dos años.

Pero lo que inmediatamente les llamó la atención fue la perfección con la que se había esculpido y pulido el granito de la pirámide. Parecía diorita, una piedra extremadamente dura y difícil de trabajar. Sin embargo, era una pirámide perfecta, hecha de un solo bloque. Líneas rectas, resultado de un corte difícil de explicar.

A Raphael se le pasó la palabra «Shamir» por la mente, pero no quería ni siquiera pensar en ello.

—¿Cuándo fue enterrado messer Pinelli? —preguntó.

—Ayer los esbirros del gobernador le devolvieron el cuerpo a la familia. Lo enterramos inmediatamente.

Raphael se arrodilló y colocó un ramo de margaritas que había comprado poco antes en una floristería cercana a la taberna. El blanco de los pétalos resaltaba sobre el gris oscuro de la pirámide. Las margaritas eran un símbolo de amor y, por tanto, parecían apropiadas para esta pareja tan unida.

Lo invadió la tristeza.

Así terminaba el fuego ardiente de los sueños, de las esperanzas, de los poemas susurrados, de los paseos alegres, de los besos: en una comida abundante para los gusanos, en la fría y oscura nada de una tumba.

Allí se encontraban ahora también la pasión de Francesco por los libros y su loco deseo de tener en sus manos el más precioso y raro.

Una locura que lo había llevado a la muerte.

Con una mano, Raphael palpó la tierra alrededor de la tumba de Maria Pinelli. No estaba revuelta y no se veían rastros de excavaciones recientes a su alrededor. La impresión era que nadie había estado allí recientemente para exhumar un cadáver. El túmulo sobre el ataúd de Maria era perfecto, aún no lo había estropeado la lluvia, y también lo era el de su marido, aunque este era muy reciente.

Todo hacía pensar que en el ataúd de Maria Pinelli se había enterrado otra cosa y no se había vuelto a sacar.

—¿Puede dejarnos solos? —dijo Raphael.

El hermano endureció los músculos bajo el hábito y no se movió.

—¿Qué queréis hacer?

—Cumplir las órdenes del camarlengo.

—¿Qué órdenes, exactamente?

—Buscar.

—¿Buscar el qué?

—Intentar averiguar qué estamos buscando.

—No, no puedo permitir que hagáis eso. Dadme tiempo para que avise al rector. Yo no estoy autorizado.

–Sí que lo está.

–¿Podéis decirme qué queréis hacer?

En respuesta, Ariel llegó con una azada y empezó a cavar en el túmulo de Maria Pinelli.

–Desde luego, no quedarnos aquí de pie hablando –dijo.

–¡Basta ya! ¿Qué haces?

El hermano se lanzó hacia él, pero Raphael lo retuvo por el hábito.

–Déjenos en paz –le dijo–. O cavaré un hoyo para usted también.

–De acuerdo –tartamudeó el hermano genovés, retrocediendo–. Está bien.

Y un momento después desapareció.

Ariel había hundido la azada otras veces antes, en el pasado, pero ya no recordaba cuándo había sido la última vez. Y le ardían los brazos. Al cabo de un rato sintió que se le iban a ampollar las manos. Pero no se rindió. Tenía curiosidad. Y sí, era la primera vez que violaba una tumba y quería disfrutar de la emoción de la macabra y prohibida experiencia hasta el final.

Hasta el fondo.

La azada tardó casi media hora en llegar a la tapa del ataúd.

–Ya está –dijo Ariel, que ahora le llegaba la tierra hasta las rodillas.

Raphael no reaccionó. Escuchaba la noche, tamizando las vibraciones del aire.

–¿Has oído eso?

–¿Qué?

–Un ruido.

Ariel escuchó y asintió con un gesto.

–Debe de haber sido un animal.

–He visto a alguien moviéndose en el resplandor de la luna por allí.

La oscuridad se cernía sobre las tumbas, como si la negrura en un cementerio tuviera el deber de ser más densa que en cualquier otro lugar.

Raphael fue a comprobarlo, pero la oscuridad absoluta lo obligó a detenerse inmediatamente. «Tal vez –pensó– realmente ha sido un animal». Se encogió de hombros y descendió al agujero.

—Pesa mucho —dijo Ariel, enderezando la espalda con un gemido—. Madera maciza de cedro. —Inmediatamente notó algo extraño—. Mira esto —dijo. Señaló la unión de la tapa—. Parece alquitrán.

Lo tocó, se olió los dedos y asintió.

Raphael constató que tenía razón.

La caja había sido sellada con alquitrán.

Ariel y él no tuvieron que decírselo. Ambos sabían que el alquitrán era una forma eficaz de impermeabilizar el embalaje de las mercancías delicadas que tenían que viajar en los barcos.

¿Acaso planeaba Pinelli llevar ese ataúd al cercano puerto de Ripa Grande, a un barco genovés?

¿Qué contenía?

Se miraron el uno al otro.

Los mismos pensamientos brillaron en los ojos de ambos.

Abrieron el ataúd.

# Capítulo 70

Francesco Pinelli había encontrado y reunido lo increíble. Los sueños más imposibles de Raphael habían sido transformados por él en una asombrosa realidad.

Libros.

Los más inaceptables y deseables.

Incluso el más confiado de los cazadores de manuscritos antiguos sería cauteloso a la hora de invertir demasiadas esperanzas en encontrar uno solo en toda su vida.

Y, en cambio, bajo las pupilas dilatadas de Raphael y Ariel fluían obras perdidas y olvidadas de autores antiguos como Varrón Atacino, Cornelio Severo, Saleyo Basso, Cayo Rabirio, Albinovano Pedón, Marco Furio Bibáculo, Lucio Accio, Marco Pacuvio, Lucrecio y Macro.

Lucrecio era el único autor de entre ellos cuya obra completa se había encontrado con anterioridad (el de *rerum natura,* redescubierto por Poggio Bracciolini en la abadía de Fulda).

Como otros, Raphael conocía a estos autores antiguos y olvidados gracias al retórico romano Quintiliano, que los había mencionado. «Macro y Lucrecio –escribió Quintiliano– merecen sin duda ser leídos».

Y el hecho de que hubiera mencionado a Macro antes que a Lucrecio podía ser significativo. No era un orden alfabético. ¿Quizás, para Quintiliano, Macro era un autor aún más importante que Lucrecio?

Por fin Raphael y el mundo entero recibirían una respuesta a esa pregunta.

Una obra de Macro, titulada *Theriaca* y dividida en dos libros, estaba allí, en la caja que debía contener el cuerpo de Maria Pinelli. En un examen rápido, bajo la luz inestable de la antorcha, estaba claro que trataba de serpientes, venenos y medicinas.

Las miradas atónitas de Raphael y Ariel se encontraron sobre el ataúd y luego bajaron de nuevo a los libros.

Aristófanes, Eurípides, Sófocles, Esquilo...

De las ochenta o noventa obras de Esquilo, solo habían sobrevivido siete, y lo mismo de las ciento veinte de Sófocles. Dieciocho de noventa y dos obras de Eurípides. Once de cuarenta y tres de Aristófanes.

Los manuscritos recuperados por Pinelli eran muy antiguos y estaban incompletos. Sería necesario el arduo trabajo de un equipo de filólogos para reconstruirlos. Sin embargo, contenían textos de inestimable importancia.

Y temibles para la Iglesia.

Los textos paganos y blasfemos como los que se encontraban en el interior del arca no eran fácilmente accesibles para los monjes escribas que deseaban consultarlos y copiarlos. Para tomar prestados de forma extraordinaria textos tan peligrosos para la Iglesia y sus almas, los monjes tenían que dirigirse al bibliotecario haciendo el gesto de vomitar o rascarse como perros (ya que en los *scriptoria* no se podía hablar y se comunicaban con gestos).

Pues eran obras condenadas, en principio.

Era fácil imaginar lo que habría ocurrido con casi todos estos códices si hubieran caído en manos de un intachable inquisidor del Santo Oficio, que, a diferencia de los monjes escribas, que los habían copiado hacía tanto tiempo, habría entrado sin duda en su contenido.

Poco después de mediados de marzo de ese mismo 1559, en la Piazza San Marco de Venecia se habían quemado en la hoguera no menos de doce mil libros.

—Es una locura —dijo Raphael. Con una mano oscilante sacó una hoja de papel que sobresalía de debajo de uno de los volúmenes—. Parece un mensaje para quien debía haber recibido la caja —dijo—. Está en latín.

Ariel lo leyó, traduciéndolo al mismo tiempo al italiano:

Mi querido, amado y fiel hermano, espero de todo corazón que esta carta mía te encuentre sano y rodeado del afecto de todos tus seres queridos. Como sabes, he invertido las últimas décadas de mi vida y casi todas mis posesiones en perseguir lo que tú, todos vosotros, siempre habéis considerado quimeras. Sí, es cierto, acabé arruinándome persiguiendo libros que se consideraban perdidos para siempre. Pero, como puedes ver ahora, mi sacrificio no ha sido en vano. Para que te des cuenta de la importancia de lo que te confío, basta pensar que, a finales del siglo V, un editor literario llamado Strobeo compiló una lista de autores antiguos en la que citó mil cuatrocientas treinta obras. Bueno, mil ciento quince de ellas desaparecieron en la nada. Por eso, mi querido hermano, aunque no te doy oro ni dinero, te dejo algo inmensamente más precioso para la humanidad, para la vida. Aquí encontrarás obras que se creían perdidas para siempre: de los fundadores del atomismo, Leucipo y Demócrito; de Epicuro y de su rival Crisipo, que el Santo Oficio no dudaría en arrojar a la hoguera si las encontrara (me refiero sin duda a las obras del primero de los dos); y de Dídimo de Alejandría, que escribió tanto que fue apodado «entrañas de bronce». Su producción debió de ascender a más de tres mil quinientos libros y de tanto esfuerzo no quedó nada. Ahora, sin embargo, algo se puede volver a leer, el mundo podrá mejorar. Somos banqueros. Tú también sabes guardar cosas preciosas. Por favor, este es mi último deseo: asegura los volúmenes que te envío, en un lugar alejado de la luz y la humedad, hasta que los tiempos sean propicios para su difusión. Y entonces cambiarás el mundo. Antes de despedirme, quiero decirte una cosa más, hermano mío...

Ariel interrumpió su lectura y levantó la vista de la hoja. Su rostro, junto a la llama de la antorcha, estaba sembrado de sombras negras como el hollín.

—Sigue un texto incomprensible —dijo, decepcionado.

Se lo mostró a Raphael para que lo viera.

—Parece un texto encriptado.

—Yo también lo creo. —Ariel comprobó la caja—. La clave podría estar en cualquier parte, pero desde luego no aquí dentro.

—Quizás encriptaban su correspondencia habitualmente. En ese caso, la clave ya debería estar en posesión del hermano.

—Entonces, ¿por qué no encriptó todo el mensaje?

—Tal vez tenía prisa y se limitó a proteger la parte más interesante de la carta. En cualquier caso, la presencia de este mensaje en el ataúd significa que se le encargó a alguien que viniera a recogerlo para abordarlo. El alquitranado le haría pensar eso. Al fin y al cabo, son armadores y aquí estamos a tiro de piedra del puerto.

—Francesco Pinelli estaba convencido de que lo había ocultado con seguridad y confiaba en el trabajo de personas de mucha confianza.

—Por ejemplo, su hermano —imaginó Raphael—. Podría estar en Roma, con uno de sus barcos anclado aquí en el puerto de Ripa Grande. Quizá tenga que venir él mismo a por ello.

—No hay que descartarlo.

Volvieron a estudiar detenidamente la parte cifrada del mensaje.

Tenía el aspecto típico de un texto obtenido por sustitución polialfabética utilizando una clave muy larga y compleja.

Un tipo de texto cifrado que era bastante difícil de descifrar, porque el análisis de las frecuencias de las letras típicas de una lengua determinada se hacía muy complejo. De hecho, Raphael fue incapaz de discernir repeticiones evidentes de letras y patrones.

La limitación de cualquier cifrado de ese tipo era la clave: tenía que ser larga, por lo que el destinatario se inclinaba por escribirla para no correr el riesgo de olvidarse parte de ella. Y esto implicaba riesgos: una vez encontrada la clave, cualquiera podría violar la correspondencia secreta.

Raphael empezó a asentir.

—¿Has entendido lo que hay escrito?

—No. Pero creo que podría haber usado una clave de encriptación continua.

—¡Ah! —soltó Ariel—. La clave podría ser el pasaje de un libro. ¿Quién sino Pinelli podría utilizar ese sistema? El receptor solo tiene que saber de qué libro se trata, no tiene que recordar exactamente la clave. ¿Crees que podría estar en uno de estos volúmenes?

—Humm —dijo Raphael—, creo que no.

Releyó la carta buscando cualquier señal que Pinelli pudiera haber dejado entre líneas. Luego repasó el texto sin leerlo, limitándose a la apariencia de las palabras individuales, para encontrar alguna imperfección no aleatoria que pudiera ser una pista sobre qué libro contenía la clave. «A menudo –pensó Raphael– se utilizan textos de fácil acceso, como el Evangelio, la Biblia, la *Ilíada,* la *Odisea,* el *Orlando Furioso,* la *Divina Comedia*...». Pero una voz en su interior le sugería insistentemente que dos banqueros experimentados como los hermanos Pinelli debían tener más cuidado a la hora de proteger información sensible, sobre todo si estaba en juego la muerte. Y este era el caso.

Francesco Pinelli, aun con las prisas, había decidido tomarse el precioso tiempo de cifrar al menos esa parte del mensaje.

Se podía hacer para proteger la vida de un hermano.

Y en ese momento Raphael se dio cuenta de que sus ojos se habían movido solos. Entonces vio que los ojos de Ariel también se habían dirigido hacia donde él miraba.

Los libros de la caja.

Quizá era poco probable que la clave necesaria para descifrar la parte supuestamente más importante e interesante del mensaje estuviera en uno de esos libros, pero había que intentarlo.

De todos modos, no sería fácil detectarla y calcular su longitud, aunque normalmente se utilizaba la frase al principio de un capítulo hasta el primer signo de puntuación.

Tal vez no habría sido necesario confiar la tarea a un experto en escritura cifrada y códigos, pero, salvo un golpe de suerte, tardaría horas, si no días, en llegar al fondo del asunto.

Y, en cualquier caso, no era un trabajo que pudiera hacerse en la oscuridad, en un cementerio, en pocos minutos. Y aunque se hubiera podido hacer, surgían otras razones que lo impedían.

Ruidos.

Destellos.

Raphael y Ariel levantaron la cabeza y escucharon, inmóviles.

Como para ayudarlos, incluso el búho dejó de ulular.

–Ahí, ahí –gritó alguien.

Se oyó un estruendo inconfundible. Pies golpeando con ritmo.

Y poco después aparecieron las llamas.

Cuatro antorchas en manos de otros tantos hombres. La luz que arrojaron permitió contar a otros tres. Los hábitos blancos de dos hermanos destacaban en el pequeño grupo que se acercaba.

Ariel se miró las manos, las olió y arrugó la nariz.

–¿Tú también lo hueles?

–Sí –dijo Raphael, olfateándose las yemas de los dedos. Era un olor vago, tenue, pero reconocible–. Huele a meado.

# Capítulo 71

Un momento después estaban rodeados, con dos espadas y tres arcabuces apuntándolos.

–¿Quiénes sois? –preguntó el líder, de complexión robusta, con la cara desencajada de arrugas en las que no penetraba la luz de las antorchas y que parecían trazos de bolígrafo negro. Tenía un inconfundible acento genovés–. ¿Qué estabais haciendo?

Se presentaron. Raphael también mostró el salvoconducto del camarlengo y le explicó que estaba allí para investigar.

–¿Investigar?

Raphael especificó que buscaba un libro y señaló que había libros dentro del ataúd.

El hombre parecía muy sorprendido.

–¿Quiere decirnos con quién tenemos el honor de hablar? –le preguntó Ariel.

El hombre no respondió y señaló con la espada el ataúd abierto.

–¿Lo habéis encontrado? –preguntó–. ¿El libro que el camarlengo está buscando está ahí dentro?

–Tal vez –respondió Raphael–. No hemos tenido tiempo de comprobarlo.

El hombre asintió largamente, pensativo, los escrutó con cautela y luego escupió al suelo con un siseo siniestro.

–Lo que sea que hayáis cogido... dejadlo todo en el suelo y marchaos. Ahora.

La respuesta de Raphael fue firme:

–No.

Una señal para Ariel, que se preparó para empuñar su arma con un gesto relámpago como el consumado e impresionante mago que era. Desde tan cerca podría matar a los siete avanzando tres balas en la recámara del cargador. Pero no podía excluir la posibilidad de que un disparo o una estocada de sus oponentes lo alcanzara.

«Mejor evitarlo», pensó, respirando hondo y exhalando con calma, como para ralentizar el tiempo y tener una visión más clara de la situación. Sí, era mejor evitarlo.

Y más o menos el mismo pensamiento le sostenía las manos a Raphael.

—Preséntate —dijo.

El hombre hizo una señal a sus secuaces para que bajaran las armas y dio un paso al frente.

—Soy Giovanni Battista Pinelli, Gioba para mis amigos. Pero podéis llamarme messer Pinelli.

—¿Eres el hermano de messer Francesco?

—Así es.

—Entonces... —Raphael le entregó la carta que había encontrado en el ataúd— Esto es para ti.

Gioba la cogió y la miró con impaciencia.

—Ilumíname —dijo, pasándole la antorcha a otro.

Empezó a leer, murmurando las palabras en latín.

—Quizá —propuso Raphael— puedas ayudarnos a entender qué hay escrito en la parte encriptada.

—No veo por qué debería.

—Esa carta podría explicar la muerte de tu hermano y nos permitiría atrapar a su asesino.

—¿Cuántas muertes ha habido hasta ahora?

—Al menos seis.

—¿Antes o después de Francesco?

—¿Por qué no nos sentamos a una mesa y charlamos un rato entre amigos?

Gioba Pinelli bajó la mirada y permaneció un rato concentrado, escuchando los consejos de alguien en su interior, y finalmente volvió a levantar la cabeza y aprobó con un sordo grito gutural.

—Hablemos —dijo—. Vosotros —les ordenó a sus secuaces—, coged el ataúd y llevadlo a la iglesia.

Obedecieron, bajaron las cuerdas y luego tiraron hacia arriba. Parecían comadronas empeñadas en extraer de un vientre de barro al futuro recién nacido. El ataúd salía lentamente de la tumba como en un nacimiento macabro, como un nacimiento simbólico de la muerte.

# Capítulo 72

En la sacristía de la iglesia de San Giovanni Battista de' Genovesi las velas solo podían exprimir dos colores de la oscuridad: el blanco brillante de las paredes y el marrón oscuro de un crucifijo y un gran armario en el que se guardaban las vestiduras y los instrumentos necesarios para la celebración de la misa.

Gioba ordenó que llevaran allí el cofre con los libros.

Luego se sentaron, apenas tocados por las luces de los candelabros, y se miraron sin decir palabra.

Raphael reformuló la pregunta:

–¿Dónde está la clave?

Tras otra larga deliberación, Gioba Pinelli decidió reconocer la autoridad del salvoconducto del camarlengo, y asintiendo, dijo:

–*Elogio de la locura*.

–¿Erasmo?

–Sí. Mi hermano y yo, para cifrar nuestra correspondencia privada y comercial, siempre utilizábamos las palabras iniciales de un libro, hasta el primer signo de puntuación. Este fue nuestro acuerdo. Cambiábamos de libro cada mes. Y desde el primer día de agosto íbamos a utilizar el íncipit del *Elogio de la locura* de Erasmo de Róterdam, si era necesario.

–¿Te lo sabes de memoria?

–No.

–¿Tienes una copia contigo?

–¿Acaso estás loco? Tengo una copia, pero en Génova. Si te pillan con un libro prohibido por el *Índice*, te metes en un buen lío.

–Lo sé –dijo Raphael.

Corrió con la mirada por la oscuridad para desterrar el recuerdo del encarcelamiento en el castillo de Sant'Angelo.

Ahora tenía que concentrarse.

¿A quién podía pedir en mitad de la noche un libro prohibido por el *Índice*?

Ciertas transgresiones eran severamente castigadas y uno no iba por ahí contándoselas a nadie.

Ariel arrastraba la mirada en la misma oscuridad que Raphael y probablemente también intentaba que se le ocurriera una idea.

Gioba Pinelli aprovechó para guardar silencio y estudiar la situación.

¿Por qué, después de todo, debía decir más por iniciativa propia? ¿Qué ganaba ayudándolos?

Por la expresión de su rostro, era evidente que se lo estaba preguntando.

Por lo que sabía Raphael, era posible que conociera la clave de memoria y que ya hubiera traducido mentalmente algunos pasajes del mensaje cifrado. Tal vez messer Gioba Pinelli solo estuviese pensando en cómo aprovechar al máximo la ventaja que tenía sobre ellos, disfrutando de la sensación de privilegio.

«¿Cuánto tiempo tardarán estos dos en encontrar una copia del *Elogio de la locura* y descifrar la misiva? ¿Un día, un par de días? Y yo habré encontrado el códice para entonces».

Para Raphael esos eran los pensamientos que pasaban por la mente de Pinelli. Así que le dijo:

—Menos de una hora.

—¿Cómo, messer Dardo?

—En menos de una hora habremos aclarado esa parte de la misiva. Es decir, si el libro que contiene la clave es realmente el *Elogio de la locura*.

Ariel esbozó una sonrisa de satisfacción y un instante después chasqueó los dedos como si la solución también se le hubiera pasado a él por la mente.

Gioba les sorprendió mostrando interés. Quería saber dónde pretendían encontrar ese libro prohibido a altas horas de la noche. Y Raphael pensó que realmente no recordaba la clave de memoria.

¿O tal vez ese no era el libro que la contenía?

Decidió intentarlo.

Unos minutos más tarde, los tres se encontraban en la Via Leonina, frente al Tribunal del Santo Oficio. Y después de que Ariel rompiera la cerradura de la puerta con una facilidad que intrigó a Gioba Pinelli más allá de lo imaginable, entraron y se dirigieron directamente a la cámara donde se guardaban los volúmenes incautados por la Inquisición.

Pero todo lo que había allí estaba quemado y reducido a cenizas.

El *Elogio de la locura* de Erasmo de Róterdam era ampliamente leído y difundido, a pesar de la prohibición de la Iglesia, por lo que había sido razonable suponer que se podría encontrar al menos una copia. A medida que se adentraban en el edificio, la esperanza se hacía cada vez más tenue.

Levantaron antorchas en la oscuridad, llamas que iluminaban el trabajo devastador realizado por otras llamas.

Subieron al piso superior y encontraron fácilmente el depósito de los libros confiscados.

La situación era grave, pero no tanto como se imaginaban. De las cenizas aparecieron varios volúmenes aún intactos y docenas y docenas de hojas de libros sin encuadernar.

En uno de ellos, tras unos minutos de búsqueda, Ariel se fijó en la frase:

De Erasmo de Róterdam a su Tomás Moro

Era el comienzo de la dedicatoria con la que se abría el libro que buscaban. En algún lugar tenía que estar también el resto. Pronto se hizo evidente que el depósito del Santo Oficio guardaba varias copias, incautadas en alguna imprenta.

Y, efectivamente, la primera página de la obra no tardó en aparecer.

Digan lo que digan de mí los mortales –pues no ignoro cómo lleva la Locura en la boca hasta el más demente–, he aquí, sin embargo, la prueba decisiva de que yo, solo yo, digo, tengo el don de alegrar a los Dioses y a los hombres.

Así que la clave era:

Digan lo que digan de mí los mortales

O, mejor dicho, la clave era lo que quedaba una vez eliminadas las letras repetidas y los espacios entre palabras. Es decir:

Diganloquemsrtl

El alfabeto cifrado se obtenía añadiendo letras a la clave en orden alfabético, evitando de nuevo repeticiones:

DIGANLOQUEMERTVWXYZBFGHJKP
ABCDEFGHIJKLMNOPQRSTUVWXYZ

Cada letra del alfabeto cifrado correspondía a una del no encriptado y la descodificación del mensaje cifrado estaba prácticamente hecha.

La parte del mensaje que Francesco Pinelli había ocultado a las miradas indiscretas de posibles intrusos, después de la frase «Antes de despedirme, quiero decirte una cosa más, hermano mío...», decía así:

He encontrado el libro misterioso del que nos habló nuestro abuelo. El que le permitió a la Iglesia católica llegar al Nuevo Mundo antes que los musulmanes.

Existe, Gioba. De verdad.

Es un gran códice en vellón uterino. Lo adquirí. Es muy antiguo y precioso. Contiene un conocimiento secreto aún más antiguo, recogido por escrito en los albores de la escritura. Lo llaman el *Códice de los Milagros*. Contiene partes del Urtext, el «libro original», escrito por el inventor de la escritura en persona, que según la leyenda revela todos los secretos de la creación tal y como le fueron contados a Adán antes de ser expulsado del Paraíso. Se menciona en algunas obras de los padres de la Iglesia.

No es exactamente así, pero no deja de ser un libro increíble, porque contiene conocimiento antediluviano.

El autor afirma haberlo recopilado a partir de textos traídos a Roma tras el saqueo y destrucción de la biblioteca de Alejandría de Egipto por el emperador Diocleciano. Estos textos contenían enseñanzas impartidas por los dioses a los hombres. Nosotros los cristianos llamamos «ángeles» a esos dioses.

El *Códice de los Milagros* ha sido copiado a lo largo de los siglos en un monasterio no muy lejos de Roma, pero pocos sabían de su existencia.

Y esos pretenden seguir siendo pocos. No sé quiénes son, pero sé que son muy peligrosos.

Ciertamente no están del todo equivocados, Gioba: es un texto que provocaría un terremoto como para derribar nuestra santa religión. Lo que la Iglesia cuenta sobre Jesús...

Me están espiando. Me siguen. Creo que quieren matarme. Por eso no puse aquí el códice, para que no pudieras abordarlo y llevártelo a Génova con los demás libros. No quiero condenarte también a ti a una muerte terrible. Pero quería que supieras que nuestro antepasado no mentía.

Te abrazo calurosamente, amado hermano. Para la eternidad. Vete de Roma mientras puedas. Huye.

Gioba temblaba. Goteaba sudor y lágrimas, tenía los ojos muy abiertos de consternación, hundidos. Parecían dos agujeros brillantes y negros.

–¿Acaba así? –preguntó.

–Sí –dijo Raphael–. No hay nada más escrito.

–Dádmela.

–Preferiría quedármela para analizarla mejor.

–La analizaré yo, es mía.

Se la entregó.

En el silencio que siguió, Raphael trató de recordar todo lo que sabía del Urtext: que contenía enseñanzas conservadas por antiguos sabios y videntes, pero luego se corrompieron y se confundieron a lo largo de los siglos. Sabía que se trataba de una fábula, en definitiva.

El Urtext.

El santo grial de los buscadores de libros raros. El primer texto. Tan viejo que su origen se remontaba al inventor de la escritura.

Prácticamente la descripción de El Libro de Raziel que hizo el rabino.

Pero, por desgracia, solo existía en las leyendas judías y en las elucubraciones de algunos padres de la Iglesia.

Había quien afirmaba que el Urtext era una realidad, que aún existían partes de él, transcritas en pergamino y celosamente guardadas. Se rumoreaba su existencia, se imaginaba que contenía conocimientos ancestrales, transmitidos en secreto a lo largo de milenios, accesibles solo a unos pocos elegidos. Tan pocos que la última persona que pudo asomarse a unas líneas del Urtext fue, tal vez, Jesús de Nazaret.

Raphael negó con la cabeza.

¿Era ese, entonces, el texto que buscaba?

Imposible.

Pero no se le escapaba que a menudo en las obras más antiguas se encontraba el conocimiento más elevado.

No faltaban pruebas de una antiquísima sabiduría. Sin embargo, era difícil creer las palabras de Francesco Pinelli y del rabino sin sentirse un crédulo insensato. Porque en el pasado Raphael ya había pronunciado su propia sentencia inapelable sobre el Urtext: no existía tal cosa, fin de las ensoñaciones.

Sin embargo, hubo un tiempo en que había estado dispuesto a admitir alguna posibilidad.

—¿Así que mi hermano fue asesinado por alguien que quiere mantener ese texto antiguo en secreto, alguien que quiere apoderarse de él?

—En la carta, tu hermano no escribe de quién se trata —dijo Ariel—, probablemente no lo sabía, pero aun así se dio cuenta de que estaba en peligro. Si el texto proviene del antiguo Egipto, entonces entiendo cómo Pinelli y su ayudante pudieron haber embalsamado a su mujer de una manera tan perfecta.

—¿La mujer? —Se estremeció Gioba—. ¿Embalsamada?

Se lo explicaron todo y al final dobló el torso hacia delante y se dejó vencer por las lágrimas.

Raphael le tocó el hombro.

—Escúchame, messer Pinelli. Puede que tu hermano te dejara pistas del lugar donde escondió el *Códice de los Milagros*. Tal vez las esparció aquí y allá en las páginas de los libros que enterró en el cementerio.

—Mi barco zarpa mañana al amanecer. Me habéis adelantado por unas horas. Habría hecho desenterrar la caja y que la llevaran al puerto al final de la noche.

—¿No puedes posponer la salida?

—Es imposible. Además, Francesco podría haber destruido ese libro.

–No lo escribe en la carta. Solo dice que no lo puso en el ataúd por tu bien.

Gioba ahuyentó las lágrimas con un esfuerzo que endureció su rostro.

–¿Cómo sabías que tu hermano había enterrado los libros para ti?

–Creía que debía recoger el ataúd de su mujer y llevarlo a Génova, según su deseo, pero pensaba que dentro estaba el cadáver, no un montón de libros. En cambio, los había enterrado en lugar de a su mujer. Dios mío. –Se llevó las manos a la cara–. Y la embalsamó. Santo Dios. Pero ¿cómo pudo pensar que miraría dentro del ataúd de su mujer? No lo entiendo. De verdad.

–Es posible que te haya enviado una misiva a Génova con instrucciones. La encontrarías cuando llegaras.

–Sí, ciertas cosas eran de él, efectivamente.

–¿Qué vas a hacer con los libros que te dejó?

–No lo sé, realmente no tengo ni idea.

–Si decidieras venderlos, que sepas que puedo pagar lo que quieras por el contenido de ese ataúd.

–Mi hermano se gastó una fortuna para encontrarlos. Primero quiero que los evalúe un experto de confianza. Pero tendré en cuenta tu oferta, messer Dardo. Gracias.

Raphael sintió la necesidad de salir a toda prisa del palacio, alejarse de las inadmisibles revelaciones del difunto Francesco Pinelli.

«Sin embargo, tal vez no son tan descabelladas», pensaba mientras corría al exterior. En la Antigüedad, las bibliotecas eran lugares sagrados; las más antiguas custodiaban textos muy remotos que se creían revelados por los dioses.

Platón contó que Solón había viajado a Sais, en Egipto, donde los sacerdotes le hablaron de la historia de la Atlántida, que habían aprendido de las crónicas arcaicas guardadas en el templo.

El propio Platón viajó a Egipto tras la muerte de Sócrates.

Y el sabio griego Tales de Mileto aprendió en Egipto conocimientos de astronomía tan avanzados que fue capaz de predecir los eclipses solares.

Pitágoras, asimismo, vivió durante veintidós años en Menfis, donde fue admitido en la gigantesca biblioteca por el sacerdote Sonchis.

¿Eran solo magníficas leyendas?

Egipto.

Alejandría.

La biblioteca de las maravillas.

Su destrucción y saqueo perpetrados por Diocleciano.

Las termas de Diocleciano, construidas en la misma época.

La iglesia que don Antonio Lo Duca y Miguel Ángel querían construir en ese mismo lugar.

Un grano de verdad, en tal historia, habría tenido el peso de una montaña.

Raphael se quedó en medio de la calle jadeando como un pescado en la orilla de la playa.

¿Y si Pinelli simplemente se hubiera vuelto loco?

–Vámonos de aquí –dijo Ariel, saltando a lomos de su caballo.

–Acompañemos a messer Pinelli a su casa.

–Como quieras.

Raphael lo llamó:

–¡Señor!

Gioba, con un pie en el estribo, se giró:

–¿Qué pasa?

–Te acompañaremos a casa.

–No es necesario. Dormiré en el barco. –Puso la mano en la empuñadura de su espada–. Además, puedo arreglármelas solo.

Raphael montó en la silla.

–Preferiría acompañarte –insistió.

–¿Por casualidad soy tu prisionero? –Gioba Pinelli montó en su caballo y, antes de espolearlo, les dijo–: Adiós, messer Dardo. Messer Colorni...

Y se marchó al galope.

–¡Te arriesgas demasiado merodeando por la ciudad a estas horas sin tus secuaces! –gritó Raphael tras él, pero su voz se desvaneció en la noche, luego desapareció también el sonido del caballo alejándose–. ¡Maldita sea!

–¿Qué pasa?

–No debería haberle dado esa carta.

–Sí –convino Ariel–, habríamos hecho bien en conservarla. Tal vez contenía alguna pista importante.

—Maldición, hemos sido unos estúpidos.

Ariel la hizo aparecer en la punta de sus dedos, como si fuera una de sus palomas blancas de mago.

—Habla por ti.

# Capítulo 73

*Campo de' Fiori*

–¿Estás listo? –preguntó Ariel.

–Listo –respondió Raphael.

Dos hombres a punto de prender fuego a una montaña de pólvora habrían estado menos excitados y alerta de lo que estaban ellos.

Estaban sentados en el suelo, uno frente al otro en la habitación de Raphael en la taberna, tenían los rostros iluminados por la lámpara de aceite y parecían a punto de realizar un ritual mágico en mitad de la noche para convocar a los espíritus del más allá.

En la cocina de Cocco habían conseguido unas brasas que llevaban unos minutos calentando el fondo de una olla.

Ariel dejó la carta de Pinelli sobre una mesa cubierta con un paño, la alisó con la palma de la mano y, tras asegurarse de que no estaba demasiado caliente, presionó el fondo de la olla sobre ella. Así lo mantuvo unos instantes.

Apartó la olla.

Cogió la carta.

La expuso a la luz de la lámpara.

Observó lo que había ocurrido.

El papel emitía un leve crujido, como un pequeño estandarte movido por el viento, mientras lo subía y bajaba con una sonrisa silenciosa.

Raphael, ansioso, se lo quitó de las manos. Y él también sonrió.

Como se imaginaban, Pinelli había escrito un texto invisible entre las líneas de la carta a su hermano Gioba. Y quizás, a falta de otra cosa, se había visto obligado a utilizar su propia orina como tinta simpática. Un signo claro de la condición problemática en la que se encontraba en los últimos momentos de su vida.

En cualquier caso, las palabras secretas, de un color ligeramente marrón, se intercalaban con las más oscuras de la tinta real, como una procesión de pequeños fantasmas al aire libre.

Decían:

Castillo de Sant'Angelo. Caja fuerte P-7 (tuya en mi testamento). El códice está ahí. Tú decides. Hasta que no lo hayas impreso y distribuido en cientos de ejemplares por todo el mundo, no deberás hablar de él con nadie, por tu propio bien y el de quienes te ayudarán en la empresa. El mundo debe saberlo. Adiós, querido hermano.

¿Castillo de Sant'Angelo?

Por eso Ariel se había reído al leer el texto disimulado. Y por eso también se le había dibujado en la cara una sonrisa de asombro: el *Códice de los Milagros* había estado por encima de su cabeza durante días, o durante semanas, mientras estaba preso en esas prisiones. Había salido a buscarlo y ahora tenía que volver al punto de partida. Y pensar que habría sido suficiente salir de la celda, subir unos cuantos tramos cortos de escaleras, entrar en la sala de seguridad del castillo, sacar el cofre P-7, depositado por el caballero messer Francesco Pinelli, y entregarle el contenido al camarlengo...

Raphael extendió la carta sobre la llama de la lámpara de aceite y la quemó.

Ahora él y Ariel eran las únicas dos personas que conocían la ubicación del códice.

¿Era realmente el *Códice de los Milagros*, el Urtext o El Libro de Raziel?

¿Contenía los antiguos secretos que fueron impartidos por los ángeles a la humanidad antes del diluvio universal?

Las respuestas a estas preguntas, suponiendo que alguna vez se las hubiera hecho, las habría recibido messer Gioba cuando recogiera la caja fuerte P-7 que le había legado su hermano. Tarde o temprano el alquiler de la fianza habría expirado y alguien de la Cámara Apostólica lo habría informado de que había que pagar una cuenta en el Vaticano.

Sí, messer Francesco Pinelli había inventado un sistema ingenioso y eficaz para ocultar el libro y garantizar que llegara a manos de una persona de su confianza en caso de que fuera asesinado.

Caja fuerte P-7.

Castillo de Sant'Angelo.

Raphael y Ariel lo repitieron en sus mentes hasta que sintieron que se les había impreso en la memoria, luego se quedaron un rato en silencio observando el vaivén de la llama de la lámpara sobre la mecha.

La carta ya estaba incinerada.

Su memoria lo era todo ahora. Solo ellos lo sabían.

Se lo dijeron con una mirada, asintiendo: quien quisiera encontrar ese libro no podía permitirse matarlos.

El secreto estaba en sus cabezas y los mantenía a salvo del Ángel de la Muerte, quienquiera que fuese.

Y además la taberna estaba vigilada por los esbirros de Leccacorvo, apostados en todos los accesos a Campo de' Fiori.

El códice descansaba tranquilamente en la caja fuerte P-7.

Y podrían dormir plácidamente hasta el amanecer.

«Por fin», pensó Raphael. El trabajo de Santa Fiora estaba hecho.

Solo le quedaba esperar el momento de gloria en que le entregaría el libro y recibiría a cambio la clara y definitiva libertad que le habían prometido.

Todo había terminado.

De la mejor de las maneras.

Pero la puerta de la habitación se abrió de repente, como si la empujara un viento impetuoso, y entró un hombre alto y fuerte, con pelo largo y ojos brillantes, diciendo con voz de sapo y león al mismo tiempo:

—Aquí estoy.

Y Raphael se dio cuenta de que se había equivocado.

# Capítulo 74

Los párpados del hombre titilaban, mientras que, con la cabeza echada hacia atrás y balanceándose como la de un delirante sobre la almohada, con la boca abierta, parecía estar escuchando la voz de un sueño o de otro mundo.

Raphael y Ariel intercambiaron miradas inquisitivas. Todavía estaban sentados en el suelo. No se habían movido. Asombrados, miraron al hombre que había irrumpido en la habitación echando la puerta abajo y deteniéndose luego en mitad de una especie de ataque epiléptico, con la espalda rígida y la cara vuelta hacia arriba.

¿Un loco, un enfermo?

Por desgracia, esa absurda parálisis duró unos momentos y el hombre volvió en sí como si no hubiera pasado nada y los miró.

–Soy Angelo –dijo.

La presentación del aturdido había sido la peor posible, pero su nombre tuvo el poder de agravarla. En ese momento Raphael rodó bruscamente por el suelo, agarró la empuñadura del sable, desenvainó la espada de su funda de cuero y, con un único movimiento, se puso en pie de un salto.

–¡Corre! –le dijo a Ariel.

Él ni siquiera pensó en ello. La pistola ya había aparecido en su mano derecha y el cromo brillaba como una línea de estrellas apuntando directamente al corazón de Angelo. Ariel le ordenó:

–Levanta las manos y retrocede hasta la puerta.

Angelo permaneció impasible. Era como si no conociera el poder mortífero de un arma de fuego, sobre todo desde tan cerca. La observó sin curiosidad, sin miedo.

–¿Dónde está el libro? –preguntó, con una voz que no parecía brotar de su cuerpo, sino de un ser extraño dentro de él, como un ventrílocuo sin marioneta.

349

Y a Raphael un escalofrío repulsivo le recorrió la columna vertebral.

Aquella voz.

—Soy yo, Raphael. —Se acercó Angelo—. Soy Leonardo, tu hermano.

Aquella voz imposible.

—Estoy aquí.

Aquellas palabras imposibles.

Ariel trató de interceptar la mirada de su amigo y lo encontró consternado.

La cabeza de Raphael vaciló, sus pupilas miraron horrorizadas a Angelo y luego vagaron inseguras, fuera de control, antes de detenerse de nuevo sobre el cuerpo que había emitido la voz de su hermano.

Fueron los pasos que se oían a toda velocidad en el pasillo los que lo despertaron de ese letargo.

Los pasos se acercaban.

Y Raphael se dio cuenta de que podía ser Cocco, despertado y alarmado por los ruidos.

Angelo sonreía como un muerto.

Con el rabillo del ojo, Raphael miró por la ventana. Los esbirros que pudo ver no se habían dado cuenta de nada y probablemente estaban dormitando, porque estaban quietos.

Y Cocco llegó, sin aliento, con una vela en la mano iluminando su mirada enérgica y un bastón en el puño, dispuesto a derribar con furia al ladrón o al cliente acosador. Pero, inexplicablemente para Raphael y Ariel, el posadero tuvo un repentino cambio de actitud.

—Angelo —dijo suspirando aliviado—, eres tú. Por un momento pensé que...

—Sí, soy yo. Estaba conversando con messer Dardo y messer Colorni.

—¿Qué eran esos ruidos? —Cocco intentó estirar el cuello y asomarse a la habitación, por detrás de Angelo, que ahora estaba frente a él, ocupando todo el ancho de la puerta—. Esta no es tu habitación —le dijo.

—Lo sé.

—¿Raphael? —lo llamó Cocco—. ¿Estás ahí dentro? ¿Va todo bien?

–Sí –fue la respuesta–. Ariel está también aquí conmigo.

–¿Qué está pasando?

–Vete –le dijo Raphael, con calma–. Lleva a Cornelia a dar una vuelta.

Cocco resopló por las fosas nasales, poco convencido. Los dedos de su mano derecha agarraban el palo, los de la izquierda se hundían en la cera de la vela. Estaba indeciso sobre qué hacer, pero sabía que tenía que hacer algo. Hasta que se demostrara lo contrario, esa era su taberna y de él, y no de los clientes, dependía que todo funcionara bien.

No tuvo tiempo de levantar completamente el bastón. Angelo, rápido como un rayo, se anticipó a él y lo agarró del cuello. La carótida de Cocco crujió como una concha de caracol aplastada bajo un zapato.

Ariel disparó un tiro que desgarró la pantorrilla de Angelo, pero enseguida vio que el pesado y robusto cuerpo del posadero se le venía encima, abrumándolo con su masa inerte. La pistola se le cayó de la mano y rebotó en el tablón. Él cayó hacia atrás y se golpeó la nuca contra la pared.

La quietud de la noche ya había sido rota por voces, por disparos, por los gritos de los esbirros, que corrían hacia la taberna, y por los de los clientes, que hicieron lo contrario lanzándose al exterior. Sin embargo, el sonido sordo de las vértebras del cuello de Ariel rompiéndose fue perfectamente perceptible para los oídos de Raphael.

–¡No! –gritó.

Ariel estaba ahora antinaturalmente quieto, no buscaba aire que respirar y no hacía ni siquiera un débil intento de sacudirse de encima la asfixiante masa de Cocco. Simplemente yacía enterrado por su carne y sus huesos sin oposición.

–¡No!

Raphael vio a su mejor amigo, a sus dos amigos, aparentemente sin vida y se sintió invadido por una ráfaga de dolor y de rabia, pero no se atrevió a lanzarse contra Angelo para golpearlo.

Aquella voz se lo impedía. El timbre claro, sonoro e inconfundible de Leonardo había detenido su mano, la misma mano con la que lo había matado cuatro años antes. No podía hundir una espada en las tripas de su hermano por segunda vez.

–¿Dónde está el libro? –preguntó Angelo y con un pie cerró la puerta a sus espaldas, dejando fuera a los esbirros que habían subido.

–¡Abrid! –llamaron–. ¿Qué está pasando ahí dentro?

Y como la cerradura ya se había roto por la patada de Angelo, la puerta se abrió de nuevo ante sus atónitas miradas.

Los esbirros eran tres jóvenes fanfarrones. Antes de que pudieran decir nada, Angelo agarró a dos de ellos por la cabeza y los empujó contra la pared del pasillo. El tercero demostró suficiente inteligencia como para darse cuenta de que era mejor largarse de allí y así hizo.

–Dime dónde está el libro –insistió Angelo, avanzando lentamente hacia la ventana, que enmarcaba el retrato petrificado de Raphael–. Ya sabes dónde está, hermanito.

–Sí, lo sé.

–Hermanito, ¿sabes cómo hacerle una punta a una pluma?

–Cállate –gruñó Raphael.

–Mira, te lo mostraré. Sumergimos la pluma en agua fría, con la punta ya truncada. Luego la cogemos y la calentamos sobre una llama...

Raphael recordaba perfectamente el día y el momento en que Leonardo le había enseñado a hacerle una punta a una pluma. Y había usado esas palabras exactas, esa voz exacta.

Ecos del infierno.

Restos del pasado en el aire.

–Luego, cortamos la punta, así, para obtener el ancho del trazo que quieras, fina para escribir o gruesa para dibujar. Mira qué bonita queda.

–Es perfecta –le dijo Raphael, como tantos años antes–. Has hecho un gran trabajo.

Las mismas palabras.

–Me has ayudado tú, querido hermanito.

–¿Qué clase de monstruo eres?

Angelo se acarició el pelo con un movimiento de cabeza hacia atrás, un gesto típico de Leonardo.

–Ayúdame también esta vez. ¿Dónde está escondido el libro?

Era como un sonámbulo abriendo los ojos al borde de un precipicio y viendo los guijarros caer al vacío bajo sus pies descalzos. De repente, Raphael tomó conciencia de la realidad y se despertó. Fue a comprobar el estado de Ariel. Lo sacó de debajo del cuerpo de Cocco. No respiraba.

–El libro, Raphael.

La ola de rabia barrió su cabeza como un huracán helado barre un calor opresivo y soporífero. El dolor era inconmensurable, pero su cerebro cavilaba de nuevo, rápido, lúcido, valoraba vías de escape y posibles movimientos de ataque, sopesaba al adversario.

Ese no era Leonardo, sino un monstruo inefable, y tenía que detenerlo.

Ahora Angelo le sonreía. Parecía una especie de muestrario de los signos típicos de la posesión diabólica, como se decía. Raphael estuvo a punto de pronunciar realmente las palabras «vade retro, Satana» cruzando los dedos índices. En su lugar, se concentró en la distancia que lo separaba del arma. El arma pendía de su funda, colgando del respaldo de una silla, en la habitación contigua, cerca de la cama. Era imposible alcanzarla. Intentó una vez más y en vano localizar la de Ariel en el suelo: debía de haber acabado en algún lugar en la oscuridad. Entonces empezó a mover la lámpara con el pie, poco a poco, intentando que no se notara, aunque no era nada fácil, ya que cada sombra se movía por la habitación.

–¿Quieres saber dónde está el Códice de los Milagros?

–Sí –respondió Angelo, con una voz cálida que parecía pertenecer a su cuerpo y brotarle naturalmente de la garganta–. Llévame allí.

–De acuerdo. –El pie de Raphael siguió moviendo la lámpara de aceite y las sombras–. Pero no podemos ir allí ahora.

Habría sido suficiente derribarla para incendiar toda la taberna.

–¿Por qué no?

«Sí, ¿por qué no?», pensó Raphael.

–El lugar es inaccesible a estas horas de la noche.

Movió la lámpara un poco más, lo suficiente para alejar la luz del centro de la habitación y crear un puente de oscuridad entre él y su adversario. Luego lo atravesó, dando tres pasos en rápida sucesión, realizó una rotación completa del torso, levantó el sable por encima de la cabeza y bajó la hoja sobre la ingle de Angelo. La tela de biso no ofreció resistencia y se abrió con la ligereza de una telaraña, dejando salir toda la sangre posible. La pierna cedió, pero Angelo se mantuvo en pie. Lanzó un grito ahogado y reaccionó avanzando con el rugido de una bestia. La luz de la luna que entraba a través de la ventana era suficiente para que brillaran los anillos rojos alrededor de sus ojos locos. Raphael realizó un segundo ataque y esta vez consiguió atravesarlo con la espada hasta que sintió que la punta le astillaba las costillas en la espalda. Dio un paso atrás de un salto, tirando de ella.

Angelo no cayó. Sangraba como un tonel roto por tres sitios, se tambaleaba, pero aguantaba apoyado en una fuerza que no tenía nada de humana.

–Lo encontraré yo mismo –dijo, y se abalanzó sobre él, imprevisiblemente ágil.

Lo agarró por el cuello y lo levantó en peso. Raphael, con los pies suspendidos en el aire, sintió el rectángulo vacío de la ventana a sus espaldas. Encontró el reflejo para soltar un sablazo en la espinilla, pero no pudo evitar ser lanzado al vacío por la ventana.

Soltó el sable y agarró algo mientras caía.

El postigo.

Pero enseguida sintió que la madera rugosa se arrastraba bajo sus dedos y se desprendía de él con indiferencia.

Un momento antes de la violenta colisión contra el suelo, intentó darse la vuelta con un movimiento de los riñones, como un gato, para evitar caer de espaldas y en parte lo consiguió. Cayó de lado. El golpe fue acompañado de un gemido y se extendió por cada rincón de su cuerpo, destrozándole los huesos.

Angelo se arrastró hasta el piso de abajo, dejando atrás una estela brillante de sangre, y salió a la calle. Arrastraba un pie y se mantenía un brazo apretado contra el abdomen.

Raphael lo vio a través de un halo líquido. Angelo. Estaba jadeando, tambaleándose, pero se acercaba a él con la determinación de un loco, como un poseído.

«Tienes que levantarte, Raphael».

Pero, aunque lo hubiera conseguido, ¿qué habría podido hacer? ¿Dónde podría haberse escondido a esa hora?

Angelo se acercaba, lento e inexorable, como solo la muerte puede hacerlo.

Raphael se puso a cuatro patas, luego apoyó un pie en el suelo y se levantó sintiendo un dolor que nunca antes había experimentado.

Las piernas aún le funcionaban.

En el brazo derecho y las costillas del mismo lado, sin embargo, le daban punzadas claras e intensas. Tenía el antebrazo derecho torcido y la mera visión de este le cortaba la respiración. Le lanzó una mirada a Angelo, se aseguró de que lo seguía, y sacando cada gramo de fuerza del fondo del tonel comenzó a caminar. Primero despacio, luego casi a la carrera. Una carrera lamentable. Ahora la cabeza le latía con fuerza. Un enjambre de estrellas se arremolinó ante sus ojos en la oscuridad.

Abandonó la plaza y giró hacia un callejón.

«Via del Morbo no está lejos –pensó–, solo a cien pasos, más o menos». Y otros tantos embates de sufrimiento. Pero podía lograrlo.

Tenía que hacerlo.

Angelo no se rendía. Su falta de aliento se extendía fríamente por el aire y Raphael podía oír sus jadeos. Podía oírlos a sus espaldas como la respiración de una jauría de perros ansiosos por morderlo. Raphael no se rendía, seguía caminando, arrastrando la mano izquierda por las paredes de las casas en un intento desesperado por mantenerse en pie.

La apartó para palparse bajo la fosa yugular. La pequeña llave que el alguacil había encontrado en los calzones de Gabriello… Raphael se la había colgado del cuello y por suerte seguía allí. Se la arrancó con un tirón, dejando que la cadena de oro se perdiera en el suelo. Luego se giró para volver a comprobarlo. Angelo iba a trompicones, parecía perder velocidad a cada paso, pero la ventaja sobre él era menor de lo que a Raphael le habría gustado.

# Capítulo 75

Cuando llegó a la Via del Morbo, todavía lo tenía detrás.

El nombre de la calle no era el mejor para ver una señal de buen agüero. Después de todo, se llamaba así porque durante las epidemias de peste la recorrían los carros que llevaban a los apestados al lazareto de San Salvatore in Lauro.

A Raphael, la peste, le pisaba los talones.

Se enfiló directamente a la puerta de la casa señorial, un edificio inconfundible entre los palacios y casas de arquitectura más reciente, como un vestigio de una época y un linaje pasados.

La cancela estaba abierta.

También la puerta de la casa. No tenía signos de haber sido forzada. La última persona en irse simplemente no se había tomado la molestia de cerrarla. Raphael se arrastró hasta el interior y cerró con el pestillo para ganar algo de tiempo.

–¡Argghh!

El grito resonó sombríamente en la oscuridad.

Subió las escaleras que ya había subido y siguió el grito amenazador de Tomaso de' Tomasi.

–¡Argghh!

No tardó mucho en encontrarlo. El hombre tratado como una bestia seguía aún encadenado a la misma pared, junto al mismo sótano, tal como Raphael lo había visto por primera vez.

Los golpes que Angelo le asestó a la puerta retumbaron, rápidos y ensordecedores.

«Si le apetece, también puede hablar –había dicho Gabriello–. Tomaso no es tan estúpido como parece».

Raphael lo esperaba de todo corazón.

«Pero es la ira lo que le hace ser así. Seis exorcismos no han servido de nada. Debe de tener legiones de demonios en el cuerpo».

Raphael también esperaba eso.

Una lámpara de aceite casi agotada solo permitía ver la negra silueta de Tomaso, se le oía respirar y rugir y sacudir las cadenas con una fuerza que hacía temer que pudiera derrumbar la pared que tenía detrás de él.

Las garras se extendían, ansiosas por agarrar, y el hierro restallaba.

—Tomaso —le dijo Raphael, jadeando y tragándose los espasmos, que eran cada vez más fuertes—. Tranquilo, Tomaso, soy un amigo de tu hermano.

Se le acercó.

—Argghh.

—¿Tienes hambre? ¿Sed?

—Humm, argghh, sí, sí.

—¿Sabes por qué Gabriello no vino a darte de comer y beber?

—No.

—Yo lo sé.

—¿Eh?

—A Gabriello lo han asesinado.

—Argghh. ¡No!

—Yo sé quién mató a tu hermano y he venido a decírtelo. Fue el hombre que está a punto de llegar aquí y quiere matarte a ti y a mí también. Escucha. ¿Lo oyes? Está intentando derribar la puerta.

Ahora la fuerza de Tomaso casi hacía temblar el edificio, sus gritos ponían la piel de gallina.

—¡Muerto!

—Mira —le dijo Raphael, acercándose más, sin miedo. Tomaso se apartó y se quedó mirándolo mientras cogía la lámpara y la utilizaba para iluminar un trozo de papel—. Mira aquí.

Tomaso miró el dibujo hecho por Miguel Ángel y no tardó en reconocer a su hermano en el retrato.

—Briello —dijo confuso, horrorizado.

—Sí, este es Gabriello.

El enfermo mental se agitó más que antes. Pero se detuvo cuando vio la llave de las esposas sobresaliendo de los dedos de Raphael.

—Yo mato —gruñó.

—Bravo, debes matarlo.

–Sí.

–¿Quién vino aquí buscando a Gabriello?

–Argghh.

–¿Te acuerdas? ¿Vino alguien aquí después de mí?

Tomaso asintió.

–Voy a liberarte ahora –le dijo Raphael.

Y empezó por los pies. Fue una operación menos fácil de lo esperado. Tomaso no se quedaba quieto y con solo la mano izquierda libre era como aprender movimientos nuevos y complejos.

–¡Arghh!

–Ya casi termino. –Liberarle las muñecas fue aún más difícil–. Tranquilo, mantén las manos quietas.

–¡Él! –gritó Tomaso dando zarpazos–. ¡Él!

Raphael miró hacia atrás de soslayo y lo vio a él, a Angelo, de pie en la puerta. Jadeaba con la cabeza gacha, como un lobo que recupera el aliento tras una cacería.

–Sí –le dijo Raphael a Tomaso–, fue él quien mató a Gabriello. Lo despellejó vivo.

La llave chasqueó en la pequeña cerradura entre las muñecas de Tomaso.

Y fue como prenderle fuego a un pajar.

Raphael no pudo hacer otra cosa que mantenerse a un lado y contemplar la bestial pelea que se desató ante sus ojos.

Podía seguir el movimiento convulso de sus sombras, no mucho más. A veces, cuando se acercaban a la lámpara, podía distinguirlos en la maraña. Tomaso hundía gruñendo uñas y dientes en el hombro de Angelo. Un momento después voló contra la pared a la que había estado atado durante años. Pero volvió a ponerse de nuevo en pie, más enfadado, transido por un odio furioso que le hervía en el corazón convertido en forja.

–¡Maldito seas! –gritó.

Saltó hacia delante con las uñas extendidas, con los dientes brillando en la suciedad de su cara. Angelo consiguió golpearle una serie de puñetazos y hacerle caer al suelo, pero Tomaso se le agarró del traje y se lo llevó. Cuando ambos estaban en el suelo, en una parte a la que no llegaba la luz, la áspera sombra de Tomaso fue la primera en levantarse.

Raphael se dio cuenta de que se abalanzaba sobre el lado derecho del abdomen de su oponente y hundía la boca con voluptuosidad, desgarrando jirones de carne chorreante. Lo hizo varias veces.

Sin embargo, Angelo reaccionó y rebuznó un largo y agónico grito y luego le asestó un golpe en la mandíbula a Tomaso. Un ruido sordo y después silencio. Y entonces otro ruido, acompañado por un grito.

Ahora Tomaso ya no se movía.

La sombra de Angelo había desaparecido.

De repente, su rostro sucio y deforme emergió de la oscuridad. Estaba a un palmo del de Raphael. Soplaba un aliento de muerte.

–¿Dónde está el códice?

Silencio.

Se oía el goteo de la sangre del cuerpo de Angelo. Sin embargo, aún se mantenía en pie.

Raphael lo golpeó donde pudo y se escabulló, cayendo de rodillas y levantándose, cayendo y volviendo a levantarse. Recurrió a reservas de fuerza de voluntad y vigor que no sabía que tenía. Llegó a la salida y caracoleó hasta la puerta.

Luego, en la Via del Morbo, cayó al suelo.

Le habría gustado seguir caminando, pero aquel misterioso y desconocido vínculo que unía su alma a su cuerpo se había hecho pedazos. Sus piernas ya no respondían.

Angelo salió por la verja, miró a su alrededor, vio el objetivo y reanudó impertérrito la marcha.

–El códice –dijo mientras se tambaleaba. Agarró el cuerpo de Raphael y lo levantó–. ¿Dónde está?

–Aquí –dijo Raphael.

Le hundió una mano en la carne abierta por los mordiscos de Tomaso y le cogió las tripas. Y tiró de ellas mientras Angelo lo estampaba contra la pared con una fuerza inhumana.

Intentó ensañarse de nuevo, pero solo le dio tiempo a decir «*Libera nos a malo*» y él también se desplomó. Se desplomó tendido en la calle y expiró así, sin decir nada, sin hacer ruido.

Raphael permaneció en decúbito supino y con los brazos extendidos, languideciendo en el polvo.

El alguacil lo encontró así cuando unos minutos después se acercó al galope.

De su caballo desmontó también Selvaggia, que inmediatamente se arrojó sobre Raphael y empezó a besarlo y a preguntarle si estaba vivo.

–¿Tú, aquí? –le preguntó, en un susurro apenas audible.

–He vuelto por ti –le dijo, bañándolo en lágrimas–. No me dejes.

–No –dijo.

Y el resto fue una fría oscuridad.

Silencio negro.

# VIERNES, 1 DE SEPTIEMBRE

# Capítulo 76

*Castillo de Sant'Angelo*

–¿Raphael?

Estaba corriendo. Intentaba escapar de la sombra de un hombre alado. La sombra se escabullía por detrás y a su lado, sobre un prado espeso de flores blancas. El ángel flotaba sobre él, en lo alto de un cielo de color sangre.

–Abre los ojos, Raphael.

Qué lugar tan extraño.

¿Qué hacía allí? ¿De dónde venía y hacia dónde se dirigía?

–¡Raphael!

No lo sabía.

¿Y por qué huía?

Él tampoco lo sabía.

Entonces, la sombra de las flores se hizo más pequeña. Levantó la cabeza y vio al ángel, que se abalanzaba en picado, como un halcón sobre su presa. Se protegió la cabeza con los brazos. Pero cuando llegó al suelo, el ángel no lo arañó. Se detuvo delante de él, batiendo las alas y levantando un torbellino de pétalos alrededor.

Era alto, con un sello tatuado en lugar de pelo, tenía ascuas ardientes en las cuencas de los ojos, una mirada de brasas, tremenda.

Raphael sintió la ebullición de algo en la cabeza de la criatura y gritó para expulsar de su pecho el terror que lo había invadido. Fue el miedo profundo e insoportable lo que lo despertó. Una voluntad que no era la suya le hizo abrir los ojos.

Había luz.

Miró a su alrededor, confuso. Estaba empapado en sudor. Vio a Selvaggia semidesnuda bajo el resplandor naranja y negro de las velas, sentada en la cama a su lado. Tocaba las cuerdas del laúd y cantaba con un hilo de voz, suavemente.

—Estás despierto —dijo apretándole la mano.

Raphael giró lentamente la cabeza sobre la almohada.

—¿Dónde estoy? —murmuró, y sintió el peso de la lengua reseca, el de la mandíbula, el de su cuerpo hundido en el colchón.

—No pasa nada —le dijo—, te han curado, pronto estarás bien. —Le acarició la mejilla—. Bienvenido de nuevo.

—Ayúdame a levantarme —murmuró Raphael.

—Pronto lo harás —lo tranquilizó Selvaggia—, pero no tan pronto. Estás vivo de milagro.

Raphael volvió a caer en un reposo más oscuro que los anteriores, pero esta vez desprovisto de sueños.

# LUNES, 4 DE SEPTIEMBRE

# Capítulo 77

Cuando despertó era de día, otro día. Los rayos del sol brillaban sobre la cortina de seda del dosel y en la habitación no había nadie.

Poco a poco, los recuerdos empezaron a aflorar. Volvió a él todo, excepto la forma en que había llegado allí y había terminado en aquella cama.

Tenía la cabeza vendada. Pero limpia, una señal de que alguien se la había vendado más de una vez. También le había entablillado el brazo y le había engrasado el pecho con algo que olía a madera podrida.

¿Cuánto tiempo había dormido?

Intentó mover el brazo derecho y fue como clavarse un cuchillo congelado en el músculo.

«Ariel», pensó. Y se emocionó hasta sentir las lágrimas correr por sus mejillas. Ariel se las merecía todas. Era capaz de tener un afecto y lealtad profundos hacia sus amigos. ¡Cuántas aventuras habían vivido juntos! Habían vendido patentes para criar gusanos de seda entre los pechos de las damas, habían desafiado al Santo Oficio y se habían salvado la vida mutuamente al menos en un par de ocasiones.

Raphael se cubrió la cara con la almohada y lloró hasta que la dejó empapada. Finalmente intentó levantarse. Sacó las piernas de la cama con un gemido de dolor, se incorporó en su asiento y exploró la habitación con los ojos, buscando su ropa, pero no la vio por ninguna parte.

¿Adónde se la habían llevado?

Se levantó. Llegó a la puerta tambaleándose. Estaba cerrada y no parecía una puerta de casa normal.

Escuchó. Alguien estaba hablando y a Raphael le pareció reconocer la voz del camarlengo.

–¿Cómo está?

–Creo que está durmiendo –le contestó Leccacorvo.

–Entonces, ¿crees que estará bien?

–Es un hombre fuerte.

–¿Dónde está la chica?

–¿Selvaggia? Está en mi casa, custodiada por mis hombres. Está alterada por lo que le pasó, pero está bien. Nunca he visto a una mujer tan enamorada. Me dijo que espera un hijo de Raphael, ya sabe. Y estoy deseando felicitarlo. Ese chico de ahí dentro se merece que cumpla su promesa y lo libere.

Santa Fiora respondió con un suspiro sacerdotal.

–Que Dios la bendiga. Me entristeció mucho saber que Luna Nova fue asesinada cuando salía de la ciudad. Si no hubiera sido una cortesana tan famosa, habría ido a rezar a su tumba.

–La dejaron en medio del camino, junto con los dos criados. Los cuervos estaban a punto de empezar a darse un festín con ellos cuando mis hombres llegaron al lugar.

–Carlo Carafa y su capitán Vico de Nobili deben pagarlo caro, messer Leccacorvo.

–Ya no es mi problema, reverendísimo. Mis días como alguacil se han acabado. De eso se ocuparán los que vengan después de mí.

–Selvaggia lo escuchó todo. Y si Vico de Nobili descubre que está viva...

Si Leccacorvo hizo comentarios, no llegaron a oídos de Raphael. Y él, en cualquier caso, estaba demasiado consternado para continuar escuchando.

¿Luna Nova estaba muerta?

¿Asesinada por don Carlo?

Se apartó de la puerta, como si él fuera la fuente de aquellas malas noticias. Fue a mirar por la ventana. La habitación en la que guardaba reposo tenía dos ventanas. Estaba situada en los pisos superiores del castillo de Sant'Angelo. Desde allí uno casi tenía la sensación de poder tocar la estatua de Miguel, que, con su cuerpo de mármol y sus alas de bronce, se alzaba sobre la torre, envainando su espada.

Era una celda para la detención de personas excelentes.

Pero seguía siendo una celda.

La llave giró en el ojo de la cerradura. La puerta se abrió. Santa Fiora entró y le pidió a Leccacorvo que se quedara fuera. La puerta volvió a cerrarse.

–Me alegro de encontrarte de pie, messer Dardo. ¿Cómo te sientes hoy?

Su rostro húmedo y devastado respondió.

–El médico ha dicho que te recuperarás pronto. Estás fuera de peligro, pero lo has pasado mal.

–¿Y Ariel?

Santa Fiora sacudió la cabeza con tristeza.

–Lo siento.

Raphael se arrodilló reprimiendo las punzadas de sus huesos y se cubrió la cabeza entre las manos.

–Maldito bastardo –gruñó enfadado.

–Ya lo habéis matado.

Su memoria estaba intacta. Raphael lo recordaba todo hasta el momento en que le había agarrado las tripas a Angelo. Y todavía notaba en las manos la sensación de la hoja atravesándolo. Le satisfacía. Pero no lo suficiente. Habría preferido verlo morir con sus propios ojos.

–¿Quién era?

–No lo sé. No era nadie.

–Debes saberlo.

–Bueno –asintió el camarlengo, encogiéndose de hombros–, pero no puedo hablar de ello.

–¿Qué es la Cofradía de los Siete Ángeles? ¿Quién era Angelo? Nunca había visto a una persona como él.

–Angelo era el último «recurso» de los guardianes, el arma definitiva, por así decirlo. En otras ciudades del mundo, otros como él son criados por los miembros de la hermandad y los mantienen dispuestos a intervenir en casos de extrema necesidad.

–Estaba enfermo. Loco.

–No, no. Angelo estaba poseído. Fue retenido a propósito durante siete días y siete noches en la habitación de un endemoniado, cuando todavía andaba en pañales. Para que el diablo pasara a su cuerpo. Así es como la hermandad crea a los ángeles de la muerte. ¿He satisfecho tu curiosidad?

–¿Dónde se reúnen?

Santa Fiora se rio.

–Nadie lo sabe. Olvídate de eso. No más preguntas. Se acabó. Dime dónde está escondido el códice.

–Lo haré cuando salga de aquí.

–Puedo hacer que hables en un santiamén. Tenemos una cámara de tortura muy bien equipada aquí abajo. El verdugo vive al otro lado del río y llegará enseguida. ¿Qué me dices?

–Sí, adelante, llámalo. De mí no recibirás ni una palabra.

–¿Olvidas que eres un condenado a muerte? Según nuestro acuerdo, debes entregarme el libro antes del cónclave.

–¿Ha comenzado?

–Resulta que los cardenales están listos. El cónclave comenzará mañana.

–Entonces todavía tengo algo de tiempo.

–¿Para hacer qué?

–Encontrar a los miembros de la cofradía que criaron a Angelo y matarlos uno a uno.

–Lo entiendo, pero no se te permitirá.

–Sé dónde está el *Código de los Milagros*.

–Pues dilo. –El rostro de Santa Fiora resplandecía de felicidad–. Y dejaré que te vayas.

–Quiero verlo antes de entregártelo.

–Eso tampoco es posible. Si lo hubieras visto, habría estado obligado a eliminarte. O lo habría hecho la Cofradía de los Guardianes. Por eso eras perfecto. Tu sentencia de muerte me permitía deshacerme de ti de forma extremadamente fácil y limpia. Pero como nunca has visto el códice, estoy dispuesto a dejarte ir.

–Quiero conocer el contenido de ese libro, quiero saber qué es.

–No puedo decírtelo.

–Así que sabías desde el principio de qué se trataba.

–Por supuesto.

–¿Y ahora qué harás con él?

–Nuestra conversación ha durado demasiado, messer Dardo. –Santa Fiora dio media vuelta y se dirigió hacia la puerta–. Te daré unas horas más para que pienses las cosas. Después haré que te lleven a la horca.

—Quiero ver a Selvaggia. Exijo garantías de mi gracia. Solo entonces te diré dónde está escondido. Pero vete de aquí.

—¿No confías en mi palabra?

—Tanto como tú confías en la mía.

Santa Fiora asintió.

—¡Abre la puerta! —gritó.

El alguacil, por su parte, no se hizo esperar.

—Dale a messer Dardo su ropa —le ordenó Santa Fiora— y acompáñalo fuera.

Leccacorvo cumplió las órdenes felizmente.

—¿Cómo estás? —le preguntó en voz baja y le guiñó un ojo, luego le dio algo de ropa nueva cosida para él a su costa—. Me alegro de verte despierto al fin.

—Estoy bien. Solo me duele un poco la cabeza.

—¡Ya lo creo!

—¿Cómo está Selvaggia?

—Está deseando volver a abrazarte.

—¿Ha estado aquí o es que he soñado con ella?

—Le permití pasar unas noches aquí contigo. Te quiere, chico. ¡Si supieras cuánto!

—Gracias.

—Ni lo menciones.

—¿Encontraste al hermano Serafino?

—Sí. Estaba en las cocinas del convento... Angelo lo metió en una olla y lo hirvió.

—¡Santo cielo! ¿Y messer Menico de' Madi?

—Angelo también lo torturó y lo mató. Lo llenó de pólvora y luego le prendió fuego. —Lo rodeó con un brazo y apretó cariñosamente—. Has matado a ese hijo de perra. Se ha acabado. Vamos, no hay necesidad de hacer esperar al camarlengo.

# Capítulo 78

*Puente Elio*

Santa Fiora se detuvo en mitad del puente. Lo acompañaban dos sacerdotes, a los que les pidió que se mantuvieran a cierta distancia y lo dejaran a solas con Raphael.

–¿Está seguro, reverendísimo?

–No hay problema. –Aunque Raphael no tenía cadenas en los pies, el alguacil respondía por él arriesgando su propia cabeza–. Entonces, messer Dardo –el cardenal tuvo que levantar la voz para superar el tañido de las campanas–, estamos fuera, como querías. Habla, te escucho.

–El códice está en la cámara de seguridad del castillo.

Raphael señaló con la mirada delante de él y por detrás del camarlengo.

–¿De verdad? –El cardenal se volvió para mirar la fortaleza–. ¿En un cofre depositado ahí dentro?

Raphael asintió y vio que su cara se dilataba en una expresión de incredulidad.

–Te diré cuál, pero con condiciones.

–Oigámoslas.

–Tendrás que permitirle a don Antonio Lo Duca que entierre el códice bajo la basílica que quiere construir en las termas de Diocleciano.

El camarlengo sacudió la cabeza y se rio entre dientes.

–La caída debe de haberte dañado el cerebro.

–He visto a los ángeles, reverendísimo, he hablado con ellos.

Santa Fiora se adelantó y cruzó la línea imaginaria que marcaba la mitad del puente.

–¿Quieres burlarte de mí?

–No, reverendísimo. Los ángeles se han manifestado en toda su gloria y me han hablado.

–¿Tú también los has visto?

–Más que verlos.

–¿No eran miembros de la cofradía?

–No –sonrió Raphael–, la Cofradía de los Siete Ángeles no tiene nada que ver con esas apariciones. Se han producido auténticos milagros, reverendísimo.

Santa Fiora se llevó las manos a las mejillas y levantó los ojos al cielo.

–¡Dios! –dijo, y luego las bajó de nuevo hacia Raphael, sombrías, duras–. ¿Cómo puedo creerte?

–Eres un hombre religioso: ya una vez en tu vida has elegido creer. Solo puedo decirte qué han pedido... Depende de ti decidir si se ejecuta o no.

–¿Qué piden?

–El códice no se le debe devolver a la Cofradía de los Guardianes.

–Pero, si no lo hacemos, correrá más sangre. Tu intervención tenía precisamente este propósito: encontrar el libro antes de que Angelo llevase a cabo una masacre de proporciones inauditas e inaceptables.

–Los ángeles, los verdaderos, los que se le han aparecido a tanta gente aquí en Roma en las últimas semanas, me han dicho: «Que el códice sea entregado a don Antonio Lo Duca y que se levante una basílica en nuestro honor y que el libro sea enterrado bajo ella, por los siglos de los siglos».

Santa Fiora fue a agarrarse a la balaustrada. Inhaló el aire húmedo que soplaba sobre el Tíber. Observó las primeras nubes grises reunidas por toda la ciudad, puntuales para participar también en el cónclave. Guido Ascanio Sforza di Santa Fiora pensó durante un largo rato, con la frente congelada en una maraña de arrugas. Don Antonio Lo Duca siempre había dicho la verdad. Ahora entendía por qué Miguel Ángel veía cadáveres en sueños. Los ángeles le habían hablado de verdad.

Se volvió hacia Raphael.

–¿Qué más han pedido?

–El próximo papa construirá la basílica. Y asegúrate de que la familia Carafa reciba un severo castigo, en particular el cardenal Carlo y su hermano Giovanni, culpables de haber hecho estrangular a su propia mujer inocente y embarazada. Díselo a todos los cardenales mañana en el cónclave. Si no, los ángeles guardianes volverán a la tierra para infligirle a la Iglesia de Roma un terrible castigo. Nadie tendrá escapatoria.

–Que así sea –dijo Santa Fiora al final de una conversación interior–. Te creo. Y de todas formas, también me gusta la solución que propones. –Lo abrazó, evitando presionar su brazo roto–. Gracias por todo –le dijo. Luego lo cogió de los hombros y lo apartó para mirarlo–. Las apariciones angélicas eran reales. Y puedes jurarlo.

–Sí –confirmó Raphael una vez más.

–Oh, Señor –dijo al cielo–, perdóname por dudar. –Luego a Raphael–: ¿Qué cofre?

–P-7, perteneciente al banquero Francesco Pinelli y legado en herencia a su hermano Giovanni Battista, que, sin embargo, aún no es consciente de ello.

Santa Fiora hizo que se le acercara uno de los dos sacerdotes que lo acompañaban y le dijo algo al oído. El clérigo se puso el birrete en la cabeza y corrió hacia el castillo.

–Continúa –dijo, volviéndose de nuevo hacia Raphael.

–El hermano Serafino, ayudante de Arquez, se conchabó con el cardenal Alfonso Carafa. Robó para él el libro del palacio del Santo Oficio, traicionando mezquinamente a Arquez. Alfonso confió entonces el volumen a un tal Uldaricus Han, conocido como Gallus, como intermediario. Y Francesco Pinelli lo compró. Cuando Carlo Carafa pudo por fin regresar a la ciudad y al Vaticano, y se enteró por su sobrino de lo que había hecho, entró en cólera y fue en busca del códice, porque aparentemente ese texto privaría a España del crédito del descubrimiento del Nuevo Mundo. De hecho, sospecho que el embajador Sarria también lo estaba buscando, con la ayuda de Luna Nova. Me lo ocultó. Tras ser abordada por don Carlo, que le ordenó traicionarnos a Sarria y a mí a la vez, intentó salir de la ciudad, pero ese cerdo no le permitió hacerlo. Ahora solo quiero proteger a Selvaggia y a la criatura que lleva en su vientre, reverendísimo. Nada más.

–Si lo que has dicho es cierto...

El sacerdote que había sido enviado a comprobar el cofre estaba de vuelta. Jadeaba con la mano sobre el corazón, con la expresión de quien acaba de ver a la Virgen. O un ángel de escayola. Le susurró al oído al camarlengo, que escuchaba asintiendo con la cabeza.

–Muy bien –dijo.

–Entonces, ¿puedo irme? –preguntó Raphael.

–Sí.

–¿Realmente harás lo que te dije?

–No leeré el *Códice de los Milagros*. Lo dejaré donde está hasta que comiencen las obras de construcción de la basílica. Se llamará Santa Maria degli Angeli. ¿Qué te parece?

–Creo que es perfecto.

–¿Sabes, messer Dardo? Los libros siempre han tenido que ver con los milagros. Y no me refiero solo a los textos sagrados. En 1440 Johannes Gutenberg obtuvo el contrato para suministrarles a los peregrinos treinta y dos mil espejos para captar las benéficas influencias de las reliquias de Carlomagno en Aquisgrán, donde se exponen cada siete años. Debido a una epidemia, el evento fue aplazado un año y Gutenberg, para devolver el dinero que había pedido prestado a los inversores, se dedicó a otra aventura: la invención de la imprenta. La imprenta nació gracias a un milagro. Todos los libros son milagros. Y haré lo que esté en mi mano para mantenerlos a salvo de aquellos que los prohibirían y los quemarían en la hoguera.

Raphael le devolvió la mirada decidida con una solemne inclinación de cabeza.

Santa Fiora le abrió la mano, puso en ella un documento sellado y encima cayó una pesada y sonora bolsa de cuero, llena de dinero.

–Te lo has ganado –le dijo–. Ve en paz. Eres libre.

Con una reverencia, que le produjo unas punzadas de dolor en las costillas, Raphael se despidió del camarlengo.

A continuación, caminó por el puente Elio, deslumbrado por el sol del verano.

La muerte, a sus espaldas.

La vida, por delante.

–¿Cómo lo llamaréis? –gritó Santa Fiora.
Raphael respondió sin darse la vuelta:
–Ariel.
–¿Y si es una niña?
–También... Ariel. Siempre Ariel.
«Adiós, amigo mío».

# Nota del autor

En esta novela, ficción y realidad están estrechamente entrelaza-
das. Ya que a menudo es la realidad la que parece más increíble,
deseo arrojar algo de luz compartiendo con el lector algunos
elementos de verdad histórica contenidos en el libro.

En parte, los acontecimientos narrados corresponden a hechos
reales y muchos de los personajes existieron realmente. Para la
reconstrucción del entorno, las costumbres, la vestimenta, la alimen-
tación y, en general, el contexto, me he basado, como siempre, en
las fuentes más autorizadas y en las investigaciones históricas que
he podido encontrar. Al tener la suerte de vivir en Roma, también
pude realizar algunas inspecciones, siempre que lo necesité, en
lugares donde aún quedan huellas de un tiempo tan lejano.

La historia de don Antonio Lo Duca, a partir del descubrimiento de un antiguo fresco que representaba a los siete arcángeles
(incluidos los cuatro olvidados) no es inventada. Don Antonio
afirmaba que hablaba con los ángeles y la gran basílica que este
manso pero testarudo sacerdote quería erigir y dedicar a los
siete príncipes celestiales se construyó realmente, con la aprobación del papa elegido en el cónclave de 1559, el séptimo en recibir su petición. La basílica se llama ahora Santa Maria degli
Angeli e dei Martiri y está situada en la Piazza della Repubblica,
justo donde la quería el sacerdote siciliano: en las antiguas termas
de Diocleciano. Y en realidad fue diseñada por Miguel Ángel
Buonarroti y su ayudante Jacopo Lo Duca.

A propósito de Miguel Ángel: el personaje se basa en las fuentes
de la época. Su edad, su carácter, su aspecto, su caballo... Mucho de lo que se ha podido leer aquí corresponde a la verdad. Su
casa era más o menos como se describe, humilde y de reducidas
dimensiones, situada en un barrio modesto, Macel de' Corvi, cerca

de donde hoy se encuentra Piazza Venezia, y que fue demolido para hacer sitio al Vittoriano. El gran maestro vivió allí, solo, tras la muerte de su amado Urbino. Es cierto que amaba y hacía queso de *guaime* (el de las ovejas que comen las primeras hierbas), que a menudo iba a cenar a la taberna de una posada y que guardaba un baúl lleno de dinero debajo de la cama.

Las cortesanas Luna Nova y Selvaggia son personajes de ficción, pero tanto sus costumbres como el palacio, las ganancias y otras curiosidades sobre su profesión, incluidos los nombres escénicos, corresponden a la realidad de la época.

Las pistolas capaces de disparar diez tiros de repetición las creó y diseñó realmente Abraham Colorni, el genio judío del Renacimiento que inspiró la figura de Ariel.

En cuanto a las estufas, ese tipo de baños turcos debieron de ser muy aproximados a lo descrito. La Estufa del Pavo Real, donde Raphael va a tomar un baño, era una de las pocas frecuentadas tanto por hombres como por mujeres y estaba situada exactamente en el lugar indicado en la cabecera del capítulo. Las estufas habían sido traídas a Roma por los alemanes. La propia palabra «estufa» deriva del alemán *stube*.

La tremenda revuelta popular que agita la ciudad en la novela también fue un acontecimiento real. En aquellos días el Tribunal del Santo Oficio fue atacado e incendiado, y lo mismo ocurrió con el convento de los dominicos. La turba decapitó la estatua de Pablo IV y la arrojó al Tíber. Los vendedores de jarras usaban la palabra «alcuzas» para evitar pronunciar ese apellido, Carafa, y estropear su negocio.

Ese papa fue muy despreciado, especialmente por los judíos. Pocos días después de su ascenso al trono papal había revocado todos los derechos que se les habían concedido a la comunidad judía de Roma y había ordenado el establecimiento de lo que él mismo llamó, lamentablemente, el «gueto judío». La localización se encontraba en el barrio de Sant'Angelo, cerca del teatro de Marcelo, zona insalubre y propensa a inundaciones. Los esbirros del gobernador cerraban las dos puertas del gueto por la noche y las volvían a abrir al amanecer. Los judíos estaban obligados a residir allí por la noche y, según prescribía el párrafo tercero de la bula papal, debían llevar un distintivo que les hiciera reconocibles en todo momento: un gorro los hombres y un velo las mujeres, ambos de color amarillo (*glauci coloris*). Además, el noveno párrafo de la bula les prohibía ejercer cualquier tipo de comercio que no fuera el de trapos y ropa usada.

En 1561, la familia de Gian Pietro Carafa recibió un castigo muy duro por sus numerosas culpas. Tanto don Carlo, el famoso cardenal sobrino, como su hermano Giovanni, el duque de Paliano que ordenó estrangular a su mujer embarazada, fueron juzgados y ejecutados.

Como todo el mundo sabe, la Roma de mediados del siglo XVI era diferente de la Roma actual, también urbanísticamente. Dentro de las murallas aurelianas abundaba el campo y muchas de las calles y lugares donde se desarrolla la novela desaparecieron hace tiempo. Por ejemplo, el puerto de Ripetta, el ya mencionado Macel de' Corvi, la Via del Morbo, el Vicolo dell'Angelo y el Vicolo del Malpasso, por el que pasaban los aguadores que iban a llenar sus barriles en el Tíber. Parece ser que en aquel entonces el agua del río era muy buena para beber.

El puente de Sant'Angelo era el puente Elio, y en las balaustradas aún no existían las actuales estatuas de ángeles, que se instalaron unas décadas más tarde. En cambio, la estatua del arcángel Miguel se alzaba sobre el castillo ya entonces, aunque era diferente de la actual, como puede verse en la novela. La Porta Nomentana fue tapiada en el mismo periodo en que se construyó la basílica de Santa Maria degli Angeli. Se abrió una nueva y más grande que recibió el nombre de Porta Pia, en honor al papa Pío IV.

Por último, todo lo que se dice sobre las obras antiguas perdidas, las obras prohibidas, los códices medievales y los libros impresos es cierto. Las leyendas judías hablan de El Libro de Raziel y también del Shamir. Ni siquiera el Urtext es una invención de un servidor.

Sobre estas y otras muchas ruinas de la historia ha escalado mi imaginación, envolviéndolas como una hiedra que, aunque es diferente de aquello a lo que se aferra, sigue inevitablemente su forma.

Con la mejor de las intenciones –que es, como sabemos, con la que está empedrado el camino al infierno–, algunos forzamientos han sido inevitables y tal vez no falten imprecisiones e inexactitudes, por las que pido de antemano disculpas al lector.

La historia de Roma es tan rica y compleja que cometer errores es fácil. De haber tenido tanto miedo, me habría prohibido a mí mismo escribir este libro.

# Índice

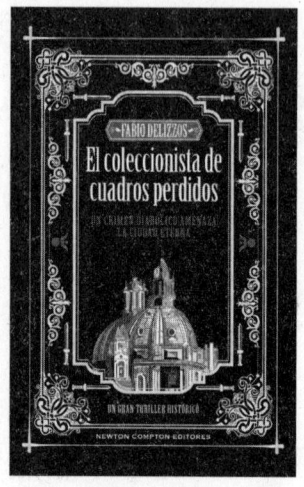